Soyoung Park
Snowglobe

Soyoung Park

SNOW GLOBE

Roman

Aus dem Englischen von
Bettina Ain

PIPER

Entdecke die Welt der Piper Science Fiction:
Piper Science-Fiction.de

Wenn Ihnen dieser Roman gefallen hat, schreiben Sie uns unter Nennung des Titels »Snowglobe« an *empfehlungen@piper.de*, und wir empfehlen Ihnen gerne vergleichbare Bücher.

Inhalte fremder Webseiten, auf die in diesem Buch (etwa durch Links) hingewiesen wird, macht sich der Verlag nicht zu eigen. Eine Haftung dafür übernimmt der Verlag nicht. Wir behalten uns eine Nutzung des Werks für Text und Data Mining im Sinne von § 44b UrhG vor.

Deutsche Erstausgabe
ISBN 978-3-492-70699-5
© Soyoung Park 2020
Titel der koreanischen Originalausgabe:
»Snowglobe«, Changbi Publishers, Inc., Korea 2020
© der englischen Übersetzung aus dem Koreanischen:
Joungmin Lee Comfort 2024
Die vorliegende deutschsprachige Ausgabe wurde
aus dem Englischen übersetzt.
© der deutschsprachigen Ausgabe 2025:
Piper Verlag GmbH, Georgenstraße 4, 80799 München, *www.piper.de*
Für einen direkten Kontakt und Fragen zum Produkt
wenden Sie sich bitte an: *info@piper.de*
Redaktion: Christiane Pöhlmann
Satz auf Grundlage eines CSS-Layouts von digital publishing
competence (München) mit abavo vlow (Buchloe)
Druck und Bindung: CPI Books GmbH, Leck
Printed in the EU

Besetzung

Cast:
Jo Miryu
Goh Haeri
Goh Maeryung
Goh Sanghui
Goh Rhim
Goh Shihwang
Goh Wooyo
Kim Jehno
Bae Serin
Hwang Sannah
Jo Yeosu

Regie:
Cha Seol
Cha Guibahng
Cha Hyang

Produktion:
Yibonn Media Group:
Yi Bonyung
Yi Bonshim
Yi Bonwhe

Akt 1: Ich

Das Zeitalter von Snowglobe

Oma sitzt mit einer dicken Decke über den Knien im Wohnzimmer und verfolgt in ihrem Sessel ihre Lieblingssendung. Am unteren Bildschirmrand zieht der Wetterbericht vorbei.
-45°C
Drei Grad weniger als gestern. Hinter der Temperaturangabe hängt eine Schneewolke, also wird es den ganzen Tag über Schneegestöber geben. Mühsam erhebt sie sich aus dem Sessel und schlurft mit einem Kessel in der Hand zur elektrischen Heizung. Gleichzeitig taucht mein Bruder Ongi mit seinem üblichen Morgengesicht im Wohnzimmer auf: mürrischer Blick und die Zahnbürste im Mund.

»Ich wär lieber noch in der Schule!«, jammert er, denn wenn die Temperaturen unter -45°C sinken, haben die Schulen geschlossen.

»Putz dir die Zähne«, erwidere ich tonlos, was aber kaum zu verstehen ist, weil ich mir selbst gerade die Zähne putze. Ich drehe mich zurück zum Fernseher. Wie immer hat Oma Kanal 60 eingeschaltet, den Sender, auf dem *Goh Around* in Dauerschleife läuft.

»Lass mich ausreden.« Ongi tritt vor mich und klingt noch kläglicher. »Vor zehn Monaten war ich sechzehn und bin zur Schule gegangen. Heute bin ich immer noch sechzehn, aber nur weil ich meinen Abschluss gemacht hab, soll ich jetzt diese grausamen Temperaturen ertragen?«

Er versperrt mir die Sicht auf den Fernseher. Was soll ich gegen das Wetter machen?»Deine Zahnpasta landet auf dem Fußboden«, zische ich gereizt.

Ongi ist mein Zwillingsbruder und genau zehn Minuten älter als ich. Er tut gern so, als wäre er älter und weiser, was absolut lächerlich ist. Mittlerweile sollte er wissen, dass ich nur deshalb nach ihm auf die Welt gekommen bin, um sicherzugehen, dass er es unbeschadet schafft. Wie eine Kapitänin, die als Letzte ihr Schiff verlässt. Seit wir gemeinsam im Mutterleib gewesen sind, kümmere ich mich um ihn.

Oma, die wieder in ihrem durchgesessenen Sessel sitzt, dreht uns den Kopf zu. »Ongi, mein Schatz«, ruft sie, »führ dich vor deiner Freundin nicht auf wie ein Baby.«

Ongi reißt die Augen auf und rennt zum Spülbecken in der Küche, um die aufgeschäumte Zahnpasta auszuspucken.

»Oma! Jeon Chobahm ist *nicht* meine Freundin!«

Oma leidet unter Demenz und hält mich schon seit einer Weile für Ongis Freundin, die es gar nicht gibt.

Ich lasse ihn in der Küche stehen und gehe ins Bad, wo ich den Wasserhahn an der Wand aufdrehe, um die Blechschüssel darunter mit Wasser zu füllen. Mit dem eiskalten Wasser spüle ich mir den Mund aus, und die Kälte zieht schmerzhaft von den Zähnen bis zum Kiefer. Als Nächstes sind meine Haare dran. Ich starre die Schüssel an und wappne mich gegen den bevorstehenden Kälteschock, als Oma mit dem Kessel in der Tür auftaucht, aus dessen Tülle Dampf aufsteigt.

»Vorsicht, heiß«, sagt sie, beugt sich vor und gießt

behutsam Wasser in die Schüssel. »Ich hab es eigentlich für Ongi aufgesetzt, aber er will, dass du es bekommst.« Sie taucht die Hand ins Wasser und rührt um, bis die Temperatur angenehm ist. Im aufsteigenden Dampf leuchtet ihr Gesicht voller Stolz, dass aus ihrem Enkel so ein rücksichtsvoller Mensch geworden ist, ein wahrer Gentleman, der sich um seine Freundin sorgt. Der junge Mann selbst wäscht sich unterdessen das Haar in der Küche und kreischt jedes Mal laut auf, wenn er den Kopf unter das eiskalte Wasser hält. Ich muss über seine Mätzchen lachen, als Oma mit dem leeren Kessel zurück zur Tür schlurft.
»Danke, Oma.«
Sie hält inne, dreht sich langsam um und mustert mein Gesicht mit ihren wässrigen Augen.
»Du klingst wie meine Enkelin«, sagt sie sehnsüchtig. Dann wendet sie sich wieder ab und läuft zu ihrem fadenscheinigen Sessel.

Im Windfang steigen Ongi und ich in die schweren Schneestiefel, was mit den ganzen Schichten Thermokleidung – Oberteile, Hosen, Strumpfhosen –, die wir unter den Schneehosen tragen, mühselig ist. Als Letztes ziehen wir uns die Parkas an, dann dicke Handschuhe und Skimasken. Schließlich setzen wir die Kapuzen auf und sind bereit.
»Wir gehen los, Oma! Bis später!«, ruft Ongi ins Wohnzimmer, fröhlich wie immer.
Doch als er den Türknauf dreht, ruft sie aufgeregt: »Warte! Meine Güte, Ongi! Chobahm ist im Fernsehen!«
Ongi und ich wechseln einen Blick, während sie in

Richtung Fernseher gurrt. »Ach, Chobahm, mein Mädchen.«

Ich muss nicht nachsehen, um zu wissen, dass Goh Haeri auf dem Bildschirm aufgetaucht ist. Ongi weigert sich strikt, es zuzugeben, aber die beliebte Schauspielerin sieht mir unglaublich ähnlich. Obendrein haben wir am gleichen Tag Geburtstag und sind beide Linkshänderinnen. Trotzdem würde mich außer Oma niemand mit ihr verwechseln, nicht mit meinen rauen Wangen, die von der trockenen, kalten Luft ständig gerötet sind, oder dem spröden Haar, das ich kurz trage, damit es sich in dem eiskalten Wasser schneller waschen lässt. Haeris Porzellanhaut, ihre rosigen Wangen und das lange, glänzende Haar verraten, dass sie aus Snowglobe stammt.

In einer Welt, in der die Durchschnittstemperatur -45°C beträgt, ist Snowglobe der einzige Ort mit gemäßigtem Klima – der einzige Ort, an dem es warm ist und die Farben leuchten. Snowglobe ist eine besondere Stadt, die über einem geothermischen Schlot errichtet wurde und unter einer riesigen, wettergeschützten Glaskuppel liegt wie eine Schneekugel. Doch dort lebt nicht einfach irgendwer. Die glückliche Bevölkerung besteht aus Schauspielenden, deren Leben live aufgezeichnet wird, um anschließend zurechtgeschnitten und als eine von zahlreichen Unterhaltungsshows weltweit ausgestrahlt zu werden. Goh Haeri ist keine gewöhnliche Schauspielerin, sie ist ein Megastar – und gerade erst zur Wetterfee ernannt worden. Das ist eines der begehrtesten Ämter in ganz Snowglobe. Sie bricht damit den bisherigen Rekord und geht als jüngste Wetterfee in der Geschichte ein.

Ich richte den Blick auf den Bildschirm. In ihrem sty-

lishen Anzug sieht Haeri aus, als wäre sie für diesen Posten geboren worden.
»Hi, ich bin Goh Haeri«, grüßt sie herzlich vom Bildschirm aus. »Ich freue mich riesig und fühle mich zutiefst geehrt, dass ich unserer Gemeinschaft als neue Wetterfee dienen kann. Schaltet auf jeden Fall zu Neujahr die 9-Uhr-Nachrichten ein!«
Sie schenkt uns ihr perfektes Lächeln, dann folgt ein Kameraschwenk.
Nicht zum ersten Mal frage ich mich, ob ich ihr jemals begegnen werde. Würde mein Haar so stark wachsen, wie ich mich nach einem Leben in Snowglobe sehne, könnte ich mir jeden Abend den Kopf kahl rasieren und hätte am nächsten Tag wieder bodenlanges Haar.
Manchmal frage ich mich, ob meine Sehnsucht nach jener Stadt daran schuld ist, dass Oma mich mit Haeri verwechselt – als würde sie ahnen, wie sehr sich meine Seele danach verzehrt, diesen gottverlassenen Gefrierschrank zu verlassen und mein Leben gegen das von Haeris in Snowglobe zu tauschen.
Ongi dreht sich zur Haustür und schnalzt angewidert mit der Zunge.
»Was ist?« Ich werfe ihm einen finsteren Blick zu.
»Wenn du nicht diesen Unsinn erzählt hättest, dass du Goh Haeris verlorene Zwillingsschwester sein könntest und ...«
»Hör auf.« Ich boxe ihm in die Seite und spüre, wie bei der Erinnerung mein Gesicht glüht. »Sonst landest du in einer Schneewehe!«
Aber er trägt zu viele Schichten Kleidung, um sich einschüchtern zu lassen, und redet frech weiter. Ich schubse ihn, dann schubst er mich, und wir schlagen nacheinander, ducken uns weg und stolpern gegen die

Wände – bis wir so heftig lachen, dass wir nicht weiterkämpfen können. Schließlich reißen wir uns zusammen, öffnen die Tür und treten nach draußen.

Fünfundvierzig Grad unter Null. Die eisige Welt raubt uns den Atem. Meine Nase gefriert und kribbelt schmerzhaft, und an meinen Wimpern bilden sich Eiskristalle, die mir die Sicht verschleiern.

»Ist das kalt«, klagt Ongi. Sein ganzer Körper erschauert.

Seit unserem sechsten Lebensjahr sind wir zehn Jahre lang jeden Tag gemeinsam zur Schule gegangen, und jetzt, nach unserem Abschluss im Februar, führt unser täglicher Weg zum Kraftwerk.

Ich sehe zum wolkenverhangenen Himmel hoch, dessen Grau den zweiten Schneesturm in drei Tagen ankündigt. In der trostlosen Welt darunter sprenkeln kleine Blockhäuser die weiße Fläche zwischen den hohen Kiefern, deren Äste sich unter dem Schnee biegen.

Ongi und ich laufen zur Bushaltestelle. Den Weg zum Kraftwerk könnten wir zu Fuß zurücklegen, aber bei diesem Himmel ist der Bus sicherer. Also stapfen wir durch den kniehohen Schnee. Mein Atem überzieht die Skimaske vor meinem Mund und meiner Nase mit Eiskristallen – aber besser so, als dass mir das Gesicht abfriert. Ein paar Schritte vor mir hält Ongi unter einem Baum inne, um auf mich zu warten. Manchmal ist er echt lieb, denke ich. Aber kaum habe ich ihn erreicht, da springt er zu einem Zweig hoch, löst über mir eine Schneelawine aus und lacht aus vollem Hals.

Wütend sammle ich Schnee ein und presse ihn zu einem Ball zusammen. Er flüchtet. »Wettlauf bis zum Bus!«

»Warte!« Ich setze ihm nach. »Jeon Ongi, du schummelst!«
Mit jedem Schritt versinken wir im Schnee, der an unseren Stiefeln kleben bleibt und uns ausbremst.
»Wer verliert, wäscht einen Monat lang die Wäsche!«, ruft Ongi.
»Na warte! Dich krieg ich!«
Mit aller Kraft kämpfe ich mich durch den Schnee und klatsche mit einem Sprung als Erste mit der Hand auf das gebogene Schild an der Haltestelle.
»Ha! Jetzt vergeht dir das Lachen wohl ...«, rufe ich triumphierend und atemlos. Zwar habe ich es nur um Haaresbreite geschafft, aber gewonnen ist gewonnen. Ich stütze die Hände auf die Oberschenkel und schnappe nach Luft, als Ongi mich am Arm packt und hinter sich zerrt.

Als ich mich genervt aufrichte, sehe ich, dass er den strengen Blick auf eine Gestalt vor uns gerichtet hat. Im ersten Moment denke ich, dass sie auch nur auf den Bus wartet. Wo also liegt das Problem? Aber dann dreht sie sich zu uns um, und als sie unsicher den Kopf neigt, erwidern weder Ongi noch ich den Gruß.

Die Frau ist Jo Miryu, ein ehemaliger Star aus Snowglobe. Sie wurde mit neunzehn entdeckt und hat sieben Jahre lang in der Stadt gelebt und in einer beliebten Noir-Serie mitgespielt. Vor ein paar Jahren musste sie gehen, weil die Fernsehanstalt die Serie abrupt abgesetzt hat. Selbst mit ihren neunundzwanzig Jahren hat sie noch immer das Gesicht einer Waldelfe und ist mit ihren ein Meter neunundsechzig die reine Anmut. Wenn ich ihr jugendliches und unschuldiges Äußeres sehe, fällt es mir schwer, zu glauben, dass der Erfolg ihrer Serie darauf gründete, dass sie mehrere Morde begangen hat. Bis zum plötzlichen Aus hat sie neun Männer auf brutale Weise getötet, und ihr Regisseur hat für seine herausragende Arbeit die National Medal of Arts bekommen. Wie Millionen anderer Fans könnte ich eine lange Liste interessanter Einzelheiten über sie herunterrasseln, darunter die, dass sie die Blutgruppe A hat.

Seit Miryus Rückkehr wird sie jedoch wegen ihrer Brutalität in Snowglobe gemieden. Selbst ihre Familie ist geflohen, als sie erfahren hat, dass sie zurückkommt, da sie den Gedanken nicht ertragen hat, eine Mörderin in ihrer Mitte willkommen zu heißen. Ongi und ich waren damals dreizehn, und ich erinnere mich, wie nervös alle gewesen sind. Kinder wurden vor ihr gewarnt – wir durften nicht mit ihr reden oder sie ansehen, wenn wir ihr auf der Straße begegneten.

Ich weiß nicht, was das über mich sagt, aber meine Neugier war schon immer größer als meine Angst. Es gibt vieles, was ich sie gern über Snowglobe fragen würde. Ongi, der mich kennt wie kein Zweiter, stemmt die Füße in den Schnee und wirft mir einen warnenden Blick zu: *Denk nicht mal dran!*

Mit einem Mal ertönt ein Motor, und ein dunkelgrüner, verrosteter Doppeldeckerbus hält vor der Haltestelle. Busse sind die einzige Transportmöglichkeit im Ort. Sie befördern während der Rushhour regelmäßig etwa hundert Leute hin und her. Zischend öffnet sich die Tür, und wir steigen ein, bis die Leute vor mir plötzlich stehen bleiben.

»Sie kommen mir nicht in meinen Bus!«, brüllt Herr Jaeri, der Busfahrer, wütend. Ich hebe den Kopf und sehe, dass nur wenige Schritte vor uns Miryu gerade auf die Stufen getreten ist.

»Bitte ... Ich will nur bis zur Post«, fleht sie leise, aber Herr Jaeri hebt den Arm und weist sie zurück.
»Ich sagte: Nicht. In. Meinen. Bus!«
Alle notwendigen Einrichtungen – die Post, die Einkaufsläden, Waschsalons, Kliniken und so weiter – befinden sich im Kraftwerk. Für die meisten von uns, die sowieso im Kraftwerk arbeiten, ist das praktisch, nicht aber für Ausgestoßene wie Miryu. Sie müssen sich mit dem begnügen, was sie in der Wildnis fangen oder angeln können. Zum Kraftwerk begeben sie sich nur, wenn sie keine andere Wahl haben.
»Bitte«, versucht Miryu es noch einmal. »Mein Knöchel ist verletzt, ich kann kaum laufen. Nehmen Sie mich bitte mit, nur dieses eine Mal.«
Herr Jaeri lacht schallend.
»Ach, Sie armes Ding«, sagt er spöttisch, dann brüllt er: »Nein!«
»Warum reden Sie überhaupt mit ihr?«, ruft jemand aus dem Bus. »Lassen Sie die anderen einsteigen und fahren Sie los!«
Ein paar Kinder stimmen mit ein. »Ja, Herr Jaeri, fahren Sie los! Sonst kommen wir zu spät zur Schule!«
Miryu senkt den Blick, dreht sich wortlos um und steigt aus. Die Leute rücken vor, und wir bewegen uns weiter. Ich will gerade hinter Ongi einsteigen, als ich eine leise Stimme höre.
»Entschuldigen Sie.«
Ich drehe mich zu Miryu um, die mich flehend ansieht.
»Ja?«, bringe ich raus.
»Können Sie bitte bei der Post fragen, ob dort etwas für mich liegt?« Entschuldigend fügt sie hinzu. »Mein Name ist Jo Miryu.«

Es dauert einen Moment, aber schließlich nicke ich, zu erstaunt, um ein Wort herauszubringen.

»Danke. Vielen Dank!« Erleichterung besänftigt ihre Gesichtszüge. »Können wir uns nach Ihrer Arbeit hier treffen?«

Ich murmle meine Zustimmung, während die Warteschlange mich bereits in den Bus schiebt. Durch die sich schließende Tür ruft Ongi: »Warten Sie bloß nicht auf sie!« Dann dreht er sich zu mir und flüstert wütend: »Bist du irre? Weißt du nicht, was sie dir antun könnte? Hast du vergessen, wozu sie fähig ist?«

Achselzuckend weiche ich seinem Blick aus. »Klar, sie hat neun Männer getötet. Aber *ich* bin kein Mann«, murmle ich leise vor mich hin.

»Wie bitte?«, haucht Ongi. Aufgebracht starrt er mich an.

Herr Jaeri legt den Gang ein und fährt los. Angespannt kaut er auf der Unterlippe und verflucht vermutlich den heutigen Morgen. Es muss ihn zutiefst beunruhigen, dass er Miryu verärgert hat.

Im Hamsterrad

»Hallo, meine Lieben!« Mama winkt uns aus einer Ecke der Haupthalle zu, wo sie sich gerade mit ein paar Freundinnen unterhält. Bei ihrem Anblick wird mir gleich leichter ums Herz. Wir sehen uns nicht oft – im Kraftwerk arbeiten wir in vier Schichten, die ausgelost werden. Da sie in der ersten Schicht arbeitet, ist sie jeden Tag von 6 bis 16 Uhr hier.
Ich winke zurück und gehe hinüber zum Kiosk mit den kostenlosen Fernsehzeitschriften. Im *Fernsehprogramm* wird jede Woche die Programmübersicht der zahlreichen Snowglobe-Kanäle veröffentlicht, die unseren Alltag prägen. Abhängig von der Woche kann die schmale Zeitschrift sogar unterhaltsamer sein als das eigentliche Fernsehprogramm. Mich fasziniert es immer wieder, zu erfahren, welche neuen Sendungen starten und welche auslaufen, egal, ob ich sie mir ansehe oder nicht.
»Ja!«, stoße ich atemlos aus, als ich den Sonderartikel dieser Woche sehe – ein Interview mit Cha Seol, der Regisseurin von *Goh Around* und die Person, die ich auf der ganzen Welt am meisten bewundere. Mit dem Daumen klopfe ich gegen die Zeitschrift und überlege, was ich tun soll. Den ganzen Artikel sofort verschlingen, was verlockend ist, oder warten und die Seiten erst

nach dem schweren Arbeitstag in meinem Zimmer genießen? Ich entscheide mich für Letzteres und stecke die Zeitschrift in die Innentasche meines Parkas. Wenig später hole ich sie jedoch wieder raus.

Nur die Tipps, sage ich mir. Die Seite mit den wöchentlichen Karriereratschlägen für alle vor oder hinter der Kamera lese ich am liebsten.

»Hey, Jeon Chobahm!« Ongis Stimme stört meine Konzentration, was mich sofort nervt. »Hörst du mir überhaupt zu?« Ich hebe den Blick und erkenne, dass er mich finster anstarrt. »Ich hab gesagt, dass du nie wieder mit dieser Frau sprechen sollst. Ist das klar?« Er greift nach den Zeitschriften und nimmt sich ebenfalls eine Ausgabe. So gern ich etwas erwidern würde, es ist die Sache nicht wert. Deshalb winke ich bloß ab.

»Entspann dich, Jeon Ongi«, sage ich und widme mich wieder den Tipps.

Wenig später werde ich vom Ruf des Aufsehers abgelenkt. »Hey, Jeon Ongi, du Faulpelz!«

Der Mann steht bei der Laderampe am anderen Ende der Halle und sieht wie immer aus, als hätte er Verstopfung. »Worauf wartest du?«, ruft er noch lauter. »Komm her und fang an, die Sachen zu entladen!«

Ongi springt sofort los. »Komme!«

So läuft das jeden Tag, und ich lache leise, als mir jemand auf den Rücken klopft. »Jeon Cho!«

Hinter mir steht meine Freundin Jaeyun, die ein strahlendes Lächeln aufblitzen lässt.

»Jaeyun! Du bist zurück!«, rufe ich glücklich. »Wie war deine Tour diesmal?«

»Ganz gut. Zumindest bin ich heile zurückgekommen.« Dann fügt sie erschöpft hinzu: »Der Sturm hat drei Tage lang gewütet!«

Jaeyun ist eine Zugführerin auf der Ja-Linie, eine der vierzehn Eisenbahnstrecken, aus denen das Verkehrsnetz besteht, dessen Linien von Snowglobe abgehen wie Adern von einem Herz. Über dieses System werden Nahrungsmittel und notwendige Güter zu allen Orten in der offenen Welt geliefert, gelegentlich, sofern sich jemand die hohen Liefergebühren leisten kann, auch weniger notwendige Güter. Die Sachen werden in den Kraftwerken der Siedlungen abgeladen, die entlang der Strecken liegen. Ihr Personal rekrutieren alle, von der Gah-Linie bis zur Ha-Linie, in jenen Orten am Rand der Zivilisation, die wie mein Zuhause an den Endhaltestellen liegen. Jaeyun, die nur ein paar Jahre älter ist als ich, hat ihren Posten als Zugführerin seit sechs Jahren inne.

»Wusstest du, dass der Fernseher in der Fahrerkabine bei schlechtem Wetter abgeschaltet wird?« Sie verdreht die Augen. »Da sitze ich also und starre auf nichts anderes als die endlosen Gleise vor mir, ganz allein in meiner Kabine ohne jede Ablenkung. Der Wind heult. Schneewehen überall. Und als wäre das noch nicht genug, donnert es plötzlich über meinem Kopf, und ich lasse mich auf die Knie fallen und bete zum ersten Mal in meinem Leben.«

Sie erschaudert, aber ich weiß, dass sie nur zu meiner Unterhaltung derart dramatisch redet. Sie ist einer der tapfersten Menschen, die ich kenne, sonst wäre sie keine Zugführerin geworden. Aber ich spiele mit.

»Mensch, das musst du Ongi erzählen, wenn du ihn siehst. Der Feigling denkt, er will Zugführer werden.«

Ongi arbeitet nur deshalb freiwillig im Warenlager, weil er sich für alles, was mit Zügen zu tun hat, interessiert. Da Jo Woong, ebenfalls Zugführer auf der Ja-Linie, kurz vor der Rente steht, wird der Aufseher schon bald nach einem Ersatz suchen.

»Ongi?«, fragt Jaeyun überrascht. »Ich dachte, er will in der Nähe der Familie bleiben?«

Verständnislos drehe ich mich zu ihr um. Das wäre mir neu. Da ich nichts sage, spricht sie weiter. »Wegen eurer Großmutter? Wer soll sich um sie kümmern, wenn du an die Filmhochschule gehst und Ongi die Hälfte des Jahres im Zug sitzt? Ihretwegen will er lieber hierbleiben.«

Ach so, die Filmhochschule ... Ich lasse die Schultern sinken. Die Standardabsage, die ich letzte Woche erhalten habe, ist noch frisch in meinem Gedächtnis: Sie haben beeindruckende Fähigkeiten und Talent gezeigt, doch bedauerlicherweise müssen wir Ihnen mitteilen ...

Snowglobes Filmakademie ist die angesehenste Ausbildungsstätte der Welt, an der jedes Jahr die erfolgreichsten Regisseure ihren Abschluss machen. Die Absage ist die zweite, die ich erhalten habe, die gleiche wie letztes Jahr.

Ohne dass Jaeyun es merkt, trete ich unruhig von einem Fuß auf den anderen, während sie durch das *Fernsehprogramm* blättert. Als sie den Sonderartikel der Woche aufschlägt, springt mir der Kasten mit Regisseurin Chas Kurzbiografie, die ich bereits auswendig kenne, ins Auge. Sie gehört zu den brillanten Menschen, die im ersten Versuch an jeder Akademie aufgenommen werden und ihren Abschluss dann mit höchsten Auszeichnungen machen.

»Du wirst mich nicht vergessen, wenn du berühmt wirst, oder?« Neckend stößt mir Jaeyun den Ellbogen in die Seite.

Während ich gegen das Schamgefühl kämpfe, sage

ich ausdruckslos: »Natürlich werde ich das. Was denkst denn du?« Wir beide brechen in schallendes Gelächter aus.

Ich versuche, den Moment zu genießen und die Absage aus meinem Gedächtnis zu verbannen. Wichtig ist am Ende doch nur, dass ich die beste Show aller Zeiten kreieren werde, eine, wie sie noch niemand zuvor produziert hat. Solange ich mir das vor Augen halte, muss ich mir keine Sorgen darum machen, *wann* das geschehen wird. Was sind schon ein paar Jahre? Nichts. Rede ich mir zumindest ein. Denn wenn ich nicht an meine Zukunft glaube, werde ich die Eintönigkeit und Hoffnungslosigkeit meines sogenannten Lebens keine Minute länger ertragen.

»Zweite Schicht! Bewegt euch!«, ruft der Aufseher, und die zweihundert Arbeitskräfte, die sich in der Halle verteilt haben, bewegen sich zum riesigen Motor in der Mitte.

»Kommt schon!«, drängt er. »Schneller!« Dann fängt er an, in jenem nervtötenden Rhythmus in die Hände zu klatschen, mit dem wir uns an unsere Arbeitsplätze begeben sollen – diesen menschengroßen Hamsterrädern, die mit dem zentralen Motor verbunden sind. Alle mit ungerader Ausweisnummer laufen als Erste in den Rädern, alle mit gerader hocken vor den Rädern und bedienen die Handkurbeln an den Achszapfen. Während sich die Räder drehen, wird kinetische Energie über einen mechanischen Verstärker zu einem elektromagnetischen Energiespeicher geleitet, dessen Output den zentralen Motor in Bewegung setzt, der dann elektrischen Strom erzeugt. Einfacher ausgedrückt: Die Produktion von Strom hängt von unserer körperlichen

Arbeit ab. Ohne sie würde die Welt zum Stillstand kommen. Es würde keine Züge oder Busse geben, ganz zu schweigen von elektrischen Kesseln, die eiskaltes Wasser innerhalb weniger Minuten erhitzen, damit wir eine Tasse heißen Kakao trinken können. Davon abgesehen würde der Gestank der schweißgebadeten, schmutzigen Arbeitskräfte ein öffentliches Gesundheitsrisiko darstellen.

Ich bin als Erste im Rad dran und laufe mit jener Mindestgeschwindigkeit von sechs Stundenkilometern, die nötig ist, um den Fernseher im Rad zu betreiben. Der dient nicht nur der Unterhaltung, ein schwarzer Bildschirm würde auch den Aufseher anziehen wie ein Magnet eine Büroklammer – und dann dürfte ich mir seine Beleidigungen aus der Nähe anhören.

»Wo ist Ihr Gemeinschaftssinn?«

»Wenn Sie nichts zur Gesellschaft beitragen wollen, warum gehen Sie dann nicht einfach raus und erfrieren?«

Und so weiter und so fort.

Ich setze die Kopfhörer auf, die mit dem Fernseher verbunden sind, und wähle mit der Fernbedienung Kanal 60 – *Goh Around,* wie immer, wenn ich abschalten will. Ich habe bereits fast alle Episoden gesehen, die verfügbar sind, also kann ich meine Gedanken schweifen lassen, ohne den Plot der Sendung aus den Augen zu verlieren.

»Wer eine Geschwindigkeit von exakt sechs Kilometern pro Stunde hält«, dringt die schrille Stimme des Aufsehers durch meine Kopfhörer, »ist ein Versager ohne Ehrgeiz, ohne Antrieb und ohne Zukunftsaussichten. Der Abschaum der Gesellschaft.«

Ich drehe den Kopf und sehe ihn direkt neben meinem Rad, ein Megafon vor dem Mund.
»Wie kann man damit zufrieden sein, nur das Notwendigste zu leisten? Würde es Sie umbringen, für die Gesellschaft von Nutzen zu sein?«, donnert er. Dann lehnt er sich seitlich gegen den Handgriff und starrt mich verächtlich an.

Würde es ihn umbringen, nicht so unausstehlich zu sein? Mit einem Mal habe ich Miryus Gesicht vor Augen und frage mich, ob der Aufseher den Mumm hätte, so mit ihr zu reden. Wohl kaum! Ich versuche, seinen Blick zu ignorieren, und erinnere mich zurück an meine Begegnung mit Miryu heute Morgen. Von wem erwartet sie Post? Von ihrer entfremdeten Familie? Oder von einem Ex, der noch in Snowglobe lebt?

»Strengt euch an!«, brüllt der Aufseher. Endlich dreht er sich um und marschiert davon. »Wenn ihr so weitermacht, können wir nicht mal den Streamingdienst bezahlen!«

Bei dieser Drohung geht ein Stöhnen durch die Menge, aber sie erzielt die gewünschte Wirkung. Alle ziehen das Tempo an und bewegen sich schneller.

Der größte Teil des Stroms, der von Arbeitskräften wie uns in der offenen Welt produziert wird, geht nach Snowglobe, wo er das Leben aller sichert, die in der Megastadt unter der Kuppel leben. Im Gegenzug teilen sie mit uns ihr Leben in Form von Realityshows.

Das Surren und Vibrieren des Hauptmotors verstärkt sich, und es dauert nicht lange, bis meine schweißnasse Thermokleidung an mir klebt.

»Leute, vor ein paar Generationen war noch die Grubentoilette die Norm.« Die verstärkte Stimme des Aufsehers ertönt diesmal vom zweiten Stock. Jetzt geht das wieder los, denke ich. Ich hefte den Blick auf den Bildschirm und drehe die Lautstärke auf.

Da in zwei Tagen Weihnachten ist, läuft auf Kanal 60 jede Weihnachtsepisode von *Goh Around*. In der aktuellen Folge spielt die vierjährige Haeri wortlos mit ihrer Puppe. Ein Diamantarmband schmückt ihr winziges Handgelenk, und neben ihr sitzt ihre Mama. Sie sieht ihr zu und fragt, ob ihr das Armband gefällt, das sie zu Weihnachten bekommen hat. Haeri antwortet nicht. Sie scheint ihre Mutter nicht mal zu hören.

Ich kenne die Folge schon. Vor ein paar Monaten hatte sie an Halloween jemanden in einem Geisterkostüm gesehen, und der Schreck löste einen epileptischen Anfall aus. Seither ist sie stumm. Obwohl ich weiß, dass sie bis zum Frühling wieder spricht und lächelt, bricht mir bei diesen Folgen jedes Mal das Herz.

Die Kamera zoomt auf Haeris engelsgleiches Gesicht.

»Das Grubenklo war der Albtraum aller Kinder«, dringt die Stimme des Aufsehers durch meine Kopfhörer und legt sich wie ein absurder Begleitkommentar über die Szene auf meinem Bildschirm. »Aus gutem Grund! Wisst ihr, wie viele Leute in diese Gruben gestürzt sind, wenn sie nachts rausmussten?«

Auch wenn ich nicht gerade zimperlich bin, ist es schon ziemlich irritierend, derart grob in eine Welt mit Grubentoiletten verfrachtet zu werden, während mein Blick auf Haeris traumhaftem Leben ruht. Ohne mein Zutun blitzt das Bild der verschlossenen Grube bei uns zu Hause vor meinen Augen auf. Im Hintergrund faselt der Aufseher weiter. Er hört nie auf.

»Wie hätte es euch gefallen, mit heruntergelassener Hose bei Minus fünfundvierzig Grad über dem dampfenden Loch zu hocken? Hättet ihr euch den Arsch abgefroren?«

In Zeiten vor dem elektromagnetischen Speicher war Strom ein extrem seltenes Luxusgut. Wer darauf keinen Zugriff hatte, der konnte nicht verhindern, dass die Rohre einfroren oder platzten. Innentoiletten waren für die allgemeine Bevölkerung etwas, wovon sie nur träumen konnten.

»Was für eine Zeit, in der wir leben!«, brüllt der Aufseher. Er holt einen Apfel aus der Westentasche und führt ihn bis kurz vor seine Lippen. »Habt ihr eine Ahnung, was für ein Glück wir haben?« Ohne auf eine Antwort zu warten, beißt er in das Obst.

Jeden Tag bekommen wir eine Ration frisches Obst und Gemüse, das im Treibhaus des Kraftwerks wächst. Die Kosten für das Treibhaus werden natürlich von unserem Lohn abgezogen. Zum Mittagessen haben wir heute genau ein Achtel von einem Apfel erhalten. Anders als der Aufseher, wie's aussieht.

»Glück? Ha! Der hat doch unser Glück für sich allein gepachtet. Einen ganzen Apfel nur für sich!«, brummt Mama in ihrem Rad neben meinem. Sie sieht sich kurz um, dann beugt sie sich zu mir. »Stimmt es, was Ongi mir erzählt hat?«, flüstert sie. »Du hast mit der Frau gesprochen?«

Sie redet von Miryu. Die Frau. Das Monster. Das Miststück. Nur ein paar der Spitznamen, mit denen die Leute sie belegen, damit sie ihren wahren, verachtungswürdigen Namen nicht aussprechen müssen.

»Ja«, sage ich bemüht gelassen. »Es war nichts weiter. Herr Jaeri wollte sie nicht in den Bus lassen, also hat sie mich gebeten, in der Post zu fragen, ob ihr jemand etwas geschickt hat.«

Mama schnappt nach Luft und reißt alarmiert die Augen auf.

»Liebes«, haucht sie. »Hast du eine Ahnung, wie gefährlich diese Frau ist?«

Sie sieht aus, als würde sie gleich nach meiner Fernbedienung greifen und *Die Mörderin von nebenan* einschalten. Zu Hause ist die Serie verboten, weil sie so skandalös und brutal ist, was meine Mutter für Heranwachsende unangemessen findet. Sie weiß nicht, dass Ongi und ich bereits insgeheim während der Winterferien in der neunten Klasse alle Folgen gesehen haben – Staffel eins bis sieben –, während sie auf Arbeit war und Oma ihr Nickerchen gehalten hat.

»Ich weiß, Mama.« Ich muss an den ausdruckslosen Blick in Miryus Gesicht denken, während sie in einer Folge mit der Waffe auf den Mann gezielt hat, in den sie sich Hals über Kopf verliebt hatte. Wie kann man so etwas tun? Was ging ihr dabei durch den Kopf? Ich weiß, dass Mama mich umbringen würde, wenn sie meine Gedanken lesen könnte, aber ich kann nicht anders – die Fragen kochen von ganz allein hoch.

Es geht mir auch nicht nur um Miryu. Was hätte ich getan, wäre ich ihre Regisseurin gewesen? Wie hätte ich eine Schauspielerin wie Miryu behandelt? Welche Entscheidungen hätte ich getroffen – nicht nur als Regisseurin, sondern als Mensch? Hätte ich weiterhin an einer Show voller Verrat und Mord gearbeitet? Was auch immer man davon halten mag: Die Einschaltquoten der Serie sind noch Jahre nach der letzten Folge ungebrochen.

Das Bild in meinem Kopf wechselt zu einem von Miryus berühmten Regisseuren: Cha Guibahng. Zu dem Moment, an dem er die National Medal of Arts für ihre

Show entgegennahm. Sein ernstes Gesicht wird von meinem überlagert, und mit einem Mal stehe ich vor den blitzenden Kameras mit dem goldenen, funkelnden Orden auf meiner Brust. Mein Puls beschleunigt sich, und ich spüre, wie mir frische Kraft in die Beine schießt, die das Rad bewegen. Bevor ich es merke, renne ich. Sprinte.

Eines Tages werde ich diesem Gefrierschrank entkommen, diesem Grab der Entbehrungen und der trostlosen Einförmigkeit. Ich werde nach Snowglobe gehen, wo meine Geschichte schon auf mich wartet – eine Geschichte, die nur ich allein zum Leben erwecken kann. In meinem Rad, das sich ziellos dreht, sehe ich mich schon dort.

Geheimnisvoller Besuch

Sobald meine Schicht vorbei ist, eile ich zur Post. Dafür muss ich über den langen, schmalen Platz, der die Halle des zentralen Motors mit dem Haupteingang zum Kraftwerk verbindet. Ihn säumen notwendige Geschäfte, deren trostloses Grau sie miteinander verschwimmen lässt. Selbst die Post ist nur ein weiteres Loch in der Wand – ganz anders als die Gebäude in Snowglobe, deren strahlendes Rot an kandierte Äpfel erinnert. Doch wen kümmert das? Wir haben Glück, dass wir überhaupt eine Post haben. Ohne sie würden wir jeden Kontakt zu unseren Liebsten verlieren, die nicht in der Nähe wohnen, und Sachen aus Snowglobe zu bestellen, wäre ebenfalls nur ein Traum. Wegen der hohen Portogebühren ist hier jedoch selten was los, und Lieferungen aus Snowglobe sind purer Luxus.

Trotzdem bestellt Mom jedes Jahr einen Geburtstagskuchen für uns, der vom Patissier in Snowglobe gebacken wird – natürlich ein Schauspieler – und dann mit dem Zug den ganzen Weg zu unserer Post reist. Wenn ich daran denke, wird mir ganz warm ums Herz. In ein paar Tagen werden mein Bruder und ich Kerzen entzünden und hören, wie unsere Familie *Alles Gute zum Geburtstag* singt.

»Hi, Chobahm!«, grüßt Suji mich hinter dem Tresen.

Sie grinst aufgeregt, als hätte sie schon den ganzen Tag auf mich gewartet.

Suji sitzt in einem Rollstuhl, da sie seit ihrer Geburt ihre Beine nicht benutzen kann. Weil sie deshalb nicht in den Hamsterrädern arbeiten kann, erfüllt sie ihre bürgerliche Pflicht stattdessen bei der Post.

Ich erwidere ihren Gruß. »Hast du etwas für...«

Doch ich komme gar nicht dazu, Miryus Namen auszusprechen, bevor Suji mir einen leuchtend goldenen Umschlag über den Tresen hinschiebt.

»Schau mal auf die Vorderseite.« Sie kann ihre Aufregung kaum verbergen.

Verwirrt drehe ich den Umschlag um und entdecke ein rotes Wachssiegel mit dem bekanntesten Logo der Welt, dem der Yibonn Media Group. Der Medienkonzern, den alle nur Yibonn nennen, besitzt, kontrolliert und betreibt das gesamte Rundfunksystem von Snowglobe. Auch die angesehene Familie Yi, die von der namensgebenden Gründerin des Konzerns Yi Bonn abstammt, wird allgemein nur als die Yibonns bezeichnet und nicht einfach nur *Yi*. Das zeigt, wie hoch die Rolle der Familie in der Gesellschaft geschätzt wird, die den institutionellen Rahmen begründet hat, dank dem sich Snowglobe über all die Jahre halten konnte.

»Der ist von Yujin!«, ruft Suji.

Überrascht reiße ich die Augen auf und drehe den kartengroßen Umschlag unter dem Licht hin und her, um das elegante, goldene Schimmern zu bewundern.

»Warte noch mit den Tränen.« Suji fährt ein paar Schritte zurück zu einem kleinen Stapel auf dem Boden, der von einem grauen Tuch bedeckt wird. Mit dem Flair einer Magierin zieht sie den Stoff weg, und mir fällt die Kinnlade runter.

Suji hat eine badewannengroße Kiste voller Brownies enthüllt. Ich habe Brownies schon unzählige Male im Fernsehen gesehen, schließlich ist das Haeris liebste Süßigkeit, aber noch nie im echten Leben. Diese hier wurden mit Weihnachtsbäumen aus rotem und grünem Zuckerguss dekoriert. Mit dem Stift in der Hand fängt Suji an, die Sachen auf ihrem Lieferzettel abzuhaken.

»Zehn Flaschen Orangensaft. Eine Schale frischer Erdbeeren.«

Meine Nase brennt wie immer, wenn mir die Tränen kommen. Meine beste Freundin Yujin ist seit Miryu vor zehn Jahren die erste Schauspielerin in Snowglobe, die aus unserer Siedlung kommt. Bei dem Gedanken wird mir wieder ganz warm ums Herz, und ich bin gerührt, dass sie die Zeit gefunden hat, mir einen Brief – und all diese wundervollen Geschenke – zu schicken, obwohl sie erst vor zwei Monaten nach Snowglobe gezogen ist.

Snowglobe.

»Ach, noch was«, murmle ich, als mir mein Auftrag wieder einfällt. »Hast du Post für Jo Miryu?«

Suji hebt den Kopf und sieht mich fragend an. Da ich mich nicht korrigiere, verzieht sie das Gesicht. »Wer würde denn ihr was schicken?«

Ich zucke die Achseln, und sie widmet sich wieder dem Lieferzettel. Yujins Karte stecke ich mir in die Brusttasche wie einen wertvollen Schatz.

»Shin Yujin hat dir frische Erdbeeren geschickt? Eine ganze Schale?«, ruft Ongi staunend, als er mir dabei hilft, den vollen Schlitten im Gepäckfach des Busses zu verstauen. Suji hat darauf bestanden, dass ich ihn mir zusammen mit Skiern ausleihe, um die Sachen nach Hause zu bringen.

Mit einer Geste bedeute ich Ongi, still zu sein. Mir ist bewusst, wer alles mit uns im Bus sitzt, und viele von ihnen haben noch nie frische Erdbeeren gekostet.

»Wie viele Flaschen Orangensaft sind es?«, fragt Ongi leise.

»Neun.« Dass ich eine Flasche Suji überlassen habe, behalte ich für mich. Frische Erdbeeren, Orangensaft, Brownies ... Bei der Vorstellung, all diese Leckereien mit Mama und Oma zu teilen, wenn wir zu Hause sind, läuft mir das Wasser im Mund zusammen.

Als wir unsere Haltestelle erreichen, bin ich überrascht, dass Miryu nicht auf mich wartet. Sie hatte so verzweifelt gewirkt. Der Abendhimmel über uns wird immer dunkler, also schalten Ongi und ich die Stirnlampen ein.

Enttäuscht suche ich mit dem Licht meiner Stirnlampe die Gegend ab.

»Hör auf deinen älteren Bruder«, warnt Ongi mich. »Halt dich von der Frau fern. Wehe, wenn nicht!«

Dann schnallt er seine Skier fest, und ich nehme das Seil vom Schlitten und binde es an seinen Gurt. Er hat sich freiwillig als Lasttier angeboten, weil er solches Glück hat, der *große* Bruder einer Schwester mit Verbindungen zu Snowglobe zu sein.

Ich ignoriere Ongis ungeduldigen Blick und suche die Gegend ein letztes Mal nach Miryu ab. Vor einem nahe gelegenen Baum schält sich ein Hügel aus den Schatten, und bevor mir klar wird, was ich da tue, renne ich schon darauf zu.

»Hey! Was tust du da?«, ruft Ongi. »Komm zurück!«

Er eilt mir nach, aber der schwere Schlitten, an den er sich gebunden hat, hindert ihn, weshalb ich den Baum allein erreiche. Zu meiner Überraschung stellt sich der dunkle Hügel als eine Person heraus, die zusammengesunken auf dem Boden liegt. Mein Herz rast. Hastig lasse ich mich neben ihr auf ein Knie nieder und drehe sie auf die Seite, bevor ich ihr die Skimaske unter das Kinn ziehe, damit ich erkennen kann, ob sie noch atmet. Mein Herz schlägt noch wilder: Es ist Miryu. Blut fließt aus einer Kopfwunde und verkrustet ihre Stirn. Ich kämpfe die Furcht nieder und bringe mein Ohr nahe an ihren Mund und ihre Nase. Sie atmet.

»Jeon Chobahm! Komm sofort her!«, brüllt Ongi wütend, während er mit dem Seil kämpft, in dem er sich irgendwie verfangen hat.

Ich drehe mich zurück zu Miryu und versuche, sie zu wecken.

»Alles in Ordnung? Öffnen Sie bitte die Augen!«

Keine Reaktion. Ich schüttle sie an der Schulter. »Miryu! Wachen Sie auf!«

Ihre Lider flattern ganz schwach.

»Bitte! Sie können hier nicht einfach schlafen!« Ich schiebe die Hände unter ihre Arme, um sie durch den Schnee zum Schlitten zu ziehen, aber mit den dicken Handschuhen gleite ich immer wieder ab. Also ziehe ich sie aus und stecke sie mir in den Mund.

»Was zum Henker tust du da?!« Ongi taucht vor mir auf, nachdem er sich endlich aus dem Seil befreit hat. Aber jetzt ist nicht die Zeit zum Streiten.

»Lade die Sachen vom Schlitten«, fordere ich ihn schwer atmend auf. »Schnell. Wir müssen sie zum Kraftwerk bringen.« Ohne auf eine Antwort zu warten, schleife ich Miryu weiter zur Hauptstraße. Mein Herz rast. Sie ist überraschend schwer. Deadweight – totes Gewicht. Zum ersten Mal verstehe ich die volle Bedeutung des Begriffs. Ich bin dem Adrenalin dankbar, das mir durch die Adern strömt.

Im Kraftwerk ist auch die Klinik, doch der nächste Bus kommt erst bei Tagesanbruch, und Miryu braucht sofort medizinische Hilfe.

»Wir müssen sie mit dem Schlitten hinbringen«, sage ich zu Ongi.

»Bist du verrückt?« Er packt mich am Handgelenk. »Willst du eine Mörderin retten?«

»Haben wir eine andere Wahl? Sollen wir sie etwa hier sterben lassen?« Ich starre ihn an. Meine ungestüme Erwiderung scheint ihn einen Moment lang aus dem Konzept zu bringen, doch dann umfasst er mein Handgelenk fester.

»Komm schon, es sind fast minus fünfzig Grad«, fleht er. »Es ist zu gefährlich, länger als eine halbe Stunde hier draußen zu sein!«

Da hat er recht. Ich bin mir selbst nicht sicher, ob ich es innerhalb von dreißig Minuten bis zur Klinik schaffe, vor allem, wenn ich eine erwachsene Frau auf einem Schlitten hinter mir herziehen muss. Trotzdem muss ich es versuchen. Ich bin gut auf Skiern.

»Deshalb gehe *ich*.« Ich reiße mich von ihm los und schnappe mir die Skistöcke aus seiner anderen Hand.

Frustriert stampft Ongi auf. »Du wirst da draußen *erfrieren*!«

»Wenn Papa so ein Feigling gewesen wäre wie du, wären wir gar nicht hier! Ist dir das klar, Jeon Ongi?«

Seine Miene wird ausdruckslos. Das war vermutlich ungerecht, aber ich bin zu aufgeregt, um auf seine Gefühle zu achten.

»Ich werde heute nicht sterben«, versichere ich ihm.

»Es gibt zu viel, was ich noch tun will, deshalb lasse ich meinen Tod nicht zu. Versprochen!«

Er starrt mich an. Dann presst er die Augen zusammen, zieht sich die dicke Wollmütze vor das Gesicht und schreit laut. Als er fertig ist, räumt er den Schlitten frei und hilft mir, Miryu draufzulegen.

»Ich geh nach Hause und rüste mich aus«, sagt er. »Danach folge ich dir, so schnell ich kann.« Sofort läuft er los. Schnee wirbelt hinter ihm auf.

Mein Zwillingsbruder will mich retten, falls ich unterwegs zusammenklappe. Ich widerspreche ihm nicht, denn wir haben keine Zeit zu verlieren.

Dreißig Minuten, mehr brauche ich nicht. Das klappt schon. Ich nehme das Seil des Schlittens, atme tief durch, stemme die Stöcke in den Schnee und stoße mich mit dem linken Fuß ab. Der schwere Schlitten macht es mir zunächst nicht leicht, aber es dauert nicht lange, bis ich einen gleichmäßigen Rhythmus gefunden habe.

Rauschend gleiten meine Skier durch den Schnee, als ich mich auf den Weg mache und der Spur des Busses folge. Tausende Gedanken schwirren mir durch den Kopf, aber ich konzentriere mich auf den Weg vor mir. Man weiß nie, wann ein Elch oder ein Wildpferd auf die Straße springt.

Hin und wieder sehe ich über die Schulter zu Miryu auf dem Schlitten. Ich bin mit einer skrupellosen Mörderin allein in der Dunkelheit. Der Gedanke jagt mir jedes Mal einen Schauer über den Rücken. »Konzentrier dich, konzentrier dich ...«, sage ich mir laut, um das wachsende Unbehagen zu verdrängen. Ich hefte den Blick auf den Pfad vor mir.

Ich bin mir nicht sicher, wie lange ich schon unterwegs bin. Die schwach beleuchtete Straße scheint sich endlos weit vor mir zu erstrecken. Im Licht meiner Stirnlampe werfen die Bäume dunkle Schatten auf den Schnee, bevor sie über mir zusammenfallen. Zweifel kommen in mir hoch, und mein Atem geht immer schneller. Die schwere Skimaske macht mir das Atmen nicht leichter. Am liebsten würde ich sie mir vom Gesicht reißen, aber das wäre bei diesen Temperaturen mehr als leichtsinnig.

Einen beladenen Schlitten auf Skiern zu ziehen, ist anstrengend, und ich bin schweißgebadet, doch mein Körper verliert die Wärme schneller, als er sie produzieren kann. Meine Beine werden immer schwerer, mein Verstand arbeitet immer langsamer. Und dann entlädt auch noch der Himmel ohne vorwarnendes Schneegestöber einen wahren Schneesturm über mir. Na wunderbar! Ich krümme mich im Wind.

Um das verhängnisvolle Gefühl zu verdrängen, das in mir hochsteigt, denke ich an die Geschichte, die Mama uns oft erzählt.

Herr Jaeri hatte gerade erst als Fahrer angefangen, und eines Morgens nach einem Sturm war sein Bus auf der glatten Straße ins Schleudern geraten und im Graben gelandet. Unerfahren, wie er war, hatte Herr Jaeri den Motor immer wieder aufheulen lassen, wodurch sich die Räder immer tiefer in das Eis gruben, das sich unter dem Schnee verbarg. Der Bus neigte sich stärker und stärker zur Seite. Natürlich konnten Herr Jaeri und seine unglücklichen Fahrgäste den Bus nicht einfach hochstemmen und wieder auf die Straße stellen. Dass der Sprit den Motor nur noch eine Stunde lang am Laufen halten und damit Wärme produzieren würde, machte die Sache auch nicht besser. Alle wussten, dass die Temperatur im Bus unweigerlich auf die der gefrorenen

Tundra draußen absinken würde. Dann säßen sie in einem begehbaren Gefrierschrank. Die Wahrscheinlichkeit, dass jemand mit einem anderen Fahrzeug vorbeikommen und den gestrandeten Bus sehen würde, war nicht gerade hoch, da das einzige andere Fahrzeug im Ort eine Art Krankenwagen war, mit dem die Ärztin des Kraftwerks Hausbesuche machte.

Zum Glück waren Papa und seine hochschwangere Frau an jenem schicksalhaften Tag unter den Fahrgästen. Da er keinen anderen Weg sah, um seine Frau und seine ungeborenen Kinder zu retten, machte Papa sich auf Skiern auf den Weg – ein Weg, der mit dem Bus für gewöhnlich vierzig Minuten dauerte.

Die steifgefrorenen Fahrgäste hatten sich zusammengerottet, um sich im defekten Bus gegenseitig zu wärmen. Nach etwa zwei Stunden hörten sie endlich Sirenen, und kurz darauf wurden sie zur Klinik gebracht, wo man sich um sie kümmerte. Dort sah Mama auch endlich Papa wieder, der auf der Intensivstation lag. Seine Haut war schwarz und blau von den Erfrierungen.

Papa hatte immer davon geträumt, das Meer zu sehen, also heuerte sie drei Tage später den Krankenwagen an – was unglaublich teuer war –, um seine Asche am Strand zu verstreuen. In jenem Dezember kamen Ongi und ich zur Welt. Mit 2,6 und 2,5 Kilogramm waren wir recht robust für Frühgeburten.

Wenn Mama uns die Geschichte erzählt, vergisst sie nie, uns daran zu erinnern, dass Papa dasselbe getan hätte, selbst wenn sie nicht mit ihm im Bus gewesen wäre. Dass er ein Mensch gewesen war, der immer sofort handelte, egal wie die Chancen standen. Tatenlos

darauf zu warten, dass das Schicksal seinen Lauf nehmen würde – das kam für ihn nicht infrage.
Der Sturm wütet weiter. Ich kann meine Füße und Hände nicht mehr spüren, auch der Rest meines Körpers ist ganz taub, aber von der Geschichte angespornt, schleppe ich mich voran.
Der Schnee peitscht mir bitterkalt entgegen wie ein monströses weißes Wesen, das mir die Sicht nehmen und mich auslöschen will. Von der Kälte ganz benommen, kann ich nicht abschätzen, wie weit es noch bis zum Kraftwerk ist oder ob ich es überhaupt bis dahin schaffe. Ich senke den Blick und bin ganz verwundert, dass sich meine Skier noch immer durch den Schnee kämpfen. In diesem vernebelten Zustand sehe ich endlich die Lichter des Kraftwerks, die friedlich in der Ferne leuchten.

Als ich in die Klinik taumle, starrt die Ärztin erst mich und dann Miryu mit weit aufgerissenen Augen an. Erleichterung überkommt mich, gefolgt von Erschöpfung. Am liebsten würde ich auf der Stelle zusammenbrechen, aber das muss leider warten. Ich kratze meine letzten Kraftreserven zusammen und helfe der Ärztin, Miryu auf den Untersuchungstisch zu heben.
Zügig macht sie sich an die Arbeit und zieht Miryu die schneeverkrusteten äußeren Schichten ihrer Kleidung aus. Ich versuche, ihr bei den schweren, fellgesäumten Stiefeln zu helfen, aber meine eingefrorenen Finger versagen mir den Dienst. Ich bin dermaßen müde, dass ich mich fühle, als würde ich schlafwandeln.
»Es ist schlimmer als gedacht.« Die Stimme der Ärztin dringt wie aus großer Ferne an mich heran.
Ich sehe zu Miryu und erkenne riesige Blutergüsse an

ihrer Schulter und ihrem Bein. Wurde sie von einem Tier angegriffen? Unwahrscheinlich. Miryu ist eine erfahrene Jägerin. Andererseits herrscht kein Mangel an Menschen, die sie abgrundtief hassen. Haben sie endlich getan, womit sie schon so lange gedroht haben? Auch das ist nicht wahrscheinlich, wenn man bedenkt, wie viel Angst sie vor Miryu haben. Ich kann mir beim besten Willen nicht vorstellen, dass irgendwer aus unserer Siedlung den Mumm hat, sich ihr zu nähern und ihr solche Wunden zuzufügen.

Mit finsterer Miene dreht die Ärztin das Heizkissen unter Miryu auf, während ich ihr die Decke aus Elchfell bis unters Kinn ziehe. Wir müssen ihre Temperatur wieder auf einen normalen Wert bringen.

Als sie Miryus blutverschmiertes Gesicht mit antiseptischen Wattebällchen abtupft, dreht sich die Ärztin zu mir.

»Ich muss dich etwas fragen, Chobahm«, setzt sie an. Sie redet mich mit meinem Vornamen an, denn da Ongi und ich die einzigen Zwillinge im Ort sind, haben wir seit unserer Geburt einen gewissen Promistatus. »Warum hast du Miryu geholfen?«

Hat sie Miryu wirklich gerade beim Namen genannt? Ich habe noch nie gehört, dass andere Erwachsene ihren Namen benutzen. Ihr entgeht meine Überraschung nicht, und sie schenkt mir ein sanftes Lächeln. »Als Kinder standen wir uns recht nahe, und in Snowglobe haben wir uns auch ein paarmal getroffen, während ich dort an der medizinischen Fakultät studiert hab.«

Alle höheren Bildungseinrichtungen, einschließlich der medizinischen Fakultäten, liegen in Snowglobe. Dadurch sind alle, die Medizin studieren, verpflichtet, in

Krankenhausserien zu erscheinen, auch wenn sie nicht offiziell zur Besetzung zählen. Im Gegenzug erhalten sie ihre Ausbildung kostenlos. Wer wiederum die Serie sieht, erhält gleich einen ersten Eindruck von den Fähigkeiten und dem Verhalten derjenigen, die sie in Zukunft medizinisch behandeln und sogar Operationen durchführen werden.

Warum habe ich Miryu geholfen? Ich weiß es nicht. Als ich mich runterbeuge, um ihre verstreute Kleidung vom Boden aufzuheben, fährt die Ärztin fort: »Damals hatte ich keine Ahnung, dass sie Leute ermordet.« In ihrer Stimme liegt ein trauriger Unterton.

Wer in Snowglobe lebt und arbeitet, darf selbst keine der Shows gucken. Dadurch soll vermieden werden, dass diese Menschen ihr Verhalten ändern, was am Ende das Vergnügen beim Anschauen schmälern könnte. So erfährt zum Beispiel ein Mann, der keinen Zugriff auf seine eigene Show hat, als Letzter, dass seine Frau fremdgeht. Grausam, sicher – aber so ist die Unterhaltungsbranche nun mal.

Die Ärztin rät mir, mich mit einer Tasse Tee aufzuwärmen. Ich ziehe meinen Parka aus und schlurfe auf kalten Beinen, die erst allmählich wieder auftauen, in die Küche. Mit einem Mal bin ich am Verhungern. Die Regale sind gelinde gesagt enttäuschend. Die leere Kakaodose steht neben einer fast leeren Dose mit Kaffeebohnen. Halbherzig sehe ich mir die Teeauswahl an – grüner Tee und Olivenblätter –, als ein schriller Schrei ertönt. Miryu. Ich haste zurück.

»Psst ... Ich weiß, ich weiß«, sagt die Ärztin sanft. »Du schaffst das. Nur noch ein paar Stiche.«

Ich bin noch nie genäht oder mit einer Nadel gestochen worden, aber die bloße Vorstellung, wie sehr das wehtun muss, lässt mich zusammenzucken. Da sie zu teuer sind, um sie bei kleineren Eingriffen zu verwenden, werden Schmerzmittel nur bei unerträglichen Qualen eingesetzt, zum Beispiel, wenn jemand in den Wehen liegt. Größere Behandlungen oder Eingriffe, die keine Routine sind, werden im richtigen Krankenhaus in Snowglobe durchgeführt. Anders ausgedrückt müssen gewöhnliche Menschen die Zähne zusammenbeißen und den Schmerz ertragen, bis sich ihr Glück wendet oder sie Erleichterung im Tod finden.

»Sch... schwarze ... Die schwarze ...«, murmelt Miryu. Ihre Augen rasen unter den Lidern hin und her, und ihre aufgesprungenen, von der Kälte ganz blauen Lippen haben Mühe, Wörter zu formen. Ich muss den Blick abwenden, um das Mitleid zu unterdrücken, das mich packt. Die Frau wird aus gutem Grund von allen gemieden. Ich kehre in die Küche zurück und gebe einen Beutel grünen Tee in die Tasse.

Die Ärztin hebt den Kopf. »Du musst dich um deine Frostbeulen kümmern«, sagt sie zu mir. »Reib dein Gesicht mit der Salbe aus der kleinen blauen Dose ein. Nimm die Creme mit und trage sie jede Stunde auf. Wir wollen keine Narben auf deinem hübschen Gesicht. Ich werde es Miryu in Rechnung stellen.«

Erst jetzt frage ich mich, wie mein Gesicht aussieht. Ich stelle die Tasse ab und suche nach der Salbe.

»Und tu so etwas *nie wieder*«, sagt die Ärztin. »Hast du mal daran gedacht, was geschehen würde, wenn deine Mutter dich verlieren würde?«

Was geschehen würde? Natürlich würde es sie umbringen. Mama will nur, dass wir sicher und glücklich sind. Ich fasse nicht, dass mich jemand daran erinnern muss. Wie konnte ich nur so dumm sein?

»Es tut mir leid«, murmle ich. Die Worte bleiben mir im Hals stecken.

Vor dem Spiegel stelle ich erstaunt fest, dass meine Wangen und meine Nase verfärbt sind und sich seltsam anfühlen. Ich tauche einen Finger in die zähe Salbe und reibe sie vorsichtig auf die beschädigte Haut. Anfangs brennt es, und ich zucke zusammen. Aber das Brennen lässt schnell nach, und dann kühlt die Salbe. In dem Moment erinnere ich mich wieder an meinen Bruder. Der Gedanke trifft mich wie ein Hammerschlag.

»Ongi!«, rufe ich.

Die Ärztin wirbelt vom Untersuchungstisch herum.

»Ongi ist immer noch nicht hier!«, schreie ich. »Er wollte nachkommen!«

Ich schnappe mir meinen Parka und eile zur Tür. Die Hälfte der Klinik habe ich schon fast hinter mir, als die Ärztin nach mir greift und mich am Arm zurückzieht.

»Du willst doch nicht wieder da rausgehen, oder?«

»Ich muss Ongi suchen! Er steckt bestimmt in Schwierigkeiten!«

»Beruhige dich«, fordert sie mich auf. Sie hält mich mit beiden Händen zurück. »Du hattest großes Glück, dass du da draußen nicht erfroren bist. Du bist irre, wenn du denkst, dass du noch mal solches Glück haben wirst.«

Ich versuche, mich loszureißen, aber die kleine Ärztin ist erstaunlich kräftig.

»Lassen Sie mich los!«, kreische ich hysterisch. »Ich kann doch nicht *sie* retten und meinen eigenen Bruder sterben lassen! Bitte!«

Aber die Ärztin packt mich nur noch fester. Mir bleibt keine andere Wahl, als mich gegen sie zu wehren. In dem Moment klopft jemand an die Tür, und wir beide reißen den Kopf rum.

»Ongi?«, keuche ich.

Aber die Person, die durch die Tür tritt, ist nicht Ongi. Sie sieht ihm nicht mal ähnlich.

»Hallo«, grüßt der Mann, und sein Lächeln enthüllt gerade weiße Zähne. Der luxuriöse, schimmernde Fellmantel fällt mir sofort ins Auge, genau wie der elegante pechschwarze Anzug darunter. Niemand in unserem Ort trägt etwas anderes als matte, isolierte Stiefel, doch die Vorderkappen der Lederschuhe, in denen seine langen Beine enden, strahlen förmlich. Und sein Gesicht unter der edlen Mütze aus Fuchsfell ... Er kommt mir vertraut vor. Ich bin mir sicher, dass ich ihn schon einmal gesehen habe.

»Sie müssen Frau Jeon Chobahm sein«, bemerkt der Mann. »Ich komme gerade vom Haus Ihrer Mutter. Ihr Bruder hat mir gesagt, wo ich Sie finde.«

Mein Bruder? Dieser Mann hat ihn zu Hause gesehen? Meine Angst und die Anspannung verpuffen, und ich drehe mich zur Ärztin um. Sie schenkt mir ein erleichtertes Lächeln, dann mustert sie den Mann aus zusammengekniffenen Augen, als würde auch sie versuchen, sich an ihn zu erinnern.

»Haben Sie kurz Zeit, Frau Chobahm?«, fragt der Mann. Sein Blick haftet auf mir, als wäre ich die Einzige im Raum. Er hat die Ärztin keines Blickes gewürdigt und Miryu auf dem Bett in der Ecke nicht mal zur Kenntnis genommen.

»Kenne ich Sie?«

Er lächelt. »Eine Regisseurin von der Filmhochschule wartet auf Sie.«

Ein langer Moment verstreicht, dann höre ich, wie ich seine Worte wiederhole. »Eine Regisseurin von der Filmhochschule?«

Mein Herz schlägt schneller.

Ein Todesfall

Ich folge dem Mann durch die Klinik und über den dunklen Platz zum vorderen Eingang des Kraftwerks.
»Sie wartet um die Ecke«, sagt er.
»Draußen in der Kälte?«
Lächelnd öffnet mir der Mann die schwere Tür. Das sanfte Schimmern des Lederhandschuhs, der sich an seine Hand schmiegt, schreit förmlich Snowglobe. Und da fällt es mir wieder ein.
»Cooper Raffaeli?«
Er ist der Hauptdarsteller einer Erfolgsserie, die vor zwei Jahren abgesetzt wurde!
»Bingo«, sagt er fröhlich, dann fügt er mit einem selbstironischen Lachen hinzu: »Der Biathlonchampion, der tough wie Tofu ist.«
Dass ich ihn wiedererkannt habe, scheint ihn aufrichtig zu freuen. Er wirkt heute viel zufriedener und gelassener als damals im Fernsehen.
In Snowglobe war Cooper ein professioneller Biathlet, der an den Wettbewerben im Skilanglauf und Schießen teilgenommen hat. In der letzten Runde eines jeden Rennens werden zum Tode Verurteilte als Ziele aufgestellt, etwas, womit sich Cooper nie hatte arrangieren können. Nach einem Sieg empfand er jedes Mal derartige Schuldgefühle, dass ein Triumphgefühl völlig ausblieb. Trotzdem hielt er durch. Überall in der offenen

Welt haben Fans zugesehen, wie die Psyche des überragenden Athleten von Folge zu Folge weiter brach. Sie haben mit ihm mitgefühlt und geweint, sie haben seine Qualen am eigenen Leib erfahren.

Ich fasse nicht, dass er jetzt leibhaftig vor mir steht. Cooper Raffaeli ...

»Wir haben Ihre Show jeden Mittwoch und Donnerstag während des Abendessens gesehen!« Meine Stimme zittert vor Aufregung.

Wir, die wir uns in der offenen Welt abrackern, führen mit unseren liebsten Fernsehsendungen in gewisser Hinsicht ein Parallelleben. Wir erleben den Aufstieg und Niedergang der Charaktere, als wäre ihr Schicksal unser eigenes. Dank ihnen können wir die Last unserer eigenen trostlosen Existenz ablegen, wenn auch nur so lange, wie wir in das Leben all jener eintauchen, die in Snowglobe im Licht der strahlenden Sonne leben. Kurioserweise geben uns aber gerade ihre Schicksalsschläge, seien es finanzielle Schwierigkeiten, hässliche Scheidungen oder herzzerreißender Liebeskummer, einen seltsamen inneren Frieden, ein Gefühl, dass die Welt doch gerecht ist.

»Mussten Sie Snowglobe nicht verlassen, nachdem Ihre Show vorbei war?«

»Doch«, sagt Cooper. »Aber ich hatte Glück. Snowglobe braucht viele Leute – nicht nur vor der Kamera.«

Bei dem Gedanken quieke ich erstaunt, und dann stolpere ich wie eine Närrin über meinen eigenen Knöchel. Doch Cooper packt mich mit seinen katzengleichen Reflexen am Ellbogen und verhindert, dass ich mit dem Gesicht voran auf den Boden stürze. Ich wende den Blick von ihm ab und versuche, mein Grinsen zu verstecken.

Nach zwei weiteren Doppeltüren sind wir draußen. Der Sturm scheint nachgelassen zu haben, und hinter den Schneeflocken erkenne ich eine schwarz glänzende Limousine am Bordstein. Bis zu diesem Moment habe ich noch nie eine gesehen, genau wie die Brownies. Im Fernsehen sehe ich sie dagegen ständig, hauptsächlich, wenn sie jemand vor dem Anwesen der Yibonns absetzen.

Cooper legt seine behandschuhte Hand auf den funkelnden Türgriff der Limousine, beugt sich vor und flüstert: »Seien Sie nicht allzu überrascht.« Er zwinkert mir zu.

Träume ich? Oder hat mir Cooper Raffaeli wirklich gerade zugezwinkert? Ongi wird mir das nie glauben, wenn ich ihm davon erzähle.

Schließlich öffnet Cooper die Tür, und ich beuge mich vor, um ins Innere zu linsen. Überrascht stelle ich fest, dass die Limousine drinnen nur halb so groß ist, wie das lang gezogene Äußere vermuten lässt. Wichtiger jedoch ist, dass dort keine Regisseurin von der Filmhochschule auf mich wartet. Verwirrt steige ich ein und lasse mich in den weichen Sitz hinter der getönten Scheibe sinken, die die Fahrerkabine von den Fahrgästen trennt. Wenig später öffnet sich die Fahrertür, und ich beobachte, wie sich Cooper hinter das Steuer setzt. Gerade als ich mich frage, ob wir woanders hinfahren, um die Regisseurin zu treffen, höre ich ein leises Surren und drehe mich zurück. Im hinteren Bereich fährt langsam eine Trennwand hoch und enthüllt wohlgeformte Beine, die zu einer Person gehören, die mir gegenübersitzt. Durch das transparente Material der kniehohen Stiefel sehe ich schmale, zierliche Füße mit smaragdgrünem Nagellack in einem verschnörkelten, handbemalten Design. Die großen Zehen schmückt zusätzlich ein

Cubic Zirkonia in einem dunkleren Smaragdgrün, der die prächtigen Fußnägel noch wertvoller erscheinen lässt. Diese Stiefel, die kunstvollen Nägel, die smaragdgrüne Farbe ... Das alles kommt direkt aus der diesjährigen Frühjahrsmode in Snowglobe.

»Wie kann man nur hier leben?«, ertönt die körperlose Stimme meiner Mitfahrerin.

Ich kann noch immer nicht mehr erkennen als das ärmellose cremeweiße Bouclé-Kleid, das mich an ein kleines Lamm erinnert. Sie umklammert ihre bloßen Arme in der kalten Luft, die mir ins Wageninnere gefolgt ist. Nach ein paar Sekunden ist die Wand vollends hochgefahren, und die Frau stellt sich mir mit einem sanften Lächeln vor. Was nicht nötig ist.

»Aber Sie wissen bereits, wer ich bin, nicht wahr?« Sie schüttelt den Kopf mit ihrem typischen feuerroten Bob.

Ob ich sie kenne? Ja, natürlich tue ich das. Sie ist Regisseurin Cha, die Haeri zu dem Superstar gemacht hat, der sie heute ist. Sie ist nichts anderes als mein Idol und mein Polarstern.

»Hi! Hallo!« Meine Stimme klingt schrill.

Sie lacht leise. »Freut mich, Sie kennenzulernen, Frau Chobahm.«

Mein Herz schlägt wild, als sie meinen Namen ausspricht. Cooper hätte mir tausend Mal zuzwinkern können, und es hätte nicht mal ansatzweise dieselbe Wirkung gehabt.

»Es tut mir leid, dass es dieses Jahr nicht mit der Filmhochschule geklappt hat«, fährt sie fort. »Ich kann mir vorstellen, wie enttäuscht Sie waren.«

Ich fasse es nicht. Sie kennt mich! Mein Kopf ist vor Bewunderung und Dankbarkeit wie leer gefegt.

»Ich ... ja. E... ein bisschen«, stammle ich. Bevor ich mich zurückhalten kann, plappere ich drauflos. »Aber nicht sehr! Ich meine, das ist okay – ich bewerbe mich einfach nächstes Jahr noch mal und das Jahr danach! Und dann das danach?«

Igitt! Wie dämlich! Wie wäre es mit einem coolen, reifen: *Das ist schon okay.* Gefolgt von einem: *Ich arbeite an einer Idee für eine Show, die alle in ihren Bann schlagen wird.* Oder: *Sie allein haben mich dazu inspiriert, Regisseurin zu werden!*

Aber diese Wahrheiten muss ich vielleicht gar nicht aussprechen. Regisseurin Cha betrachtet mich voller Anteilnahme, als würde sie bereits verstehen, was ich nicht in Worte fassen kann.

»Wundervoll«, sagt sie, dann richtet sie den Blick wieder auf mich. »Aber was, wenn Sie Ihr Talent nutzen könnten, um mir *jetzt* auszuhelfen?«

Ihr helfen? Ich? Verständnislos starre ich sie an.

»Es ist kein persönlicher Gefallen.« Ihre Stimme nimmt einen ernsteren Ton an. »Es ist für Snowglobe oder vielmehr für die Menschen vor dem Fernseher.«

In meinen wildesten Träumen von der Filmhochschule oder davon, einem ihrer Vorträge zu lauschen, hätte ich mir nie vorstellen können, Regisseurin Cha persönlich von Nutzen sein zu können. Es dauert einen Moment, aber dann gebe ich ihr die einzige korrekte Antwort, die mir einfällt.

»Natürlich, Regisseurin Cha. Ich helfe gern. Was auch immer Sie wollen.«

Ein zufriedenes Lächeln legt sich auf ihr Gesicht. Dann stellt sie die nächste Frage. »Wie sehr, denken Sie, ähneln Sie Goh Haeri?«

Ich sehe sie ausdruckslos an.

»Sehr«, beantwortet sie ihre Frage selbst. »Offensichtlich ist ein wenig Arbeit nötig – aber nicht allzu viel. Ein kleines Upgrade hier und da, dann werden Sie alle für Haeri halten, denke ich.«
Worauf will sie hinaus?
»Anders ausgedrückt«, sie dehnt die letzten Silben, während sie mich weiterhin anstarrt, »möchte ich, dass Sie unsere neue Haeri werden.«
Ich versuche noch immer, zu begreifen, was ich gerade gehört habe, als ihr Lächeln verschwindet. »Haeri hat sich gestern das Leben genommen.«
Die Worte explodieren wie eine Bombe in meinen Ohren. Zutiefst erschüttert erwidere ich ihren Blick.
Ist das ein Scherz? Das wäre total krank. Nein, Regisseurin Cha muss sich versprochen haben. Ich will, dass sie sich korrigiert, und zwar sofort. Aber das tut sie nicht. Sie wartet, bis ich mich von dem Schrecken erholt habe.

Goh Haeri, der Liebling der Welt, die, in Seide eingewickelt und vor Elend und Kummer geschützt, im sonnigen Snowglobe lebt, soll sich selbst umgebracht haben? Warum? Sollte sie nicht unsere neue Wetterfee werden? Ihr liebster Feiertag, Weihnachten, ist nur wenige Tage entfernt ... Das ergibt doch alles keinen Sinn! »Aber ich hab sie erst heute Morgen gesehen! Im Fernsehen!«

Regisseurin Cha betrachtet mich wortlos und presst die zitternden Lippen zusammen. Ich kann kaum atmen. Haeri – die am selben Tag Geburtstag hat wie ich, die mit mir zusammen auf der anderen Seite des Bildschirms aufgewachsen ist – *tot?* Die erste von vielen Tränen löst sich und fällt mir in den Schoß.

Ein Job für mich

Ich war in der fünften Klasse, als Yujin zu mir sagte: »Aber ernsthaft, dir ist klar, wie sehr du Haeri ähnelst, oder? Du klingst sogar wie sie.«
»Ich schätze, ich sehe ihr ähnlich«, gestand ich verlegen. »Aber klinge ich wirklich wie sie? Ich höre es nicht.«
In jener Nacht, nachdem alle bereits schliefen, habe ich mich ins leere Wohnzimmer geschlichen, den Fernseher eingeschaltet und sofort auf die Stummtaste gedrückt, kaum dass der Bildschirm an war. Da das Heizgerät über Nacht aus war, klapperte ich mit den Zähnen, aber ich saß wie gebannt vor Kanal 60 und studierte Haeris Gesichtszüge. Ihre Brauen, ihre Augen, ihre Nase ... Wie sich ihre Oberlippe bog, wenn sie lachte. Ich musste mir eingestehen, dass wir uns wie ein Ei dem anderen glichen. Was, wenn Haeri mein Zwilling war und nicht Ongi? Was, wenn wir bei der Geburt irgendwie vertauscht worden sind?
Sobald ich den Gedanken einmal zugelassen hatte, konnte ich an nichts anderes mehr denken. Ich wollte Mama so gern nach Beweisen fragen, aber ich habe die Worte nie über die Lippen gebracht. Zum Jahresende war aus meinem Verdacht Überzeugung geworden. Eines Nachts hat mich Mama dabei erwischt, wie ich

schluchzend im Bett lag, und da ist alles aus mir rausgeplatzt.
»Es ist nicht fair für Haeri ...«, weinte ich. »Warum soll sie getrennt von uns leben?«

Der Vorfall war sofort ein Klassiker, der bis zum heutigen Tag immer wieder aufgewärmt wird. Oma, die bei unserer Geburt in der Klinik des Kraftwerks geholfen hat, ist eine lebende Zeugin, die den letzten Funken meines Verdachts erstickte. Und als wollte er die widerlegte Theorie noch weiter verhöhnen, sah Ongi Mama zunehmend ähnlicher, bis hin zu den Händen und Füßen. Nur ihre Persönlichkeit hat er leider nicht geerbt.

Unabhängig von der peinlichen Erinnerung fühlte ich mich über die Jahre Haeri immer enger verbunden. Wenn ich sah, wie sie sich in einem neuen Sommerkleid drehte, fühlte ich mich sofort besser, während ich mir vorstellte, ich würde dieses Kleid tragen. Natürlich war ich manchmal neidisch, aber im Grunde sehne ich mich nicht nach dem Leben einer Schauspielerin, nicht mal nach dem von Haeri. Ich will *Regisseurin* werden.

Jeden September sind die Sporthallen an den Schulen der offenen Welt überfüllt, weil alle für Snowglobe vorsprechen müssen. Das ist Pflicht, weshalb ich jedes Jahr, solange ich an der Schule war, eine halbe Stunde lang vor die Kamera treten musste.

In der ersten Hälfte des Vorsprechens stellen die Lehrkräfte alle möglichen Fragen, in der zweiten Hälfte zeigt man, was man in Snowglobe beitragen könnte.

Als ich in der siebten Klasse an der Reihe war, präsentierte ich verbissen all meine Ideen für Shows, die ich mir ausgedacht habe. Leider wurde ich von einem aufgebrachten Lehrer unterbrochen, dem es an Vorstellungskraft mangelte.

Aber das war damals. Seit mein Abschluss mich von dieser Pflichtveranstaltung befreit hat, bin ich gar nicht erst auf die Idee gekommen, mich freiwillig anzumelden. Eine Regisseurin darf nicht vor die Kamera treten, eine Schauspielerin nicht Regie führen. So ist das seit der Gründung der Filmhochschule, denn es wäre ungerecht, doppeltes Honorar einzustreichen.

»Bei allem Respekt, Regisseurin Cha«, sage ich so leise, dass es kaum mehr als ein Flüstern ist, »ich möchte lieber irgendwann Regie führen.«

Sie zieht eine Augenbraue hoch, ich senke den Blick. Niemanden sonst auf der ganzen Welt will ich so sehr beeindrucken wie sie. Trotzdem sammle ich meinen Mut zusammen und rede weiter. »Wenn ich Schauspielerin werden würde, könnte ich mich nicht an der Filmhochschule bewerben.«

Ich spüre ihren Blick auf mir, aber ich kann ihn kaum erwidern. Eine Weile herrscht Stille, dann fängt sie plötzlich zu lachen an.

»Ich fürchte, Sie haben meinen Vorschlag missverstanden, Frau Chobahm.« Sie wechselt den Platz und setzt sich neben mich. »Ihr Name würde in der Datenbank von Snowglobe nicht auftauchen, Sie können sich also jederzeit an der Filmhochschule bewerben. Und halten Sie sich das vor Augen: Sie wären eine Regisseurin, die sich wie keine Zweite in die Perspektive der Schauspielenden einfühlen könnte.«

Sie neigt den Kopf, um meinen Blick aufzufangen. *Eine Regisseurin wie keine Zweite.* Ich schlucke. »Wenn Sie mir jetzt helfen, dann helfe ich Ihnen später, Regisseurin zu werden. Versprochen.«

Sie lächelt, aber der durchdringende Blick aus ihren

bernsteinfarbenen Augen ist so furchterregend wie der eines Tigers.
»Das heißt natürlich nicht, dass ich Ihnen einen Platz an der Filmhochschule garantieren kann. Ich arbeite als Regisseurin und hab keine Verbindung zur Schule. Aber es wäre ein Anfang.« Sie schlägt die Beine übereinander und sieht kurz weg, bevor sie den Blick wieder auf mich heftet. »Stellen Sie sich vor, wie sehr ein Jahr in Snowglobe Ihren Horizont erweitern würde. Das würde Ihre Bewerbung ungemein stärken. Und das Bewerbungsgespräch ...« Sie lacht zwitschernd. »Mir tun die anderen, die sich bewerben, jetzt schon leid.«

Erwartungsvoll sieht sie mich an, und ihr Gesicht strahlt bereits triumphierend und selbstzufrieden, als ich mich sagen höre: »Aber ich möchte nicht von Haeris Tod profitieren.«

Regisseurin Cha richtet sich auf, in ihrem Gesicht keine Spur mehr von dem Lächeln. Mein Mund wird trocken. Bin ich verrückt? Was habe ich da nur getan? Doch dann kehrt das Lächeln zurück. Grinsend lehnt sie sich zurück. »Ich bin nicht den ganzen Weg hierhergekommen, um Ihnen etwas Gutes zu tun, falls es das ist, was Sie denken.« Sie starrt mich mit ihrem Raubtierblick an. »Haeri *muss* am Leben bleiben. Sie kann ihr Leben nicht einfach wegwerfen.«

Kurz nach Mitternacht hört es endlich auf zu schneien, der Wind weht nun allerdings stärker und lässt die Fenster klappern. Ich schultere den Rucksack und gehe ins Wohnzimmer. Obwohl ich Angst hatte, dass der Rucksack, den ich seit der vierten Klasse habe, für meine Reise zu klein sein könnte, ist er nicht mal halb voll. Wie sich rausstellt, gibt es nicht viel zu packen, wenn man zu einem Ort reist, an dem man nicht jedes Mal, wenn man vor die Tür tritt, arktische Schutzkleidung tragen muss. Zusätzliche Parkas, schwere Stiefel, isolierte Unterwäsche, Skimasken und dergleichen – all das kann zu Hause bleiben. Regisseurin Cha hat mir sogar geraten, gar nichts mitzunehmen, da ich in Snowglobe mit allem versorgt werden würde.

»Hast du wenigstens Unterwäsche und Socken eingepackt?«, fragt Mama, die gerade meinen Rucksack aufmacht und eine Flasche Orangensaft reinsteckt.

»Mama, ich hab doch gesagt, dass ich davon nichts mitnehme. Behalt ihn für Ongi und Oma. Bitte.« Ich nehme den Saft wieder aus dem Rucksack, nur um festzustellen, dass sie Erdbeeren und Brownies reingeschmuggelt hat.

»Mama, das kriege ich jederzeit dort.« Ich seufze und will gerade die Leckereien rausnehmen, als sie mich zurückhält.

»Was weißt du, was eine Studentin da zu essen kriegt?« Sie wirft mir einen Blick zu, der keine Widerworte duldet.

Mama glaubt, dass ich als Nachrückerin an der Filmhochschule angenommen wurde, weil jemand vor mir ausgefallen und dadurch ein Platz für mich frei geworden ist. Die Geschichte haben ihr die Regisseurin Cha und Cooper aufgetischt, als ich noch Miryu durch den Sturm geschleppt habe. Ich darf niemandem, nicht einmal meiner Familie, verraten, dass ich nach Snowglobe ziehe, um Haeri zu ersetzen, schließlich soll ihr Tod geheim gehalten werden.

Die Show läuft bereits seit sechzehn Jahren mit zwei Folgen pro Woche. In der Zeit haben die Fans verfolgt, wie Haeri zu einem Teenager herangewachsen ist. Wer hat nicht den Atem angehalten, während die dreijährige Haeri mit einem Glasgefäß in der Hand über den Boden getapst ist? Und wem ist nicht das Herz aufgegangen beim Anblick der siebenjährigen Haeri, die sich ganz schüchtern wand, als sie ihrem neuen Spielgefährten Yi Bonwhe vorgestellt wurde, dem damals achtjährigen Erben der Yibonn Media Group? Wessen Herz raste nicht zusammen mit Haeris, als ihr Schwarm sie mit einem Haarreifen überrascht hat? Und wem ist nicht das Herz gebrochen, als sie herausgefunden hat, dass er mit einer anderen ausgegangen ist?

In den sechzehn Jahren ihres Lebens war Haeri für ihre ergebenen Fans nicht nur eine besondere Freundin, sondern ein Familienmitglied. Sollte man da etwa zeigen, wie das süße Mädchen sich am Kronleuchter aufhängt? Undenkbar! Ihren Tod im *Fernsehprogramm* zu vermelden, ohne die Aufnahmen zu zeigen, würde jedoch gegen das Gesetz verstoßen, nach dem die Kamera keinen Aspekt im Leben der gefilmten Menschen ausblenden und damit der Öffentlichkeit vorenthalten darf. Die komplette Aufgabe der Privatsphäre ist der Preis, den alle bereitwillig zahlen, um die Wärme und die Annehmlichkeiten von Snowglobe zu genießen.

Dann ist da noch der Werther-Effekt, das Phänomen nachgeahmter Selbstmorde, wie Regisseurin Cha mir erklärt hat. Ich kannte den Begriff nicht, aber er erfüllt mich mit Angst, vor allem um meine Oma, die Haeri für mich hält. Die Nachricht von Haeris Tod würde sie zerstören. Haeris Tod geheim zu halten, könnte für alle das Beste sein.

Und so habe ich der Vision von Regisseurin Cha zugestimmt, in der die Show damit endet, dass sich Haeri an ihrem achtzehnten Geburtstag von Snowglobe verabschiedet. Wer wie sie vor der Kamera in eine Familie hineingeboren wurde, erhält mit achtzehn die einmalige Gelegenheit, zwischen einem privaten und einem öffentlich geführten Leben zu wählen. Haeris Entscheidung, ihr Leben außerhalb von Snowglobe zu führen, würde sicherlich alle überraschen, aber nichts wäre schlimmer als die Wahrheit über ihr trauriges, unerwartetes Ende.

Die Zeit wird vergehen. Wie immer. Snowglobe wird weiterhin eine Unterhaltungsshow nach der anderen produzieren. Stars werden kommen und gehen. Auch wenn sich Hardcorefans gelegentlich fragen werden, was aus ihrem Liebling Haeri geworden ist, wird auch sie irgendwann in Vergessenheit geraten.

»Diesen Job können nur Sie erledigen, Frau Chobahm.« Mit diesen Worten hat Regisseurin Cha all meine komplizierten Gefühle aufgelöst. Das hier ist meine Chance, einem ziellosen Leben zu entrinnen, das von einem Hamsterrad bestimmt wird und in dem ich nur eine unter vielen bin – denn nur ich kann Haeris Abgang korrigieren. Worum sollte ich mir also Sorgen machen?

»Willst du dich nicht von Oma verabschieden?« Ongi deutet mit dem Kopf zu ihrer Tür.

»Ich will sie schlafen lassen.«

Ongi zuckt die Achseln.

»Sie denkt eh, ich wäre deine Freundin.«

»Vergiss nicht, du bist ihr liebstes Enkelkind.«

Ich nicke. Als wir noch zur Schule gegangen sind, haben Ongi und ich in der Schulmensa nur eine winzige Ration Obst bekommen, und Oma hat immer darauf bestanden, uns ihre Ration vom Kraftwerk zu geben.

Ich erinnere mich noch, wie konzentriert sie die

mundgerechten Stücke noch mal halbiert hat. Und jedes Mal hat sie mir die etwas größere Hälfte gegeben. Auf diese Art wollte sie sich um den schwächeren Zwilling kümmern, der mit einer Herzrhythmusstörung zur Welt gekommen ist und dessen Leben mit regelmäßigen Besuchen in der Klinik angefangen hat.

So leise ich kann, schiebe ich die Schlafzimmertür einen Spalt auf. Ich betrachte Omas schlafendes Gesicht und verabschiede mich flüsternd von ihr. »Tschüss, Oma. Jetzt werde ich wirklich im Fernsehen sein! Feuer mich an, ja? Ich hab dich lieb. Bis bald!«

Mittel gegen Schmerzen

Ich umarme Mama ein letztes Mal. Als sie sich umdreht, damit ich ihre Tränen nicht sehe, bleibt mein Blick an dem kleinen Glaswürfel auf dem Tisch hängen, der eine Minikamera aus reinem Gold umschließt. In der Mitte ihres Objektivs funkelt ein winziger Diamant. Cooper hat sie Mama gegeben, ein Geschenk, das alle Familien bekommen, deren Kinder an die Filmhochschule gehen. Ich wusste gar nicht, dass es einen solchen Brauch gibt, aber der funkelnde Gegenstand verleiht unserer Geschichte eine gewisse Glaubwürdigkeit.

»Ich halte die Stellung, du musst dir also um nichts Sorgen machen. Konzentrier dich ganz auf dein Studium«, sagt Ongi mit der tiefen Stimme, die er immer einsetzt, wenn er wie ein reifer, verlässlicher großer Bruder klingen will. Dann kaut er auf der Lippe, um die Tränen zurückzudrängen, die ihm in die Augen steigen. Ich nicke nur und versuche, mich genauso tough zu geben wie er.

Dann drehe ich mich wieder zu Mama, die nach wie vor gegen Tränen ankämpft.

»Ach, Mama, man möchte meinen, ich würde in ein Todescamp gehen«, sage ich um Humor bemüht.

»Ich weiß, Schatz.« Mit dem Handrücken wischt sie sich über die Augen. »Deine Mama ist ganz schön albern, nicht wahr? Wir werden dich schon bald besuchen kommen.«

Sie lächelt, und ich erwidere das Lächeln, so gut ich kann. Wer an der Filmhochschule in Snowglobe studiert, darf – im Unterschied zu allen anderen Studiengängen – nicht nach Hause fahren, einfach weil es für sie keine Ferien gibt. Stattdessen können ihre Familien sie in Snowglobe besuchen. Da ich aber gar nicht studiere, werde ich sie vermutlich nicht einladen können.

Mit einem gemurmelten Gruß flüchte ich aus der Diele. Es ist nie leicht, sich zu verabschieden, aber die Schuldgefühle, meine Familie angelogen zu haben, machen es zehnmal schlimmer. Ich schlucke die Tränen runter und stelle den rosa Rucksack mit den Brownies und dem Orangensaft vor der Wand auf den Boden. Doch dann stelle ich mir vor, wie enttäuscht Mama wäre – und nehme das verdammte Ding wieder an mich.

Da Cooper am Steuer sitzt, wirkt die Stille in der Limousine fast schon unangenehm. Regisseurin Cha greift in den Minikühlschrank und holt eine schmale Flasche raus.

»Ich finde, das Ganze verlangt nach einem Drink.«
Sie zieht die Folie vom Flaschenhals ab.

Alkohol ist in Snowglobe genau wie in der offenen Welt erst ab einundzwanzig erlaubt. »Ein Glas Champagner zur Feier des Tages wird Sie nicht umbringen«, versichert Regisseurin Cha mir mit einem Augenzwinkern, dann lässt sie den Korken knallen.

Bei dem Geräusch zucke ich zusammen.

Sie reicht mir ein zierliches Stielglas und neigt die Flasche, aus der eine goldene Flüssigkeit herausströmt. Fasziniert beobachte ich, wie winzige Bläschen vom Boden aufsteigen und an der sanft wirbelnden Oberfläche platzen. Anschließend füllt sie ihr Glas und stößt damit gegen meins, dann legt sie mit einem Lächeln auf den Lippen den Kopf in den Nacken und trinkt das Ganze in einem langen Zug aus. Ich weiß nicht, was ich sonst tun soll, also nippe ich vorsichtig an meinem Champagner.

Igitt! Das Getränk schmeckt so säuerlich, dass ich das Gesicht verziehe.

Soll das so schmecken? Ich hatte gedacht, es wäre süß. Mir wird erst klar, dass ich immer wieder die Zunge rausstrecke wie ein krankes Tier, als ich merke, wie Regisseurin Cha mich über den Rand ihres Glases hinweg angrinst.

In diesem Moment begreife ich, wie surreal die ganze Situation ist. Als ich heute Morgen aufgewacht bin, war ich eine von vielen mutlosen jungen Arbeitskräften auf dem Weg zum Kraftwerk – aber seht mich jetzt an! Ich sitze neben einer weltbekannten Regisseurin in einer Limousine und bin auf dem Weg nach Snowglobe, um eine besondere Mission zu erfüllen. Um die Welt vor der verheerenden Nachricht von Haeris Selbstmord zu schützen, werde ich sie ersetzen. Im Gegenzug erhält meine Familie eine finanzielle Unterstützung, außerdem wurde mir eine strahlende Zukunft als Regisseurin versprochen. Und Haeri ... Was hat sie von der ganzen Sache?

Im nächsten Moment sage ich: »Regisseurin Cha ... Wissen Sie, ob Haeri einen Abschiedsbrief hinterlassen hat?«

Ihre Hand mit dem Glas hält auf dem Weg zum Mund inne. Sie mustert mich eine Weile.

»Warum denken Sie, dass es einen Abschiedsbrief gibt?«, fragt sie schließlich, während sie mich aus ihren

Tigeraugen eindringlich ansieht. »Finden Sie nicht, dass das etwas Privates ist?«

Der letzte Satz verwirrt mich. Etwas Privates? In Haeris Leben? Seit wann war ihr eine Privatsphäre vergönnt gewesen? Ihr ganzes Leben wurde zur allgemeinen Unterhaltung ausgestrahlt. Selbst ihr erstes Date – das dank ihrer hyperaktiven Verdauung in einer Katastrophe endete – war keine Ausnahme. Die Kameras liefen, bis Haeri mit schmerzverzerrtem und schamerfülltem Gesicht ihr Date sitzen ließ, zur nächsten Toilette rannte und in einer der Kabinen verschwand.

Wer an einer Serie teilnimmt, muss der Öffentlichkeit das eigene Leben offenbaren, und ich bin gerade im Begriff, mich diesem Gebot zu beugen. Die Erkenntnis raubt mir den Atem. Ich wirble herum und rufe Cooper in der Fahrerkabine zu.

»Entschuldigen Sie, Herr Raffaeli!«

Es gibt keinen Grund zur Panik. Ich wurde lediglich darum gebeten, ein Leben zu übernehmen, und zwar nicht irgendein Leben, sondern Haeris beschauliches, unfassbar bequemes Leben. Doch ich muss es von jemand anderem hören. Jemand, der sich auskennt.

Cooper scheint mich hinter der Trennscheibe nicht zu hören, also hebe ich die Stimme und versuche es noch einmal. »Herr Raffaeli! Können wir bitte kurz beim Kraftwerk anhalten?«

Keine Antwort. Die Limousine fährt weiter.

»Ich hab meine Sachen vergessen! Bitte!«, rufe ich, aber das Ergebnis bleibt dasselbe.

Mein Herz rast, und ich ziehe mich mühevoll auf dem Sitz hoch und will gerade an die Scheibe klopfen, um seine Aufmerksamkeit auf mich zu lenken, als Regisseurin Cha nach meinem Handgelenk greift.

»Kaufen Sie sich neue in Snowglobe.« Ihr Tonfall erinnert mich an den Aufseher des Kraftwerks und löst einen gewissen Trotz in mir aus.

»Ich hab die Salbe gegen Frostbeulen in der Klinik vergessen.« Ich sehe ihr direkt in die Augen. Es ist die Wahrheit, und dafür könnte ich nicht dankbarer sein.

Regisseurin Cha verzieht das Gesicht, fängt sich aber sofort wieder. »In Snowglobe gibt es genügend Salben gegen Frostbeulen«, sagt sie in einem sanfteren Tonfall, der mich beruhigen soll, mir aber genauso wenig passt.

»Ja«, erwidere ich, »aber ich soll die Creme stündlich auftragen, damit keine Narben zurückbleiben.« Dann neige ich den Kopf zur Seite in meiner besten Nachahmung von Haeri. »Ich kann mir Haeri nicht mit Narben im Gesicht vorstellen.«

Die Sekunden verstreichen, während wir uns wortlos anstarren. Schließlich zieht sie die Mundwinkel nach oben.

»Also gut.« Sie lässt mein Handgelenk los. »Aber von jetzt an warten Sie, bis ich meine Erlaubnis erteile, bevor Sie etwas tun.« Dann drückt sie auf einen schwarzen Knopf neben ihrem Sitz und befiehlt: »Zum Kraftwerk, Cooper.«

Die Limousine biegt scharf nach links ab, und das Mondlicht dringt nun in einem anderen Winkel durch das gläserne Dach. Mein Blick fällt auf Glasscherben auf dem Teppichboden. Ich sehe zum Regal mit den Sektflöten über der Minibar, das Platz für vier Gläser bietet. Drei fehlen, aber Regisseurin Cha und ich haben jeweils nur eines in der Hand. *Na und?* Ich will es gerade den rauen Straßen zuschreiben, als die Limousine über eine unebene Stelle rumpelt. Mein Blick landet wieder auf dem Regal, in dem das letzte Glas kurz wackelt, aber rasch wieder zur Ruhe kommt.

Die Ärztin muss kurz nach draußen gegangen sein. Miryu schläft in ihrem Bett, das in der Ecke hinter einem Vorhang steht. Durch den Spalt sehe ich, dass sie unter der Elchdecke liegt und ihr blasses Gesicht mit dicker Salbe eingerieben ist.

Ich schleiche mich zu ihrem Bett und versuche, sie sanft wachzurütteln. »Entschuldigen Sie«, flüstere ich dicht über ihrem Gesicht. »Miryu, ich muss mit Ihnen reden.«

Vielleicht hört sie ihren Namen so selten, dass sie davon wach wird. Jedenfalls flattern ihre Lider, sie reißt die Augen auf und umklammert meine Arme. Mein Herz schlägt mir bis zum Hals.

»Hilfe!«, schreit sie heiser.

»Es ist alles in Ordnung«, presse ich hervor. »Sie sind in der Klinik. In Behandlung.«

Entsetzt starrt sie durch mich hindurch.

»Die schwarze ... die schwarze Limo«, murmelt sie, und ihre zitternden Hände krallen sich verzweifelt in meinen Parka.

Mir zieht sich der Magen zusammen.

»Die schwarze Limo?«, wiederhole ich. »Haben Sie auch die Leute aus Snowglobe getroffen?«

Sie stößt einen wilden Schrei aus, kneift die Augen zusammen und presst die Hände an ihren Kopf. Ein großer, hässlicher Bluterguss zieht sich über ihre rechte Hand.

»Was ist los? Tut Ihnen der Kopf weh?« Ich bemühe mich darum, meine Panik zurückzudrängen.

»Stopp! Stopp!«, kreischt sie. Hilflos sehe ich zu, wie sie sich die Hände gegen die Schläfen presst.

Wieder sehe ich das zerbrochene Glas am Boden der Limousine vor mir. Wie gut funktioniert die hochmoderne Federung der Limousine, wenn der Wagen mit einem großen Tier oder einem erwachsenen Menschen zusammenstößt?

»Wurden Sie von der schwarzen Limousine angefahren?«, frage ich.

Miryu erstarrt. Alles um uns herum scheint stillzustehen. Ich stelle mir vor, wie die schwarze Limousine mit Cooper hinterm Steuer sie in der Dunkelheit überfährt. Aber warum sollte er einfach weitergefahren sein und sie dem Tod überlassen haben? Das ergibt keinen Sinn.

»Halten Sie sich von diesen Leuten fern«, haucht Miryu. »Und von dem Ort. Es ist nicht ...«

Sie würgt und krümmt sich.

Was ist es nicht?

»Was meinen Sie mit diesen Leuten oder dem Ort?«

»Snow...«

Sobald sie die Silbe über die Lippen bringt, kommt ihr die Galle hoch. Die grüne Flüssigkeit sickert in die Elchdecke.

Mit einem Mal stürzt die Ärztin aus dem Bad und ruft Miryus Namen. Wasser tropft ihr aus dem nassen Haar. Die Doppeltür hinter ihr schwingt auf, und Cooper tritt hindurch.

»Miryu?«, wiederholt er den Namen und sieht sich in der Klinik um. »Der Name kommt mir bekannt vor.«

Mich beschleicht das seltsame Gefühl, dass es kein gutes Ende nimmt, wenn Cooper Miryu hinter dem Vorhang entdeckt, also beeile ich mich, ihn aus dem Raum zu drängen.

»Tut mir leid, dass es so lange gedauert hat«, trällere ich, während ich ihn am Ellbogen zurück zur Tür führe. »Aber ich hab jetzt alles. Gehen wir.« Im Vorbeigehen schnappe ich mir die blaue Dose vom Tisch und rufe der Ärztin zu: »Ich hab die Salbe! Vielen Dank! Tschüss!«

Cooper dreht den Kopf in Miryus Richtung, die noch immer grässliche Würgegeräusche von sich gibt.

»Das klingt schlimm«, sagt er, als wir die Klinik endlich verlassen.

»Magenkrebs.« Um die Behauptung zu untermalen, verziehe ich das Gesicht. »Schrecklich. Hier draußen ist es noch schlimmer, weil wir nicht genug Schmerzmittel für alle haben.«

Cooper nickt finster. »Deshalb hat meine Mutter sich umgebracht. Wegen der Schmerzen.«

Ich murmle mein Beileid und fühle mich irgendwie, als hätte er meine Lüge durchschaut. Doch dann redet er weiter mit einem verbitterten Lächeln im Gesicht. »In Snowglobe hab ich jeden Tag daran gedacht. Was, wenn sie durchgehalten hätte, bis der Brief kam, dass ich angenommen wurde? Es waren bloß zwei Tage, die gefehlt haben ... Dann hätte ich ihr etwas gegen die Schmerzen beschaffen können.«

Er seufzt resigniert und dreht sich mit einem Lächeln zu mir um, als wollte er sich dafür entschuldigen, dass er mich mit seiner Trauer behelligt hat, wodurch mein schlechtes Gewissen noch schlimmer wird.

Auf dem Weg zum Ausgang des Kraftwerks schweigen wir, doch vor der Tür stelle ich ihm schließlich die Frage, die ich unter anderen Umständen Miryu gestellt hätte. »Das Leben in Snowglobe ist wirklich wundervoll, nicht wahr?«

Die Hand an der Tür, wendet sich Cooper mir zu. Einen Moment lang mustert er mich. »Absolut.« Er lässt ein strahlendes Lächeln aufblitzen. »Ich behaupte nicht, dass es schmerzfrei ist, aber in Snowglobe gibt es alle möglichen Mittel gegen Schmerzen.«

»Auch solche, die man in heißem Wasser ziehen lässt? Wie Teebeutel?«

Daraufhin lacht er bloß. »Sobald du in Snowglobe bist, werden all deine Fragen beantwortet.« Damit schlägt er den Kragen seines Mantels hoch und schiebt die Tür auf.

In der Limousine geht mir Coopers Kommentar zu den Schmerzmitteln nicht mehr aus dem Kopf. Hat Haeri welche genommen, bevor sie das Undenkbare getan hat? Haben sie ihr Ende etwas weniger grauenvoll gemacht? Aber ... warum hat sie sich überhaupt umgebracht? Noch dazu in Snowglobe? Und was ist mit Miryu? Warum hat sie solche Angst vor Snowglobe?

Erster Abgang

»Wir sind da«, ertönt Coopers Stimme durch die Sprechanlage der Limousine. Regisseurin Cha klappt ihre Armlehne hoch, unter der sich ein Telefon befindet – eines mit einem Kabel und einer antiken Wählscheibe mit zehn Löchern, die von Null bis Neun beziffert sind. Im Büro des Kraftwerks gibt es auch so ein Telefon, das einzige im ganzen Ort mit einer Direktverbindung zum Zentralbüro.

Sie nimmt den Hörer von der Gabel und steckt den Zeigefinger in das Loch mit der Null, bevor sie die Scheibe einmal komplett nach rechts dreht. Als sie den Finger herauszieht, kehrt die Wählscheibe ratternd an ihre Ursprungsposition zurück.

»Bereiten Sie den Start vor«, sagt sie in die Muschel des Hörers, und kurz darauf fällt plötzlich gleißendes Licht in die Limousine, das mich blendet. Meine Augen gewöhnen sich aber rasch an die Helligkeit. Erstaunt mache ich ein riesiges Flugzeug aus. Ich habe noch nie eines in echt gesehen. Das hier ist kein gewöhnliches Flugzeug für Geschäfts- oder Urlaubsreisen. Es ist ein Militärflugzeug, wie sie während der Kriegsära verwendet wurden, als die Zivilisationen auf der ganzen Welt brutal aufeinandergeprallt sind und sich die Klimalage dramatisch zugespitzt hat.

»Öffnen Sie den Frachtraum«, befiehlt Regisseurin Cha.

Einen Moment später öffnet sich der hintere Teil des Flugzeugs, und eine Rampe wird heruntergelassen. Langsam fährt die Limousine sie hoch und verschwindet in dem großen Frachtraum des Flugzeugs. Sobald wir anhalten, schließt sich scheppernd die Luke.

Mit einem schweren Ruck rollt das Flugzeug über die leere Startbahn. Am liebsten würde ich aussteigen und zusehen, wie wir abheben, aber Regisseurin Cha erklärt mir, dass wir aus Sicherheitsgründen sitzen bleiben müssen, bis wir die richtige Flughöhe erreicht haben. Vielleicht scheut sie sich auch bloß, in den Frachtraum hinauszuklettern, wo es garantiert eiskalt ist. Ich kann es ihr nicht verdenken. Als Bewohnerin von Snowglobe hat sie vermutlich eine tief sitzende Angst vor Kälte.

Der Motor des Flugzeugs heult immer lauter, und wir werden immer schneller. Als das Flugzeug endlich abhebt, werde ich in meinen Sitz gedrückt. Ganz kurz bin ich schwerelos, und dann fliegen wir. Meine Ohren fühlen sich noch immer an, als wäre mein Kopf unter Wasser, als der Lautsprecher knackt und die Durchsage kommt, dass wir die Flughöhe erreicht haben. Cooper verlässt die Fahrerkabine und öffnet uns die Tür. Staunend sehe ich mich in dem riesigen, gewölbten Frachtraum um. Eine Glaswand trennt ihn von der Flugzeugkabine, die genauso gut ein Wohnzimmer sein könnte, noch dazu ein besonders edel ausgestattetes mit einer luxuriösen Essecke.

Während ich mit offenem Mund dastehe, legt Regisseurin Cha mir einen Arm um die Schultern und führt mich zur Glaswand. Dort blinkt über unseren Köpfen ein Sensor einmal rot auf, dann ein zweites Mal, bevor das Glas zur Seite gleitet und wir hindurchtreten können.

Regisseurin Cha schiebt mich vorwärts und dreht sich dann zu Cooper um, der ein paar Schritte hinter uns ist.

»Was soll das?«, fragt sie streng. »Kümmern Sie sich gefälligst um den Fußboden.«

Cooper bleibt wie angewurzelt stehen.

»Das ist nicht Ihr Ernst?« Er lacht ungläubig. »Soll ich jetzt etwa Reinigungsarbeiten übernehmen?«

Regisseurin Cha misst ihn mit einem kalten Blick. »Sie müssen Ihren Wert unter Beweis stellen. Wenn Sie in Snowglobe bleiben wollen.«

Cooper läuft rot an. »Vergeben Sie mir, Regisseurin Cha. Ich kümmere mich sofort darum.«

Damit kehrt er zur Limousine zurück.

Regisseurin Cha drängt mich in die Kabine, und als die Glaswand sich hinter uns schließt, führt sie mich zu einem cremeweißen Sofa, das zur Glaswand zeigt.

»Das ist der beste Platz.« Sie bedeutet mir, mich zu setzen. Der beste Platz? Für einen freien Blick auf den Frachtraum vielleicht. Aber warum sollte ich den betrachten, wenn ich stattdessen raus in den Himmel sehen könnte? Trotzdem beuge ich mich ihrem Willen. Sie ist so nett und schließt den Gurt über meinem Schoß, bevor sie zur Sprechanlage geht und dort auf einen Knopf drückt. »Öffnen Sie den Frachtraum.«

Ich sehe sie verwirrt an. Gerade hat sie Cooper aufgetragen, dortzubleiben und die Scherben zusammenzufegen. Vom hinteren Ende des Flugzeugs ertönt ein dumpfes Geräusch, und zu meiner Überraschung hebt sich die Luke hinter der geparkten Limousine. Licht fällt in den dunklen Raum. Erschrocken sehe ich zu Regisseurin Cha hinüber, die nach wie vor neben der Sprechanlage steht. Ihr gelassener Blick lässt mich bis ins Mark erschaudern.

Auf der anderen Seite der Glaswand steckt Cooper den Kopf durch das Fenster auf der Beifahrerseite, um nach dem Geräusch zu sehen.

»Cooper!«, rufe ich, aber er hört mich nicht. Panisch versuche ich, aufzustehen, um gegen die Scheibe zu schlagen, aber der Gurt hält mich fest. Immer wieder rufe ich seinen Namen und zerre am Gurt, aber es gelingt mir nicht, ihn zu öffnen. Wild wedle ich mit den Armen, um den Bewegungsmelder auszulösen, doch die Glaswand bleibt geschlossen.

»Cooper!«, schreie ich. Mir wird übel. »Sie müssen reinkommen! Bitte!«

Die Luft zerrt von draußen wild am Flugzeug, als sich die hintere Luke weiter öffnet. Im Frachtraum wird es immer heller. Die Limousine schwankt hin und her. Ich erkenne den Moment, in dem Cooper begreift, was gerade geschieht. Er wird bleich vor Schreck und sieht zur Kabine. Dann stößt er die Autotür auf und wankt zur Glaswand. Er krümmt sich im Wind, der ihn zurückreißt.

»Regisseurin Cha!« Mit beiden Händen schlägt er gegen die Glaswand. »Öffnen Sie die Tür!«

Unbewegt sieht sie ihn an – und da entgleisen Cooper die Gesichtszüge, als ihm alles klar wird. Die Limousine rollt hinter ihm zur Öffnung des Frachtraums, stürzt aus dem Flugzeug, überschlägt sich wild und gerät schließlich außer Sicht. Der Wind zerrt an Cooper, der darum kämpft, auf den Beinen zu bleiben. Mit kreideweißen Händen versucht er, an der glatten Oberfläche der Glaswand einen Halt zu finden.

»Der Sturz in den Tod soll sanfter sein als der Kältetod«, sagt Regisseurin Cha in die Sprechanlage.

Ich kann den Blick nicht von Cooper lösen. Sein Gesicht ist wutverzerrt, er schlägt mit dem Körper gegen das Glas und brüllt und flucht, aber seine Mühen sind umsonst: Es bildet sich nicht mal ein Riss im Glas. Schließlich tritt Regisseurin Cha vor die Glaswand und bleibt nur wenige Zentimeter vor Cooper stehen, der noch immer verzweifelt an der Scheibe zwischen ihnen kratzt.

»Ich danke Ihnen für Ihre Arbeit.« Sie hebt die Hand und winkt ihm zum Abschied zu.

Ihm bleibt keine Zeit für Wut, Hass oder Ekel. Seine Augen sind blutunterlaufen, und eine einzelne Träne rollt ihm über die Schläfe, bevor er aus dem Flugzeug katapultiert wird, den Mund zu einem stummen Schrei aufgerissen.

Mit einem Klicken öffnet sich der Gurt in meinem Schoß. Ich rapple mich hoch, aber meine Knie geben nach, und ich stürze zu Boden. Unfähig, mich zu bewegen, bleibe ich auf dem Teppich liegen und starre stumm auf die Stelle, an der Cooper gerade noch gestanden und um sein Leben gefleht hat. Am Heck des Flugzeugs schließt sich die Luke des Frachtraums wieder und sperrt das Licht aus. Wenig später ertönt erneut ein dumpfes Geräusch, und das Brüllen der Luft verstummt.

Zitternd sehe ich zu Regisseurin Cha. »Was haben Sie getan?«

Sie wirkt nicht besonders glücklich. Ich erinnere mich, dass Ongi genauso ausgesehen hat, als ich mich achtlos auf ein Papiermobile gesetzt hatte, an dem er für den Kunstunterricht hart gearbeitet hatte. Mit einem schweren Seufzen setzt sich Regisseurin Cha auf einen Sessel neben dem Couchtisch aus weißem Marmor, auf dem ein Wasserkocher steht.

»Du kannst dich jetzt hinsetzen, wo du willst«, sagt sie. Der Wechsel zum Du entgeht mir nicht.

»W... warum haben Sie ihn getötet?«, presse ich hervor. Meine Wangen sind ganz nass von den Tränen, die sich mit der Salbe gegen Frostbeulen auf meiner wunden Haut vermischen. Selbst wenn ich tausend Jahre leben sollte, werde ich wohl nie den Ausdruck auf Coopers Gesicht vergessen. Wie hat Miryu das nur über sich gebracht – jemanden zu töten? Nicht nur ein Mal, sondern ganze neun Mal?

»Hier endet sein Part«, erklärt Regisseurin Cha nüchtern. »So stand es von Anfang an im Drehbuch.«

Mein Herz zieht sich zusammen. Wer *ist* diese Person?

Sie schaltet den Wasserkocher ein. »Cooper hat zu viel geredet, und er war schwach. Kein passender Kandidat für eine wichtige Rolle.«

»Und deshalb haben Sie ihn *getötet?*«

Einen Moment lang betrachtet sie mich.

»Es ist eine Schande.« Sie verlässt ihren Sessel und hockt sich neben mich. »Wenn Haeri sich nicht umgebracht hätte, hätte Cooper nicht sterben müssen.«

Ich beiße mir auf die Lippe und wiederhole ihre Worte im Kopf, weil ich mich frage, ob ich mich verhört habe, aber ich bin am Ende nur noch verwirrter. Sie ist verrückt, und all das ist total krank.

»Komm, trink einen Kaffee mit mir.« Sie tätschelt mir die Schulter und kehrt zum Tisch zurück, wo sie mit einer kleinen Mühle Kaffeebohnen mahlt, als wäre nichts geschehen.

»Erwartet mich am Ende dasselbe Schicksal?«, frage ich, wobei ich alles daransetze, mit fester Stimme zu sprechen.

Lachend dreht sie sich zu mir um. »Ich dachte, du willst Regisseurin werden? Du hilfst mir, ich helfe dir – das ist unser Deal.«

Ich erwidere ihren Blick, so gut ich kann, und versuche, nicht jener Angst und Machtlosigkeit nachzugeben, die ich empfinde. Aber ich kann nicht anders, ich kann die Tränen nicht zurückhalten.

»Ach, meine Liebe.« Seufzend hält sie in ihrem Tun inne und wirft mir einen aufgebrachten Blick zu. »Warum regst du dich so auf?«

Warum ich mich so *aufrege?* Ich kann nur noch daran denken, wie sehr ich sie hasse. Sie hat die Sache für mich ruiniert, für uns alle. »Ich werde den Ausdruck auf Coopers Gesicht nie vergessen.« Ich schluchze. »Der wird mich bis zu meinem Tod verfolgen.«

Ich hätte mir nie vorstellen können, dass ich jemals so für die Regisseurin empfinden könnte, die immer mein Idol gewesen ist.

Sie kommt zu mir, kniet sich neben mich und zieht mich in die Arme. »Ich hatte schon Angst, du willst nach Hause.« Die Erleichterung in ihrer Stimme ist nicht zu überhören. Und da wird mir klar, dass mir der Gedanke gar nicht gekommen ist.

»In Snowglobe sterben jeden Tag Menschen.« Sie streichelt mir über den Rücken, und ich weine zitternd in ihrer Umarmung. »Durch Mord, Unfälle, Krankheiten, hohes Alter. Aber wir können nicht um alle trauern.« Sanft hebt sie mein Kinn an und sieht mir in die Augen. »Und Cooper? Wann hast du ihn zum letzten Mal im Fernsehen gesehen? Das Leben ist zu kurz, um einen ehemaligen Star wie ihn zu betrauern.« Wieder schweigt sie kurz. »Du musst keine Schuldgefühle haben, nur weil du zuallererst an dich denkst. Genauso sollte es nämlich sein.«

Ihre Worte trösten mich trotz allem, was ich weiß. Als meine Tränen versiegen, frage ich: »Haben Sie Haeris letzte Momente gesehen?«

»Noch nicht.«

Natürlich hat sie das nicht – ich habe vergessen, dass Regisseure erst nach einer Woche Zugriff auf die Aufnahmen bekommen.

»Aber Sie werden sie sich ansehen?«

Eine Weile sagt sie nichts, dann legt sich ein harter Ausdruck auf ihr Gesicht. »Ja, dazu bin ich verpflichtet, schließlich bin ich die Regisseurin.«

Natürlich. Genau wie jede andere Handlung in den letzten sechzehn Jahren wird Regisseurin Cha auch Haeris letzte Tat betrachten, die aus allen möglichen Kamerawinkeln aufgenommen wurde. Ich stelle mir vor, wie sie die Aufnahmen studiert, ohne eine Träne zu vergießen. Ist es seltsam, dass ich denke, sie wird das schaffen, und zwar nicht, weil sie Haeris Tod kaltlässt, sondern weil sie stark genug dafür ist?

Ich löse mich aus ihren Armen und wanke zum nächsten Fenster, wo ich mich auf den weichen Sessel fallen lasse. Als irgendwann der Duft von frischem Kaffee durch die Kabine zieht, sind meine Tränen völlig versiegt.

Regisseurin Cha bringt mir eine Tasse Kaffee, aber ich lehne mit einem müden Kopfschütteln ab.

»Also gut. Warum schläfst du nicht ein bisschen?« Sie lässt sich auf dem Sitz mir gegenüber nieder. »In Snowglobe wartet eine Menge Arbeit auf uns.«

Sie schlägt eine Zeitung auf und liest in aller Ruhe, während sie genüsslich ihren Kaffee trinkt. Ich sehe zum Fenster raus und fühle mich völlig ausgehöhlt. Doch es dauert nicht lange, bis mich ein mulmiges Gefühl überkommt, weil ich an meine Familie denke.

»Meine Familie glaubt, dass ich an der Filmhochschule studiere«, platzt es panisch aus mir raus. »Ich schwöre, Regisseurin Cha! Ich hab ihnen nichts erzählt.«

»Ich weiß.« Gelassen blättert sie die Zeitung um. »Allerdings ist von jetzt an deine Familie die in Snowglobe.«

Akt 2: Du

Teil 1

Das Gelobte Land

Jedes Mal, wenn ich gerade einnicke, sehe ich Coopers blutunterlaufene Augen vor mir, die mich sofort hochschrecken lassen. Irgendwann gebe ich den Gedanken an Schlaf auf und sehe zum leeren, pechschwarzen Himmel raus. Ich weiß nicht, wie viel Zeit vergangen ist, als die Sterne verblassen und der Himmel sich im Licht der aufgehenden Sonne violett färbt. Sobald der gesamte Himmel einen rosa Ton annimmt und der ferne Horizont feuerrot leuchtet, verkündet eine Stimme über die Sprechanlage, dass wir Snowglobe gleich erreichen werden. Danach neigt sich das Flugzeug nach links, und mein suchender Blick landet auf der Glaskuppel unter uns, die im Morgenlicht funkelt. Bin ich wirklich noch auf der Erde? Der Anblick ist surreal: ein einziger Fleck strahlenden Grüns inmitten einer ansonsten endlos weißen Ebene.

Das Flugzeug setzt zum Landeanflug an, und der grüne Fleck wird größer. Schon lassen sich Gebäude und Wolkenkratzer im Miniaturformat erkennen, dazu knallbunte, ameisengroße Autos, die über die Highways kriechen. Mit wild schlagendem Herzen suche ich nach der Filmhochschule, deren eleganten Campus ich aus dem Gedächtnis aufzeichnen könnte, nachdem ich das Poster an meiner Schlafzimmerwand jeden Tag studiert habe.

»Und?«, unterbricht Regisseurin Cha meine Gedanken. »Gefällt es dir?«

Ich nicke, ohne den Blick von der Stadt zu nehmen. Dass ich aufgeregt bin, will ich ihr nicht zeigen. Noch nicht.

»Hey, Haeri«, sagt sie.

Ohne es zu wollen, drehe ich den Kopf. Ich weiß nicht, was ich davon halten soll.

»Genau, das bist du von jetzt an, egal, ob andere uns hören oder nicht.« Sie betrachtet mich freundlich, und in ihren Augen erkenne ich ein zärtliches Bedauern.

Regisseurin Cha hat gerade ihren Abschluss an der Filmhochschule gemacht, als sie an Bord geholt wurde, um für *Goh Around* die Regie zu übernehmen. Ich kann mir nicht vorstellen, wie sie sich gefühlt haben muss, nachdem sie sechzehn Jahre mühevoller Arbeit investiert hat, um das Beste aus dem Star und seiner Familie zu holen. Ich bin nur ein Fan, und ich kann kaum atmen, wenn ich daran denke, dass Haeri nicht mehr am Leben ist.

Jede Show in Snowglobe ist eine Realityshow ohne Drehbuch, die Leute in Snowglobe sind also nicht das, was man früher als professionelle Schauspielende bezeichnet hätte. Hinter dem Ansatz steht die Theorie, dass selbst das beste Drehbuch nur eine Nachahmung des echten Lebens sein kann und somit einen geringeren Unterhaltungswert hat. Aber gewöhnlichen Menschen dabei zuzusehen, wie sie ihren Alltag bewältigen, ist auch nicht besonders unterhaltsam – genau deshalb ist die Regie so wichtig. Es ist ein scharfer Blick für Dramatik nötig, für Spannungsbögen, die dem Alltag Leben einhauchen. Dafür müssen Aufnahmen klug ausgewählt und kreativ zu einer packenden, unterhaltsamen Abfolge zusammengeschnitten werden. Einfach ausgedrückt: Aus dem Rohmaterial, also dem Leben anderer Menschen, muss eine künstlerische Vision und eine lebendige Geschichte werden.

Doch egal, wie viel Talent und harte Arbeit in einer Show stecken, am Ende sind es die Menschen vor dem Fernseher, die bestimmen, wie lange eine Serie läuft und wessen Karriere hinter der Kamera eine Zukunft hat. Shows, deren Einschaltquoten über sechs Monate lang unter zehntausend liegen, mögen sie künstlerisch oder soziokulturell auch noch so wertvoll sein, werden abgesetzt. Wer auf diese Art fünf Shows einbüßt, muss Snowglobe verlassen und ins Rentendorf übersiedeln, von dem nur bekannt ist, dass es irgendwo außerhalb des überdachten Paradieses liegt.

Die Menschen vor und hinter der Kamera gehen deshalb eine symbiotische Beziehung ein, besteht ihr gemeinsames Ziel doch darin, in Snowglobe zu bleiben. Zumindest habe ich das in Sozialkunde gelernt.

»Jeon Chobahm existiert ab jetzt nicht mehr«, fährt Regisseurin Cha fort, während sie mein Gesicht mustert. Ich verstehe, was sie damit meint, aber es fühlt sich dennoch seltsam an, es zu hören. Sie nimmt meine Hände und drückt sie sanft. »Ich verspreche dir, Haeri ...« Als sie mich bei diesem Namen nennt, löscht der Klang ihrer Stimme das Mädchen Jeon Chobahm in mir allmählich aus. »... es wird ein Happy End für dich geben.« Sie schweigt kurz. »Für alle.«

Wie aufs Stichwort ruckt das Flugzeug: Wir sind gelandet.

Da die Kuppel luftdicht versiegelt ist und aus temperierten Glaspaneelen besteht, kann man nicht hineinfliegen. Ich setze den Hut, die Maske und die dunkle Sonnenbrille auf, die Regisseurin Cha mir gegeben hat, und folge ihr aus dem Flugzeug in eine andere glänzende schwarze Limousine, die auf dem Rollfeld auf uns wartet. Hastig zieht sie die Tür auf und stößt mich förmlich ins Auto, bevor sie sich selbst hinter das Steuer setzt.

Sie umklammert das Lenkrad und linst nervös durch die getönten Scheiben der Limousine.

»Haeri, Schatz, kannst du dich ducken?«, fragt sie durch die Sprechanlage. Seit sie angefangen hat, mich bei meinem neuen Namen zu nennen, ist ihr Tonfall merklich sanfter geworden.

Gehorsam lege ich mich zur Seite. Ich drücke das Gesicht in den weichen Sitz und lausche dem sanften Brummen des Motors, während Regisseurin Cha fährt.

Wenig später dringen die Geräusche des geschäftigen Stadtzentrums in die Limousine. Mein Herz setzt einen Schlag lang aus. Von meiner Position aus kann ich nichts sehen, aber der Lärm der Autos und der Menschen lässt keinen Zweifel daran, dass ich in Snowglobe bin.

Sobald die Limousine stehen bleibt, piepst es. Es dauert einen Moment, bis ich begreife, dass dieses Geräusch von den Ampeln stammt. Den Ton kenne ich aus dem Fernsehen. An einer Ampel höre ich, wie sich die Leute weiße Weihnachten wünschen. »Kaum zu glauben«, verkündet eine Stimme, »dass es schon morgen so weit ist.« Dann ertönt das aufgeregte Jaulen eines Hundes, der auf einen anderen, an der Leine ausgeführten Hund reagiert.

»Sie wollen sich mit allen anfreunden, nicht wahr?«, sagt eine Frau, und ich kann das warme Lächeln aus ihrer Stimme heraushören.

»Oh, ich liebe das Outfit Ihres Hundes«, trällert eine andere Person. »Der kleinste Weihnachtsmann der Welt!«

»Danke! Er hat sogar Süßigkeiten in der Tasche. Hier, nehmen Sie sich etwas, und frohe Weihnachten!«

»Ach, danke! Frohe Weihnachten!«

Eine halbe Stunde später teilt Regisseurin Cha mir mit, dass wir bei ihr zu Hause sind. Die Limousine erklimmt die Rampe zu einem Aufzug, der sie dann weiter nach oben befördert.

Gepflasterte Straßen ohne Schnee oder Schlaglöcher, Gehwege und Ampeln, Menschen, die Hunde in Weihnachtsmannkostümen an der Leine führen und Fremden Süßigkeiten schenken, Häuser mit Fahrstühlen für Autos ... Ich lächle. Ich bin angekommen.

»Endlich zu Hause!«, verkündet Regisseurin Cha. »Jetzt können wir uns entspannen.«

Ich richte mich auf, steige aus der Limousine und finde mich in einer pfirsichfarbenen Garage wieder, in der zwei weitere Fahrzeuge stehen, die in dem gedämpften Licht leuchten. Unser ganzes Haus würde in diese Garage passen. Regisseurin Cha beobachtet mich von einer Tür aus, die nach drinnen führt, auf ihren Lippen ein zärtliches Lächeln.

»Geh im Kopf schon mal die vergangenen Episoden durch«, rät sie mir. »Das wird dir helfen, dich an dein neues Leben in Snowglobe zu gewöhnen.«

»Meinen Sie, das genügt?«, frage ich leise.

Ich dachte, ich würde alles über Haeri und ihr Leben wissen, aber ich hätte mir nicht vorstellen können, dass sie sich umbringen würde. Habe ich die echte Haeri je wirklich gekannt?

»Glauben Sie, dass ich mich wie sie verhalten kann? Dass ich wie sie *denken* kann?«

Die Sorge kommt spät, aber mir wird erst jetzt klar, dass das genauso wichtig sein könnte wie mein körperliches Erscheinungsbild. »Ich kenne Haeri doch nur aus dem Fernsehen.«

»Und mehr musst du über sie auch nicht wissen«, erwidert Regisseurin, ohne zu zögern. »Glaube an dich, so wie ich.«

Sie erinnert mich in diesem Moment an meine Klassenlehrerin aus der fünften Klasse – meine Lieblingslehrerin –, die an mein Potenzial als aufstrebende Regisseurin geglaubt hat.

»Keine Sorge, meine Liebe, du schaffst das. Lass uns reingehen und uns von der Fahrt erholen. In der Wohnung gibt es keine Kameras, schließlich bin ich Regisseurin. Aber diese Regel kennst du, nicht wahr?«

Murmelnd bestätige ich das, dann atme ich tief durch und folge ihr.

Wir betreten ihr Wohnzimmer, und ich bin sofort überwältigt von der Aussicht auf die Stadt. Unter uns funkelt blau der See. Ich eile gerade zu dem riesigen Erkerfenster, als jemand ruft: »Haeri!«

Erschrocken fahre ich herum. Eine alte Frau springt vom Sofa auf und läuft mir mit ausgestreckten Armen entgegen. Sie kommt mir vertraut vor.

»Ach du liebe Güte, das bist ja wirklich du, mein Baby!«, ruft sie mit Tränen in den Augen.

Endlich kann mein überrumpelter Verstand sie einordnen: Goh Maeryung, Haeris Großmutter. Mit den langen grauen Locken, die sie zu einem Dutt auf dem Kopf hochgebunden hat, und dem würdevollen Gesicht einer älteren Frau ist sie die personifizierte Eleganz und

Schönheit. Ihr unwiderstehlicher Blick, der im realen Leben noch charismatischer ist, bannt mich sofort. Ebenso ehrfürchtig wie ungläubig starre ich sie an.

Vor neununddreißig Jahren betrat Goh Maeryung, die damals neunzehn und mit ihrem ersten Kind schwanger war, Snowglobe. Heute ist sie stolze Mutter von vier Kindern, Großmutter einer Enkelin und Matriarchin der einzigen Mehrgenerationenfamilie vor der Kamera in Snowglobe.

»Wie war die Reise? Du musst erschöpft sein, mein Schatz. Es war ein langer Weg«, gurrt Maeryung, während sie mich fest an ihre Brust drückt. Ihre hellblaue Strickjacke schmiegt sich unfassbar weich an meine Wange. Falls sie sich fragt, warum ich etwas trage, das einem Jutesack ähnelt, lässt sie sich das nicht anmerken. Schließlich hält sie mich auf Armeslänge von sich und mustert mein Gesicht.

»Was ist passiert?« Sie verzieht den Mund zu einem schmerzvollen Ausdruck.

Ihre Anwesenheit macht mich völlig benommen.

»Das sind nur Frostbeulen.«

Maeryung reißt erschrocken die Augen auf und unterdrückt mit der Hand vor dem Mund einen Aufschrei. Erst da wird mir klar, dass etwas so Normales wie Frostbeulen hier in Snowglobe nur selten vorkommt und beängstigend sein muss.

»Frostbeulen?«, ruft sie. »In deinem hübschen Gesicht?«

Ich bin mir nicht sicher, wie ich reagieren soll. Trotz der intensiven Nähe, die ich über das Fernsehen zu ihr und ihrer Familie aufgebaut habe, überfordert mich die Tatsache, dass die Schauspielerin jetzt real vor mir steht. Ich bringe kein Wort heraus. Maeryung jedoch, die mich dagegen noch nie gesehen hat, zeigt keine derartigen Berührungsängste. Sie streichelt mir mit jener liebevollen Zuneigung über das Haar, die man für eine echte Enkelin empfindet, wenn diese als verloren galt und dann unverhofft zurückgekehrt ist.

Ich setze ein unbeholfenes Lächeln auf.

»Entspann dich«, sagt Regisseurin Cha lachend zu mir. »Es ist normal, dass eine Großmutter ein großes Gewese um ihre Enkelin macht, nicht wahr?«

»Ja, natürlich, Regisseurin Cha.« Alle tun bereits so, als wäre ich Haeri – selbst die Großmutter, die vor Trauer außer sich sein sollte. Aber sollten wir uns nicht erst mal kennenlernen? Maeryung drückt meine Schulter.

»Lass uns nicht zurückschauen«, sagt sie. »Dein Onkel und deine Tanten haben keine Ahnung. Zum Glück war an jenem Tag nur deine Mutter zu Hause.« Sie seufzt erleichtert.

Neben Haeri und ihrer Mama besteht der sechsköpfige Haushalt, dem Maeryung vorsteht, aus Haeris beiden Tanten und ihrem Onkel. Haeris Onkel, das jüngste der vier Geschwister, kam nur zwei Monate nach ihr zur Welt. Als Maeryungs späte Schwangerschaft bekannt wurde, haben viele Leute, meine Mutter eingeschlossen, missbilligend mit der Zunge geschnalzt und vermutet, die alternde Matriarchin wolle ihrer eigenen Tochter die Show stehlen, die damals gerade zur allgemeinen Freude mit Haeri schwanger war.

»Du weißt, wie sehr dich deine Tanten und dein Onkel lieb haben, mein Schatz. Sie dürfen es nie erfahren, ja?«

Verwirrt starre ich sie an. Ist es überhaupt möglich, dass ich sie in die Irre führen kann? Die Tanten und der

Onkel sind schließlich keine Fremden auf der Straße oder Fans. Sie sind Haeris Familie. Egal, wie ähnlich ich Haeri sehe, es erscheint mir ein Ding der Unmöglichkeit, mich ihnen gegenüber als sie auszugeben.

»Oma«, sage ich, und es erstaunt mich, wie leicht mir das Wort über die Lippen kommt. Eigentlich sollte es mich aber nicht überraschen, schließlich habe ich meine eigene Oma auch so genannt.

»Ja, Schatz«, gurrt Maeryung zufrieden, dass ich in meine Rolle schlüpfe.

Ermutigt fahre ich fort: »Oma, ich weiß nicht, ob wir in unserer Familie Geheimnisse haben sollten. Ich denke nicht, dass ich …«

Brennender Schmerz explodiert auf einer Seite meines Gesichts, und ich verstumme mitten im Satz.

»Was ist nur los mit diesem Kind?«, kreischt Maeryung.

Es dauert einen Moment, bis ich begreife, dass Maeryung mich gerade geohrfeigt hat. Entsetzt blinzle ich sie an, der Schmerz brennt auf meiner bereits von der Kälte angegriffenen Wange.

Regisseurin Cha stellt sich schützend vor mich.

»Was tun Sie da?« Sie starrt Maeryung wütend an.

»Haben Sie diese Worte nicht gehört, Regisseurin Cha?«, erwidert Maeryung. »Sie plappert Unsinn, bevor wir überhaupt angefangen haben! Was sollen wir nur mit so einer Närrin anfangen?«

»Deshalb *schlagen* Sie sie? Sind Sie verrückt?«

Maeryung gibt nicht nach.

»Haben Sie ein Problem damit, wie ich meine eigene Enkelin erziehe?«

Mein Herz zieht sich zusammen. Ich bin nicht ihre Enkelin! Und selbst wenn, was hat das mit Erziehung zu tun? Ich zittere, während Adrenalin durch meine Adern schießt. Am liebsten würde ich der alten Frau meine Meinung ins Gesicht sagen, aber was, wenn sie mich wieder schlägt? Soll ich dann etwa zurückschlagen?

»Ob ich ein Problem damit habe?«, zischt Regisseurin Cha. Sie bringt ihr Gesicht nah an Maeryungs. »Reißen Sie sich gefälligst zusammen, sofern Sie in Snowglobe bleiben wollen. In meiner Show ist kein Platz für eine Großmutter, die den Verstand verloren hat.«

Maeryung lässt sich nicht einschüchtern. Sie stößt ein Lachen aus.

»Regisseurin Cha, vergessen wir nicht, dass Sie nur dank des Erfolgs Ihres Großvaters so weit gekommen sind. Ich dagegen hab mir den Weg nach oben selbst erkämpft und meine Position mit Händen und Füßen verteidigt. Vergessen Sie niemals, dass ich bereits seit fast vierzig Jahren dabei bin.«

Ihr Ton lässt keinen Zweifel an ihrer Überzeugung, dass ihr niemand etwas anhaben kann, nicht einmal Regisseurin Cha. Selbst wenn diese ihre Drohung wahr machen und Maeryung aus der Serie werfen würde, dürfte sich die Konkurrenz um eine Schauspielerin von ihrem Kaliber reißen.

Regisseurin Cha verzieht spöttisch das Gesicht. »Ohne das Wohlwollen meines Großvaters wären Sie überhaupt nicht hier.« Ihre bernsteinfarbenen Augen senden Maeryung eine Warnung: *Vergessen Sie ja nicht, wer Sie sind.*

Maeryung war von dem legendären Regisseur Cha Guibahng gecastet worden, dem Großvater der Regisseurin Cha. Während Maeryungs Familie vor der Kamera die einzige Mehrgenerationenfamilie in Snowglobe ist, ist die von Regisseurin Cha die einzige dahinter.

Maeryung packt mich am Handgelenk und zieht mich hinter Regisseurin Chas Rücken hervor.

»Da wir gerade von Wohlwollen reden«, höhnt sie. »Sie leben von meinem Fleisch und Blut!« Dann dreht sie sich zu mir und legt die Hand an meine pochende Wange. »Vergib mir, mein Schatz. Ich sollte meinem süßen Baby kein Haar krümmen.«

Der plötzliche Tonwechsel lässt mich angewidert zurückweichen. Dennoch streichelt sie mir über den Rücken und redet unverdrossen weiter: »Deine Oma ist ganz erschüttert von dem, was an jenem Tag geschehen ist, deshalb ist sie nicht mehr sie selbst.«

Etwas stößt mir heiß und sauer auf, und bevor ich mich zurückhalten kann, schüttle ich ihre Hand ab. »Haben Sie Haeri auch so behandelt? Erst geschlagen und dann ganz liebevoll getan?«

Als ihr Gesicht streng wird, wappne ich mich gegen den nächsten Schlag, doch sie wirft nur den Kopf in den Nacken und lacht laut.

»Gutes Kind!« Sie mustert mich stolz. »Ja, ein Mädchen braucht Feuer, um in Snowglobe zu überleben.« Ihre Mundwinkel heben sich zu einem finsteren Lächeln. »Aber vor den Kameras wirst du deiner Oma gegenüber artig sein, nicht wahr, mein Schatz? Haeri und ihre Oma sind beste Freundinnen. Das war schon immer so, aber vermutlich brauche ich dir das nicht zu sagen.«

Bevor Haeri zur neuen Wetterfee ernannt wurde, wollte sie Modedesignerin werden und in die Fußstapfen ihrer geliebten Oma treten, derart eng war die Bindung zwischen den beiden. Zumindest hat man uns das glauben lassen.

Trotz allem erinnern mich Maeryungs Worte daran, weshalb ich in Snowglobe bin.

»Werde ich«, versichere ich ihr nach einer Weile und füge kaum hörbar hinzu: »Oma.«
»Das ist mein Schatz«, sagt sie mit zuckersüßer Stimme. Sie nimmt meine Hand, drückt sie zärtlich und sieht mir fest in die Augen. »Lass uns anfangen.«
Regisseurin Cha dreht sich zu mir. »Als zukünftige Wetterfee wurdest du zur Weihnachtsfeier der Yibonns eingeladen. Sie findet heute Abend statt.«

Die Yibonn Media Group

Regisseurin Cha zeigt mir das Gäste-WC. Sobald sie die Tür von außen geschlossen hat, drehe ich das Wasser in der Dusche auf und lausche dem Rauschen, das den Raum erfüllt. Kaum steigt warmer Dampf auf, trete ich unter den sanften Wasserstrahl und halte nervös nach dem Münzschlitz Ausschau, der jedoch fehlt. Zu Hause versiegt das lauwarme Wasser aus den Hähnen der münzbetriebenen Duschen, wenn die Zeit abgelaufen ist. Zunächst hetze ich durch die Waschroutine, doch dann schließe ich die Augen. Unter dem sanften, wohltuenden Wasserstrahl fühle ich mich, als stünde ich in einer magischen Kabine. Das meinen sie also, wenn sie von einer entspannenden Dusche reden. Es ist die erste meines Lebens. Schließlich drehe ich den Hahn zu, verlasse die Dusche und trockne mich ab. Das Handtuch ist unfassbar weich, sodass ich mein Gesicht in den Stoff drücke, bis sich meine angespannten Nerven beruhigt haben.

Schließlich schlüpfe ich in die Unterwäsche und den Seidenmantel, den Regisseurin Cha mir hingelegt hat, verlasse das Bad und gehe zum Ankleideraum. Räume für Kleidung, Accessoires und Make-up gehören zu jedem Snowglobe-Heim, nur die Ausstattung variiert je nach Popularität derjenigen, die darin wohnen. Was für ein Luxus! Zu Hause werfen wir unsere Kleidungsstücke einfach in eine eiskalte Ecke unseres Hauses.

Die Ankleide von Regisseurin Cha ist riesig – was mich nicht überrascht –, sogar noch geräumiger als ihre Garage. Erstaunt sehe ich mich um, bis mein Blick auf eine reglose Gestalt fällt, die mich von dem verzierten Schminktisch aus beobachtet. Es ist Goh Sanghui, Haeris Mutter. Anders als Maeryung springt sie jedoch nicht auf, um erleichtert oder überrascht meinen Namen zu rufen. Stattdessen spannt sie sich erkennbar auf ihrem Stuhl an. Ich habe gehört, dass Sanghui die Leiche ihrer Tochter gefunden hat. Ich weiß nicht, was ich ihr sagen soll, und bringe es erst recht nicht über mich, sie *Mama* zu nennen.

»Wie ... wie geht es Ihnen?« Ich winde mich, weil mir die Begrüßung so absurd vorkommt.

Sanghui erwidert kein Wort, und ihrem festen Blick kann ich nicht entnehmen, was sie fühlt.

In dem Moment ertönt Maeryungs Stimme. »Hör mal, Schatz ...«

Ich drehe mich um. Die alte Frau kommt mit einem Tablett voller Sandwiches und Gläsern mit Orangensaft in den Händen rückwärts durch die Tür.

»... warum siezt du deine Mutter?«, fragt sie lächelnd.

»Ich ... Es tut mir leid«, stammle ich.

Maeryung stellt das Tablett auf den Tresen zwischen Parfumflaschen und Pflegeprodukten und tritt vor mich. Sie lächelt noch immer, aber ihre Ungeduld kann sie nicht verbergen. Mit den Händen auf meinen Schultern schiebt sie mich zum Schminktisch, wo sie mich auf den Stuhl neben Sanghui drückt.

»Es tut dir leid?« Sie beugt sich vor, sucht im Spiegel meinen Blick und zieht die Augenbrauen hoch.

»Entschuldige ...«, setze ich an. »Ich meine, das war albern von mir, Oma, nicht wahr?«
Ihre Miene entspannt sich wieder. »Gutes Kind.« Sanghui nimmt eine Tube vom Tisch und drückt die klare, zähflüssige Salbe auf ihre Handfläche, um sie sich auf ihr ausdrucksloses Gesicht zu reiben.
»Haeri, meine Liebe, du musst am Verhungern sein. Iss!« Bevor ich etwas erwidern kann, hält Maeryung mir eines der mundgerechten Sandwiches hin. Reflexartig öffne ich den Mund, damit sie mir das Häppchen hineinschieben kann, doch Spucke schießt in hohem Bogen aus meinem Rachen. Ich senke den Blick, und mein Gesicht glüht vor Scham. Maeryung wirkt jedoch zutiefst zufrieden. »Ach, mein Schatz«, sagt sie mit glockenhellem Lachen, »es gibt doch nichts Besseres als Lachs-und-Gurken-Sandwiches von Oma, stimmt's?«

Ich nicke stumm. Der Räucherlachs steckt zwischen knackigen Gurkenscheiben und weichen Brotscheiben. Der herrliche Geschmack bildet mit der Textur eine Kombination, wie ich sie noch nie gekostet habe. Schon bald habe ich die Scham vergessen und greife mir Happen um Happen, während ich verstohlen zu Sanghui linse, die sich diverse Flüssigkeiten und Cremes unterschiedlicher Schattierungen ins Gesicht schmiert. Zu meiner Verteidigung muss ich sagen, dass ich seit dem gestrigen Mittag nichts gegessen und in der Limousine zwei Schluck Champagner auf nüchternen Magen getrunken habe. Ich kaue noch, als Sanghui zum ersten Mal ihre Stimme erklingen lässt.

»Auf der Party musst du dich beherrschen«, sagt sie kalt.

»Was?«, murmle ich mit vollem Mund.

»Du siehst aus«, erklärt sie, ohne mich anzusehen, »als würdest du gleich das Tablett verschlingen.«
Ich spüre, wie mir die Röte ins Gesicht steigt, und schlucke hörbar.
»Ist schon gut, Haeri«, sagt Regisseurin Cha, die unbemerkt das Zimmer betreten hat. »Alle mögen ein Mädchen, das isst. Kau für die Kamera.«
Nur würde ich den Räucherlachs jetzt am liebsten aus meinem Mund schrubben – und mit ihm die Demütigung.

»Gut gemacht«, lobt Regisseurin Cha die Arbeit von Sanghui und betrachtet mich zufrieden in dem Ganzkörperspiegel. »Man nennt Sie nicht umsonst die beste Maskenbildnerin von Snowglobe.«
Selbst in meinen Augen sehe ich aus wie die wiedergeborene Haeri. Das dunkelbraune Haar der luxuriösen Perücke rahmt mein Gesicht in zerzausten Wellen ein, und das geschickt aufgetragene Make-up versteckt die hässlichen Frostbeulen auf meinen Wangen und meiner Nase, ganz zu schweigen von den Unreinheiten und anderen Makeln meines Teints. Was auch immer Sanghui mit meinen hoffnungslos spröden Lippen gemacht hat, sie glänzen jetzt satt. Es ist magisch.
»Halten Sie mich noch immer für eine durchgedrehte Hexe, Regisseurin Cha?«, fragt Maeryung spöttisch.
»Ich würde das fabelhafte Talent unserer Dame Goh niemals infrage stellen«, räumt Regisseurin Cha mit einem vergnügten Unterton ein.
Während ich unbehaglich zwischen den drei Frauen stehe, die sich gegenseitig zu meiner erstaunlichen Wandlung beglückwünschen, betrachte ich mich im Spiegel. Das gelbe, trägerlose Kleid, das Maeryung ent-

worfen und genäht hat, betont meine nackten Schultern. Der bodenlange, weite Saum ist mit Hunderten von Federn versehen. Damit meine Haut unter dem verspielten Kleid makellos aussieht, hat Sanghui sogar meinen Hals, meine Schultern, meine Arme und Hände geschminkt. Dass sie sich bei dieser Aufgabe nicht wohlgefühlt hat, war schmerzhaft spürbar. Jedes Mal, wenn sie mich berührt hat, ist sie zusammengezuckt.
Maeryung reicht mir transparente Schuhe, die ich bewundere.
»Ich hab diese Glasschuhe vor einem Monat für dich anfertigen lassen«, sagt sie.
Sie sind nicht wirklich aus Glas. Vermutlich bestehen sie aus dem gleichen transparenten Material wie die kniehohen Stiefel von Regisseurin Cha. Trotzdem zögere ich, meine rissigen, schwieligen Füße in die edlen Schuhe zu schieben. Vor einer halben Stunde hat Sanghui Maeryungs Vorschlag einer Pediküre ausgeschlagen, da niemand meine Füße unter dem Kleid bemerken würde. Mir ist klar, dass sie alles tut, um nicht in meiner Nähe zu sein. Und wer wollte ihr das vorwerfen? Egal wie sehr ich Haeri ähnle, ich bin eine Fremde, die hergebracht wurde, um den Platz ihrer toten Tochter einzunehmen. Sanghuis Abneigung ist ganz natürlich. Wenn etwas unnatürlich ist, dann ist es meine vermeintliche Oma, die trällernd meinen Fuß in die Hand nimmt und in den Schuh steckt, voller Stolz auf ihre Enkelin, die neue Wetterfee mit ihrer Einladung zur Weihnachtsfeier der Yibonns.
»Sie passen wie angegossen!«, ruft Maeryung.
Selbst mich erstaunt es, wie gut mir die Schuhe passen, die für Haeri maßgeschneidert wurden. Mir tun die schönen Schuhe leid, die jetzt an meinen rauen Füßen

stecken, aber Maeryung richtet den Federsaum des Kleids und lässt ihn fallen, sodass er meine Füße versteckt.

»Fertig«, verkündet Regisseurin Cha. Sie holt tief Luft und drückt meine Schulter, dann sieht sie mich ernst an. »Zeit, dich zu konzentrieren. Halt die Ohren steif!«

Konzentrieren? Seit ich in diesen Strudel der Ereignisse gezogen wurde, habe ich kein Auge zugetan. Vermutlich bin ich deshalb überwach und ständig auf der Hut.

»Kein Grund, nervös zu sein«, fährt sie fort. »Denk dran, dass die meisten auf der Party auch neu in Snowglobe sind.«

Zum Glück ist das erste Event in Snowglobe, an dem ich als Haeri teilnehme, der jährliche Weihnachtsempfang für die frisch eingetroffenen Schauspieltalente. Haeri ist zwar selbst schon lange Schauspielerin, hat als künftige Wetterfee jedoch eine Einladung als Ehrengast erhalten. Ich werde also vorwiegend Leuten begegnen, die Haeri noch nie persönlich getroffen haben. Außerdem gibt es auf dem Privatgrundstück der Yibonns nur die Kameras, die den Abend festhalten sollen, und die entstandenen Aufnahmen werden erst dann an die Öffentlichkeit weitergegeben, wenn sie von der Familie überprüft wurden.

Kein Mitglied der Yibonn-Familie muss sich den Lebensunterhalt mit einer Show verdienen. Da sie der Gründungsfamilie angehören und die Verantwortung für Snowglobe tragen, sind die Yibonns von allen Pflichten entbunden und müssen weder Strom produzieren noch in Shows mitwirken.

»Achte nur darauf, die Regeln zur Etikette einzuhalten, die wir dir vorhin erklärt haben, und vergiss alles andere«, spricht Regisseurin Cha weiter.

Wenn das doch bloß so einfach wäre! Sie betrachtet mich mit einem zufriedenen Lächeln, als hätte ich all die obskuren Regeln behalten, die sie runtergerasselt hat, während ich zurechtgemacht wurde. Die Speisen werden, angefangen beim Ehrengast, von rechts und entgegen dem Uhrzeigersinn serviert, die Getränke von links und im Uhrzeigersinn. Beim Besteck fängt man außen an und arbeitet sich Gang für Gang nach innen vor. Und so weiter und so fort. Was mir Kopfzerbrechen bereitet, sind die Anredeformen.

»Die Präsidentin und die Vizepräsidentin werden als solche angeredet, also mit ihrem Titel. Ihre Kinder und Enkel werden als junger Herr oder junge Dame angeredet. Yi Bonwhe, der Erbe, ist also junger Herr Bonwhe. Alle anderen sind Sir oder Madame.«

Ich bin daran gewöhnt, dass er Herr Yi Bonwhe genannt wird, da die Medien ihn so nennen. Aber *junger Herr* Bonwhe? Das ist genauso lächerlich wie *Bonwhe, Baby, Schatz, Darling* oder die anderen oberpeinlichen Spitznamen, die meine Freundinnen zu Hause kreischend von sich gegeben haben, einschließlich Yujin, als sie noch eine von uns war.

»Ich schwöre, dass ich mir das meiste einprägen kann, was ich im Fernsehen sehe«, sage ich zu Regisseurin Cha mit einem nervösen Lächeln. »Aber Auswendiglernen war noch nie meine Stärke.«

Da muss Maeryung herzhaft lachen.

»Das klingt ganz wie meine Haeri!« Ihre Stimme hebt sich begeistert. »Keine Sorge, Schatz. Alle wissen, dass du als frisch gekürte und noch dazu jüngste Wetterfee in der Geschichte von Snowglobe unter enormen Druck stehst! Wenn du das Gefühl hast, dir ist ein Fauxpas unterlaufen, lass einfach dein reizendes Lächeln aufblitzen und gib der Nervosität die Schuld.«

Mein reizendes Lächeln. Wie soll ich das denn bitte hinkriegen? Ich kann mir das Lächeln, von dem sie redet, besser vorstellen als alle anderen, aber ich bin mir nicht sicher, ob meine Gesichtsmuskeln in der Lage sind, es nachzuahmen.

»Maeryung hat recht«, beteuert Regisseurin Cha. »Zerbrich Porzellan oder verschütte Champagner, egal – solange du nicht vergisst, wer du bist, ist das alles kein Problem.« Sie senkt die Stimme, um den bestmöglichen Effekt zu erzielen, als sie meinen Namen sagt. »Haeri.«

Ich nicke unsicher – bis ich sehe, wie Sanghui mich im Spiegel anstarrt, das Gesicht vor Verbitterung verzerrt.

Haeris Spiegelbild

Das Eisentor öffnet sich, und die Limousine rollt durch den prachtvollen Garten der Yibonns. Auf dem Rücksitz kann ich mein Staunen kaum zurückhalten und hauche ehrfürchtig: »Wow!« Es spielt keine Rolle, wie oft ich das Grundstück schon im Fernsehen gesehen habe, die Größe ist im realen Leben einfach umwerfend.

Selbst im wohltemperierten Snowglobe liegt der Dezember mitten im Winter. Trotzdem sprudelt aus den zahlreichen Fontänen im Garten Wasser. Unabhängig von der Jahreszeit ist es ein wahres Wunder, dass das Wasser hier draußen nicht gefriert.

Der Wagen hält, und die Türen öffnen sich. Bevor ich aussteige, schließe ich den Mund.

»Hier entlang«, fordert mich der Wachmann mit einer eleganten Geste auf. Ich drehe mich zum Anwesen, zu dem eine riesige Treppe hinaufführt, und muss erneut staunen. Der Weg zu der vergoldeten Tür ist verdammt lang.

Vorsichtig wanke ich in meinen neuen Schuhen die Stufen hoch. Es ist nicht gerade leicht, in diesen Dingern zu laufen, aber nach relativ kurzer Zeit kriege ich das einigermaßen hin. Bis zur Hälfte des Weges klappt es bestens, dann aber knicke ich auf einer Stufe um. Ich wackle mit den Armen wie eine Comicfigur und stürze nach hinten. Zum Glück falle ich einem anderen Gast hinter mir in die Arme.

»Vorsicht!«

Vor Scham hochrot schaue ich meine Retterin an – und erstarre sofort. Es ist meine beste Freundin Yujin. In gewisser Hinsicht kennt sie mich besser, als ich mich selbst kenne, was bedeutet, dass sie mich eher als alle anderen auf dieser Party erkennen könnte.

»D... danke«, stammle ich, während ich mich aus ihren Armen befreie.

Wieso habe ich nicht daran gedacht, dass Yujin auf dem Empfang sein würde, der für die Schauspieltalente gegeben wird, die frisch in Snowglobe eingetroffen sind?

»Kein Problem!«, sagt Yujin aufgeregt. »Frau Haeri, richtig? Ich bin ein großer Fan!«

Ich schenke ihr ein verkniffenes Lächeln und drehe mich weg, um meinen wackligen Weg die Stufen rauf fortzusetzen. Aber Yujin, die offen und freundlich wie immer ist, ruft: »Herzlichen Glückwunsch zu Ihrer neuen Rolle!«

Ich halte inne und drehe mich zu ihr um. In ihrem eleganten meergrünen Kleid unter dem gelben Pashmina-Schal wirkt meine beste Freundin glücklicher als je zuvor. Es erfüllt mich mit Stolz, zu sehen, wie sie dabei ist, sich in Snowglobe einen Namen zu machen – bis sich Coopers Gesicht in meine Gedanken drängt. Wie kann ich sie nur dieser Gefahr aussetzen? Was, wenn sie mich erkennt? Das muss ich verhindern!

Doch sie ist sofort wieder an meiner Seite und lächelt. »Wir verspäten uns noch, Frau Haeri. Beeilen wir uns.«

Mit einem kalten Lächeln will ich ihr vermitteln, dass

ich an einer Freundschaft nicht interessiert bin, aber sie plappert einfach weiter.

»Wir sind gleich alt. Darf ich einfach Haeri sagen?« Mir bleibt nichts anderes übrig, als die Taktik zu wechseln. Haeri würde nie eine Bewunderin stehen lassen, die sich mit ihr unterhalten will. Ich werde also versuchen müssen, sie nach einem nichtssagenden Small Talk loszuwerden.

»Sie haben die Promo gesehen?«, frage ich mit einem weiteren gequälten Lächeln.

»Natürlich! Und auch jede Folge Ihrer Show! Bis zu dem Tag, an dem ich von zu Hause abgereist bin ...« Sie schlägt sich eine Hand vor den Mund und sieht sich nervös um. Nach einer Weile sagt sie leise: »Aber ich werde nichts verraten. Ich respektiere die Antispoiler-Regel.«

Dass Yujin sie offen anbetet, ist total verständlich. Als künftige Wetterfee ist Haeri die erfolgreichste Schauspielerin des Jahres. Ihr Karrieresprung macht sie quasi zum Star unter den Stars. Doch über Details ihrer Show zu reden – wie die neue Diät oder das Portemonnaie, das sie unter ihrem Bett verloren hat –, wäre ein schwerer Verstoß gegen die Antispoiler-Regel. Es würde die Leute vor der Kamera beeinflussen, wenn man sie daran erinnern würde, dass Millionen Fremde ihr Privatleben zu ihrer Unterhaltung verfolgen und Einzelheiten wie Insolvenz, Abhängigkeit, Eheprobleme oder sogar Mord kennen. Eine solche Beeinflussung würde der Authentizität einer Show schaden, weshalb sich besonders Neuankömmlinge davor hüten müssen, Einzelheiten der Shows zu verraten, die sie in der offenen Welt gesehen haben.

»Wie kommen Sie nur mit diesen Absätzen zurecht?«, frage ich Yujin, während ich den Saum meines Kleids hochhebe und auf jede Stufe achte.

»Übung«, sagt sie mit einem stolzen Lächeln. »Ich hab in den letzten zwei Monaten keinen einzigen Tag ausgelassen.«

Nach ihrer Ankunft in Snowglobe bleiben die neuen Schauspieltalente zwei Monate lang in einem Wohnheim. In dieser Zeit werden sie angehalten, alte Angewohnheiten aus der offenen Welt abzulegen und die Gewohnheiten von Snowglobe anzunehmen. Dazu gehört offenbar auch das Laufen auf hochhackigen Schuhen. In dieser Zeit dürfen sie auch keine Shows mehr gucken, wodurch das Risiko, dass sie jemandem Einzelheiten verraten könnten, deutlich geringer ist.

»Ach, übrigens ... Würden Sie mir glauben, wenn ich Ihnen erzähle, dass meine beste Freundin zu Hause Ihnen wie aus dem Gesicht geschnitten ist?«

Mein Herzschlag beschleunigt sich, und ich stoße ein unbehagliches Lachen aus.

»Nein«, sage ich mit gesenktem Blick. »Ihre Freundin hat definitiv keine so makellose Haut wie ich.«

»Das stimmt«, sagt Yujin unbekümmert. »Dazu ist die Kälte bei uns zu grausam. Trotzdem sieht sie Ihnen total ähnlich, sie hat sogar denselben verärgerten Ausdruck im Gesicht, wenn ihr nicht nach Gesellschaft ist.«

Yujin kichert, und ich fühle mich mies, weil ich sie so schlecht behandle.

»Ich hab ihr immer gesagt, dass sie Ihnen auf gar keinen Fall über den Weg laufen sollte, falls es sie je nach Snowglobe verschlägt. Denn wenn sie Ihnen, also ihrer Doppelgängerin, begegnen würde, müsste eine von Ihnen beiden sterben. Wussten Sie das?«

»Das wusste ich nicht.« Ich setze eine Miene auf, als

würde mich die Vorstellung faszinieren. »Das ist ja verrückt.« In Wahrheit hat sich diese Theorie bereits in mein Gehirn gebrannt, weil Yujin von ihr so besessen ist.

Yujin sieht mich ernst an. »Es stimmt«, sagt sie nickend. »Würde sie ihrer Doppelgängerin begegnen, dann würde sie verrückt werden oder sterben. Von uns allen soll es übrigens drei Klone geben, uns selbst eingeschlossen.«

Endlich erreichen wir die letzte Stufe. Der Anblick des imposanten Eingangs bewahrt mich davor, auf ihre Worte reagieren zu müssen. Zwei Posten stehen vor der übergroßen Flügeltür, die sie für uns öffnen. Wir betreten ein weitläufiges Foyer mit hoher Gewölbedecke. Eine Frau in einem Anzug und mit einer weißen Fliege steht unter dem festlichen Yibonn-Transparent, das sich durch die Halle spannt.

»Willkommen bei den Yibonns«, begrüßt sie uns mit einem höflichen Lächeln und einer Verbeugung. Hahn Huiyun steht auf ihrem Namensschild. Sie ist die Butlerin hier.

Wer den Yibonns dient, tut das natürlich ebenfalls in einer entsprechenden Rolle, auch wenn es im Haus eigentlich keine Kameras gibt. Manche schätzen das, andere sehen darin einen Nachteil für ihre Schauspielkarriere.

»Darf ich Sie ins Teezimmer führen, Frau Haeri?«, fragt Butlerin Hahn. Sie deutet mit der Hand zu einer breiten Treppe, die in den ersten Stock hochführt.

Yujin versteht den Hinweis und trällert: »Bis später!« Dann zwinkert sie mir zu und gleitet förmlich zum Ballsaal.

Während ich ihr nachsehe, stelle ich mir vor, wie ich

bei einer Show mit ihr als Star Regie führe, eine Fantasie, der wir uns beide seit der fünften Klasse hingeben. Wir haben Storyboards und Drehbuchideen an die Ränder unserer Lehrbücher gekritzelt oder bei einer Tasse heißen Kakao zur Inspiration das *Fernsehprogramm* durchgeblättert.

Regisseurin Chas Stimme hallt in mir wider. *Ich dachte, du willst Regisseurin werden? Du hilfst mir, ich helfe dir – das ist unser Deal.*

Mir wird sofort leichter ums Herz, und ich lächle. Wenn mir meine Darbietung als Haeri gelingt, könnte diese Fantasie für uns beide wahr werden.

Im ersten Stock folge ich Butlerin Hahn zu einer geschlossenen Tür. Sie klopft leise an und drückt auf einen kleinen goldenen Knopf in der Wand. »Frau Goh Haeri ist hier, Präsidentin.«

Wenige Augenblicke später öffnet sich die Tür, und vor mir steht Yi Bonwhe.

»Hi.« Er hält mir die Tür auf.

Butlerin Hahn verbeugt sich tief vor ihm. Soll ich das auch? Vermutlich, aber ich habe mich noch nicht an den Gedanken gewöhnt, mich vor jemandem zu verbeugen, der gerade mal ein Jahr älter ist als ich. Dasselbe gilt für den aufgeblasenen Titel *junger Herr*, den ich kurz auf der Zunge habe, aber dann doch nicht über die Lippen bringe.

»Es ist mir eine Ehre«, sage ich stattdessen, um einen unbeschwerten, aber eleganten Tonfall bemüht. »Ich bin Goh Haeri.«

»Eine Ehre?« Er sieht mich fragend an.

Mist! Ich war so von den hochtrabenden Titeln und der gesellschaftlichen Etikette abgelenkt, dass ich vergessen habe, dass Haeri und Bonwhe sich schon kennen. Außerdem ist Haeris Großmutter die persönliche Schneiderin und Stylistin von Yi Bonyung, der Präsidentin des Konzerns und Bonwhes Großmutter, weshalb Haeri über die Jahre schon auf diversen offiziellen und inoffiziellen Veranstaltungen des Clans war.

»Ich meinte«, beeile ich mich, zu sagen, »dass es mir eine Ehre ist, mich als neue Wetterfee vorzustellen.«

Ich überlege kurz, ein besänftigendes *junger Herr* hinzuzufügen, aber die Worte bleiben mir im Hals stecken. Also bemühe ich mich um Haeris reizendes Lächeln, aber ein eigenartiger Ausdruck legt sich auf Bonwhes Gesicht, und er mustert mich eindringlich. Mein Herz schlägt mir bis zum Hals, und ich halte seinem Blick kaum stand, als er eine neutrale Miene aufsetzt.

»Verstehe«, sagt er gelassen, dann weicht er einen Schritt zurück, um mich reinzulassen.

Ich frage mich, ob ich etwas falsch gemacht habe. Oder ist der junge Erbe nur reservierter, als ich mir vorgestellt habe? Er hat nicht gelächelt – nicht mal, um höflich zu sein –, er hat mir auch nicht zu meiner Beförderung gratuliert. Trotzdem scheinen die Leute nicht genug von ihm zu bekommen. Ich kann auch nicht gerade behaupten, dass ich immun gegen seinen Charme wäre. In dem taubengrauen Anzug, der ihm zum Dahinschmelzen gut steht, ist der Junge mit dem rabenschwarzen Haar der Inbegriff männlicher Schönheit. Jeder einzelne seiner Gesichtszüge ist bereits attraktiv, in ihrer Gesamtheit aber bilden sie ein Kunstwerk. Angesichts dieser Perfektion erscheint mir die Rose an seinem Revers wie ein schnödes Beiwerk.

»Danke«, sage ich, bevor ich zögernd das Teezimmer betrete. Auf den ersten Blick ist es ein dezenter Raum für zwanglose Zusammenkünfte bei Tee und Häppchen. Bei näherer Betrachtung erkenne ich jedoch, wie luxuriös es wirklich ist. Allein das Gold an der Vertäfelung würde für die lebensgroße Statue eines Rentiers genügen. Mein Blick wandert weiter, und wie aufs Stichwort sehe ich einen Rentierkopf mit majestätischem Geweih, der von der Wand auf mich herabstarrt.

»Wie schön, Sie zu sehen, Frau Haeri«, sagt eine Frau, die an dem Tisch unter dem Rentierkopf sitzt. Erschrocken zucke ich zusammen. Es ist die Präsidentin selbst.

Bonwhes unfassbar gutes Aussehen kommt nicht von ungefähr. Wenn er mich an eine prachtvolle rote Rose denken lässt, so erinnert mich seine Großmutter an die Eleganz einer weißen Lilie. Schon allein ihre Haut! Ich kann kaum glauben, dass sie und meine Oma gleich alt sind. Ihr Gesicht ist glatter als das der meisten Menschen bei uns zu Hause, völlig egal, wie alt sie sind – einer der vielen Vorteile, wenn man in einer Umgebung lebt, deren durchschnittliche Sommertemperatur nicht bei angenehmen Minus fünfzehn Grad liegt.

Wie das Leben wohl aussieht, wenn man nicht zehn Stunden am Tag im Kraftwerk schuften oder Komfort und Müßiggang mit dem eigenen Privatleben bezahlen muss? Es übersteigt meine Vorstellungskraft, sodass ich nicht weiter darüber nachdenke, sondern die Hände vor den Bauch lege und mich respektvoll verneige.

»Es ist wundervoll, Sie zu sehen, Präsidentin«, erwidere ich, und in dem Moment male ich mir aus, wie ich mich vor der Präsidentin verneige, um meine eigene National Medal of Arts entgegenzunehmen. Fast fühle ich mich, als wäre dieser Wunsch bereits in Erfüllung gegangen.

Mit einem warmen Lächeln bedeutet die Präsidentin mir, mich zu ihr zu setzen. Da Bonwhe rechts neben ihr Platz nimmt, setze ich mich links von ihr. »Nach welchem Tee steht Ihnen heute der Sinn?«, erkundigt sich die Präsidentin. Ich wünschte, ich wüsste es. Nicht, dass es eine Rolle spielen würde. Ich bezweifle, dass ich in diesem Moment überhaupt etwas schmecke. Andererseits weiß ich, dass es ein unglaublicher Fauxpas wäre, die Gastfreundschaft der Yibonns nicht zu würdigen, also sage ich: »Ich hätte liebend gern einen Rosentee, bitte.«

Zu meiner Erleichterung erscheint der Teekellner, um meinen Tee aufzubrühen. Rosentee. Dabei war ich mir nicht mal sicher, ob es so etwas gibt. Unter dem Druck, irgendetwas sagen zu müssen, habe ich ihn mir ausgedacht, inspiriert von Bonwhes Anstecknadel. Im Teezimmer der Yibonns ist aber zum Glück kein Wunsch zu albern.

Die Präsidentin nippt an ihrem eigenen Tee und stellt die Tasse ab. »Ich gratuliere Ihnen zu Ihrer Ernennung zur Wetterfee, die jüngste noch dazu«, sagt sie.

Sie schiebt ein blaues Schmuckkästchen über den Tisch und fordert mich auf, es zu öffnen. Neugierig nehme ich die Schatulle an mich. Darin liegt eine exquisite Brosche. Mir fällt die Kinnlade runter. Das Stück funkelt golden, in die Mitte ist eine Abbildung von Snowglobe graviert. Ein derart extravagantes Geschenk habe ich noch nie erhalten. Auch wenn ich mich dabei schlecht fühle, muss ich gestehen, dass all die wundervollen Geburtstagskuchen von Mama nicht mit diesem Geschenk mithalten können. Und wenn Mama die Brosche sieht, wird sie mir garantiert zustimmen.

Doch halt! Das Geschenk ist ja für Haeri, ich werde

es also nicht zu Hause vorzeigen können. Mein Herzschlag beschleunigt sich, und ich lege die Brosche zurück in das Kästchen und schließe den Deckel. Mit einem Mal fühle ich mich, als hätte man mich bei einer Lüge erwischt.

»Danke, Präsidentin. Ich werde sie den Rest meines Lebens wertschätzen«, höre ich mich sagen. Den Rest meines Lebens? In nur einem Jahr wird Haeris falsches Leben vorbei sein.

Die Präsidentin lächelt. »Sie wird gut zu Ihrem Tuch passen.« Damit scheint sie mir sagen zu wollen, dass ich die Brosche jetzt schon tragen soll. Also hole ich sie wieder aus der Schatulle und versuche, sie mir an die Brust zu stecken, aber so leicht ist das nicht. Immer wieder rutsche ich ab. Die Präsidentin dreht sich zu ihrem Enkel.

»Würdest du ihr helfen, Bonwhe?«

Sein gelangweilter Blick landet auf mir.

»Darf ich?« Die höfliche Frage versteckt kaum, wie genervt er ist. Sein Blick scheint zu fragen, wer diese junge Frau ist, die sich nicht einmal allein eine Brosche anstecken kann.

»Ja, bitte.« Ich bemühe mich, meine Scham zu verbergen. »Danke.«

In dem Moment erscheint der Kellner mit dem Rosentee, dessen Duft die Luft zwischen uns beiden erfüllt. Als sich der junge Erbe erhebt, will ich meinen Stuhl zurückschieben, um ebenfalls aufzustehen, aber er bedeutet mir mit einer Geste, dass ich sitzen bleiben soll. Dann nimmt er die Brosche in seine eleganten Finger und beugt sich über meine linke Schulter. Ich starre ins Leere, während sein warmer Atem zusammen mit dem Dampf des Rosentees über mein Gesicht streicht.

Die Präsidentin redet zufrieden weiter und erklärt mir, ihr übliches Geschenk für eine neue Wetterfee sei bislang ein maßgeschneiderter Anzug gewesen, aber da meine Großmutter die beste Schneiderin der Welt ist, hat sie beschlossen, sich diesmal etwas anderes einfallen zu lassen.

»Das ist sehr aufmerksam von Ihnen, Präsidentin.« Ich richte den Blick auf sie, um mich von Bonwhe abzulenken, den nur wenige Zentimeter von meinem Kinn trennen.

Schließlich tritt er zurück und mustert sein Werk. »Das sieht gut aus.«

Als sich die Tür zum Teezimmer abermals öffnet, richtet sich unsere Aufmerksamkeit auf die neuen Gäste, die das Zimmer betreten. Soweit ich es erkenne, gehören die meisten zur Yi-Familie. Das Gesicht von Yi Bonshim, der Vizepräsidentin des Konzerns, springt mir sofort ins Auge.

Auch wenn sie theoretisch den Konzern längst hätte leiten können, ist sie ständig in irgendwelche Kontroversen verstrickt, weshalb die aktuelle Präsidentin wahrscheinlich so lange durchhalten wird, bis ihr Enkel volljährig ist.

Laut den neuesten Gerüchten plant Bonshim zusammen mit ihrem aktuellen Liebhaber die Flucht aus Snowglobe. Im Moment schlendert sie jedoch mit einem gekünstelten Lächeln auf den Lippen an der Seite ihres Ehemanns ins Teezimmer. In einem Schauspiel ehelicher Eintracht hat sie sich bei ihm untergehakt.

Das Paar und sein Gefolge nähern sich unserem Tisch. Die Vizepräsidentin richtet ihren kühlen Blick auf mich, bevor sie ihn demonstrativ abwendet. Der Rest der Gruppe und auch ihr Ehemann gratulieren mir zum Titel. Trotz meines rasenden Herzens scheint niemand auch nur zu ahnen, dass ich lediglich ein Double bin.

Wir bleiben gerade lange genug im Teezimmer, um einander zu begrüßen, bevor wir zum Empfang in den Ballsaal gerufen werden. Ich nutze die Gelegenheit, um mich zu entschuldigen und für einen letzten Check ins Badezimmer zu flüchten. Das Bad ist mit seinem funkelnden Gold ganz eindeutig ein Bad der Yibonns, aber ich habe nicht mehr die Kraft, an lebensgroße Rentierstatuen zu denken. Mir ist heiß, meine Glieder sind schwer, und ich bin unfassbar erschöpft. Ich fühle mich, als würde ich in Treibsand versinken und zum Kern der Erde gezogen werden. Liegt das am Rosentee? Oder am Schlafmangel? Mein Herz hämmert nicht nur in meinen Ohren, sondern auch in meinen Ellbogen und meinen Knien. Bilde ich mir das nur ein, oder glüht meine Stirn?

Mein Spiegelbild ist zum Glück noch immer makellos. Sanghuis kunstvolles Make-up verbirgt die Erschöpfung, und meine roten Wangen scheinen Haeris jugendlichen Übermut nur zu betonen.

Da kommt mir ein eigenartiger Gedanke. Was, wenn mich aus dem Spiegel die echte Haeri anstarrt? Ich hebe die Hand und strecke sie langsam dem Spiegel entgegen, in der Erwartung, mit der Handfläche auf die harte, kalte Oberfläche zu treffen. Doch dann gibt das Glas nach und verschluckt die Spitze meines Zeigefingers.

Erschrocken ziehe ich ihn zurück und starre den Spiegel an. Meine eigenen aufgerissenen Augen erwidern den Blick. Bin ich eingeschlafen? Das wäre nicht gut. Ganz und gar nicht gut! Die vergoldeten Wände drehen sich wie in einem Traum. Wie soll ich bloß bis zum Ende der Party um Mitternacht durchhalten?

Die Wetterfee

Mir ist noch immer ungewöhnlich warm, aber ich reiße mich zusammen und betrete den Ballsaal. Als Ehrengast soll ich neben Bonwhe am VIP-Tisch auf dem Podium sitzen, und gerade als die Präsidentin ihre feierliche Ansprache beendet, werde ich zu meinem Stuhl geführt. Sie hebt ihr Champagnerglas, und alle im Ballsaal stehen auf und heben ebenfalls ihre Gläser.

Auch ich halte mein Glas hoch, und die Präsidentin sagt: »Am selben Abend, an dem die Menschen während der Kriegsära die Geburt von Jesus gefeiert haben, feiern wir die Wiedergeburt all der neuen Talente hier in Snowglobe.«

Ihre Worte rauschen über mich hinweg, während ich den Blick über die Menge schweifen lasse und Yujin an einem Tisch unter uns entdecke. Ihre perfekten weißen Zähne blitzen auf, als sie vor Freude lächelt. Auch ich muss lächeln, doch dann begegnet ihr Blick meinem, und ich wende instinktiv das Gesicht ab und habe sofort Bonwhes teilnahmsloses Profil vor mir. Ich drehe mich weg, und meine Zehen kribbeln in meinen Schuhen.

Die Präsidentin fährt fort: »Mit Freude präsentiere ich Ihnen unseren heutigen Ehrengast und Snowglobes künftige Wetterfee: Goh Haeri!«

Unter Applaus stehe ich auf und mache vor den zahlreichen jungen Schauspieltalenten einen Knicks. »Vielen Dank, Präsidentin, und herzlichen Glückwunsch Ihnen allen!«, sage ich voller Begeisterung unter weiterem Applaus und Jubelrufen. »Es ist wundervoll, Sie alle hier zu sehen!«

In Snowglobe ist das Wetter nicht wie in der offenen Welt. Hier müssen meteorologische Phänomene wie Wind, Regen und Schnee künstlich erschaffen werden. Auch der kobaltblaue Himmel und die strahlenden Sonnenuntergänge sind nur Projektionen auf der Glaskuppel über uns. Die Wetterfee lost das Wetter aus, sei es heiterer Himmel oder stürmischer Wind samt Hagel. Bei der täglichen Ziehung, die während der Abendnachrichten live ausgestrahlt wird, stehen mehrere Lostrommeln für die einzelnen atmosphärischen Komponenten wie Temperatur, Luftfeuchtigkeit und Windrichtung bereit. Die Wetterfee steckt ihre Hand in die Lostrommeln und zieht eine von Dutzenden umherrollenden Kugeln heraus, die das Wetter des nächsten Tages bestimmt. Natürlich ist der Vorgang durchgeplant, damit das generierte Wetter nicht zu chaotisch ist. Anders ausgedrückt wird es keinen Schnee im Juli oder glühende Hitze im Februar geben.

Wirklich interessant ist dabei, dass es die gewöhnlichen Menschen in der offenen Welt sind, die am eifrigsten die tägliche Ziehung verfolgen.

»Die Temperaturen liegen morgen um die null Grad ...«

»Die Allergiesaison hat angefangen! Morgen erwarten wir einen starken Pollenflug ...«

»Morgen wird ein besonders toller Tag für Outdoor-Fans ...«

Doch was bedeuten all diese Vorhersagen jenen, die im ewigen Winter feststecken? Sie geben Hoffnung und wecken Träume vom Leben in Snowglobe, wo wir alle möglichen Dinge tun und alle möglichen Leute kennenlernen können. Und wer wären wir ohne Hoffnung? Auch wenn die Wettervorhersage schon immer hohe Einschaltquoten hatte, schoss der Status der Wetterfee in die Höhe, als Bonyung Präsidentin wurde und einige Veränderungen vornahm, um dem Unternehmen einen Wachstumsschub zu verpassen.

Eine dieser Veränderungen bestand darin, das beste Talent des Jahres zu küren. Ende Dezember wird verkündet, wer den Preis gewonnen hat und damit im nächsten Jahr als Wetterfee auftritt, ein Tribut an das Fernsehpublikum, das seinen Liebling dann jeden Tag live zu sehen bekommt. Auch für den Star lohnt es sich, denn der Titel geht mit einer Wohnung auf Lebenszeit in Snowglobe einher, was bei Weitem der beste Preis ist, da Einschaltquoten fortan keine Rolle mehr spielen. Eine Wetterfee darf in Snowglobe bleiben, solange sie will, selbst wenn die ursprüngliche Show abgesetzt wird und in Vergessenheit gerät.

Jetzt wird mir klar, wie klug es war, zu dem Empfang für die neuen Schauspieltalente in Snowglobe auch den Star einzuladen, der zum Talent des Jahres gekürt wurde. Sie alle wissen längst, dass auch sie den Jackpot jederzeit knacken können, aber Haeris Anwesenheit an diesem Abend wird dafür sorgen, dass sie es nicht vergessen. Ich betrachte die Menschen im Saal, die mir noch immer applaudieren. Ihre Gesichter strahlen hoffnungsvoll und bewundernd zu mir hoch, und obwohl ich weiß, dass ihr Applaus Haeri gilt, sonne ich mich darin und strahle über beide Backen.

»Danke«, sage ich. »Vielen Dank!«
Ich, Haeri, bin das leuchtende Symbol der Hoffnung in ihrem Leben. Diese Erkenntnis stärkt mich. Vielleicht bin ich doch bereiter für die Rolle, als ich bisher gedacht habe.

Dank des Crashkurses, den Regisseurin Cha mir über Tischmanieren gegeben hat, überstehe ich das formelle Dinner nach dem Anstoßen ohne größere Schwierigkeiten. Wenn ich etwas vergessen habe, imitiere ich verstohlen Bonwhe, der neben mir sitzt. Von der Vorspeise bis zur Nachspeise schmecke ich allerdings rein gar nichts. Ich bin dermaßen erschöpft, dass sich mein Körper anfühlt, als würde er aus geschmolzenem Blei bestehen, und mit jeder Stunde werde ich schwerfälliger.

Als das Essen endlich vorbei ist, folge ich den VIPs vom Podium, die sich unter die neu eingetroffenen Talente mischen. Sie alle wollen unbedingt die ganz Großen treffen. Bonwhe ist besonders gefragt. Die jungen Frauen umschwärmen ihn und drängen sich nach vorn, in der Hoffnung, ein paar Worte mit ihm zu wechseln. Bald fängt der Ball an, und vielleicht hat eine von ihnen ja Glück. Jemand tippt mir auf die Schulter, und ich drehe mich um, zucke jedoch erschrocken zurück, als ich Yujin sehe. Sie lächelt mich verlegen an.

»Würde es Ihnen etwas ausmachen, mir ein paar Schritte zu zeigen?«, fragt sie. »Ich hab den Tanz im Trainingszentrum gelernt, aber ich könnte eine Auffrischung gebrauchen.«

Ich weiß nicht, wie ich sie sanft wegschicken kann. Regisseurin Cha hat den Ball nicht vergessen und versucht, mir ein paar der Tanzschritte beizubringen, musste sich aber geschlagen geben, weil ihr die Zeit und mir das Talent fehlte. Als Plan B hat sie mir geraten, mich während des Tanzens rarzumachen, indem ich mich in einem der Bäder verstecke. Aber Yujin hat mich erwischt, bevor ich mich verdrücken konnte. »Ich würde dem jungen Herrn Bonwhe nur ungern auf die Füße treten«, fährt sie fort. »Wissen Sie, was ich meine?« Ihr Blick wandert zu Bonwhe, der von zahlreichen Bewundernden umringt ist.

Junger Herr Bonwhe? Was ist aus Yujins Bonwhe, mein Baby geworden?

»Natürlich verstehe ich, dass ein kleiner Patzer eine Romanze befeuern kann.« Sie schlägt die Hände vor der Brust zusammen, als würde sie beten. »Aber ich möchte mir lieber nicht vorstellen, wie meine eigenen Füße dieses perfekte Kunstwerk verschandeln.«

Ich weiß ganz genau, was sie für Bonwhe empfindet, und wenn ich könnte, würde ich ihr helfen, aber ich bin nicht die echte Haeri. Stattdessen greife ich mir den nächstbesten jungen Mann und schiebe ihn zu ihr.

»Mit einem Partner lernen Sie schneller«, sage ich in der Gewissheit, einen cleveren Weg gefunden zu haben, um sie loszuwerden. Doch der Typ legt die Arme um die falsche Taille: um meine. Bevor ich reagieren kann, zieht er mich zu sich und greift grinsend mit der linken Hand nach meiner rechten.

»Zu Ihren Diensten«, sagt er und beginnt, zu tanzen.

»Was? Warten Sie!«, widerspreche ich lahm. »Die Musik hat noch gar nicht angefangen.«

»Der perfekte Augenblick, um zu üben«, erwidert er.

Vom Tanzen verstehe ich nichts, aber ich kann mir vorstellen, wie Haeri mit dieser Situation umgehen würde. In der ihr eigenen Selbstsicherheit würde sie sich auf den dreisten Fremden einlassen und ihre

Schritte mit seinen synchronisieren. Sie würde ihn vielleicht sogar herausfordern und sagen: »Also gut, zeigen Sie mir, was Sie draufhaben.«

Deshalb lasse ich mich von ihm über die Tanzfläche führen, während ich seine Hand eisern umklammere. Ich nehme an, dass ich das Risiko, ihm auf die Füße zu treten oder über meine eigenen zu stolpern, minimieren kann, wenn ich sie zwischen all den schwingenden und gleitenden Schritten selten am Boden absetze. Yujin verfolgt meine unsinnigen Schritte mit höchster Konzentration, und als ich zu meinem Partner hochsehe, erkenne ich ein schelmisches Lächeln in seinem Gesicht.

»Sie sind gar nicht so geschickt, wie ich dachte«, sagt er. »Ein Trick der Kamera?«

Mein Herz setzt einen Schlag aus, aber dann erkenne ich die Gelegenheit für eine Flucht und ergreife sie. Missbilligend presse ich die Lippen zusammen, verharre und trete ihm absichtlich mit den Hacken auf den linken Fuß. Er jault laut auf.

»Bitte achten Sie auf die Antispoiler-Regel.« Ich starre ihm fest in die Augen.

»Was?« Entsetzt runzelt er die Stirn. »Inwiefern ist das ein Spoiler?« Dann hebt er den Saum meines Kleids und beugt sich runter, um meine Füße zu inspizieren. »Haben Sie Bohrer anstelle von Hacken?«

Mein Verstand setzt aus, und bevor ich es merke, ramme ich ihm das Knie unter das Kinn. Ich habe ganz vergessen, wo ich bin oder wer ich sein soll. Seine Zähne klacken geräuschvoll zusammen, dann schreit er laut. Yujin starrt uns mit offenem Mund an, aber ich bin dankbar für den Lärm im Saal – alle anderen sind mit Bonwhe und Bonshim beschäftigt, die noch immer ihre Runde machen.

Der Typ wirft mir einen finsteren Blick zu und rennt mit hochroten Ohren wortlos davon.

»Was zum Henker ist denn in den gefahren?« Yujin eilt an meine Seite. »Wie kommt so ein Creep hier überhaupt rein?«

Sie streckt dem Kerl die Zunge raus. Obwohl mein Herz wild schlägt, zucke ich die Achseln. »Solche Leute sind nur hier, um für Drama und Konflikte zu sorgen.«

Yujin neigt den Kopf und mustert mich eine Weile. »Es ist wirklich verblüffend«, sagt sie. »Sie *klingen* sogar wie meine Freundin, von der ich Ihnen erzählt hab. Genau wie sie.«

Ich lache gekünstelt und bemerke in spöttischem Ton, dass ihre Freundin ja enorm klug sein muss. Der Abend zieht sich endlos in die Länge, und ich bin hundemüde. Außerdem ist mir so heiß, als würde ich von innen her verbrennen.

Als immer mehr Leute auf die Tanzfläche treten, bahne ich mir einen Weg durch die Gratulanten und schleiche mich aus dem Ballsaal. Ich fühle mich, als hätte jemand ein Feuer in mir entfacht, und ich eile den langen, leeren Korridor entlang zum Bad. Plötzlich dringen von vorn Worte an mein Ohr.

»Ist das zu fassen?«, höre ich, und als ich die Stimme wiedererkenne, schrillen in mir alle Alarmglocken. »Erst hat sie ganz lieb getan und ihre Wange an meine Brust gedrückt – und dann, *bämm,* tritt sie mir mit dem spitzen Hacken auf den Fuß!«

Mein aufdringlicher Tanzpartner kommt gerade um die Ecke und schlendert mit einem anderen Typen den Korridor entlang auf mich zu.

»Das war definitiv mit Absicht«, sagt er. »Sie wollte vermutlich nicht aussehen, als wär sie leicht zu haben.«

Oh, wie sehr wünsche ich mir, ich könnte ihm auch noch das andere Knie unter das Kinn rammen. Aber ich brauche keinen Ärger. Nicht heute Abend. Ich beiße die Zähne zusammen und sehe mich auf dem Korridor um. Rechter Hand gibt es nur eine durchgehende Wand, aber links zweigt ein dunkler Gang ab. Allerdings ist er durch ein rotes Seil abgesperrt, also bleibt mir keine andere Wahl: Ich ducke mich unter dem Seil durch und presse mich mit dem Rücken gegen die Wand. Genau in dem Moment verliere ich einen meiner Schuhe. Das verdammte Ding bleibt neben dem Messingpfosten für das Seil liegen. Ich will danach greifen, aber es ist zu spät. Ich darf nicht riskieren, dass man mich dabei erwischt, wie ich mich hier wie eine Diebin verstecke. Mit angehaltenem Atem bete ich, dass der Kerl meinen Schuh nicht bemerkt, aber natürlich tut er das. Er bleibt stehen, hebt ihn auf, mustert ihn und ruft meinen Namen.

Als sich sein Schatten dem Seil nähert, rutsche ich mit eingezogenem Bauch an der Wand entlang. Ich gelange immer tiefer in den unbeleuchteten Korridor, bis sich auf wundersame Weise ein weiterer Gang auftut. Hastig biege ich um die Ecke und beschleunige meine Schritte.

»Hey!«, höre ich hinter mir. »Sie sind hier, Haeri, nicht wahr?« Die Stimme des Typen verliert sich, als der Abstand zwischen uns größer wird. Das rhythmische Klacken meines verbliebenen Schuhs hallt wie die Salve eines Maschinengewehrs durch die Dunkelheit. Wenn es mir gelingt, den Kerl abzuschütteln, könnte ich mich für den Rest des Abends wunderbar in diesen Gängen verstecken. Ich bleibe kurz stehen, ziehe mir den Schuh aus und renne dann weiter.

Erst nach links, dann nach rechts, dann noch mal nach rechts. Ich versuche, mir den Weg einzuprägen. Obwohl ich unendlich müde bin, merke ich, wie viel leichter es ist, über den Marmorboden zu rennen statt durch kniehohen Schnee. Als hätte ich Sprungfedern an den Füßen. Wenn ich mich ganz wie ich selbst fühlen würde, könnte ich sicherlich tagelang so weiterrennen. Irgendwann stelle ich fest, dass ich den Typen nicht mehr höre. Aber besser, ich gehe auf Nummer sicher. Ohne langsamer zu werden, werfe ich einen Blick über die Schulter, doch ich sehe nur einen leeren Gang, der sich in der Finsternis verliert. Ich habe ihn abgeschüttelt, da bin ich mir sicher.

Als ich den Kopf wieder nach vorne drehe, sehe ich nur wenige Meter vor mir einen Spiegel. Ich bremse noch, doch es ist zu spät. Ich habe nicht mal Zeit, mein Gesicht zu schützen. Das Glas und mein erschrockenes Spiegelbild rasen auf mich zu.

Hinter dem Spiegel

Alles geht so schnell, dass ich weder mein Gesicht schützen noch meine Augen schließen kann. Mit voller Wucht knalle ich gegen den Spiegel und stelle mir bereits vor, wie er mich aufschlitzt – doch dann bin ich von Dunkelheit umgeben, völlig unversehrt. Was ist passiert? Habe ich mir den Spiegel bloß eingebildet?

Mit wild klopfendem Herzen strecke ich die Hand in der Finsternis aus und berühre mit den Fingerspitzen etwas, das sich wie ein Knopf anfühlt. Ohne nachzudenken, drücke ich ihn – wozu sonst sind Knöpfe da?

Ich spüre einen Ruck, und dann bin ich mit einem Mal schwerelos, als der Boden unter meinen Füßen mit erschreckender Geschwindigkeit in die Tiefe rast. Panik schießt mir durch die Adern, trotzdem kann ich nicht mal schreien. Die Fahrt nach unten endet abrupt, und alles ist wieder ruhig. Atemlos hocke ich mich hin und umklammere meinen Schuh. Als ich den Blick wieder hebe, um mich umzusehen, stelle ich entsetzt fest, dass ich in demselben Gang stecke, den ich gerade erst verlassen habe.

Mit wackeligen Knien stehe ich auf und will gerade den Korridor hinuntergehen, als ich ein sanftes Vibrieren spüre. Überrascht bemerke ich unter meinen Füßen Holzdielen. Wo ist der Marmorboden hin? Und warum ist es plötzlich so kalt? Kaum habe ich die Frage formuliert, stellen sich meine Nackenhaare auf. Meine Haut prickelt vor Kälte. Die Luft ist schneidend, fast so eisig wie im Freien zu Hause.

Ich schlüpfe wieder in den Schuh und stelle mich auf ein Bein, damit der bloße Fuß nicht mit dem kalten Boden in Berührung kommt. Bei der Kälte würden meine Füße innerhalb weniger Minuten festfrieren, und dieser verdammte Mistkerl hat meinen anderen Schuh.

Mein Verstand rast. Wenn ich es geschafft habe, mich so zu verirren, dass ich nicht mehr auf dem Anwesen bin, wo bin ich dann? Wo auch immer das sein mag, ich muss den Weg zurückfinden, und zwar schnell, denn in dem mit Federn gesäumten Ballkleid halte ich bloß fünf Minuten durch – wenn ich Glück habe.

Am fernen Ende des Gangs erkenne ich einen schwachen Lichtstreifen, auf den ich, ohne zu zögern, zurenne. Dabei reibe ich mir mit den Händen über die Arme, um sie zu wärmen.

»Hallo! Ist da jemand?«, rufe ich. Mein Atem steigt in der eisigen Kälte in Wolken auf. »Irgendjemand? Bitte?«

Ich halte weiter auf das Licht zu. Die Kälte beißt mir in die Hände und Füße, und als ich endlich das Ende des Korridors erreiche, lässt mich das, was ich sehe, bis ins Mark erschaudern.

Vor mir erhebt sich hell erleuchtet ein riesiger Brunnen aus dickem Glas. Im Innern ragen gigantische Räder auf – von Menschen angetriebene Räder, die sich bewegen. Es dauert einen Moment, bis ich erkenne, was ich da vor mir sehe: Stromproduktion. Genau das, was ich seit meinem Abschluss im Februar zehn Monate lang gemacht habe.

Doch während die Räder in meinem Kraftwerk glatt, von einheitlicher Größe und zudem in konzentrischen Kreisen um den Hauptmotor angelegt sind, handelt es sich hier um Räder unterschiedlicher Größe, die miteinander mehr oder weniger vertikal verzahnt sind und sich durch den fünfstöckigen Glasbrunnen ziehen. Der Anblick erinnert mich an ein riesiges Aquarium, in dem man die farbenfrohen, durch das schimmernde Wasser gleitenden Meerestiere durch verschwitzte, ungepflegte Arbeitskräfte in schmutzigen Uniformen ersetzt hat. Während ich fassungslos dem tiefen Brummen des zentralen Motors lausche, begreife ich es: Das hier muss ein Gefangenenlager sein.

In Snowglobe leben auch nur fehlbare Menschen, weshalb es eine Justizvollzugsanstalt gibt, in der gefährliche Kriminelle festgehalten und umerzogen werden. Natürlich nur dann, wenn sie eines Vergehens schuldig gesprochen werden, das mit einer Haftstrafe geahndet wird.

Miryu ist der Polizei von Snowglobe einmal ins Netz gegangen, wurde aber wieder freigelassen, weil man nicht genug Beweise hatte. Hier gibt es vielleicht mehr Kameras als Menschen, aber der Zugriff auf die rohen Aufnahmen steht nur den Regisseuren zu, die Polizei muss also auf ganz altmodische Weise Aussagen zusammentragen und Beweismaterialien sammeln.

Wenn das hier aber eines der Gefängnisse in Snowglobe ist, dann gleicht es unserem Kraftwerk – nur dass die verurteilten Menschen ein noch trostloseres Dasein führen als wir, die wir in den Kraftwerken schuften, falls das überhaupt möglich ist.

Selbst im Gefängnis ist man vor den Blicken der Kameras nicht geschützt. Gefängnisshows sind jahrelange

Dauerbrenner, weshalb immer wieder neue Haftanstalten designt werden, um Übersättigung beim Publikum vorzubeugen. So etwas wie das hier habe ich im Fernsehen allerdings noch nie gesehen.

»Hallo!« Ich klopfe gegen das dicke Glas. Der bloße Kontakt verbrennt mir die Haut, und ich ziehe die Hand rasch zurück. »Hilfe! Bitte lassen Sie mich rein!«

Noch nie in meinem Leben habe ich so sehr in einem Gefängnis sein wollen, doch niemand reagiert auf mich.

»Hilfe! Bitte!« Der Lärm der Zahnräder übertönt meine Stimme. Verzweifelt versuche ich, die Blicke der Menschen dort drinnen auf mich zu ziehen. Ich fuchtle mit den Armen und schlage mit den Fäusten gegen das Glas, bis endlich jemand in meine Richtung sieht. Ein Mann mit einem herzförmigen rosa Tattoo unter dem rechten Auge. Trotz all meiner Bemühungen stiert er mit stumpfem Blick durch mich hindurch.

»Entschuldigen Sie! Bitte, können Sie mich sehen?«

Er starrt an mir vorbei, ohne zu blinzeln. Mit wild schlagendem Herzen schiebe ich mich am Glas entlang, um in das Blickfeld von jemand anderem zu gelangen.

»Lassen Sie mich rein! Ich erfriere!«

Ich zittere so heftig, dass mir die Rippen schmerzen, und meine Fäuste sind schon ganz taub. Auf der Suche nach einer Tür oder einer Öffnung umrunde ich die gesamte Konstruktion.

»Helfen Sie mir! Bitte ...«

Ich werde immer langsamer. Mit jedem Atemzug zieht sich meine Lunge zusammen. Doch auf der anderen Seite bemerkt mich niemand. Da trifft mich ein Gedanke: Was wird aus Haeri, wenn ich hier sterbe?

Vermisst: Haeri ist auf der Weihnachtsfeier der Yibonns spurlos verschwunden!

Eine solche Schlagzeile würde unter den Top-10-Rätseln des Jahrhunderts landen. Es hieße aber auch, dass Regisseurin Cha das tragische Ende Haeris nicht länger vertuschen könnte. Und ein mysteriöses Verschwinden stellt keinen überzeugenden Abschluss dar, auch wenn sie sich damit zufriedengeben müsste.

Die Kälte macht mich fertig. Wie lange ich noch durchhalte, weiß ich nicht. Der Gedanke, aufzugeben, wird immer verlockender. Genau wie in jener Nacht des Sturms: Es wäre so viel einfacher, loszulassen, aber das kann ich Mama, Oma und Ongi nicht antun. Mit ihren Gesichtern vor Augen ringe ich nach Atem und dränge die Tränen zurück. Gefrorene Tränen auf den Augäpfeln sind eine echte Gefahr.

Ich klaube meine letzten Kräfte zusammen, drehe mich um und schleppe mich zurück in den dunklen Gang. Wenn ich nicht zu den Gefangenen gelangen kann, dann muss ich wieder zu den Yibonns zurück.

Nach zehn oder zwanzig Schritten schimmert in der Steinwand des dunklen Gangs nur wenige Schritte von mir entfernt ein weiterer Spiegel.

Normalerweise wäre ich davon ausgegangen, dass ich wie ein Tier gefangen wäre und nichts tun könne, um mich zu retten – doch nicht heute Abend. Zitternd berühre ich den Spiegel. Genau wie vorhin durchdringen meine Fingerspitzen die Oberfläche. Mit fest geschlossenen Augen trete ich durch den Spiegel. Wo werde ich diesmal landen? Im Marmorgang der Villa? Oder an einem noch feindlicheren Ort?

Aahhh ... Herrliche Wärme umhüllt mich. Ich öffne die Augen und finde mich im vergoldeten Bad des Teezimmers der Yibonns wieder. Mit einem Dankesgebet auf den Lippen verriegle ich die Tür und lasse mich auf den warmen Marmorboden sinken. Ich strecke alle Glieder von mir und rolle mich hin und her, vom Rücken auf den Bauch, um die Wärme aufzunehmen. Vor Freude, am Leben zu sein, kichere ich, wie ich es immer tue, wenn Mama nach einem langen Arbeitstag meine müden Waden massiert.

Dann wackelt der Türgriff, und ich schieße in die Höhe. Mein Puls rast, als erneut jemand an der Klinke rüttelt. Diesmal fester, ungeduldiger.

»Besetzt!«, rufe ich genervt.

Hat überhaupt mal jemand geklopft? Ich verdrehe die Augen und prüfe rasch mein Spiegelbild. Nicht schlecht. Ganz und gar nicht schlecht. Die Perücke und mein Make-up halten, von den winzigen Rissen abgesehen, die sich auf meinen Lippen gebildet haben, nachdem sie erst eingefroren und jetzt wieder aufgetaut sind. Ich greife nach dem ordentlichen Stapel Handtücher auf der Ablage, als jemand zu meinem Erstaunen heftig gegen die Tür hämmert.

Was zum Henker soll das? So dringend kann ein Bedürfnis gar nicht sein!

»Nur eine Minute!«, sage ich barsch, während ich mir die Stirn und die Nase mit dem Handtuch abtupfe.

Schließlich setze ich mein liebenswürdigstes Lächeln auf, entriegle die Tür und öffne sie. Mir bleibt das Herz stehen. Bonwhe steht vor mir, groß, charmant und attraktiv. Er sieht so verwirrt aus, wie ich mich fühle. Sprachlos starren wir einander an.

»Was machst du hier?« Er mustert das Badezimmer hinter mir.

»Das ... Das tut mir leid«, entschuldige ich mich ohne ersichtlichen Grund. »Ich musste ganz dringend, und vor den anderen waren Warteschlangen und ...«

Er schiebt sich an mir vorbei und lehnt sich ins Bad, als müsste er es untersuchen. Dann dreht er sich zu mir um. »Was hast du hier oben verloren?«

Er klingt verunsichert, und die Situation erinnert mich daran, wie Mama das Ohr an die Tür zum Bad drückt und nach Oma ruft, weil wir sie nicht mehr allein lassen können. »Was denkst denn du?«, entgegne ich nun wütend. »Was sollte ich in einem Badezimmer wohl verloren haben?«

Er richtet sich auf und fixiert mich überrascht. Mit aller Kraft halte ich seinem Blick stand. Ich kämpfe die Erinnerung daran nieder, wie ich mich gerade eben noch auf dem Fußboden gewälzt habe. »Die Frage ist eher, was du hier verloren hast, Kumpel. Das Bad für Männer ist da drüben ...«

Ich recke das Kinn in die andere Richtung – und mir fallen fast die Augen aus dem Kopf. Das hier ist gar nicht das Teezimmer, sondern ein Schlafzimmer mit einem Bett, in dem die gesamte königliche Familie Platz hätte. Auf der anderen Seite steht ein Ledersessel.

»Kumpel?« Bonwhe zieht die Augenbrauen hoch.

»Was?«

»Du hast mich gerade *Kumpel* genannt.«

»Kumpel?«, wiederhole ich vage. Dann wird mir klar, dass ich das tatsächlich gesagt habe. »Unmöglich, junger Herr.« Ich lache, was selbst in meinen Ohren albern klingt.

Bonwhe weicht zurück und zieht die Augenbrauen noch höher. Ich verstumme und neige den Kopf, dann murmle ich ernst: »Bitte entschuldigen Sie mich, junger Herr, Sie können sich natürlich in aller Ruhe um Ihr Geschäft kümmern.«

Damit verlasse ich das Badezimmer und steuere auf

die Tür zu, aber Bonwhes strahlende schwarze Slipper schieben sich in mein Blickfeld und halten mich auf. »*Bitte entschuldigen Sie mich? Sie können sich natürlich in aller Ruhe um Ihr Geschäft kümmern?*«, wiederholt er perplex. »Ist das alles, was du zu mir zu sagen hast, nachdem du in mein Schlafzimmer eingedrungen bist?«

Jetzt zieht er die Augenbrauen zusammen und starrt mich an. Mein Schädel brummt.

»Und warum humpelst du?« Sein Blick fällt auf meine Füße.

»Oh, das ...«

Wo soll ich mit der Geschichte vom verlorenen Schuh anfangen? Und wo aufhören?

»Um die Wahrheit zu sagen, junger Herr, fühle ich mich nicht so gut«, gestehe ich stattdessen.

Das ist nicht gelogen. Noch nie habe ich mich derart mies gefühlt. Während ich die Worte ausspreche, bin ich mir nicht mal sicher, ob ich sie wirklich *sage* oder nur *denke*. Ich ringe nach Luft und glühe geradezu. Außerdem tut mir alles weh. Als wäre ich von einem Truck überfahren worden. Ganz zu schweigen von meinen Kopfschmerzen. So, wie ich mich gerade fühle, ist mir völlig egal, dass ich in sein Heiligtum eingedrungen bin. Ich muss mich ausruhen. Nur kurz die Augen schließen, mehr nicht.

Ich sehe an ihm vorbei, und mein Blick fällt auf das weiße Bett. Es wirkt weich wie Schlagsahne. Es will, dass ich mich hinlege. Wie ein Nagel, der von einem Magneten angelockt wird, schlurfe ich zum Bett.

Mir gelingen nur ein paar Schritte, bevor Bonwhe mich am Arm packt.

»Hey, du glühst ja!« Er lässt mich sofort wieder los.
»Alles in Ordnung?«

»Siehst du? Das meine ich«, murmle ich. Mehr bringe ich nicht zustande, bevor ich in das Meer aus Schlagsahne sinke. Ich höre, wie mir der verbliebene Schuh vom Fuß fällt und auf dem Boden landet. Dann wird alles schwarz.

Liebe und Anmut

Klopf, klopf ...
Meine Augen öffnen sich träge, aber ich bin so erschöpft, dass ich mich nicht bewegen kann.
Wieder klopft jemand zweimal. Ich will antworten, bringe jedoch nur ein heiseres Krächzen heraus.
»Ich komme jetzt rein, Frau Haeri«, ertönt eine Stimme.
Kurz darauf öffnet sich die Tür, und eine Frau in einem pechschwarzen Anzug und mit einem zurückgegelten Bob betritt den Raum. Sie beugt sich über das Bett und mustert mich.
»Wissen Sie, wer ich bin, Frau Haeri?«
Ich meine, ihr Gesicht zu kennen, kann es aber nicht zuordnen.
»Ich bin Yu Junguhn, die persönliche Assistentin vom jungen Herrn Bonwhe«, sagt sie. »Erinnern Sie sich?«
Da fällt es mir wieder ein. Assistentin Yu. Sie erscheint oft in der Presse, immer wie ein Schatten hinter dem jungen Herrn.
Ich nicke lächelnd.
»Wie fühlen Sie sich?«, fragt sie. »Der Tanz ist vorbei, und die Leute wundern sich schon, wo Sie bleiben, Frau Haeri. Können Sie sich aufsetzen?«
Ich nicke wieder, und sie schiebt eine Hand unter meinen Rücken, um mir zu helfen, mich gegen die Kis-

sen am Kopfende zu lehnen. Ich fühle mich ausgelaugt, aber nicht mehr, als würde ich gleich tot umfallen.

»Wie lange hab ich geschlafen?« Meine Stimme ist nicht lauter als ein Piepsen.

»Etwa eine Stunde. Ihr Fieber ist aber noch nicht abgeklungen.« Sie stellt ein Tablett auf meinen Schoß. »Der junge Herr hat mich gebeten, nach Ihnen zu sehen. Er denkt, Sie könnten Grippe haben.«

Sie stellt eine Flasche Mineralwasser und eine durchsichtige Tablettendose auf das Tablett, dann schraubt sie die Flasche auf und reicht sie mir. »Vielleicht haben Sie sich auch nur wegen dem heutigen Event zu sehr unter Druck gesetzt.«

Wem sagt sie das?

»Bitte, nehmen Sie die hier zu sich.« Sie öffnet die Tablettendose und drückt sie mir in die Hand. »Der junge Herr nimmt sie, wenn er angeschlagen ist.«

Ich schlucke die drei Tabletten aus der Dose und spüle sie mit dem teuren Wasser runter. Dann nimmt Assistentin Yu das Tablett wieder an sich, und ich atme tief durch, bevor ich die Beine über den Bettrand schwinge.

»Lassen Sie sich Zeit, Frau Haeri«, sagt sie mit Blick auf die Armbanduhr. »Wir haben noch zehn Minuten.«

Ich stütze mich auf ihrer Schulter ab und stehe auf. Mir geht es schon besser.

»Ich richte Ihr Kleid.« Sie zupft es hier und da zurecht, und als sie sich runterbeugt, um den Saum zu richten, prüfe ich, ob die Perücke noch sitzt. Sie scheint nicht verrutscht zu sein.

Mit demütiger Stimme sage ich: »Ich hoffe, der junge Herr Bonwhe ist wegen meinem überraschenden Auftauchen nicht in allzu große Verlegenheit geraten.«

Ehrlich gesagt hätte ich nicht damit gerechnet, dass der Erbe seine persönliche Assistentin schicken würde, damit sie sich um mich kümmert. So, wie er mich angesehen hat, weil ich in seine Privaträume eingedrungen bin, hätte es mich nicht gewundert, wenn er mich aus dem Haus gejagt hätte, als hätte ich die Pest.
»Sie haben ihn ganz schön überrascht. Schließlich hat sich noch kein Gast in das Zimmer vom jungen Herrn Bonwhe verirrt.«
Ich bin erstaunt, dass sie ihn immer wieder als jungen Herrn Bonwhe bezeichnet. Wäre es so ein großes Vergehen, wenn sie ihn einfach bei seinem Namen nennen würde? Schließlich kümmert sie sich schon seit seiner Kindheit um ihn.
»*Verirrt*«, sage ich. »Ist das das Wort, das er verwendet hat?«
»Nein«, erwidert sie. »Er hat gesagt, dass eine Irre, die vermutlich Grippe hat, in sein Zimmer eingedrungen ist und ich nachsehen soll, ob sie medizinisch versorgt werden muss.«
»Eine Irre?« Mein Herzschlag beschleunigt sich.
Assistentin Yu verzieht das Gesicht. Vermutlich bereut sie ihre Offenheit, aber sie ignoriert meine Frage.
»Ich denke, wir sollten jetzt nach unten gehen.« Sie zieht zwei Glasschuhe hervor – meine Schuhe – und stellt sie mir ordentlich vor die Füße. Ich blinzle.
»Alles in Ordnung, Frau Haeri?«
»Ja, natürlich.« Ich schlüpfe in die Schuhe.
Als wir das Zimmer verlassen, fragt mich Assistentin Yu: »Würden Sie mir erzählen, wie genau Sie in das Zimmer des jungen Herrn Bonwhe gelangt sind?«
Ich atme scharf ein. Die Wahrheit kann ich ihr nicht sagen, zumal ich noch immer nicht genau weiß, was ge-

schehen ist. »Ich weiß es nicht«, erwidere ich. »Ich bin durch einen Korridor gerannt ... und plötzlich im Bad gelandet.«

»Sie sind durch einen Korridor gerannt?« Sie mustert mich streng. »Warum?«

»Ich bin mit einem Gast im Ballsaal aneinandergeraten«, sage ich vage. »Er hat mich nicht in Ruhe gelassen, und ich war nicht in der Stimmung, mich weiter mit ihm abzugeben, also ...« Den Rest lasse ich ungesagt, als Assistentin Yu eine Tür öffnet und mich eine Betontreppe hinabführt.

»Bei Veranstaltungen mit vielen Gästen«, erklärt sie, »schließen wir bestimmte Bereiche des Hauses. Wenn die Korridore unbeleuchtet sind, sollte eigentlich klar sein, dass man sie nicht zu betreten hat.«

Ich schweige, weil ich nicht weiß, was ich erwidern soll.

»Wie kann es nur irgendjemand wagen, Sie aus dem Ballsaal in einen der Korridore zu treiben?«, fährt sie mit harter Stimme fort. Abrupt bleibt sie stehen und dreht sich mit angespanntem Kiefer zu mir um. »Wie heißt der Kerl?«

Obwohl ich Stöckelschuhe trage und zwei Stufen über ihr stehe, sind wir auf einer Augenhöhe.

»Ein einfacher Schauspielanfänger, der sich auf dem Yibonn-Anwesen aufführt, als würde es ihm gehören? Kennt er keine Angst, oder ist er einfach nur dumm?« Sie lässt die Knöchel knacken, als würde sie sich auf einen Kampf vorbereiten.

»Ich weiß seinen Namen nicht.« Mit einem Mal fühle ich mich wie eine Petze. »Er ist mir nur in die Korridore gefolgt.«

»Egal«, sagt sie bestimmt, dann dreht sie sich wieder

um und geht weiter. »Er ist ein gewöhnlicher Gast und ganz sicher nicht mit Ihnen vergleichbar, Frau Haeri, auch wenn Sie davon absehen sollten, sich noch mal in den Gemächern des jungen Herrn Bonwhe blicken zu lassen.«

Mit einer leisen Entschuldigung taumle ich ihr hinterher. Ich wundere mich über dieses Treppenhaus. Auf meinem Weg in Bonwhes Zimmer bin ich kein einziges Mal auf Treppen gestoßen. Sind die Spiegel eine Art Fahrstuhl? Geheime Portale? Ist das Arbeitsgefängnis, das ich entdeckt habe, irgendwie mit dem Anwesen verbunden?

»Wie nachlässig von mir«, unterbricht Assistentin Yu meine Überlegungen. Sie dreht sich wieder zu mir und reicht mir eine Hand, um mich zu stützen. »Elegante Kleidung kann unpraktisch sein, besonders wenn man sich unwohl fühlt.« Offenbar denkt sie, ich laufe langsam, weil mir das Laufen in den hohen Schuhen schwerfällt. Ihre freundliche Geste rührt mich, und ich danke ihr, bevor ich ihre Hand nehme.

Ich stehe in Haeris Schuld. Assistentin Yu wäre niemals so höflich, wenn ich eine andere Schauspielerin wäre, die auf die Party eingeladen wurde. Bonwhe hätte nicht lange gefackelt und mich rausgeworfen, wäre ich ein Niemand, der in sein Zimmer eingedrungen ist. Haeri hat mit ihrer jahrelangen Arbeit eine Anmut kultiviert, die ihr Wohlwollen einbringt, und einmal mehr frage ich mich, ob sie tatsächlich nicht gewusst hat, wie sehr sie von allen geliebt wird. Warum hat sie das getan? *Warum?*

Der Gedanke an sie stimmt mich traurig, aber er stärkt auch meinen Entschluss, ihr ein Happy End zu verschaffen.

Im Ballsaal mische ich mich wieder unter die Gäste, was ich am Ende sogar fast genieße.

»Hey!«, ruft Yujin, die plötzlich an meiner Seite erscheint. »Wo waren Sie? Ich hab überall nach Ihnen gesucht.«

»Oh, ich musste nur wegen dem neuen Job etwas prüfen«, sage ich, wie Assistentin Yu mir geraten hat. Sie hat mich dazu verpflichtet, meinen überraschenden Besuch im Zimmer des jungen Herrn geheim zu halten. Die Yibonns hassen Tratsch.

Im Laufe des Abends umschwärmen mich immer mehr Menschen, die mir gratulieren wollen. Jedes Mal, wenn ich mich umdrehe, meine ich, ein neues Gesicht vor mir zu haben. Ihnen allen schildere ich, wie überrascht, aber auch wie erfreut ich bin.

Nach einer Weile stelle ich meine Antworten jedoch infrage. War Haeri wirklich überrascht? Hat sie sich wirklich auf ihren neuen Job gefreut?

»Verraten Sie uns mehr!«, verlangen die Leute, und ich fühle mich wie eine Hochstaplerin, die hier steht und für Haeri spricht, als wüsste ich, wie sie sich gefühlt hat. Ich weiß aber auch, dass ich genau deswegen hier bin, also setze ich ein Lächeln auf und versuche, mich in den Liebling aller hineinzufühlen.

»Ich bin voller Dankbarkeit – und Liebe – für all meine Fans, die mir die Daumen gedrückt haben.« Ich denke, dass zumindest *ich* mich so gefühlt hätte.

Während dieser Vorstellung erhasche ich einen Blick auf Bonwhe, der von einer Menge umgeben ist, die noch größer ist als meine. Auch der Schuhdieb steht dort und beäugt mich verwirrt. Ich ignoriere ihn und sehe zu Yujin. Meine beste Freundin sitzt an einem

Tisch mit anderen jungen Talenten und lacht ausgelassen. Ich wünschte, ich könnte bei ihr sein, und frage mich, ob sie Gelegenheit hatte, mit Bonwhe zu tanzen.

»Es ist so schön, Sie zu treffen, Frau Haeri!«, ruft eine Frau, die ganz nah an mich herantritt. »Sind Sie bereit für die Live-Vorhersage? Wie haben Sie sich auf Ihre neue Rolle vorbereitet?«

Ich betrachte all die Menschen, die nur darauf warten, mit Haeri zu sprechen. Etliche krümmen sich vor Lachen. Wie auch nicht? Sie sind aufgeregt und haben Spaß. Sie albern herum, und wer kann es ihnen verdenken? Die meisten von ihnen sind gerade erst in Snowglobe angekommen, das hier ist vermutlich die erste Party, an der sie je teilgenommen haben. Es ist *meine* erste Party.

»Frau Haeri?«, holt mich die Stimme der Frau zurück in die Realität. »Wie bereiten Sie sich auf die Livesendung vor?«

Ich murmle eine knappe Entschuldigung, weil ich abgelenkt war, und konzentriere mich. Ach ja, die Livesendung. Ein neuer Knoten bildet sich in meinem Magen. Bis jetzt hatte ich nur eine vage Vorstellung davon, doch in Wahrheit bin ich nicht sicher, wie ich das Ganze durchstehen soll.

Die Party zieht sich noch über einige Stunden, bis Regisseurin Cha mich rettet und zurück zur Limousine bringt. Die Rückfahrt vergeht wie im Flug, doch als wir angekommen sind, breche ich zusammen, kaum dass ich das Haus betrete.

»Haeri!« Regisseurin Cha stürzt herbei.

Der Druck, eine Show abzuziehen, hat mich auf den Beinen gehalten, aber jetzt, da die Menschen weg sind, holt mich meine Erschöpfung ein. Die Tabletten, die Assistentin Yu mir gegeben hat, haben geholfen, doch nun lässt ihre Wirkung nach. Das Fieber und die Kälte kehren zurück. Mein ganzer Körper schmerzt. Was für eine grausige Grippe ist das nur?

»Es tut mir leid. Ich hätte dir die Spritzen gleich geben sollen.« Regisseurin Cha legt sich meinen Arm um den Hals und zieht mich hoch. Dann schleppt sie mich zum Sofa, bettet mich darauf, deckt mich zu und verschwindet in einem anderen Zimmer. Als sie endlich zurückkommt, hat sie ein kleines Tablett mit Spritzen und Ampullen dabei.

»Hab ich Grippe?«, krächze ich, während ich zusehe, wie sie die Nadel in den Stöpsel der Ampulle steckt und die klare Flüssigkeit in die Spritze zieht.

»Ja, Grippe und eine Erkältung«, sagt sie tonlos, dann klopft sie gegen die Spritze. Luftblasen bilden sich oben auf der Flüssigkeit.

Etwas kratzt in meiner Kehle, und ich niese heftig. Grippe und Erkältung. Meine Erfahrung mit beiden beschränkt sich auf das, was ich im Fernsehen gesehen habe.

Im Wissenschaftsunterricht haben wir gelernt, dass Grippe und Erkältung in der Kriegsära zu den gewöhnlichsten viralen Infekten gehört haben. Als sich das Klima gewandelt und aus der Erde einen unnachgiebigen Eisklumpen gemacht hat, sind die Viren abgestorben – zusammen mit Milliarden anderer Lebensformen. Doch in der klimakontrollierten Welt von Snowglobe haben die Viren überlebt, und ich bin gegen sie natürlich nicht immun.

»In dem ganzen Chaos hab ich das völlig vergessen«, sagt Regisseurin Cha. »Immunisierungen sind für alle

Neuankömmlinge notwendig. Deine Spritzen hab ich schon vor deiner Ankunft besorgt, aber dann hab ich nicht mehr daran gedacht.«

Ich nicke verständnisvoll. Soweit ich weiß, hat sie zum ersten Mal ein Double aus der offenen Welt geholt. Da können ihr leicht ein paar Einzelheiten durch die Lappen gegangen sein.

Sie nimmt einen Alkoholtupfer und reibt über eine Stelle an meinem Oberarm. Bei der Kälte auf meiner Haut zittere ich wieder. Zu Hause habe ich mit morbider Faszination zugesehen, wenn die Menschen von Snowglobe eine Spritze erhalten haben. Jetzt bin ich also an der Reihe.

»Haben Sie das schon mal gemacht, Regisseurin Cha?«, frage ich.

Mit einem Mal fühle ich mich ganz unbehaglich.

Sie sticht mir die Nadel in den Arm. Der Pikser überrascht mich, aber der wahre Schmerz kommt erst, als sie die Medizin in meinen Muskel drückt, und ich schreie kurz auf.

»Eine noch, halt still.« Sie gibt mir die zweite Spritze. »Komme, was wolle, morgen früh muss es dir besser gehen. Da findet die Championship statt.«

Richtig. Ich habe schon vergessen, dass morgen Weihnachten ist, der Tag, an dem die jährliche Biathlon-Championship stattfindet, das bei Weitem größte Sportereignis des Jahres in und außerhalb von Snowglobe. Der Run auf die Tickets ist mit nichts zu vergleichen. Haeri wurde als neue Wetterfee von den Yibonns eingeladen, mit ihrer Familie das Spiel zu besuchen.

»Zahllose Menschen träumen ihr Leben lang davon, das Spiel live zu erleben«, sagt Regisseurin Cha.

Auch ich selbst hatte gehofft, wenigstens einmal zusehen zu dürfen, bevor ich sterbe.

»Natürlich, Regisseurin Cha«, sage ich beflissen. »Ich gebe mein Bestes, um wieder gesund zu werden.«

Sie lässt meinen Arm los, und Erleichterung durchströmt mich. Meine Lider werden so schwer, dass ich sie kaum aufhalten kann. Das Federkleid fühlt sich wie die warme, weiche Unterseite des Flügels einer Vogelmutter an. Regisseurin Cha zieht mir die Decke bis unter das Kinn.

»Gute Nacht, Haeri«, flüstert sie. Dann schaltet sie das Licht aus.

Haeri. Ich wünschte, sie würde aufhören, mich so zu nennen, wenn keine Kameras da sind. Jedes Mal zieht sich mir das Herz zusammen, wenn ich daran erinnert werde, warum ich hier bin. Aber ich verdränge den Gedanken. Jetzt muss ich mich erst mal ausruhen, also drifte ich in ein Reich, in dem ich ganz ich selbst sein kann.

Happy End?

»Haeri«, dringt eine Stimme in mein Bewusstsein. »Frau Goh Haeri«, ertönt wenig später dieselbe Stimme, diesmal jedoch lauter. »Raus aus den Federn!« Ich öffne die Augen und sehe, wie sich Regisseurin Cha über mich beugt. Schon? Ich fühle mich, als hätte ich gerade erst die Augen geschlossen.

»Wie hast du geschlafen?« Sie zieht die Rollos hoch und lässt Licht ins Zimmer. Mit der Hand schirme ich die Augen ab und sehe blinzelnd zu den Fenstern und dem strahlend blauen Himmel hinüber. Zum Verdruss aller, die sich weiße Weihnachten gewünscht haben, hat Fran Crown, die aktuelle Wetterfee, einen wolkenlosen Himmel gezogen. Für *mich* ist dieses Wetter das wahre Weihnachtswunder.

In der offenen Welt hält der zinngraue Himmel lediglich leichten oder dichten Schneefall parat. Ich habe noch nie einen Himmel gesehen, der so blau ist – der bloße Anblick tut mir wohl.

Schnee wäre natürlich der passendere Hintergrund für die Championship, aber an einem sonnigen Tag kann man das dramatische Schauspiel auf den Gesichtern der Athleten besser verfolgen, wenn diese sich zur Ziellinie vorkämpfen.

»Sie haben mit dem strahlend blauen Himmel ganz

schön übertrieben.« Regisseurin Cha sieht mit finsterer Miene zum Himmel hoch.

Ob er nun traumhaft blau oder leuchtend rot ist – der Himmel in Snowglobe ist nichts weiter als ein Bild, das auf die Glaskuppel projiziert wird.

Mir ist das egal. Ich stütze mich auf einen Ellbogen und genieße den Anblick des blauen Pseudohimmels. Was ist die Realität schon wert, wenn sie ständig grau ist?

Meine Nase ist verstopft, aber die Kopf- und Gliederschmerzen und das Fieber sind verschwunden. Insgesamt fühle ich mich wieder wie ein Mensch. Ich lehne mich gerade auf dem Sofa zurück, strecke die Arme und Beine und staune darüber, wie wirksam die Medizin in Snowglobe ist, als Regisseurin Cha mir einen vertrauten goldenen Umschlag hinhält. Mein Herz rast.

»Ich hab ihn versehentlich geöffnet. Entschuldige.« Sie bemüht sich nicht mal, so zu klingen, als würde es ihr wirklich leidtun. Sie klingt kühl. »Warum hast du mir nicht gesagt, dass deine Freundin zu den neuen Schauspieltalenten gehört, die in diesem Jahr nach Snowglobe gekommen sind?«

Ich stehe auf, und in meinen Ohren rauscht es. Ich will ihr nicht zeigen, wie erschüttert ich bin, aber meine Hände zittern, als ich nach dem Umschlag greife.

»Du hast sie also auf der Party gesehen?«, sagt sie mit angespanntem Lächeln. »Shin Yujin, richtig? Hat sie dich wiedererkannt?«

»Bestimmt nicht.« Ich leugne es vielleicht etwas zu vehement. »Wir haben nicht mal viel geredet. Da waren zu viele andere, die mich sehen wollten.«

Sie mustert mich einen Moment.

»Ich muss ganz schön durch den Wind gewesen sein,

dass mir das entgangen ist«, sagt sie schließlich. Sie setzt sich auf einen Hocker neben dem Couchtisch. »Da so selten jemand aus deinem Heimatort entdeckt wird, ist mir gar nicht in den Sinn gekommen, mich zu vergewissern, dass dich niemand wiedererkennt. Mein Fehler.«

Yujins Brief in meinem Rucksack zu vergessen, war dagegen *mein* Fehler. Ein großer Fehler. »Ich hab nicht vermutet, dass Sie meine Sachen durchwühlen würden.« Achtlos werfe ich den Umschlag auf den Tisch, als würde er mir nicht viel bedeuten. »Yujin hat vermutlich allen aus unserer Klasse geschrieben. Sie gehört zu den Menschen, die einfach mit allen befreundet sein wollen.«

»Mag sein, aber der goldene Umschlag ist etwas Besonderes. Neuankömmlinge im Trainingszentrum bekommen nur zwei davon.«

Der Knoten in meinem Magen schnürt sich enger.

»Yujin hat mich nicht erkannt.«

Regisseurin Cha ignoriert mich. Stattdessen wirft sie mir frische Kleidung zu. »Jeon Chobahms Sachen bleiben in meiner Obhut.«

Das Erkerfenster in dem sonnenhellen Esszimmer bietet eine Panoramaaussicht auf die Stadt, deren See hellblau unter dem strahlend blauen Weihnachtshimmel leuchtet. Alles ist hell, alles ist still, ein grausamer Kontrast zu dem finsteren Sturm, der in mir tobt. Auf dem Tisch, an dem zehn Leute Platz hätten, stehen nur eine Schüssel Porridge und eine kleine Schale mit Tabletten. Auf einem Teller am Ende des Tisches liegen neben dem Orangensaft Yujins Brownies, die von der Reise ganz zerdrückt sind.

»Iss etwas«, sagt Regisseurin Cha. »Du solltest die Tabletten nicht auf nüchternen Magen einnehmen.«

Ich will mich schon über den Porridge hermachen, aber vorher muss ich ihr etwas sagen.

»Lassen Sie Yujin bitte in Ruhe.« Der grimmige Unterton in meiner Stimme überrascht mich selbst.

»Wie bitte?«

»Wenn Yujin wie Cooper endet, werde ich nicht wie Haeri lächeln können.« Ich sehe ihr direkt ins Gesicht. Verärgerung blitzt in ihren bernsteinfarbenen Augen auf, und sie stößt ein unschönes Lachen aus. »Das ist ja köstlich. Drohst du mir? Ich bin beeindruckt!«

Ich antworte ihr nicht, halte aber ihrem Blick stand. Sie braucht mich. Darauf läuft es hinaus. Und wenn das alles ist, was ich gegen sie in der Hand habe, dann werde ich es nutzen, Drohung hin oder her.

»Ich respektiere, dass du nicht wie ein weinerlicher, kleiner Welpe daherkommst.« Ihr Tonfall hat sich verändert. »Und weißt du, was? Die Attitüde lässt mich glauben, dass wir uns besser verstehen werden, als ich gedacht hab.«

Sie klingt aufrichtig. Ich starre sie nur an, unsicher, was ich davon halten soll.

»Wir lassen Yujin in Ruhe.« Sie hebt die Kaffeetasse an die Lippen. »Vorerst.«

Vorerst?

»Sie müssen es mir versprechen«, sage ich, obwohl mir klar ist, dass ich damit zu weit gehe.

Über den Rand ihrer Tasse hinweg betrachtet sie mich aus ihren Tigeraugen. Ich möchte den Kopf wegdrehen, aber ich bohre meine Fingernägel in die Haut und halte ihrem Blick stand.

»Wenn du dich weiter wie Jeon Chobahm verhältst,

bleibt mir nichts anderes übrig, als alles auszulöschen, was dich zu ihr macht. Hast du mich verstanden?«
»Ich gebe mein Bestes, wie Haeri zu sein. Genau wie gestern, obwohl ich todsterbenskrank war.«
»Ich weiß«, erwidert sie. »Bedauerst du es?«
Ob ich es bedaure?
»Nein«, sage ich nach einem Moment. »Es ist nur ...«
Hilflosigkeit überkommt mich. Regisseurin Cha beugt sich vor und betrachtet mich erwartungsvoll, aber ich weiß nicht, wie ich fortfahren soll.
Es war leichtsinnig von mir, mich kopfüber in die Sache zu stürzen, so viel ist mir jetzt klar. Aber selbst wenn ich die Zeit zurückdrehen könnte – würde ich mit dem Wissen von heute eine andere Entscheidung treffen? Würde ich die Chance meines Lebens ausschlagen? Schwer zu sagen ...
Sie hat gesagt, sie würde mir helfen, wenn ich ihr helfe.
Alles hat zwei Seiten, und ich kann beschließen, auch hier die schöne Seite zu sehen. Haeri zu dem Happy End zu verhelfen, das sie verdient hat, während wir die Welt vor dem Trauma ihres Todes bewahren, ist schließlich für alle das Beste.
»Gute Güte«, brummt Regisseurin Cha verbittert. Sie wendet das Gesicht zur Decke und kneift kurz die Augen zu, bevor sie die Lider wieder öffnet.
»Warum können diese Mädchen nicht einfach dankbar sein für das bequeme Leben, dass ihnen gegeben wird?«, sagt sie frustriert. Sie fasst mich wieder ins Auge. »Ist dir aufgefallen, wie die Leute dich auf der Party angesehen haben? Und erzähl mir nicht, es hätte dir nicht gefallen. Du hast, was sich alle anderen wünschen. Überlegene Gene, Ruhm und Reichtum, die

Macht, das Wetter zu bestimmen, ganz zu schweigen von dem Privileg, in Snowglobe zu leben!« Sie holt Luft. »Denk drüber nach. Vergegenwärtige dir das. Du bist einer der glücklichsten Menschen auf dem Planeten.«

Ich denke an den donnernden Applaus im Ballsaal letzte Nacht, an all die Gesichter, die mich auf dem Podium angesehen haben, voller Hoffnung und Bewunderung. Ein Schauder läuft mir über den Rücken, und mit einem leisen Wimmern sacke ich zusammen.

»Was ist jetzt?« Regisseurin Cha seufzt. »Fühlst du dich immer noch nicht gut?«

»Doch«, murmle ich.

Ihre Ansprache hat etwas viel Mächtigeres in mir ausgelöst als eine Erkältung oder Grippe. Sie hat eine Sehnsucht in mir geweckt. Eine mächtige Sehnsucht nach dem besten Jahr meines Lebens, das, wie sie mir ins Gedächtnis gerufen hat, in greifbarer Nähe ist.

»Ist es wirklich okay, wenn ich dieses Glück beim Schopf packe«, frage ich, »obwohl es nur da ist, weil Haeri gestorben ist?«

Das Wort *Glück* im selben Satz zu verwenden wie Haeris Tod, fühlt sich nicht richtig an, was womöglich auch der Grund ist, warum ich bei Regisseurin Cha nach einer Absolution suche. Mit einer Miene, als hätte ich gerade einen Turm umgestoßen, den sie mühselig errichtet hat, massiert sie sich die Schläfen.

»Verrat mir«, seufzt sie, »warum um alles in der Welt du darauf beharrst, Schuldgefühle für ihren Tod zu empfinden? Liegt es daran, dass du selbst nicht tot bist? Ich frage, weil ich es wirklich nicht verstehe.«

Hat sie vielleicht recht? Ich habe Haeris Tod nicht verursacht, so viel ist sicher.

»Es fühlt sich an, als würde ich das, was sie erreicht

hat, ausnutzen«, sage ich. »Ihren Ruhm, ihre Beliebtheit, ihren Traumjob. *Sie* hat all das erreicht, nicht ich ...«

»Sie soll das erreicht haben?«, unterbricht Regisseurin Cha mich mit greller Stimme. Wut blitzt in ihren Augen auf, der Ausdruck versengt mich. »*Ich* hab all das erreicht! Ohne mich würde sie nicht existieren! Und ohne meinen Großvater würde auch Goh Maeryung nicht existieren, und dann müssten wir auch nicht über ihre tote Enkelin reden! Niemand würde groß rauskommen ohne unsere brillant geführte Regie!«

Entnervt schüttelt sie den Kopf, dann steht sie auf und tigert durch den Raum. Sie ist sichtlich frustriert, wie eine Wissenschaftlerin, die versucht, ihr ignorantes Publikum davon zu überzeugen, dass die Erde rund ist und nicht flach. Ich kann auch nicht behaupten, dass sie falschliegt. Bei den Buchbesprechungen in der Schule haben auch alle dasselbe Buch gelesen und trotzdem unterschiedliche Referate gehalten, je nachdem, auf welchen Aspekt des Plots oder der Charaktere sich die Schüler jeweils konzentriert haben.

Abrupt wirbelt sie herum und sieht mich an.

»Ich hab alles gegeben – *alles* –, damit aus ihr eine Schauspielerin wird, die einen permanenten Wohnsitz in Snowglobe verdient. Was denkst du, wie ich mich gefühlt hab, als meine ganze Arbeit über Nacht zunichtegemacht wurde?« Zorn lässt ihre Stimme beben.

Ich habe Mitgefühl mit ihr, aber ich weiß nicht, was ich sagen soll.

»Dieses *alberne* Mädchen«, fährt sie fort. »Man hätte einen Stern vom Himmel pflücken und ihr in die Hand drücken können, und sie hätte sich darüber beklagt, dass die scharfen Spitzen ihr wehtun. Uneingeschränktes Selbstmitleid, extreme Undankbarkeit. Nicht mal Freude hat sie ertragen. Daran ist sie gestorben. Sie hat sich darin gesuhlt. Mach bloß nicht denselben Fehler.«

Ihr glühender Blick sieht mir bis auf die Seele, und ich fühle mich winzig. Aber ich muss es wissen. Mit fast lautloser Stimme frage ich: »Wählen Menschen wirklich den Tod, weil ihnen die Freude zu viel geworden ist?«

In all den Jahren, in denen ich ferngesehen habe, habe ich noch nie gesehen, wie sich jemand aus einem Übermaß an Glück umgebracht hat. Regisseurin Cha stößt ein hässliches Lachen aus. »Weißt du, warum Coopers Show so ein Erfolg war?«

Ich schüttle den Kopf. Nicht weil ich keine Theorie habe, sondern weil es mir nicht gefallen würde, wenn ich mich irren würde.

»Weil die Leute in ihm ihre eigenen Schwächen erkannt haben. Cooper war ein unbezwingbarer Biathlet, der fünfmal in Folge die World Championship gewonnen hat, aber er konnte nicht aufhören, über das Blut an seinen Händen zu heulen. Darin sind die Menschen gut – etwas zu finden, um sich schlecht zu fühlen, selbst wenn sie überglücklich sein sollten.« Sie lässt den Satz einen Moment in der Luft hängen. »Verwöhnt, wie sie war, hat dieses Mädchen das Elend gesucht, egal, was ich ihr gesagt hab. Und du ... du verhältst dich genau wie sie. *Albern!*« Jetzt brüllt sie wieder und wirft mir einen vernichtenden Blick zu. »Du ringst die Hände wegen eingebildeter Schuldgefühle, obwohl du die Gelegenheit hast, dein ganzes Leben umzukrempeln!«

Ich lasse den Kopf hängen. Ich weiß nicht mehr, was ich fühlen soll. Mit angewidertem Seufzen setzt sich Regisseurin Cha wieder und schweigt.

»Entschuldige, das war eine lange Ansprache«, sagt sie schließlich sanfter. »Dein Porridge ist bestimmt schon kalt.«

»Schon gut«, murmle ich.

»Dann iss, und nimm deine Medizin, damit wir diese Grippe loswerden.«

Ich tauche den Löffel in den zähflüssigen Porridge und führe ihn zum Mund.

»Sanghui wird sich um dein Make-up kümmern, zumindest, bis die Frostbeulen geheilt sind. Pass auf, dass du nicht ohne Maske deinen anderen Verwandten begegnest.«

»Aber sind da nicht überall im Haus Kameras?«

»Ich werde alles rausschneiden, was problematisch ist.«

»Es stimmt also, dass niemand sonst Zugriff auf die unbearbeiteten Aufnahmen hat ...«

»Seit wann interessiert sich denn unsere süße Haeri dafür, wie man Regie führt?«, sagt sie, damit ich still bin. Jeon Chobahm will Regisseurin werden, nicht Haeri.

Mit einem zufriedenen Lächeln schiebt sie mir eine kleine rosa Dose hin. »Salbe gegen die Frostbeulen. Die hier ist verschreibungspflichtig. Trag sie zwei Mal am Tag auf die gereinigte Haut auf.« Dann fügt sie hinzu, als wäre es ein Zauberspruch: »In drei Tagen bist du so gut wie neu.«

Wer das Elend sucht

Verwöhnt, wie sie war, hat dieses Mädchen das Elend gesucht. Während die Landschaft vor dem Fenster der Limousine vorbeizieht, geht mir der Kommentar nicht mehr aus dem Kopf. Die Straßen der Innenstadt von Snowglobe sind weihnachtlich geschmückt. Ob Haeri ihr Zuhause ebenso satthatte wie ich meins? Sicher, sie durfte Snowglobe mit achtzehn verlassen, aber was wäre die Alternative gewesen? Ein Leben im Hamsterrad? Das hätte sie vermutlich zur Verzweiflung getrieben. Aber ist das ein Grund, sich das Leben zu nehmen?

Schon bald hält der Wagen vor einem Haus, das ich gut kenne. Haeris Haus. Ich bezahle die Fahrerin, die noch immer ganz benommen ist, weil die künftige Wetterfee in ihrem Taxi sitzt, und öffne die Tür.

»Frohe Weihnachten, Frau Haeri«, verabschiedet mich die Fahrerin mit funkelnden Augen.

Ich wünsche ihr das Gleiche, und sie schenkt mir ein melancholisches Lächeln. »Danke, aber für mich ist das ein Tag wie jeder andere.«

Ich kenne die Schauspielerin. Sie hat schon ein paar Auftritte gehabt, aber trotz ihrer siebenjährigen Karriere noch nicht einmal eine größere Nebenrolle in einer der Shows bekommen. Wie überlebt man solange in Snowglobe, ohne Erfolg vorweisen zu können? Ihre Auftritte sind zwar nie besonders lang, aber sie sind denkwürdig und gelegentlich sogar bedeutsam. Wenn die Leute Stars wie Haeri oder Cooper in ihrem Taxi sehen, dann fällt ihnen das auf.

Alle, die wie sie nur winzige Rollen übernehmen, aber trotzdem in Erinnerung bleiben, heißen im Filmjargon *Lakritze*. Sie sind sozusagen eine unverzichtbare Süßigkeit. Sie fahren Taxi, stehen hinter der Bar oder fegen den Hof. Diese Leute prägen den Hintergrund einer Show und treiben gleichzeitig die Story voran, egal, wie kurz ihr Auftritt ist. Im *Fernsehprogramm* habe ich mal gelesen, dass die Lakritz-Rollen während einer Regie-Konferenz vergeben werden. Erscheint ein Name in der Besetzungsliste, verlängert sich damit automatisch der Aufenthalt in Snowglobe für die Dauer der kommenden Staffel. Am Ende sind es vermutlich diejenigen mit den Lakritz-Rollen, die wirklich Glück haben.

Die Taxifahrerin sieht in den Rückspiegel. »Ich dachte, ich kann dieses Jahr endlich mal freinehmen, aber dann wurde ich in letzter Minute angerufen. Sie sind heute schon die Vierte, die ich fahre, Frau Haeri.«

Dieses vollkommen alltägliche Leben, das sie führt, macht sie beim Publikum so beliebt.

»Da waren Sie bestimmt enttäuscht«, erwidere ich mitfühlend. »Was hatten Sie denn heute vor?«

»Ach, nichts Besonderes.« Sie lacht verlegen, aber in ihren Augen leuchtet es. »Ich wollte mir nur entspannt die Biathlon-Championship im Fernsehen ansehen und vielleicht ein paar Mandarinen essen.«

Von den Mandarinen abgesehen, klingt das, was sie an den Feiertagen vorhatte, vertraut. Offenbar schätzt die arbeitende Bevölkerung überall die gleichen Dinge, ob sie nun in Snowglobe lebt oder nicht.

»Ich hoffe, Sie haben Feierabend, bevor die Championship anfängt!«, sage ich heiter.

»Das hoffe ich auch, Frau Haeri.« Sie lächelt wieder.

»Genießen Sie Ihren Ehrentag! Alles Gute ...«, ihr Lächeln verblasst, und sie korrigiert sich hastig, »frohe Weihnachten!«

Ich atme tief durch und steige aus dem Taxi, schließe die Tür und drehe mich zu Haeris Haus um. Es ist ein zweistöckiges rotes Backsteinhaus mit Rasenfläche und Zaun drum herum. An der Eingangstür hängt ein donutförmiger Schmuck aus immergrünen Zweigen und Schleifen, der als Kranz bezeichnet wird, wenn ich mich recht entsinne. Ich öffne das Tor, überquere den Rasen, auf dem noch immer etwas Schnee von letzter Nacht liegt, und steige die Stufen hinauf. Ein letzter Atemzug, dann öffne ich die Tür.

»Hi! Ich bin zu Hause!«

Goh Rhim schlendert mir aus dem Wohnzimmer entgegen und versetzt mir einen freundlichen Stoß gegen den Arm. »Wo warst du denn die ganze Nacht?«

Rhim, die jüngste der Tanten, ist das zweitbeliebteste Mitglied der Goh-Familie. Sie verbringt ihre Zeit in Clubs und ist mit ihren vierundzwanzig Jahren schon zweimal geschieden. Es ist fast Mittag, aber Rhim trägt noch immer ein übergroßes, bis zu den Oberschenkeln reichendes Schlafshirt und hat zerzaustes Haar. Am meisten beeindruckt mich jedoch, dass sie mitten im Winter gemütlich in einem T-Shirt rumlaufen kann.

»Nach der Party bin ich mit dem Taxi zu Regisseurin Cha gefahren und hab die Nacht dann dort verbracht.«

»Was ist mit der Afterparty? Hast du nicht mit den Newbies gefeiert?« Rhim klingt enttäuscht.

»Höre ich da mein Mäuschen?«, trällert Maeryung,

die mit Ofenhandschuhen an den Händen aus der Küche kommt. »Regisseurin Cha hat mich gestern Nacht angerufen und mir gesagt, dass du auf ihrer Couch eingeschlafen bist.«
Die beiden müssen sich bereits abgesprochen haben.
»Willst du was essen?« Sie lächelt. »Du bist bestimmt hungrig.«
»Nicht wirklich, Oma.« Die Worte überraschen selbst mich. »Ich hab bei Regisseurin Cha gegessen.«
»Oh, gut. Warum gehst du dann nicht nach oben und duschst? Oma backt ihre Brownies für dich.«
Brownies ... In meinem Bemühen, alle Überbleibsel von Jeon Chobahm zu beseitigen, tue ich so, als würde ich mich nicht gerade an Yujins Brownies erinnern, die Regisseurin Cha vor meinen Augen mit einem breiten Lächeln in den Müll geworfen hat.
»Super! Ich liebe deine Brownies!«, sage ich begeistert, bevor ich zur Treppe gehe. Für die Kamera über dem Geländer setze ich ein strahlendes Lächeln auf. Mir ist bewusst, dass sie überall sind, diese Kameras, in der Uhr, im Aquarium, im Klavier, zwischen den Familienfotos, selbst draußen im Zaun, bei den Picknicktischen, in den Bäumen und an Tausenden anderen Orten. Mit dem Lächeln im Gesicht steige ich die Stufen rauf, und gerade als ich den ersten Stock erreiche, ruft Maeryung: »Sanghui! Deine Tochter ist zu Hause!«

Sanghui kommt ins Bad, wo ich auf sie warte, und sieht zur Kamera in der Wand hoch. Aus offenkundigen Gründen gibt es in den Bädern von Snowglobe Möglichkeiten, die eigene Privatsphäre zu sichern wie brusthohe Raumteiler vor der Toilette und Milchglasscheiben in der Dusche.

Völlig kamerafrei sind die Bäder aber nicht, damit sich niemand dort verstecken kann, um Tränen oder Zorn freien Lauf zu lassen und sich der Verzweiflung oder dem Elend hinzugeben, wenn es ihnen zu viel wird. Wo bliebe denn da der Spaß fürs Publikum? Auch wenn sich viele trotzdem hinter den Wänden zusammenkauern und schluchzen, haben die Menschen vor dem Fernseher weiterhin Zugriff auf das aufgewühlte Innenleben, und das ist das Einzige, was am Ende zählt.

»Regisseurin Cha sagt, dass wir uns während des Schminkens nicht um die Kameras zu kümmern brauchen«, sage ich zu Sanghui. »Sie wird es rausschneiden.«

Sanghui reagiert nicht darauf.

»Entferne dein Make-up«, sagt sie kalt. Sie deutet auf die Flaschen und Tuben mit den Reinigungsmittelchen auf dem Schminktisch.

Ich mache mich an meinem Gesicht zu schaffen, wobei ich die Anweisungen auf den einzelnen Produkten zurate ziehe. Nach ein paar Minuten erscheint meine nackte, fleckige Haut.

»Ich bin in zehn Minuten wieder da«, sagt Sanghui. »Bis dahin solltest du geduscht haben.« Damit verlässt sie das Bad und schlägt die Tür hinter sich zu.

Ich habe längst geduscht, als sie endlich wieder auftaucht, ihr Gesicht so hart und kalt wie in dem Moment, in dem sie gegangen ist.

»Was ist das für fettiges Zeug auf deiner Haut?« Angewidert mustert sie mein Gesicht.

»Das ist die Salbe gegen Frostbeulen, die Regisseurin Cha mir gegeben hat.« Auch das ignoriert sie und stellt unwirsch ihren Schminkkasten auf die Ablage.

Sie tunkt den Finger in einen lila Glastiegel, doch als sie ihn meinem Gesicht nähert, scheint sie etwas zu überkommen. Ihr Atem geht pfeifend, als hätte sie Atemnot.

»Soll ich das selbst erledigen?«, sage ich zögernd.

Ihr Blick durchbohrt mich wie fünfhundert Messerstiche.

»Ich ... ich will es Ihnen nur einfacher machen«, sage ich noch leiser.

»Was?«, keucht sie.

Vielleicht hätte ich nichts sagen und ihr Zeit lassen sollen, ihre Gefühle zu verarbeiten. Aber jetzt ist es zu spät für einen Rückzieher. »Ich verstehe ja, wie schmerzhaft es für Sie sein muss, mich hier zu sehen ...«

Ein lautes Scheppern unterbricht mich. Der Glastiegel ist auf dem Boden gelandet, und während er weiterkullert, verteilt sich die Hälfte des cremigen Inhalts auf den Fliesen. Sanghui krümmt sich zitternd, krallt die Hände um ihren Kopf und atmet hektisch.

»Alles in Ordnung?« Ich knie mich neben sie. Mir ist nicht einmal bewusst, dass ich ihre Schulter berühre, als sie schreit: »Fass mich nicht an!«

Ich reiße meine Hand zurück und entschuldige mich, aber sie zischt bloß: »Geh weg! Du widerst mich an!«

Du widerst mich an. Die Worte treffen mich schwer. Noch nie hat jemand so mit mir gesprochen. Aber ich verstehe, wie es ihr geht.

Sie reibt sich die Brust und hat Mühe, Luft zu holen, während ich hilflos dastehe. Ich könnte das Glas aufheben und die Creme wegwischen, aber ich habe Angst, dass alles, was ich jetzt tue, sie nur noch weiter aufregen würde.

»Warum?«, schluchzt sie. »Warum kannst du nicht einfach sterben, wenn du tot bist?«

Der Hass und die Feindseligkeit in ihrem Blick lassen

mich erschaudern. Ich weiß nicht, was ich sagen soll. Ich begreife nicht mal, was hier vor sich geht.

Da schwingt die Tür auf, und Maeryung kommt ins Bad. Als sie uns sieht, atmet sie scharf ein. Hastig schließt sie die Tür und betrachtet das Schauspiel. Ihr Blick wandert von mir zu Sanghui, dann zu dem lila Glastiegel auf dem Boden. Im nächsten Moment packt sie mich bei der Schulter, gräbt ihre langen, gepflegten Fingernägel in meine Haut und schüttelt mich wild.

»Was ist hier los? Was hast du diesmal angerichtet?«, flüstert sie wütend. »Willst du deiner Mutter das Herz brechen?«

Sanghui bricht in Tränen aus. »Mutter, warum hast du mich zur Welt gebracht? Warum hast du mich geboren, nur um mir dieses elende Leben zu geben?«

Maeryung lässt mich los und geht zu ihrer Tochter.

»Sanghui, Schatz«, sagt sie leise, bevor sie ihre Tochter in die Arme nimmt. »Dafür ist jetzt keine Zeit. Rhim ist unten.«

Meine Schulter pocht, wo Maeryung zugegriffen hat. Aber das ist nichts im Vergleich zu dem grauenhaften Drama, das sich vor meinen Augen abspielt.

»Sei stark, Schatz.« Sanft wiegt Maeryung Sanghui in den Armen. »Zeig deiner Tochter, wie stark du bist. Das ist es, was Mütter tun.«

Aber das scheint Sanghui nur noch wütender zu machen.

»*Sie!* Inwiefern ist das meine Tochter?«, faucht sie und stößt ihre eigene Mutter von sich. »So etwas wie meine Tochter gab es von Anfang an nicht, und du ...«

Maeryung packt Sanghuis Kopf und presst ihn an ihre Brust, sodass der Rest des Satzes nicht zu hören ist, und sieht mich dabei fest an. »Geh in dein Zimmer,

Oma kümmert sich dort um dein Make-up. Schließ die Tür und warte auf mich. *Schatz.*«

Zutiefst erschüttert stolpere ich in mein Zimmer. Was Regisseurin Cha von all dem wohl halten wird? Unten summt jemand. Ich werfe einen Blick über das Geländer und sehe Rhim, die mit Kopfhörern auf dem Sofa sitzt und unbekümmert ihre Nägel lackiert.

In meinem Zimmer scheint das Sonnenlicht golden durch die Jalousien und zeichnet Streifen auf die lindgrünen Wände. Selbst an Weihnachten und trotz der finsteren Gedanken, die mir durch den Kopf gehen, erinnert mich Haeris Zimmer an einen wunderschönen Tag im April. Ich fühle mich ausgelaugt. Hat Maeryung meine Seele aus mir geschüttelt, als sie mich vorhin wie eine Schlenkerpuppe behandelt hat?

Ich habe noch nie erlebt, wie eine Erwachsene laut und noch dazu so heftig geweint hat. Nicht im realen Leben. An Papas Gedenktag wischt Mama sich jedes Jahr mit dem Handrücken die stillen Tränen weg – aber sie würde sich nie so gehen lassen wie Sanghui. Ich wusste gar nicht, dass Erwachsene überhaupt derart weinen können. Die Erkenntnis jagt mir Angst ein. Sanghuis beunruhigende Worte hallen in mir wider.

Warum kannst du nicht einfach sterben, wenn du tot bist?
So etwas wie meine Tochter gab es von Anfang an nicht.

Ein verstörender Gedanke formt sich in meinem Kopf. Trauert Sanghui um ihre Tochter, oder steckt etwas anderes hinter ihren Tränen? Aus irgendeinem Grund kommt mir eine Show in den Sinn, die ich einmal im Fernsehen gesehen habe, über Mütter, die durch die Wochenbettdepression verrückt geworden sind und deswegen ihre eigenen Babys verabscheut haben.

Ein Zimmer für mich allein

Als sich die Tür mit einem leisen Klicken öffnet, hebe ich den Kopf. Maeryung. Ihre Miene ist finster, in der Hand trägt sie Sanghuis Schminkkoffer.

»Hab ich nicht gesagt, dass du abschließen sollst? Was, wenn deine Tante reingekommen wäre?«

Sie spricht leise, aber es hätte genauso gut ein Donnergrollen sein können, solche Angst habe ich vor ihr. Wer weiß, wann sie wieder ausflippt?

»Lass dich nicht ohne Make-up erwischen, bis die Frostbeulen in deinem Gesicht verheilt sind. Nicht mal zu Hause«, wiederholt sie Regisseurin Chas Warnung.

Dann setzt sie mich vor den Schminktisch, nimmt sich einen Hocker und macht sich mit geübter Hand an die Arbeit. Ich will unbedingt wissen, was zwischen Haeri und ihrer Mama vorgefallen ist, aber ich weiß, dass ich die Frage besser nicht stellen sollte.

Nach einer Weile weicht Maeryung zurück, um ihr Werk zu begutachten, und sagt ganz beiläufig: »Vergiss das, was deine Mama gesagt hat, als sie aufgebracht war.« Liebevoll streicht sie mir durch das lange, seidige Haar der Perücke. »Ab morgen trägst du das Haar in einem süßen Bob.«

Mir bleibt nichts anderes übrig, als meine Zustimmung zu murmeln. Sie seufzt reumütig.

»Weißt du, Schatz«, sie betrachtet mich im Spiegel,

»du darfst nicht davon ausgehen, dass niemand dich beobachtet, nur weil du allein im Raum bist.«
Bei ihrem gequälten Lächeln muss ich den Blick abwenden – und starre fast direkt in eine der Kameras.
»Ich pass auf, Oma.« Ich wende den Blick zurück zum Spiegel und bemühe mich ebenfalls um ein Lächeln. In dem Moment wird mir klar, dass mich Haeris Gesicht im Spiegel nicht mehr überrascht.
»Die Brownies!«, ruft Maeryung mit einem Mal. Sie drückt mir einen Kuss auf den Scheitel und eilt davon. Meine Kopfhaut prickelt unangenehm unter der Perücke, genau an der Stelle, wo Maeryungs Lippen sie berührt haben.

Neben dem weißen Schminktisch steht ein Bett mit weißem Bettgestell und einem Bücherregal am Kopfende, auf dem fünf Plüschtiere aufgereiht sind. Als eingeschworener Fan bin ich mit den verschiedenen Kamerawinkeln vertraut. Wenn ich mich nicht irre, verstecken sich zwischen den Plüschtieren eine oder zwei Kameras.
»Wie war euer Weihnachten?« Ich streichle den Plüschtieren einem nach dem anderen über den Kopf, so wie Haeri es immer getan hat. Es dauert nicht lange, bis ich eine winzige Kamera im linken Auge des weißen Tigers entdecke und eine weitere im rechten Auge des Kragenbären. Ich will den Tiger hochheben, aber er klebt auf dem Regal fest, vermutlich, um die Kabel zu verstecken, die aus seinem Hintern ragen.
Der Strom, der all diese Kameras versorgt, wird in Snowglobe selbst produziert. Die Produktion und Ausstrahlung der Shows werden mit Strom aus dem hiesigen Hauptkraftwerk ermöglicht, das einzige noch genutzte Kernkraftwerk aus der Kriegsära. Dieses Relikt wird trotz

des Giftmülls und möglicher verheerender Unfälle am Laufen gehalten – unter dem strikten Management der Yibonns, versteht sich –, weil es mit unbestreitbarer Verlässlichkeit besticht und daher nie ausfällt.

Gelegentlich ist hier und da die Meinung zu hören, die Kernenergie solle wieder zum Einsatz gelangen, um die Massen von der Schufterei in Hamsterrädern zu befreien, die Allgemeinheit will dieses Risiko jedoch nicht eingehen. Nicht noch einmal. Warum sollte sie auch, wenn die Welt nur so vor Menschen strotzt, die im Schweiße ihres Angesichts sichere und saubere Energie produzieren? Und wie sollten diese ohne die Kraftwerke ihren Lebensunterhalt in der gefrorenen Welt verdienen?

Als ich mich im Zimmer umsehe, fällt mir ein, wo überall Kameras verborgen sind: im Spiegel des Schminktischs, im Kleiderschrank, in der Wanduhr und so weiter. Ich seufze schwer. Mit einem Mal fühle ich mich wie im Gefängnis.

Da mein Gesicht wieder hergerichtet ist, wird von mir erwartet, dass ich in meine Rolle schlüpfe, also stehe ich auf und öffne die Tür zum begehbaren Kleiderschrank. Haeris enorme Sammlung an Kleidungsstücken und Accessoires begrüßt mich und hebt meine Stimmung, zumindest vorübergehend.

»Was soll ich heute anziehen?«, imitiere ich Haeri, denn es kostet mich nichts, mir Mühe zu geben.

Jeon Chobahm trägt jeden Tag denselben langweiligen Parka und dieselben Stiefel. Aber Haeri? Sie trägt ein Outfit nie mehr als einmal. Ich gehe die gigantische Sammlung durch und bin zunehmend überfordert. Am Ende entscheide ich mich für einen schlichten Rollkragenpullover und eine Jeans, was eher nach meinem Geschmack ist als dem von Haeri, und gehe zur Umkleidekabine.

In L-förmigen Räumen wie diesem, dessen Wände bis zum Hals reichen, ziehen sich jüngere Leute um. Erwachsene können sich umziehen, wo sie wollen.

Die Anspannung verlässt meinen Körper, sobald ich mit dem Outfit die Kabine betrete. Kann ich mich einfach hinsetzen und fünf Minuten lang nichts tun? Auch wenn es von außen bequem und luxuriös aussieht, ist Haeris Leben kein Picknick. Bei dem Gedanken erstarre ich förmlich.

»Schatz!«, ruft Maeryung vom unteren Treppenabsatz hoch und reißt mich aus meinen Gedanken. »Die Brownies sind fertig! Komm und hol sie dir, solange sie noch warm sind!«

»Ja, Oma!«

Für einen Brownie habe ich immer genug Energie.

Nachdem ich mir die Jeans und den Pullover angezogen habe, gehe ich nach unten und folge dem Schokoladenduft in die Küche. Maeryung deutet hinüber zum Tisch, auf dem die Brownies auf einem Teller stehen. Ich wähle einen aus, der perfekt ist, und beiße hinein. Dabei reiße ich vor Freude die Augen auf, ganz wie Haeri.

»O mein Gott, Oma«, sprudelt es aus mir, »die sind so gut!« Ich halte den Daumen hoch, während sie mich mit einem liebevollen Lächeln ansieht. Das beste Gebäck aller Zeiten, das ich nun endlich kosten darf, schmeckt tatsächlich himmlisch. Aber dann sehe ich wieder Sanghui vor mir, die schluchzend auf dem Badezimmerboden hockt, und meine Kehle verengt sich.

Als hätte Maeryung gespürt, dass mir der Appetit vergangen ist, legt sie eine Hand auf meine. »Iss nicht zu viel, Schatz. Sobald deine Tante und dein Onkel zurück sind, essen wir zu Mittag.«

Ich erwidere ihr Lächeln, dankbar für die Ausrede,

und gerade als ich den Brownie zurücklege, öffnet sich die Haustür. Ich höre, wie sie ins Schloss zurückfällt, und kurz darauf marschiert Shihwang, die älteste der Tanten, mit einem Beutel voller Seetang in die Küche. Sie stellt ihn mit großem Brimborium auf den Tresen. »Ich musste zu fünf verschiedenen Läden, um welchen zu bekommen. Weihnachten hat ja nichts auf!« Sie bedenkt Sanghui, die am anderen Ende des Tischs sitzt, mit einem neckischen Blick und wendet sich dann mir zu. »Deine Mutter hat die wichtigste Zutat vergessen.«

Mit ihren zweiunddreißig Jahren ist Shihwang in jeder Hinsicht das Gegenteil von Rhim. Wenn diese zu Unzeiten nach Hause kommt und so laut singt, dass sie die ganze Nachbarschaft wecken würde, zögert Shihwang nicht, sie mit einem kräftigen Tritt in den Hintern zum Schweigen zu bringen.

»Hey, was isst du da?«, fragt Rhim, als Wooyo, der Jüngste der Familie, mit einem Wassereis im Mund die Küche betritt.

»Meloneneis«, antwortet er ihr, bevor er den Rest verschlingt und den Holzstab in den Müll wirft. »Ist eine neue Geschmacksrichtung.« Grinsend dreht er sich zu mir. »Sorry, Nichte, dir hab ich keins geholt – es wäre zu einer Pfütze geschmolzen, bevor ich zu Hause gewesen wäre.«

Ich erwidere sein Lächeln, so gut ich kann. Das hier ist Haeris Familie, und die Angst, enttarnt zu werden, lässt mich erstarren.

»Und was ist mit mir?«, beschwert sich Rhim.

»Für dich, liebe Rhim, hab ich ein paar Neuigkeiten: Der Fluss der Liebe fließt nur abwärts.« Dann schnappt er sich den angebissenen Brownie aus ihrer Hand und steckt ihn sich in den Mund.

Sanghui sieht mich mit sanftem Lächeln an. »Ich setze deine Miyeok-Suppe an.«

Obwohl ich weiß, dass es nur ein Schauspiel ist, erschreckt es mich, wie gut sie nach ihrem Zusammenbruch vor einer Stunde im Bad heucheln kann.

»Warte mal«, sagt Rhim. »Wenn der Fluss der Liebe abwärts fließt, sollte sich Haeri dann nicht um Wooyo kümmern?« Sie kichert über ihren eigenen Witz und sieht amüsiert zwischen Wooyo und mir hin und her.

Onkel Wooyo ist zwei Monate jünger als Haeri.

»Haeri hat schon genug damit zu tun, sich um ihre unreife Tante zu kümmern«, erwidert Wooyo.

»Was?«, kreischt Rhim, bevor sie versucht, mit den Knöcheln gegen seinen Kopf zu schlagen. »Du unwissendes Balg! Warst du schon mal verheiratet? Geschieden? Sprich mich erst wieder an, wenn du etwas mehr Lebenserfahrung hast!«

Wooyo duckt sich rasch hinter mich, denn Rhim versucht, ihn zu treten, weshalb er mich als Schild nimmt. Die beiden gehen mit zunehmender Begeisterung aufeinander los: Rhim schlägt nach Wooyo, der ihren Angriffen ausweicht, indem er mich vor sich hin- und herschiebt. Dann zieht er versehentlich so fest an der Perücke, dass ich schon vor mir sehe, wie er mein geschorenes Haupt enthüllt.

»Stopp!«, schreie ich, während ich mit beiden Händen nach oben greife. »Himmel! Nicht die Haare!«

Wooyo weicht sofort zurück und hebt entschuldigend beide Hände.

»Tut mir leid. Alles in Ordnung?«, fragt er besorgt und überrascht. So hätte Haeri nie reagiert. Auch Rhim und Shihwang starren mich mit aufgerissenen Augen an.

Maeryung schnalzt am Spülbecken laut mit der Zun-

ge, wo sie gerade Sanghui bei der Zubereitung des Mittagessens hilft.
»Was für eine Tante und ein Onkel seid ihr?«, schimpft sie. »Müsst ihr ausgerechnet heute so herumalbern?«
Rhim und Wooyo sehen mich entschuldigend an. Weihnachten ist für Haeri ein besonders bedeutungsvoller Tag.

Maeryung stellt eine Schale mit Miyeok-Suppe vor mich.
»Alles Gute zum Geburtstag, Mäuschen.« Sie gibt mir einen Kuss auf die Wange und löst wieder dieses unangenehme Prickeln aus, das sich über die Gesichtshälfte bis zum Scheitel zieht. Ich danke ihr mit dem reizendsten Lächeln, das ich zustande bringe.
Heute ist Weihnachten und außerdem Haeris Geburtstag. Ihre Familie hat sich zu einem feierlichen Mittagessen am Tisch versammelt und tauscht Geschichten und Neckereien.
»Was? Du bist erst siebzehn?«, sagt Rhim mit gespieltem Frust. »Wann können wir denn endlich zusammen in die Clubs gehen?«
»Was meinst du mit *erst*?«, kontert Shihwang. »*Schon* trifft es eher. Es kommt mir vor, als wäre es gestern gewesen, als ich sie auf meinem Rücken rumgetragen hab.«
Darauf springt Wooyo an. »Rhim hat uns nie auf dem Rücken rumgetragen, weshalb sie nicht so nostalgisch ist.«
»Du willst wohl einen Satz heiße Ohren, kleiner Bruder«, sagt Rhim mit einem säuerlichen Lachen. »Ich trag dich gern rum, wenn du darauf bestehst. Und dann werf ich dich wie beim Judo zu Boden.«

Das ganze Mittagessen über tragen Haeris Tanten und ihr Onkel für die Kameras dick auf, und dann ist es auch schon vorbei. Auch wenn ich darauf achte, mich ganz mit meiner Rolle zu identifizieren, fühlt es sich seltsam an, meinen Geburtstag ohne den Kuchen von Mama zu feiern. Natürlich würde ich ihn in unserem Haus essen, das viel zu kalt ist. Hier dagegen ist es warm, aber dafür bekommt Haeri keinen Kuchen. Und keine Geschenke, was ganz in ihrem Sinne ist.

Denn heute ist nicht nur Weihnachten und Haeris Geburtstag, es ist auch der Gedenktag ihres Vaters. Als er auf dem Weg zum Krankenhaus war, in dem Sanghui Baby Haeri zur Welt gebracht hat, ist er bei einem Autounfall ums Leben gekommen. Da sich diese Tragödie in Snowglobe ereignet hat, wurde sie natürlich weltweit ausgestrahlt.

Haeri war zehn, als sie die Einzelheiten seines Todes erfahren hat. An ihrem dreizehnten Geburtstag hat sie verkündet, dass sie diesen Tag ruhig begehen möchte, ohne Kuchen, Geschenke oder großes Trara. Da Weihnachten ist, kommen die Menschen trotzdem mit Geschenken, aber Haeris Geburtstagsfeier in der Familie ist eine besonnene Angelegenheit.

Wenn ich darüber nachdenke, hat mir gestern beim Weihnachtsempfang niemand zum Geburtstag gratuliert. Der Taxifahrerin wäre es fast herausgerutscht, aber sie hat gerade noch die Kurve gekriegt.

Sanghui streicht mir liebevoll über den Rücken. »Ich bin mir sicher, dass dein Papa deinen Geburtstag auch irgendwo feiert«, sagt sie mit traurigem Lächeln.

Ich schaue sie an.

Als Haeri zur Welt kam, waren Sanghui und Haeris Vater bereits getrennt. Darüber war Sanghui jedoch noch lange nicht hinweg, und sein tragischer Tod hat sie in eine derart tiefe Trauer gestürzt, dass sie zu Beginn überhaupt keine Bindung zu ihrem Baby knüpfen konnte. Und dann ähnelte dieses Baby dem Vater mit jedem Jahr stärker, dem einzigen Mann, den Sanghui jemals geliebt hat. Unweigerlich frage ich mich, warum sie Haeri eigentlich nicht wie ihn lieben kann.

Ich schließe die Augen, falte die Hände vor dem Gesicht und denke an das Geburtstagskind, das in einem Jahr achtzehn werden und zum Staunen aller verkünden wird, dass es Snowglobe verlassen möchte. Auch wenn sie heute für ihren Papa gebetet hätte, bete ich für Haeri. Ich bete, dass sie Frieden gefunden hat. Und bevor ich die Augen wieder öffne, bete ich für meinen Bruder und mich. *Alles Gute zum Geburtstag, Jeon Ongi und Chobahm.*

Ich stelle mir vor, wie mein Zwillingsbruder vor unserem teuren Geburtstagskuchen sitzt, genau wie jedes Jahr. Mama und Oma lächeln, und das Licht der Kerzen tanzt über ihre Gesichter, bevor Ongi sie ausbläst, zum ersten Mal in unserem Leben ohne mich. Lächelnd öffne ich die Augen und sehe mich am Tisch um. Sie alle strahlen mich an.

»Danke für die Geburtstagswünsche!«

»Los geht's, auf zu Priyas zweitem Sieg in Folge!«, verkündet Rhim aufgeregt, während sich alle fertig machen, um die Championship live mitzuerleben.

Priya Maravan, Rhims liebste Biathletin, ist die Titelverteidigerin. Ihr Sieg steht außer Frage.

»Sei dir da nicht so sicher, Tante Rhim, ich denke, Chun Sahyun wird gewinnen.« Haeris Favoritin ist zufällig auch meine.

Wooyo betrachtet den hohen Stapel Geschenke unter dem Weihnachtsbaum. »Ich schätze, wir packen die Geschenke aus, wenn wir zurückkommen.« Ohne die vielen Geschenke wäre es kein richtiges Weihnachten. Rhim klatscht wie ein Schulmädchen in die Hände. »Ja! Es gibt doch nichts Besseres, als Geschenke auszupacken und dabei die Championship noch mal im Fernsehen anzuschauen!«

In dem Moment werden die Lichter gedimmt, und Dutzende grelle Lichtstrahlen durchschneiden die Luft, als würden sie das Wohnzimmer abtasten. Die Lichtstrahlen kommen aus den Kameras, die in diversen Objekten im Haus versteckt sind, und treffen auf alles und alle in ihrem Weg. Ein paar Sekunden verstreichen, dann knallt es laut, und die Strahlen verschwinden. Das ist die Klappe, von der Regisseurin Cha mir beim Frühstück erzählt hat.

»Zwei- oder dreimal am Tag pausieren die Aufnahmen etwa zehn Minuten lang ohne Vorwarnung«, hat sie gesagt. »Dann checken wir die Sound- und Videoqualität und überspielen die Aufnahmen an den Hauptspeicher.«

Diese Information bekommt man nicht aus dem *Fernsehprogramm*, weshalb mir nicht klar war, dass nicht rund um die Uhr gefilmt wird. Laut Regisseurin Cha hört es genau genommen auch nicht auf, da die drei Stadtteile von Snowglobe sich in ihren Pausen abwechseln. Wichtig ist nur, dass die Leute zur Szene zurückkehren und dort weitermachen, wo sie aufgehört haben, aber immerhin kommen sie ein paarmal am Tag in den Genuss einer zehnminütigen Pause.

Alle suchen sofort einen Ort ihrer Wahl auf. Ich renne in mein Zimmer und werfe mich aufs Bett. Da mich zur Abwechslung mal keine Kameras beobachten, bin ich versucht, die Perücke abzunehmen, damit meine Kopfhaut atmen kann, aber ich fürchte, Wooyo und Rhim könnten, ohne anzuklopfen, ins Zimmer stürmen, weshalb ich dem Drang widerstehe und einfach liegen bleibe. In dem Moment klingelt das Telefon. Vor Schreck wäre mir fast die Perücke vom Kopf gefallen. Ich atme ein paarmal tief durch, um mein Herz zu beruhigen, dann greife ich zum Hörer.

»Hallo?«, sage ich in das perforierte Mundstück, genau wie im Fernsehen. Das ist mein erstes Telefonat, und ich bin ziemlich aufgeregt.

»Hast du die Kassette schon bekommen?«, ertönt die atemlose Stimme einer Frau.

»Wie bitte?«, frage ich verwirrt.

»Falls ja, versteck sie! Niemand darf sie finden«, weist mich die Frau mit ihrer kratzigen Stimme an.

»Entschuldigen Sie, aber ich fürchte, Sie haben die falsche ...«, setze ich an, aber da ist die Leitung bereits tot.

So viel zu meinem ersten Telefonat. Ernüchtert spiele ich mit dem Hörer, bevor ich ihn zurück auf die Gabel lege.

Die echte Haeri hätte gestern Yujin ihre Telefonnummer gegeben, und Yujin, die gern redet, hätte sich heute sofort ein Telefon besorgt. Ich nehme den Hörer wieder in die Hand und lege ihn mir zwischen Ohr und Schulter. Dann strecke ich die Hände aus und bewundere meine lackierten Nägel, so wie Haeri es oft getan hat.

»Hallo? Hey, ich bin's!«, trällere ich in die Stille, als würde ich mit Yujin telefonieren. »Hast du gestern mit deinem Bonwhe getanzt?«

Als ich den Hörer ans andere Ohr wechseln will, fällt

er mir in den Schoß. Ich bringe ihn zurück ans Ohr und zwitschere wieder: »Sorry, was hast du gesagt?«

Dann gebe ich vor, ich würde mir die Zehennägel lackieren, und sage *Aha* und *Ist nicht wahr* in passenden Abständen. Als Nächstes frage ich: »Wo wohnst du eigentlich? Wollen wir uns morgen Mittag treffen?« Schließlich lache ich über mich selbst.

Ich muss daran denken, wie Ongi und ich, als wir noch klein waren, die Menschen im Fernsehen mit Pappbechern an den Ohren nachgeahmt haben.

»Hey, Jeon Ongi! Ich bin's«, sage ich jetzt. »Bist du heute pünktlich zur Arbeit gekommen? Wie war dein Geburtstag?«

Der echte Hörer in meiner Hand mit seinem glatten, ergonomischen Design intensiviert mein Schauspiel. Ich lege mich auf dem Bett zurück, rolle mich von einer Seite auf die andere und ziehe die Schnur in die Länge. Ganz wie Haeri.

Ihr weiches Bett ist einfach unwiderstehlich. Ich lege den Hörer auf, wickle mich in die Tagesdecke und starre an die Decke. Im goldenen Sonnenlicht wirkt das Lindgrün noch wärmer. Ein Zimmer für mich allein. Davon habe ich mein ganzes Leben lang geträumt.

Verwöhnt, wie sie war, hat dieses Mädchen das Elend gesucht. Haeri hätte jedes schlechte Gefühl, das in ihr zu wachsen drohte, kappen sollen, mochte dieses nun auf ihre narzisstische Großmutter zurückgehen oder auf ihre Mutter, die ihren Anblick nicht erträgt. Das hätte ich getan. Ich hätte mich für das Leben entschieden. Ich hätte einen Weg gefunden.

Ohne Drehbuch

Als wir das Bergresort Jaeum erreichen, schlägt mich die außergewöhnliche Aussicht sofort in ihren Bann. Das Jaeum-Gebirge, das für seine zerklüfteten Berge und schneebedeckten Gipfel bekannt ist, ragt über dem dichten Gebirgswald auf, der sich bis zur Grenze erstreckt und den perfekten Hintergrund für die heutige Championship abgibt.

Maeryung entdeckt Präsidentin Bonyung bei der Gondelbahn, lächelt breit und läuft direkt auf sie zu. Der Rest von uns folgt ihr.

»Ich hab von Ihrer wundervollen Party gestern gehört, Präsidentin.« Maeryungs Stimme klingt so hoch, als würde sie singen.

Präsidentin Bonyung erwidert das Lächeln. »Dank Ihnen! Für mein Outfit hab ich mindestens ein Dutzend Komplimente erhalten.«

»Oh, ich weiß nicht, Präsidentin«, gurrt Maeryung. »An einem Model wie Ihnen sieht doch alles hervorragend aus, was auch immer ich zusammenschneidere!«

Die beiden Frauen zwitschern und gurren eine Weile, dann verabschiedet sich Bonyung, indem sie uns viel Spaß bei der Championship wünscht.

»Werden Sie die Championship nicht gemeinsam mit uns verfolgen, Präsidentin?«, fragt Maeryung sichtlich enttäuscht. Sie hatte genau wie ich angenommen, dass wir als Gäste des Yibonn-Konzerns mit Präsidentin Bonyung in einer Gondel sitzen würden.

Präsidentin Bonyung sieht sich die Championship immer in einer der VIP-Gondeln an, die für ihre Familie und etwa ein Dutzend ausgewählter Gäste reserviert sind. Deshalb bin ich auch überrascht, als sie mit einem Lächeln erklärt: »Da unsere Gäste dieses Jahr drei Generationen einer Familie umfassen, hab ich beschlossen, von der Ziellinie aus zuzusehen.« Mit einem weiteren sanften Lächeln deutet sie auf uns, und mir fällt auf, wie erschöpft sie wirkt. »Aber ich lasse Ihnen meinen Schwiegersohn und meinen Enkel da, falls das in Ordnung ist.«

Maeryung akzeptiert das Angebot und lässt Präsidentin Bonyung davonziehen. Während wir auf weitere Anweisungen warten, teilen wir uns nach den Biathleten auf, die wir anfeuern wollen: Wooyo und ich sind für Chun Sahyun, Rhim und Shihwang für Priya, Maeryung und Sanghui für den Athleten, den der Schwiegersohn von Präsidentin Bonyung bevorzugt, denn sie wollen sich beim Ehemann der künftigen Präsidentin des Yibonn-Konzerns einschmeicheln.

Schließlich taucht Assistentin Yu auf und führt uns zu den VIP-Gondeln, die aus Glas bestehen und so programmiert sind, dass sie unserem jeweiligen Liebling folgen. In die Gondel mit Wooyo und mir steigt plötzlich noch Bonwhe ein, der offenbar ebenfalls auf Chun Sahyun setzt.

Gesittet wie eine vornehme Dame lasse ich mich auf der gepolsterten Bank nieder. Bonwhe nimmt rechts neben mir Platz und reicht mir wortlos den Gurt. Heute trägt er einen schwarzen Samtanzug und einen weißen Rollkragenpullover, eine elegante Wahl, die perfekt zur subtilen Anmut seiner Familie passt. Wer braucht schon viel Schnickschnack, wenn man ein Gesicht und eine Statur hat wie er?

Jubel ertönt aus der Menge, und ich drehe mich nach vorne und sehe mich selbst auf den Großbildschirmen. Riesige Bilder von Bonwhe und mir starren mich an. Dann drängt sich Wooyo dazwischen, der sich mit einem dämlichen Grinsen an mich lehnt.

Ich verkneife mir das Lachen angesichts seiner Albernheiten. Das heutige Event ist für meinen Onkel die erste offizielle Einladung der Yibonns seit Langem, und er hat beschlossen, sich richtig herauszuputzen. Zusätzlich zu seinen üblichen Nasenpiercings hat er sich auch Rhims liebste Perlenkette und -ohrringe geborgt. Er wollte auch Haeris Diamantarmband, das ich ihm gern geliehen habe, als er mich gefragt hat.

»Verehrtes Publikum!«, tönt es durch die Lautsprecher. »Bringen wir das Jahr mit unserer jährlichen Biathlon-Championship zu einem krönenden Abschluss!«

Die Großbildschirme zeigen jetzt den Stadionsprecher, und ich lehne mich zurück und freue mich schon darauf, dass der Wettbewerb beginnt. Die Männer kommen zuerst, da Priya Maravan in dieser Saison weitaus beliebter ist als die männlichen Wettbewerber. Die einundzwanzig Finalisten, die über ihrer Kleidung ein Band mit ihrem Rang aus der Vorentscheidung tragen, werden einer nach dem anderen vorgestellt, als sie ihre Position an der Startlinie einnehmen. Sie winken und stoßen die Fäuste in die Luft, während die Menge tobt und klatscht. Mir wird klar, dass jeder von ihnen jederzeit als Sniper für das Militär einspringen könnte, und meine Brust schwillt vor Stolz an, weil mich ein solches Übermaß an Talent umgibt.

Der Startschuss fällt, und ich atme tief ein.
»Wertes Publikum! Die Athleten haben die Startlinie verlassen!«, ruft der Ansager hinein in die jubelnde Menge.

Wooyo beugt sich an mir vorbei zu Bonwhe, um ihn zu fragen, welchen der männlichen Wettbewerber er anfeuert.

Bonwhe überlegt kurz. »Ich weiß es nicht. Seit Cooper finde ich niemanden besonders aufregend.«

»Mir geht's genauso!«, ruft Wooyo, der vor Aufregung fast aus seinem Sitz springt.

Bonwhe lächelt höflich, würdigt mich aber noch immer keines Blickes. Gestern hat er noch seine persönliche Assistentin geholt, damit sie sich um mich kümmert, und heute ist er der Eiskönig, kalt und unnahbar.

»Ich hab fast geheult, als Cooper seinen Rücktritt verkündet hat«, klagt Wooyo. »Er hat jeden Tag im Park bei uns trainiert, und dann ist er einfach nicht mehr aufgetaucht. Irgendwann hab ich gehört, dass er nach Hause gegangen ist.«

Während er Cooper in den höchsten Tönen lobt, starre ich auf die Rennbahn unter uns und verdränge das Bild von Coopers geröteten und schreckgeweiteten Augen. Es fällt mir unglaublich schwer, mich zu konzentrieren. Die Gondeln um uns herum fahren an ihren Kabeln hoch und runter und folgen den Athleten, die sich an die Spitze kämpfen, und endlich verschwindet Cooper aus meinem Kopf.

»Was für eine Aufregung!«, ruft der Sprecher. »Kim Jehno übernimmt die Führung!«

Die Menge brüllt begeistert, und ich konzentriere mich wieder auf die Arena unter uns. Der Athlet mit der Nummer zwölf kämpft sich auf Skiern weg vom ersten Schießstand.

Biathlon hat sich während der Kriegsära aus der militärischen Kriegsführung auf Skiern entwickelt und hat seither ein paar Veränderungen durchgemacht. Jetzt gibt es drei Runden mit Schießeinlagen. In der ersten Runde gilt es, im Liegen auf ein regloses Ziel zu schießen, das fünfundvierzig Meter entfernt ist, in der zweiten Runde schießt man dagegen im Stehen auf baseballgroße Ziele, die von einer Maschine durch die Luft geworfen werden. Diese Ziele sind farbig markiert, und die Athleten müssen die Farbe treffen, die mit ihrer Uniform übereinstimmt, was enorme Reaktionsgeschwindigkeit und Präzision erfordert. Wer das Ziel verfehlt, scheidet aus. In der dritten und letzten Runde dürfen alle die Position frei wählen, müssen aber innerhalb von dreißig Sekunden nach Betreten des ebenfalls farbig markierten Schießstands eine zum Tode verurteilte Person erschießen. Um die Sache spannender zu machen, erhalten die menschlichen Ziele einen kleinen Schild zur Abwehr der Kugeln. Außerdem dürfen sie sich auf jede nur denkbare Art schützen, zum Beispiel, indem sie sich hinter den Bäumen um den Schießstand herum verstecken oder an ihnen hochklettern.

Die Chancen, den Kugelhagel zu überleben, liegen nicht bei null. Vor ein paar Jahren ist es einer Verurteilten gelungen, trotz der achtzehn Kugeln, die auf sie abgefeuert wurden, dem Tod zu entgehen. Nach den Regeln des Spiels ist sie danach sofort freigelassen worden. Eine Weile schwamm sie auf der Ruhmeswelle und hat sogar ihre eigene Serie bekommen: *The Survivor*. Nach zwei Staffeln wurde diese jedoch abgesetzt. Die Frau musste Snowglobe verlassen und nach Hause zurückkehren. In jenem Jahr gab es außerdem keinen Champion bei den Frauen, was in der Tat selten ist.

Die Stimme des Stadionsprechers tönt aufgeregt aus den Lautsprechern. »Mit dem vierten Schuss streckt Kim Jehno Pierre Verdain nieder! Haben wir einen neuen Champion?«

Im nächsten Moment ist vom Herzüberwachungsgerät von Pierre Verdain nur noch ein lang gezogener Ton zu hören, womit Kim Jehnos Sieg bestätigt wird. Die Großbildschirme zeigen den Sieger, der die Fäuste in die Luft reckt und triumphierend jubelt.

Siebzehn Jahre alt. Seit zwei Jahren in Snowglobe. Der jüngste Biathlon-Champion aller Zeiten!

Die Aufregung ist groß. Wie an seiner Nummer zu erkennen ist, war Jehno nur Zwölfter in der Vorentscheidung, obendrein ist er zum ersten Mal bei einer Championship angetreten. Ginge es rein nach den Zahlen, hätte er den Sieg also nicht erringen können.

Die Menge ist gespalten. Einige haben das Gefühl, einen historischen Moment mitzuerleben, und jubeln wild, andere sind so tief enttäuscht, dass sie wütend werden.

Ich selbst fühle mich hundsmiserabel. Zuzusehen, wie Pierre Verdain verzweifelt an den Bäumen hochgeklettert ist, sein Leben am Ende aber doch nicht retten konnte, hat mich wieder an Cooper erinnert. Natürlich ist Pierre zum Tode verurteilt worden und hat seine Strafe vermutlich sogar verdient. Es heißt, er habe seinen Regisseur angegriffen, nachdem er erfahren hat, dass seine Show nicht verlängert wird. Der Gerichtshof hat ihn des versuchten Mordes für schuldig befunden und zum Tode verurteilt, was unter gewöhnlichen Umständen überzogen gewesen wäre, aber in diesem Fall ging es um Gewalt eines Schauspielers gegen den eigenen Regisseur, was schon bei kleinsten Verletzungen als schweres Verbrechen gilt.

Die Menschen unter uns erheben sich von ihren Sitzen, und die Gondel trägt uns zurück zu den Bergen. Als wir uns dem Anlegeplatz nähern, sehen wir, wie der neue Champion sein Gewehr den Funktionären überreicht. Kim wartet auf uns, und Wooyo ist vollauf begeistert. »O mein Gott, wie aufregend!«, sagt er immer wieder.

Die Gelegenheit, dem Champion direkt nach seinem Sieg zu gratulieren, ist ein weiteres Privileg von VIPs, noch dazu eines, in dessen Genuss Wooyo noch nie gekommen ist. Die Tür öffnet sich, und er springt sofort raus und streckt Kim die Hand entgegen.

»Gratuliere, Champ!«, ruft er. »Ich bin Ihr neuer größter Fan!«

»Danke«, erwidert Jehno höflich, als er seine Hand nimmt.

Bonwhe hält ihm ebenfalls die Hand hin und sagt ein paar höfliche Worte, um ihm zu gratulieren. Jehno starrt Bonwhe ehrfürchtig an, bevor er sich wieder im Griff hat und sich bedankt. Die Anwesenheit des Erben verfehlt ihre Wirkung auf den mächtigen Champion nicht.

Anschließend will ich ihm gratulieren, aber noch bevor ich den Mund aufmachen kann, atmet Jehno übertrieben ein und wischt sich die Hand an der Brust ab.

»Ich wollte Sie schon immer treffen.« Er sieht mir in die Augen und streckt mir die Hand entgegen. Seine Begrüßung bringt mich aus dem Konzept, und ich sage nur: »Mich?«

»Ja«, erwidert er, ohne den Blick von mir zu nehmen.

»Ich hab mir selbst geschworen, dass ich Sie um ein Date bitte, wenn ich heute gewinne.«

Die Kameraleute der verschiedenen Nachrichtenagenturen springen sofort vor und ziehen den Halbkreis enger, den sie um uns gebildet haben. Als ich Jehnos Hand nehme, bemerke ich eine kleine Kamera an seiner Schulter. Im Bildsucher spiegelt sich der benommene Ausdruck auf meinem Gesicht wider.

Mit einem Mal jubelt die Menge noch ohrenbetäubender als in dem Moment, in dem der Champion seinen Sieg errungen hat. Ich drehe mich den Großbildschirmen zu, auf denen zwei riesige Gesichter erscheinen: Jehnos und meines. Unser Wortwechsel wird im ganzen Stadion ausgestrahlt.

Mein Herz donnert in meinen Ohren. Ich sehe zu den Tausenden Gesichtern, die darauf warten, was ich als Nächstes tun werde. In dieser Sekunde spielen sie nicht länger ihre Rolle, sondern sind ganz gewöhnliche Menschen, die selbst eine Show genießen. Eine Show in der Show ...

Haeris Leben ist reich an Situationen wie dieser, aber von der Romantik her übertrifft das hier alles.

Zum Glück weiß ich ganz genau, wie Haeri in dieser Situation reagieren würde. Mein Verstand gewinnt die Oberhand, ich bin wieder ganz ich, ganz Haeri, und sage kühl: »Und worauf warten Sie dann noch?«

Das scheint ihn zu überraschen. Sein selbstbewusstes Grinsen verblasst.

»Sie haben sich geschworen, mich um ein Date zu bitten«, rufe ich ihm in Erinnerung. »Also tun Sie es.« Ich verschränke die Arme vor der Brust und sehe ihm fest in die Augen.

Da kehrt sein Grinsen noch strahlender als zuvor zurück. Er drückt sich eine Hand auf die Brust, als müsste er sein wild schlagendes Herz beruhigen. Jemand aus der Menge ruft immer wieder meinen Namen. Nach und nach stimmt das ganze Stadion ein.

»Goh Haeri! Goh Haeri! Goh Haeri!«

Ich lasse den Blick über die Menge schweifen, erschrocken und aufgeregt zugleich. Ich habe diese Leute um den Finger gewickelt. Die Erkenntnis lässt jede Faser in meinem Körper vibrieren. Ich fühle mich ... unantastbar.

Jehno hebt eine Hand, und der Singsang verstummt. In der darauffolgenden Stille sagt er: »Haeri, würden Sie sich mit mir das Feuerwerk zu Silvester ansehen?«

Die Menge hält den Atem an. Eine Stecknadel hätte man fallen hören können. Ich ziehe den Moment in die Länge, um die Wirkung zu verstärken, bis jemand aus der Menge ruft: »Sag Ja!« Woraufhin sich einige lautstark über die Störung beschweren.

Ich warte. Ich habe keine Eile. Schließlich bin ich diejenige, die hier das Zepter in der Hand hält. Und als, vom Wind in den Bäumen abgesehen, alles wieder still ist, lächle ich. »Klar. Klingt nach Spaß.«

Wieder tobt die Menge, und Jehno stößt die geballte Faust in die Luft, während er zum zweiten Mal am heutigen Tag bejubelt wird.

Die Rolle meines Lebens

»Die diesjährige Biathlon-Championship wartete mit einigen Überraschungen innerhalb und außerhalb der Arena auf«, sagt die Nachrichtensprecherin, und kurz darauf zeigt der Bildschirm den Moment, in dem ich mich mit Jehno zu einem Date verabredet habe.

»Gut gemacht!«, quietscht Rhim, die mir auf den Rücken klopft.

Dann folgen Stimmen aus dem Publikum.

»Ich hab drei Tage lang vor dem Ticketstand gecampt. Aber das war die Sache wert!«

»Der einzige Nachteil an dem Leben hier in Snowglobe ist, dass mir meine früheren Lieblingsshows entgehen, aber das, was wir heute mit ansehen durften, hat das wieder wettgemacht!«

Wooyo, der gerade ein weiteres Geschenk auspacken will, sieht zu Maeryung hinüber. »Mama, hast du Shows geguckt, als du noch in der offenen Welt gelebt hast?«

Maeryung sieht von dem zerknüllten Geschenkpapier und den Geschenkbändern auf, die sie zusammengesammelt hat.

»Wen interessiert, was *andere* Leute für ein Leben führen?«, antwortet sie. »Unser eigenes Leben ist das Einzige, was zählt.«

Rhim bewundert sich im Klappspiegel, den sie auf

den Couchtisch gestellt hat. Eine Saphirkette funkelt an ihrem Hals. »Ich würde sterben, wenn ich mein Leben in einem Hamsterrad verbringen müsste.«

Bei der Vorstellung, wieder zehn Stunden am Tag im Rad schuften zu müssen, packt mich ein erdrückendes Gefühl.

Regisseurin Cha hat versprochen, mir zu helfen, wenn ich ihr helfe ...

Die Aufregung im Stadion hat in mir etwas verändert. Ich will nie wieder dorthin zurück, wo ich herkomme, vor allem will ich nie wieder einen Fuß in irgendein Kraftwerk setzen. Kann ich mich darauf verlassen, dass ich eines Tages an der Filmhochschule studieren werde? Und wie bringe ich das Thema bei Regisseurin Cha an, ohne wie Jeon Chobahm zu klingen?

»Alles in Ordnung, Nichte?« Wooyos Stimme holt mich zurück in die Wirklichkeit. Er mustert mich mit zusammengezogenen Augenbrauen, und ich schiebe seine Sorgen beiseite.

»Ja, sicher, mir geht's gut.« Daraufhin widme ich mich den nächsten Geschenken, die für mich vor der Tür hinterlassen worden sind. Da Haeris Geburtstag und Weihnachten zusammenfallen, übertreiben es die Leute gern, weil sie sich mit ihr anfreunden wollen.

Als ich eine kleine Schachtel öffne, auf deren Geschenkpapier das Rentier Rudolph abgebildet ist, klingelt das Telefon.

»Das ist bestimmt für dich, Nichte«, sagt Rhim mit gespielter Eifersucht und stößt mir den Ellbogen in die Seite.

Sanghui sitzt am anderen Ende des Zimmers und blättert durch ihr neues Kochbuch. Sie weigert sich, auch nur einen Blick auf die Übertragung zu werfen, wo ich gerade neben dem Champion stehe.

Da niemand sonst ans Telefon geht, eile ich hoch in mein Zimmer, das halb geöffnete Geschenk noch in der Hand. Als ich den Hörer abnehme, stelle ich erleichtert fest, dass Regisseurin Cha am anderen Ende der Leitung ist.

»Ich hab die Nachrichten gesehen«, sagt sie erfreut. »Und natürlich auch die Übertragung der Championship. Ich kann es kaum erwarten, die Aufnahmen zu bearbeiten.«

Das klingt vielversprechend, aber Zweifel regen sich in mir. Ich setze mich auf den Bettrand. »Das Date ... War es richtig, Ja zu sagen?«

»Absolut«, versichert sie mir mit einem fröhlichen Lachen. »Warum fragst du überhaupt?«

Kurz überlege ich, wie ich meine Gedanken in Worte fassen soll, aber dann platzt es einfach aus mir raus. »Weil ich nicht sicher bin, was jetzt passiert.«

»Was meinst du denn?« Sie klingt aufrichtig verwirrt. »Hattest du noch nie ein Date?«

Hatte ich tatsächlich noch nicht. Nicht weil mit mir etwas nicht stimmen würde, sondern weil wir aus der verschneiten, windgepeitschten Welt, die sich auf die eigene Familie, eine beengte Wohnung und das Kraftwerk beschränkt, nicht daten. Aber darum geht es nicht. Ich räuspere mich. »Ich meine ... Wann wird Haeri die ersten Hinweise streuen, dass sie Snowglobe verlassen will? Wenn uns das Publikum die schockierende Enthüllung abkaufen soll, dann müssen wir sie auf die Reise ihres Herzens mitnehmen, oder?«

Eine Weile herrscht in der Leitung Stille. Mist! Ich habe meine Rolle abgelegt und vermutlich sogar eine

Grenze überschritten. Ich mache mich auf das Schlimmste gefasst – doch dann ertönt aus dem Hörer ein tiefes, zufriedenes Lachen.

»Das war also nicht nur Gerede!« Sie klingt amüsiert und beeindruckt. »Du hast wirklich darauf geachtet, wie so etwas läuft.«

Ich grüble noch, wie ich ihren Kommentar auffassen soll, als sie bereits fortfährt: »Entspann dich. Das ist ein Kompliment.« Sie lacht wieder. »Ich hab mich nicht geirrt. Wir beide werden uns ganz wunderbar verstehen.«

So etwas Ähnliches hat sie heute Morgen schon gesagt, bevor oder nachdem sie mich gelobt hat, weil ich mich nicht wie ein weinerlicher, kleiner Welpe verhalte.

»Morgen besuchst du das Studio«, wechselt sie das Thema.

Der Besuch gehört zu meiner Ausbildung zur neuen Wetterfee und soll als inoffizielle Einweisung dienen.

»Komm vorher zu mir«, fährt Regisseurin Cha fort. »Es gibt da etwas Wichtiges, über das wir reden müssen.«

Mein Herz schlägt höher. Etwas Wichtiges?

»Okay, Regisseurin Cha.« Ich spiele mit dem Rudolph-Papier, das noch immer am halb ausgepackten Geschenk in meinem Schoß hängt, versunken in meine Gedanken.

»Außerdem solltest du über eine Sache nachdenken«, sagt sie.

Und da sprudeln die Worte aus mir heraus. »Ich möchte morgen auch etwas mit Ihnen besprechen, Regisseurin Cha.«

Kurz schweigt sie. »Was denn?«

Ich will nie wieder auf den Friedhof aus Hamsterrädern zurückkehren!

Am liebsten würde ich ihr auf der Stelle gestehen,

wie sehr ich mich vor dem Tag fürchte, an dem der Vorhang für mich fällt. »Es ist zu kompliziert, um am Telefon darüber zu sprechen.«

Darauf folgt eine lang anhaltende Stille.

»Also gut. Was ist los? Ich dachte, du schwebst nach der Championship auf Wolken.«

»Tue ich auch.« Ich kann das Donnern der wilden Menge noch immer in der Brust spüren.

»Warum klingst du dann so traurig?«

Es muss an ihrem Tonfall liegen, der mich zum Reden bringt. »Ich *bin* traurig. Traurig und nervös.«

»Aber warum?« Gereiztheit schleicht sich in ihre Stimme.

Ich reiße einen langen Streifen von dem Geschenkpapier ab, und es fühlt sich an, als würde ich einem Drang nachgeben.

»Es war unglaublich, wie das ganze Stadion meinetwegen durchgedreht ist. So einen Rausch hab ich noch nie empfunden.« Damit scheint der Damm gebrochen. »Es ist wirklich traumhaft hier. Das Telefon, die Decke, auf der ich sitze – all das ist einfach unbeschreiblich. Hab ich Ihnen schon erzählt, dass ich zu Weihnachten einen neuen Walkman bekommen hab? Ich kann es kaum erwarten, ihn auf meinen Spaziergängen um den See mitzunehmen, und ...«

»Das verstehe ich, Schatz.« Regisseurin Cha seufzt zufrieden. »Wie gesagt liegt es nicht in meiner Macht als Regisseurin, die Filmhochschule dazu zu bringen, dich anzunehmen, aber mach dir keine Sorgen – ich hab einen Plan. Konzentrier du dich also auf deinen Part.«

Es ist unheimlich, wie schnell sie erahnt, was mir nicht über die Lippen kommt. Als würde sie mich, Jeon Chobahm, bereits seit siebzehn Jahren kennen.

»Ja, natürlich, Regisseurin Cha«, murmle ich. Ihre Antwort beruhigt mich, aber letzten Endes ist es nicht das, was ich von ihr hören wollte. Ich zügle meine Enttäuschung und betrachte das Geschenk, das ich endlich vom Geschenkpapier befreit habe. Es ist ein Kasten mit einem vierstelligen Zahlenschloss.

Seltsam, denke ich, und dann fällt es mir wieder ein. Der Anruf, als sich jemand verwählt hat.

Versteck sie! Niemand darf sie finden.

Ob die aufgeregte Anruferin dieses Ding gemeint hat? Nicht, dass ich mir einen Reim darauf machen könnte.

»Es gäbe da schon etwas«, holt mich Regisseurin Chas Stimme in die Wirklichkeit zurück, »das ich für dich tun kann.« Wieder schweigt sie eine Weile. Mein Herz schlägt höher, und ich presse die Lippen zusammen, aus Angst, sie könne das Pochen hören. »Einen Platz an der Filmhochschule kann ich dir vielleicht nicht garantieren«, fährt sie endlich fort, »aber ich kann aus dir Goh Haeri machen. Für immer.«

Auf einmal liegt der Hörer schwer in meiner Hand. Mein Griff verstärkt sich, und ich unterdrücke ein Wimmern.

»Ich frage dich morgen noch mal. Offiziell. Aber da die Katze nun schon aus dem Sack ist ... Was hältst du davon, den Rest deines Lebens als Goh Haeri zu verbringen?«

Die Knöchel an der Hand, mit der ich das Kästchen umklammere, treten weiß hervor. Mit einem Mal habe ich das Bild vor mir, wie mein Herz auf einen kalten, harten Boden fällt und zappelt wie ein Fisch auf dem Trockenen.

»Als ich dich heute im Stadion gesehen hab, ist mir

klar geworden, dass du mehr als nur ein Ersatz bist. Du hast das Zeug dazu, Haeri zu werden. Neu und verbessert.«

Ich hebe den Kopf und betrachte mich im Frisierspiegel. Was tust du da? Warum lehnst du nicht ab?

»Was wird dann aus Jeon Chobahm?«, entgegne ich.

»Würde sie verschwinden?«

»Nein, natürlich nicht. Ich werde den Leuten erzählen, dass sie direkt nach ihrem Abschluss an der Filmhochschule einen Job als Regisseurin gefunden hat. Man wird sich großzügig um ihre Familie kümmern, solange sie in Snowglobe arbeitet – wie bei allen, die hier vor und hinter der Kamera stehen, aber das weißt du schon. Und wenn sie will, sorge ich dafür, dass sie ihre Familie regelmäßig an einem neutralen Ort trifft.«

Ich starre die junge Frau im Spiegel an. Worüber musst du noch nachdenken?, scheint sie mich zu fragen.

Die Fernsehanstalt befindet sich im obersten Stockwerk des SnowTowers, demselben Gebäude, in dem die Wohnung von Regisseurin Cha liegt. Produzentin Yi Dahm führt mich mit einem Klappstuhl in der Hand durch den Korridor. »Entschuldigen Sie, dass es hier so eng ist«, bittet sie. »Der Gang ist nicht für Live-Publikum gedacht.«

Ich lächle und versichere ihr, dass mir das nichts ausmacht, während sich die Nervosität in mir weiter ausbreitet. Das Gespräch mit Regisseurin Cha heute Morgen ist ausgefallen, weil sie wegen einer dringenden Sache ins Krankenhaus musste.

Produzentin Yi stellt den Klappstuhl neben die Hauptkamera, wobei sie mit dem Fuß die Kabel auf dem Boden beiseiteschiebt.

»Das hier sollte eine gute Stelle sein«, sagt sie mit einem Lächeln. »Bitte vermeiden Sie es, zu husten oder den Stuhl über den Boden zu schieben.«

Ich bedanke mich bei ihr und setze mich auf den Stuhl. Mein Blick wandert die gläsernen Wände hoch, von denen wir umgeben sind.

»Dort oben ist die Nachrichtenabteilung«, erklärt mir Produzentin Yi. Sie deutet mit dem Finger in die entsprechende Richtung.

Bei der Fernsehanstalt handelt es sich um eine viereckige Glasröhre, deren Mitte an ein Atrium erinnert. In der obersten Etage liegt die Nachrichtenabteilung, zwei Etagen darunter befindet sich das Studio, in dem ich sitze. Eine Reporterin, die gerade die Nachrichtenabteilung durchquert, sieht nach unten und winkt mir zu. Ich erwidere den Gruß und richte mein Augenmerk dann auf das Set für die Nachrichten direkt vor mir.

Die beiden Leute, die jeden Abend die *9-Uhr-Nachrichten* moderieren, gehen zur Vorbereitung auf die Sendung ihre Zettel durch. Ich erwische mich bei dem Gedanken, wie ich die Beziehung zwischen diesen beiden und Produzentin Yi zu Hause vor dem Fernseher verfolgt habe. Mama und ich waren immer der Meinung, dass die drei weniger über ihre Gefühle nachdenken und einfach glücklich in einer wundervollen Dreiecksbeziehung leben sollten.

Ich sehe mich nach Fran um, den ich als Wetterfee ablösen werde, entdecke ihn aber nirgends. Als ich Produzentin Yi nach ihm frage, lässt sie mich wissen, dass Fran für gewöhnlich erst fünf Minuten vor dem Wetterbericht auftaucht, also etwa eine Viertelstunde vor 22 Uhr.

»Ich werde Sie nachher mit dem Duo bekannt machen, das die Nachrichten moderiert. Vor der Sendung sind die beiden immer etwas nervös.« Ihr Blick huscht zu Sprecher Park, der konzentriert auf den Tisch starrt.

Er betrügt Sie!, will ich ihr am liebsten sagen. Mit Nachrichtensprecherin Chung, Ihrer sogenannten besten Freundin!

Aber das ist ein Drang, dem ich nicht nachgeben darf. Ich winde mich auf meinem Stuhl und versuche, mich auf etwas anderes zu konzentrieren. In dem Moment entdecke ich eine Telefonzelle in der Ecke.

»Ist das ein Requisit?«, frage ich Produzentin Yi.

»Nein, das ist eine Direktverbindung zwischen der Nachrichtenabteilung und dem Studio. Sie wird nur in ganz dringenden Fällen genutzt. Mitten in einer Livesendung sollte das Telefon besser nicht klingeln, weshalb es stumm geschaltet wird.«

Stumm? Woher wissen sie dann, ob es klingelt?

»Wenn jemand anruft, leuchtet in der Zelle ein weißes Licht auf«, sagt sie, als hätte sie meine Gedanken gelesen.

»Das sieht bestimmt hübsch aus.« Ich hoffe, dass ich das heute sehen werde.

Produzentin Yi dreht sich um und blickt zur anderen Kabine in der Etage über uns hoch.

»Okay, wird Zeit, dass ich hinaufgehe.«

In der Kabine sitzt ihr Team hinter einer Konsole, von der aus alle das Set im Blick haben.

»Vom Kontrollraum aus überwachen wir die Livesendung und übertragen sie«, erklärt mir Produzentin Yi, die Stimme hell vor Stolz. Nach dem, was ich in der Schule gelernt habe, gibt es den Kontrollraum und den *Haupt*kontrollraum. Der Kontrollraum im Studio übernimmt zwischen 21 und 22 Uhr die alleinige Kontrolle über Kanal 9, solange die *9-Uhr-Nachrichten* auf Sendung sind. Während dieser Zeit ist die Autorität des Hauptkontrollraums aufgehoben. Mit anderen Worten: Der Hauptkontrollraum kann die Nachrichten nicht ohne Erlaubnis aus dem Kontrollraum unterbrechen. Diese Regel soll dafür sorgen, dass die Medien unabhängig bleiben, eine der wenigen Hinterlassenschaften aus der Kriegsära. Komme, was wolle, das Mikrofon bleibt an, bis die Schlussformel der Nachrichtensendung gesprochen wurde.

Doch all das ist reine Theorie. Die *9-Uhr-Nachrichten* haben noch nie die Unabhängigkeit der Medien ins Feld führen müssen, da die gerechte Ordnung von Snowglobe diese ohnehin schützt. Außerdem sind die Yibonns eine Familie mit fragloser Integrität. Korruption und Skandale, die das Vertrauen der Menschen erschüttern und die Institution destabilisieren würden, sind ihnen unbekannt – mit Ausnahme von Vizepräsidentin Bonshim natürlich, aber ihre Skandale sind rein privater Natur.

Die Show endet mit einer Zusammenfassung der interessantesten Nachrichten.

»Hier sind die Kurznachrichten des Tages.« Nachrichtensprecherin Chung liest den Text vom Teleprompter, während Bilder von Flammen, Trümmern und entsetzten Schaulustigen auf dem riesigen Bildschirm hinter ihr gezeigt werden. »Gestern ist in Distrikt Zwei ein Feuer in einem Haus ausgebrochen. Als Brandursache wurde eine der Kerzen auf dem Weihnachtskuchen der Familie ausgemacht. Der Brand konnte eine Stunde später von der Feuerwehr gelöscht werden, verursachte aber einen Schaden in Millionenhöhe ...«

Danach folgt die nächste Story mit Fahndungsfotos von drei Männern. »Drei Insassen, die wegen Mordes und des Verstoßes gegen die Sendevorschriften verurteilt worden sind ...« Mir fallen fast die Augen aus dem Kopf, als ich ein vertrautes Gesicht sehe. Es gehört zu dem Gefangenen mit dem Herztattoo unter dem Auge, der während der Weihnachtsfeier in dem Rad im geheimen Gefängnis der Yibonns geschwitzt hat. »Wie die Behörden mitteilen, wurden noch vor Weihnachten am dreiundzwanzigsten Dezember alle drei Todesurteile vollstreckt.« Am Dreiundzwanzigsten? Wie kann das sein? Doch da geht Nachrichtensprecherin Chung schon mit heiterer Stimme zum nächsten Beitrag über. »Quality Bakery verkündet, dass der diesjährige Verkauf von Weihnachtskuchen ...«

Den Mann habe ich doch zu Weihnachten gesehen! Verwirrt brüte ich über den Bericht, als mir jemand auf die Schulter tippt. Fran lächelt mich an und winkt mir zu, bevor er für den Wetterbericht zur Bühne eilt. Sein Gesicht, das ich im vergangenen Jahr jeden Abend um Punkt 21:50 Uhr gesehen habe, lenkt mich sofort von meinen Grübeleien ab.

»Lassen Sie uns nun zu Fran und dem morgigen Wetter schalten«, verkündet Nachrichtensprecher Park, und die Bühne dreht sich mit ihm und Sprecherin Chung entgegen dem Uhrzeigersinn, um dem Set für den Wetterbericht Platz zu machen. Fran steht in seinem fabelhaften Anzug mit Tigerstreifen vor sieben Glastrommeln, in denen Dutzende durchsichtige Wetterkugeln wie in einem chaotischen Tanz umhergewirbelt werden, und lächelt. Sobald die Bühne stehen bleibt, wird

Frans Lächeln breiter. Im Scheinwerferlicht des Studios strahlen seine weißen Zähne geradezu. Das Licht blendet derart, dass ich mich frage, wie er das aushält. Gleichzeitig wird mir klar, dass Fran ohne die Beleuchtung nicht Fran wäre.

»Liebe Mitmenschen aus Snowglobe, nehmt euch einen Moment und genießt die Polarlichter, die an unserem Himmel erstrahlen«, sagt Fran.

Fran war erst Moderator einer Quiz-Show und später einer Survival-Show und beweist bei jedem seiner Auftritte einen außergewöhnlichen Charme. »Jetzt möchte ich für alle diejenigen unter euch ein schönes Geschenk ziehen, die über die Feiertage arbeiten.« Er zwinkert in die Kamera und lächelt keck. »Ganz wie unser Nachrichtenteam hier ...«

Mit einer Hand greift er in die erste Glastrommel und zieht eine Kugel, die er vor die Kamera hält. Zunächst kann man nur die Linien auf Frans Handfläche durch das Glas hindurchsehen. Aber dann erscheint nach und nach eine gelbe Sonne in der Kugel, sobald die Wärme von Frans Hand das thermotropische Material der Kugel aktiviert.

»Sieht so aus, als erwartet uns morgen ein weiterer schöner Tag mit jeder Menge Sonnenschein!«, verkündet er fröhlich.

Dann dreht er die Kugel für die nächtliche Wettervorhersage um, und die Kamera zoomt wieder ran und bringt die funkelnden Sterne und das blasse Schimmern der Milchstraße in den Fokus. »Morgen Abend können wir dank der sternenklaren Nacht einen Blick auf die zauberhafte Milchstraße werfen.«

Voller Bewunderung sehe ich zu, wie Fran den Rest des Wetterberichts meistert, von den Höchst- und

Tiefsttemperaturen bis hin zur Luftfeuchtigkeit und den Uhrzeiten für den Sonnenaufgang und Sonnenuntergang. Seine Energie ist ansteckend, und ich muss unweigerlich lächeln.

Nachdem die Show vorbei ist, taucht ein Mitarbeiter mit stacheligem grünem Haar auf und steckt die Wetterkugeln zurück in die Trommeln.

»Möchten Sie gleich mal eine der Kugeln selbst halten, Frau Haeri?«, fragt Fran, der noch immer eine der Kugeln in der Hand hält.

Im nächsten Moment bin ich bei ihm. »Seien Sie bitte vorsichtig«, weist mich der Mann mit dem grünen Haar an, als ich die Kugel nehme.

Ich halte sie mit beiden Händen und staune über das Gewicht. »Sie ist viel leichter, als ich gedacht hab«, sage ich.

Zu Hause habe ich eine Spielzeugwetterkugel, ein Standardgeschenk für Kinder. Auf dem Spielzeug erscheinen Wettersymbole, die sich durch die Temperatur der Hände verändern. Ongi und ich haben später rausgefunden, dass Mama uns die Wetterkugel geschenkt hat, statt sich selbst neue Hausschuhe zu kaufen. Sie hat ihre schäbigen Schuhe mit den Löchern an den Fersen noch eine Saison lang getragen, damit wir Wetterfee spielen konnten.

»Die hier scheint leer bleiben zu wollen«, sage ich zu Fran, während ich die Finger spreize, um die Wärme besser verteilen zu können. »Liegt das daran, dass der Wetterbericht vorbei ist?«

»Keine schlechte Vermutung.« Fran grinst. Dann senkt er wichtigtuerisch die Stimme. »Nur ich kann die Wetterkugeln zum Leben erwecken.«

Der grünhaarige Mann schnaubt lachend. »Am ersten

Januar, wenn Sie hier anfangen, nehmen wir Ihre Fingerabdrücke und speisen sie ins System ein. Danach können Sie dann die Wetterkugeln aktivieren.« Er dreht sich zu Fran und wiederholt neckend: »Die Wetterkugeln zum Leben erwecken ... Echt! Bist du jetzt Magier oder was?«

Fran erwidert todernst: »Kein Magier, nur ein Wettergott.«

Mir gefällt seine Antwort.

Die Verbotszone

In der Garderobe hinter den Kulissen hat Fran den Tigerstreifenanzug gegen eine bequeme Jogginghose und einen passenden Hoodie getauscht. Er wischt sich gerade mit einem Wattepad über die Augenlider, um das Make-up abzunehmen, und erklärt, dass sein Gesicht – wie alle anderen Gesichter auch – ohne Schminke im Scheinwerferlicht wie eine Totenmaske aussehen würde.

»Wie hat Ihnen die Sendung gefallen?«, will er wissen.

»Ich fand sie großartig. Und wie locker Sie sich am Set geben, haut mich um.«

Ich richte den Blick zum Himmel hinter dem großen Panoramafenster. Über der Stadt und dem angrenzenden Wald leuchten die unterschiedlichsten Lila- und Grüntöne.

»Ist dieser Raum nicht fabelhaft?«, fragt Fran. »Sie können hier jederzeit zum Entspannen herkommen, selbst an Ihren freien Tagen. Der Concierge im zweiten Stock bringt Ihnen alles, was Sie wollen. Man wird Sie hier von vorne bis hinten verwöhnen.« Er trinkt einen großen Schluck vom Rübensaft, den besagter Concierge für ihn gebracht hat. »Ich hab schon überlegt, hier mein Lager aufzuschlagen. Im Ernst, niemand hat es so gut wie die Wetterfee, nicht mal Präsidentin Yi.«

Ich trete vor das riesige Fenster und bringe mein Gesicht dicht vors Glas. Der Boden liegt zweihundertdrei Stockwerke unter mir. Meine Knie werden weich. Das ist ein langer Weg in die Tiefe, so viel ist sicher.

In der Lounge hinter dem Set trafen sich früher die VIP-Gäste. Zum Schminken saß die Wetterfee damals in einer Ecke der Nachrichtenredaktion, in der sie auch ihr Skript durchging. Erst als Fran den Job übernahm, wurde der Sender von Fanbriefen überflutet, in denen es hieß, die neue Wetterfee müsse anständig untergebracht werden, denn Fran litt an Krebs. Nach vier Monaten machte sich die Fürsprache der Fans bezahlt, und Fran bekam Zutritt zu dem kaum genutzten Raum für VIPs. Zwei Monate später verkündete der Sender, dass die Lounge offiziell zur Garderobe umfunktioniert wurde.

»Sie glauben es vielleicht nicht, Haeri, aber in der offenen Welt sind selbst Dinge wie Briefpapier und Briefmarken ein Luxus. Jeder Tag bedeutet dort einen Kampf ums Überleben.« Kurz hält er inne, damit ich die Aussage verdauen kann. »Und doch haben sich die Menschen zusammengeschlossen, um mich zu unterstützen. Ich bin vor Rührung noch immer sprachlos, wenn ich daran denke.«

Jetzt, da Fran ungeschminkt vor mir sitzt, sehe ich auch, wie sehr ihm der Krebs zugesetzt hat, jene Krankheit, der wir trotz aller medizinischen Errungenschaften noch immer hilflos gegenüberstehen. In gewisser Hinsicht ähnelt sie der Menschheit, die weiterhin existiert, obwohl ihre Umwelt sie loswerden will.

»Da ich keine formelle Ausbildung hab, kann ich Ihnen kaum Ratschläge für diesen Job geben«, fährt Fran fort. Während ich ihm zusehe, wird mir klar, wie abgemagert er ohne den Anzug oder die Schulterpolster wirkt.»Aber ich hoffe, Sie treten einfach mit Ihrem wundervollen Wesen vor das Publikum da draußen, das Ihnen fest die Daumen drücken wird. Wir haben nicht viel gemeinsam, aber als jemand, der mit fast vierzig Jahren nach Snowglobe gekommen ist, kann ich Ihnen sagen, dass es das Mindeste ist, was wir tun können, wenn wir den Fans etwas zurückgeben wollen.«

Ich nicke stumm und erinnere mich daran, wie ausgerechnet der nervige Aufseher aus dem Kraftwerk zu Hause Yujin an ihrem letzten Arbeitstag etwas ganz Ähnliches gesagt hat.

»Laufen Sie nicht rum und verbrauchen sinnlos Strom, wenn Sie dort sind. Diese sogenannten Stars mit ihrem öden Leben, das man sich kaum ansehen kann, verschwenden das, wofür wir uns jeden Tag abrackern. Sie sind Parasiten, wenn Sie mich fragen.«

Die Menschen vor dem Fernseher verlangen, an einem aufregenden Leben teilzunehmen, mit wirklich hohen Höhepunkten und richtig tiefen Tiefpunkten. Im Gegenzug produzieren sie Strom für Snowglobe.

Frans Lippen verziehen sich zu einem matten Lächeln. Von der Energie, die er vor einer halben Stunde vor den Kameras gezeigt hat, ist kaum noch etwas übrig geblieben.

»Der Krebs kam zurück, als ich den Job angetreten hab«, sagt Fran. »Zuerst dachte ich, dass meine Karriere damit vorbei wäre. Wer würde schon sehen wollen, wie eine sterbende Fee das Wetter präsentiert? Und die ganzen Behandlungen schienen meine Qualen zu verlängern, nicht aber mein Leben. So hoffnungslos hab ich mich noch nie gefühlt. Es gab Zeiten, an denen ich das

Kündigungsschreiben herbeigesehnt hab, damit ich dieses Leben endlich friedlich beenden kann.«

Kurz richtet sich sein Blick in die Ferne, aber dann konzentriert er sich wieder auf mich. »Gesundheitlich geht es mir nicht besser.« Er seufzt schwer. »Der Krebs ist noch schlimmer, aber ich hab mir geschworen, um mein Leben zu kämpfen, solange noch die geringste Hoffnung besteht.«

»Woher haben Sie die Kraft gefunden, weiterzumachen?«

»Bei den Fans. Eines Tages kam ich in die Redaktion und sah die Briefe, die sich auf dem Schreibtisch der Chefin stapelten und überall auf dem Fußboden lagen. Da hab ich geschworen, dass ich den Rest meines Lebens für meine Fans leben werde, egal, wie lange das auch sein mag. Und mit Volldampf! Ich gebe nicht auf, bis sie beschließen, dass es so weit ist.«

Wie er da auf dem Stuhl kauert, wirkt er überhaupt nicht wie der Fran, den ich vom Set kenne: groß, charismatisch, voller Energie und Lebenslust. Ich muss an meinen toten Großvater denken, daran, wie sich der Krebs unerbittlich in ihm ausgebreitet und den einst kräftigen, geselligen Mann körperlich und seelisch aufgefressen hat. Doch trotz der Zerstörungswut dieser Krankheit hat Fran nicht nur beschlossen, weiterzuexistieren, sondern weiter zu *leben,* weil das seine Pflicht als Schauspieler ist. Und was hat Regisseurin Cha bei unserer ersten Begegnung über Haeri gesagt? *Sie kann ihr Leben nicht einfach wegwerfen.* Doch Haeri hat ihr Leben einfach aufgegeben, und jetzt bin ich hier, um jene Verantwortung zu übernehmen, die sie von sich gewiesen hat. Wenn jemand Schuldgefühle haben sollte, dann Haeri, nicht ich. Mit dieser Erkenntnis legt sich meine

Angst, und meine Zweifel, ob ich das Angebot von Regisseurin Cha annehmen darf, lassen ein wenig nach. »Danke für Ihre Offenheit«, sage ich zu Fran. »Ich werde mir Ihre Worte zu Herzen nehmen.« Fran lächelt müde. Mit einem Mal klopft es. Nachrichtensprecher Park steckt den Kopf durch die Tür. Fran steht sofort auf. »Ich bin gleich wieder zurück«, entschuldigt er sich, bevor er Sprecher Park nach draußen folgt. Natürlich weiß ich, was er von Fran will: ein Gespräch über seine komplizierte Beziehung mit Sprecherin Chung.

Allein in der Garderobe betrachte ich mich im Ganzkörperspiegel. Fran hat mir erzählt, dass er seine Rede, die er selbst geschrieben hat, vor dem Spiegel übt. In ein paar Tagen werde ich das Gleiche tun müssen.

Jetzt, da ich mich für das Angebot von Regisseurin Cha entschieden habe, kann ich mich endlich auf die Details meiner künftigen Arbeit konzentrieren. Wie soll ich das Publikum begrüßen? Ich probiere es mit Frans Begrüßung. »Liebe Mitmenschen aus Snowglobe ...«

Mit einem Mal wird es um mich herum dunkel, und alle Kameras verraten mit ihrem Licht ihr Versteck. Kurz darauf erlöschen auch ihre Lampen, und das laute Klacken der Klappe ertönt. Ich drehe mich wieder dem Spiegel zu und setze erneut an: »Hallo und guten Abend. Ich bin Goh Haeri, die neue Wetterfee.«

Nach diesen Worten versuche ich, zu lächeln wie Fran, aber mein Spiegelbild wird von einem Mascarafleck oder einer anderen Unreinheit auf dem Spiegel verunstaltet, die meine beiden oberen Schneidezähne schwärzt. Ich puste auf die Scheibe und will den Fleck mit dem Finger abreiben, doch da taucht meine Fingerspitze in die silberne Oberfläche ein, als würde der Spiegel aus Quecksilber bestehen.

Schon wieder? Verdutzt berühre ich den Spiegel mit den Zehen meines linken Fußes, wobei ich mir recht albern vorkomme. Das Glas gibt nach. Mein Herz rast. Ich schiebe den Fuß tiefer hinein, und bevor ich weiß, wie mir geschieht, saugt mich der Spiegel in die dahinterliegende Dunkelheit. Diesmal gelingt es mir allerdings, die Panik zurückzuhalten. Ich atme tief durch, bereit, Ruhe zu bewahren und dem Phänomen auf den Grund zu gehen, als meine Hand wieder den blöden Knopf berührt. Bei meinem Sturz in die Tiefe bleibt mir mein Schrei im Hals stecken, während meine inneren Organe durcheinandergewirbelt werden, bis alles abrupt erstarrt. Sobald ich mich wieder gesammelt habe, krieche ich hinaus ins Licht. Zu meiner Überraschung finde ich mich am Rand eines Waldes wieder.

Über mir fliegen Krähen, die sich vor dem Himmel mit den Polarlichtern abzeichnen. Ich erhasche einen Blick auf einen weiteren Ganzkörperspiegel, der nur wenige Schritte von mir entfernt an einem riesigen Baum lehnt. Eine Weile bleibe ich wie angewurzelt stehen, den benommenen Blick auf mein Spiegelbild geheftet. In der Stille des Waldes höre ich das leise Prasseln und Knacken eines Feuers.

Ist hier jemand? Ich laufe tiefer in den Wald und folge dem Geräusch. Nach kurzer Zeit mache ich in der Finsternis ein warmes Leuchten zwischen den Bäumen aus. Schließlich sehe ich ein Lagerfeuer, das friedlich auf einer kleinen Lichtung brennt. Daneben stehen eine Laterne und ein leerer Schaukelstuhl. Die Szenerie wirkt einladend – und zugleich befremdlich. Mit einem

Mal spüre ich ein kaltes, metallenes Objekt an meinem Hinterkopf.

»Hände hoch«, befiehlt eine Stimme. »Und langsam umdrehen.«

Mir bleibt das Herz stehen, als ich dem Befehl folge – und Bonwhe vor mir sehe. Er zielt mit einem Gewehr auf meine Stirn und wirkt genauso überrascht wie ich, wenn nicht sogar mehr. Sofort senkt er die Flinte.

»Was in aller Welt hast du hier verloren?« Er lacht ungläubig.

»Wo *bin* ich?« Meine Stirn kribbelt.

»In einer Verbotszone.« Verbotszonen sind kamerafreie Gebiete, die nur ausgewählte Personen betreten dürfen. Wer sie unbefugt betritt, verstößt gegen die Sendegesetze.

»Das wusste ich nicht!« Was passiert, wenn er mich verrät? »Ich schwöre, ich hatte nicht vor, hierherzukommen!« Das Bild von dem Gefängnis, das ich beim letzten Mal entdeckt habe, steht mir sofort wieder vor Augen.

Bonwhe neigt den Kopf zur Seite und mustert mich fragend. Plötzlich wird seine Miene sanfter, und er lacht. Offenbar findet er das Ganze lustig.

»Entspann dich, ich glaube dir ja. Aber was wirst du Cha erzählen?«

Ich sehe ihn verwirrt an. Was ich Regisseurin Cha erzählen werde? Was soll ich *mir selbst* erzählen? Kann mir irgendwer verraten, was hier vor sich geht?

»Egal, welchen Zugang du verwendet hast, es muss mindestens ein paar Stunden gedauert haben, hierher zu gelangen. Hast du eine Erklärung für Cha? Warum du dich von den Kameras entfernt hast?«

Immer, wenn er Regisseurin Chas Namen nennt,

schleicht sich ein kalter Unterton in seine Stimme. Unruhig trete ich von einem Fuß auf den anderen, denn sein Verhalten ist mir ein Rätsel.

Bonwhe reicht mir eine Decke, und ich nehme sie, als mir endlich klar wird, wie kalt mir ist. Unsere Finger berühren sich, und seine Hand fühlt sich genauso kalt an wie meine. Ich weiß nicht, ob es der entschuldigende Blick ist, den er mir zuwirft, als hätte es ihm schon früher einfallen sollen, aber mit einem Mal fühle ich mich ausgenutzt und frustriert. »Ich bin nicht zu Fuß hergekommen«, platzt es aus mir heraus. »Dahinten ist ein Spiegel, der mich gegen meinen Willen hergebracht hat.«

Sofort ist er alarmiert. »Ein Spiegel?« Der Schreck in seiner Stimme ist unüberhörbar.

»Ja, da drüben.« Ich zeige in die Richtung, aus der ich gekommen bin. Der Turm mit seinen zweihundertdrei Etagen über dem Erdgeschoss, in dem ich gerade noch gesessen habe, funkelt in der Ferne wie ein Weihnachtsbaum. »Kannst du mir bitte erklären, warum die Spiegel in Snowglobe ...«

»Setz dich, bitte«, unterbricht er mich, bevor er mich auf den Schaukelstuhl drückt. Hastig wirft er einen Blick auf seine Armbanduhr. »Du hast acht Minuten bis zur nächsten Klappe. Sag mir, was du rausgefunden hast. Von dem Moment mit dem Spiegel bis jetzt. Fass dich kurz.«

»Was?«, hauche ich von Neuem ganz erstaunt.

»Fang an!«, fordert er mich auf. »Wir haben nicht viel Zeit.«

Bisher hätte ich ihn mir nicht aufgeregt oder beunruhigt vorstellen können, doch jetzt fällt mir das nicht mehr schwer.

»Es war auf der Weihnachtsfeier«, setze ich an, darum bemüht, mich kurzzufassen. »Auf der Flucht vor einem Gast bin ich in einen dunklen Korridor geraten und versehentlich in einen dieser Spiegel gerannt. Und heute wollte ich nur einen Fleck auf dem Spiegel in Frans Garderobe wegwischen ...«
»Ein Gast auf der Party?«, hakt er nach. »Hat er gesehen, wie du den Spiegel benutzt hast?«
»Nein, ich hab ihn vorher abgeschüttelt.«
»Und eben?«
»Da war ich allein. Und die Kameras hatten sich kurz vorher abgeschaltet.«
Das scheint ihn ein wenig zu beruhigen.
»Und vor der Party hast du nie einen anderen Spiegel gefunden?«
»Richtig.«
»Bist du bei deinen *Ausflügen* jemandem begegnet? Hat dich jemand gesehen?«

Ich zögere, als ich an die Gefangenen in den Rädern im Glasturm denke, schüttle aber dennoch den Kopf. Von den Gefangenen hat mich niemand bemerkt, auch nicht der Typ mit der Gesichtstätowierung, der den Kopf in meine Richtung gedreht hat.

Vermutlich besteht das Gefängnis aus dem gleichen verspiegelten Glas wie die Kuppel von Snowglobe. Man kann hineinsehen, aber nicht hinaus ...?

Bonwhe beäugt mich eine Weile, dann tritt ein seltsamer Ausdruck auf sein Gesicht, und er ruft: »Jo Yeosu!«

Verwirrt drehe ich mich um, aber hinter mir ist keine Jo Yeosu, da sind nur Bäume, getaucht in das warme Licht des Lagerfeuers. Als ich mich noch immer verwirrt wieder Bonwhe zuwende, starrt er mich bloß an.

»Bist du erschrocken?« Er lässt mich keine Sekunde aus den Augen.

Wovon redet er? Ich habe mich nicht umgesehen, weil ich Angst habe.

»Keine Sorge, hier gibt es keine Kameras oder Eindringlinge. Zumindest sollte es keine geben.« Er dreht das Handgelenk, um erneut auf die Uhr zu sehen. »Es ist wichtig, dass du die Portale nicht noch mal benutzt.«

Im Fernsehen habe ich noch nie gesehen, wie jemand durch die Spiegel gegangen ist. Warum ist diese wundersame Transportmethode nicht verbreiteter? Weil die Benutzung furchterregend ist? Oder unbequem?

»Sind diese Spiegel nur für die Yibonns gedacht?«, frage ich ihn.

Bonwhe wendet den Blick ab, als wäre ich ihm auf die Schliche gekommen. Nach einer Weile nickt er stumm.

Irgendwie erinnert mich das an den Pausenraum im Kraftwerk – und damit an den Aufseher. Obwohl der Raum allen gehört, nutzt dieser unausstehliche Mensch ihn ganz allein und kürzt allen das Gehalt, die sich dort in seiner Abwesenheit aufhalten. Und was macht er im Pausenraum? Gerüchten zufolge malt er. Oder tanzt.

Die Spiegel der Yibonns scheinen ähnlich exklusiv. Sie wollen in Ruhe die Polarlichter im Wald genießen, ein Lagerfeuer entfachen und womöglich Marshmallows rösten – und sie wollen das alles, ohne durch die Wildnis stapfen zu müssen wie gewöhnliche Menschen.

Perfektioniert Bonwhe hier seine Malkünste, oder lässt er in der Abgeschiedenheit des Waldes die Hüften kreisen? Wer weiß? Auf alle Fälle kann er hier tun und lassen, was er will, er kann sein, wer er will, fernab der Kameras und der Augen und Ohren Dritter, die garantiert alles, was er sagt oder tut, in Snowglobe – oder schlimmer noch: in ihren Heimatorten außerhalb von Snowglobe – herumerzählen würden.

»Die Spiegel sind auf Anordnung von Präsidentin Bonyung ein Familiengeheimnis«, sagt Bonwhe ohne das übliche kalte Desinteresse in der Stimme.

Schweigend lauschen wir dem Prasseln des Feuers und dem Knacken des Holzes. Nach einer Weile sagt er völlig unvermittelt: »*Die Yibonn-Familie strebt nicht nach Macht oder Privilegien.*« Der Satz stammt aus der Neujahrsansprache seiner Großmutter. »Absurd, nicht wahr? Dass jemand in einem vergoldeten Arbeitszimmer in einem Palast etwas von Gleichberechtigung faselt.« Er lächelt säuerlich.

Macht er sich wirklich über die Heuchelei seiner eigenen Familie lustig? Ich fühle auf seltsame Weise mit ihm. »Ich bezweifle, dass die Leute das Anwesen als unverdientes Privileg betrachten. Die Unterstützung der Präsidentin für Fran hat allen viel bedeutet. Schon allein, dass sie den VIP-Raum zu seiner Garderobe umgestalten ließ. Alle haben ihre Großzügigkeit und ihr Opfer geschätzt, weil sie das Wohlbefinden eines Schauspielers über den Komfort der Yibonns gestellt hat.«

»Ach ja? Wer denn genau?«

Mama und Oma natürlich und vermutlich noch andere, die ich zu Hause kenne.

»Vielleicht alle auf der ganzen Welt?«, bohrt er weiter.

»Ich werde die Portale nicht noch mal benutzen«, weiche ich der Antwort aus. »Ich hatte das sowieso nie vor.«

»Du hast niemandem davon erzählt, oder?« Endlich sieht er mich wieder an.

»Nein. Und das werde ich auch nicht.«

Einen Augenblick lang mustert er mich, dann scheint er meine Antwort zu akzeptieren. »Danke, das weiß ich zu schätzen.«

Zum ersten Mal schenkt er mir ein aufrichtiges Lächeln. Und dieser Ausdruck in seinen Augen – bilde ich mir den nur ein?

»Gern geschehen«, erwidere ich vorsichtig. »Ich glaube, dass deine Familie alles, was sie hat, auch verdient. Wenn die Yibonns Snowglobe nicht aufgebaut hätten, würden wir einander noch immer genau wie früher wegen irgendwelcher Territorien bekämpfen.«

Und dann kann ich mich nicht mehr zurückhalten. Ich spreche von den Übeln des Kriegs und dem, was die Yibonns zum Weltfrieden beigetragen haben, spule den ganzen Kram ab, der mir in zehn Schuljahren eingetrichtert worden ist. Bonwhe lässt sich auf dem Boden neben dem Schaukelstuhl nieder. Während ich rede und rede, ist sein Blick ganz verschleiert. Als ich endlich Luft hole, scherzt er: »Ich hatte keine Ahnung, dass du ein derart großer Fan der Yibonns bist.«

»Wer würde schlecht von ihnen denken?«, frage ich.

Er zuckt die Achseln und wirft einen weiteren Blick auf seine Uhr. Dann lehnt er sich an den Baumstamm hinter ihm.

»In letzter Zeit redest du komisch.« Er sieht zu mir hoch. »Und hast du mich in meinem Zimmer wirklich *junger Herr* genannt?« Er schnaubt. Das kleine verschwörerische Lächeln verwandelt sein Gesicht. Seine Stimme klingt sanft, fast schon liebevoll, und mein Herz flattert.

Da trifft es mich. Lief da etwas zwischen den beiden? War das kühle Desinteresse, das er Haeri auf der Party und während der Championship entgegengebracht hat, nur vorgetäuscht? Nein, das kann nicht sein. Diese Gedanken bringen meinen Verstand ganz durcheinander – bis mein Schaukelstuhl plötzlich nach hinten kippt und ich fast auf dem Rücken lande.

»Und weißt du noch was?«, fragt Bonwhe, der den Schaukelstuhl festhält und mich ansieht, das Gesicht nur wenige Zentimeter von meinem entfernt. »Du verhältst dich auch, als wärst du jemand anders.«

Ich umklammere die Armlehnen und kriege kaum noch Luft.

Geheime Brieffreundschaft

»Du hast recht. Ich fühle mich nicht wie ich selbst«, sage ich, um Fassung bemüht. Haeri wusste nichts von den Spiegeln, so viel ist sicher. Bonwhe lässt den Stuhl langsam in die aufrechte Position zurückgleiten, und ich fahre fort: »Als ich zum ersten Mal erlebt hab, wie meine Finger im Spiegel verschwunden sind ...« Ich lasse den Rest des Satzes unausgesprochen und betrachte ebenso ängstlich wie ungläubig meine Hand.

Moment mal! Warum war der Spiegel in der *Garderobe* ein Portal? Keiner der Spiegel außerhalb des Yibonn-Anwesens erfüllte diese Funktion. Im Bad von Regisseurin Cha habe ich schließlich problemlos den Dampf vom Spiegel gewischt.

Mir gehen unzählige Fragen durch den Kopf. Wenn ich nicht kurz davor stehen würde, erwischt zu werden, würde ich mich jetzt nicht zurückhalten.

»In letzter Zeit geht es mir nicht gut.« Ich seufze schwer. »Erst hatte ich diese grässliche Erkältung, dann die Spiegel ...« Ich werfe ihm einen dramatischen Blick zu. »Und dann wurde ich gerade eben mit einer Waffe bedroht.«

Bonwhe sieht weg. »Tut mir leid.« Er räuspert sich. »Vermutlich hatte ich selbst Angst. Hier draußen bin ich noch nie jemandem begegnet.«

Nach kurzem Schweigen nehme ich seine Entschuldigung an. »Ist schon gut.«
Insgeheim lobe ich mich.
Er schweigt. Hat er mir meine Antwort doch nicht abgekauft? Verstohlen werfe ich einen Blick auf ihn, während er ins Feuer sieht. Zwischen seinen Brauen bildet sich eine Falte.
»Ich werde mich darüber informieren, was in der Garderobe passiert ist«, sagt er. »Aber bitte ...«
»Kein Wort«, verspreche ich ihm. »Und ich halte mich von den Spiegeln fern.«
»Danke.« Das sanfte Lächeln kehrt auf seine Lippen zurück.
Katastrophe abgewendet.
Jetzt, da ich mich unter Kontrolle habe, sage ich: »Ich sollte gehen.« Ich sehe zum Spiegel hinüber, und Bonwhe bietet mir mit einer übertriebenen Geste seine Hand an.
»Hast du dich von deiner Erkältung gut erholt?« Die zärtliche Aufmerksamkeit leuchtet abermals in seinen Augen.
»Ja, danke.« Ich nehme seine Hand und lasse mich von ihm aus dem Schaukelstuhl ziehen. Seine Finger sind nicht mehr so kalt. Haben sich unsere Temperaturen angepasst? Mein Puls beschleunigt sich, und ich lasse seine Hand los, bevor er mich freigibt.
»Du hast mir einen Riesenschreck eingejagt, als du dich im Badezimmer eingesperrt hast«, wirft er mir unvermittelt vor. »Ich dachte, du würdest da drin etwas Schreckliches tun. Dein letzter Brief klang wie ein Abschied, da hab ich mir schon Sorgen gemacht.«
Brief? Ein letzter Brief? Seit wann schreiben sich Bonwhe und Haeri Briefe?

Er spricht weiter: »So was will ich nie wieder lesen. Du musst mir ohnehin nicht danken, und es ist einfach nur furchterregend.«

Ich höre ihn kaum, weil mir das Wort *Brief* nicht mehr aus dem Kopf geht.

Ein Abschiedsbrief an ihn? Bonwhe weiß etwas über Haeri, das ich nicht weiß, das nicht einmal Regisseurin Cha weiß. Mein Herz schlägt wild.

»Versprochen«, sage ich. »Ich werde dir nicht noch mal danken.«

Ich schenke ihm ein schiefes Lächeln, dann eile ich zurück zum Spiegel. Es wird kein gutes Ende nehmen, wenn ich hier bei ihm bleibe, denn ich würde mich nur verraten, außerdem brauche ich Zeit, um all das zu verarbeiten. Doch Bonwhe holt mit nur wenigen Schritten zu mir auf.

»Ich bring dich zurück«, sagt er. »Nicht, dass du am Ende sonst wo rauskommst.«

Da hat er recht. Seite an Seite gehen wir also zum Spiegel.

»Du bist also versehentlich in meinem Zimmer gelandet. Ich wünschte, ich hätte das gewusst.« Sein Gesicht zeigt nun keinerlei Hinweis mehr auf irgendeine Anspannung.

»Ja, ja, diese Spiegel und ihre Tricks.« Ich versuche, so heiter zu klingen wie er. »Ich schwöre, dass es meinerseits keine Absicht war.«

Diese Nähe zwischen Bonwhe und Haeri fühlt sich seltsam an. Da ich unbedingt mehr darüber erfahren will, lasse ich meiner Zunge freien Lauf.

»Das ist vielleicht nicht der richtige Zeitpunkt, aber ... warum machst du dir Sorgen, wie es mir geht?«

Er betrachtet mich eine Weile. »Weil du du bist.«

Ich weiß nicht, was ich erwartet habe, aber seine Antwort rührt mich. Mit einem Mal fühle ich mich mutig.
»Wie meinst du das?«
»Kein Kommentar.«
»Nun komm schon ...«
Er seufzt. »Ich will dir nur helfen, das Jahr zu überstehen, damit du nicht an der Vergangenheit festhältst, wenn du gehst.«
Wie bitte? Woher weiß er das? Hatte Haeri wirklich vor, am Ende des Jahres zu gehen? Und welche Vergangenheit?
»Ich will, dass du das Leben hier hinter dir lässt«, fährt er fort. »Vor allem die Erinnerungen an Regisseurin Cha, daran, wie sie dich all die Jahre misshandelt hat. Befrei dich davon, ich werde mich für dich daran erinnern.«
In der Stille ringsum höre ich das Prasseln des Feuers. Mit leerem Blick starre ich ihn an, während halb geformte Gedanken meinen Verstand blockieren.
»Cha wird für das, was sie dir angetan hat, büßen. Das verspreche ich dir.« Er sieht mir in die Augen. »Ich werde dafür sorgen, dass sie die Hölle auf Erden erlebt.«
Diese Worte beunruhigen mich. Und auch die Art, wie er mich ansieht. Was hat er da eben über Regisseurin Cha gesagt? Ich kann nicht mehr klar denken. Ich kann überhaupt nicht mehr denken.
Schließlich stehen wir vor dem Spiegel, und er nimmt meine Hand. »Lass mich nicht los, und fass nichts an.« Dann steige ich mit ihm in den Spiegel.
Der Aufzug oder das Gefährt – oder was auch immer es ist – saust sofort durch die Dunkelheit. Diesmal wird mir klar, dass dieser Transport kein Sturz ins Bodenlose ist,

sondern dass wir einem Pfad folgen, den ich jedoch in dem gelben Licht, das über uns aufleuchtet und vor einer Kurve oder Gabelung warnt, kaum erkenne. Das schwache Licht lässt Bonwhes Gesichtszüge dramatisch hervortreten, und mein Herz setzt erneut einen Schlag aus.

Mit der freien Hand bewegt Bonwhe eine Art Steuer. Mit einem Mal wird mein ganzes Gewicht nach unten gedrückt – und wir schießen mit entsetzlicher Geschwindigkeit nach oben. Ich reiße den Kopf hoch und suche Bonwhes Blick.

»Starr mich nicht so an, sonst überstrapazierst du mein Gesicht.« Er grinst, was mich beruhigt.

»Kann man mit diesen Spiegeln Snowglobe eigentlich auch verlassen?«, frage ich ihn. Was, wenn ich nach Hause eilen könnte, um meine Familie kurz zu besuchen?

»Nein. Es gibt nur ein paar Stationen in Snowglobe selbst.«

Schade. Ich verziehe das Gesicht. »Dann ist es gar nicht so beeindruckend, wie ich dachte.«

Bonwhe lacht, und wenig später erreichen wir Frans Garderobe, die hinter dem Spiegel ganz verraucht wirkt. Als würde ich durch die getönten Scheiben einer Limousine blicken. Bonwhe wartet kurz ab, um sicherzugehen, dass dort niemand ist, wobei er noch immer meine Hand hält.

»Bist du das eigentlich gewesen, der auf der Party meinen Schuh gefunden hat?«, frage ich.

»Ja. Warum?«

»Nur so. Ich muss los.« Ich lasse seine Hand los.

»Alles Gute zum Geburtstag«, sagt er. »Ich hab dir gestern Abend ein Geschenk dagelassen.«

»Echt?«

»An unserem Ort«, fügt er hinzu. »Zusammen mit einem Brief.«

Okay. An unserem Ort. Mit einem Brief. Aber wo ist dieser Ort? Ich murmle meinen Dank und trete durch den Spiegel. Als mir ein leises Surren verrät, dass Bonwhe sich wieder in Bewegung gesetzt hat, drehe ich mich zum Spiegel zurück. Mein Spiegelbild schlägt auf der wabernden Oberfläche Wellen.

Ich will, dass du das Leben hier hinter dir lässt ... Die Erinnerungen an Regisseurin Cha ... Befrei dich davon

Ich hätte mir nie vorstellen können, dass Haeri hinter ihrem reizendem Lächeln die grausamen Angriffe Maeryungs oder die verbitterte Abneigung Sanghuis verbarg. Im Fernsehen war ihr Leben der Inbegriff von Liebe und Freude, aber offenbar war das wirklich nur eine Show.

Ob sie Regisseurin Cha deshalb verabscheut hat? Weil sie all ihren Schmerz und ihr Leid rausgeschnitten hat, als wären sie bedeutungslos.

Cha wird für das, was sie dir angetan hat, büßen. Das verspreche ich dir.

Aber ist ihr das vorzuwerfen? Wer Regie führt, muss über jede Szene die volle Kontrolle haben, das ist unbestritten. Darf das künftige Oberhaupt der Yibonn Media Group einer Regisseurin gegenüber, die bloß ihren Job macht, derartige Vorbehalte hegen?

»Was läuft da zwischen den beiden?«, murmle ich frustriert. Und noch etwas beschäftigt mich. Wie soll ich Bonwhes Geschenk und diesen Brief finden? Haeri hätte ihn selbstverständlich sofort mit wild klopfendem Herzen geholt – womit bewiesen wäre, dass sich Goh Haeri nicht durch Jeon Chobahm ersetzen lässt.

Ich warte in der Garderobe auf Fran, damit wir gemeinsam zum Fahrstuhl gehen. Er will wissen, wie ich nach Hause komme, und ich erzähle ihm, dass ich erst mal zu Regisseurin Cha im 161. Stock muss.

SnowTower ist *die* exklusive Gemeinde in einer exklusiven Gemeinde, hier wohnen einzig Reiche und Berühmte. Frans Regisseur, ein weiterer Megastar, wohnt natürlich auch hier.

»Ich wohne übrigens auch im SnowTower«, berichtet Fran. »Seit einer ganzen Weile schon, da ich in stationärer Behandlung bin.«

Das ergibt Sinn. Das Krankenhaus im SnowTower ist das beste der Welt mit erstklassigem medizinischem Personal und einer hochmodernen Einrichtung. Es kostet entsprechend viel Geld.

»Ich wusste gar nicht, dass Sie wieder eingeliefert wurden.«

Fran verzieht das Gesicht und seufzt. »Wissen die Leute von meinem Krankenhausaufenthalt letzten Sommer?«

Mist!

Sie wissen nichts davon. Natürlich nicht. Ich weiß es nur, weil ich seine Show gesehen habe. Ein resigniertes Lächeln legt sich über seine Gesichtszüge, als ich versuche, es zu leugnen.

»Das sollte mich vermutlich nicht überraschen.« Er drückt auf den Fahrstuhlknopf, und die Türen öffnen sich mit einem hellen Klingeln. Nachdem wir die Kabine betreten haben, drücke ich auf den Knopf für den 161. Stock, und Fran drückt auf die 72, das Krankenhaus.

»Sobald Sie hier arbeiten, schauen Sie doch im zweiundsiebzigsten Stock vorbei, um Hallo zu sagen!«

»Natürlich«, verspreche ich ihm fröhlich. »Aber ich glaube, dass Sie schon bald Ihre Sachen packen und nach Hause gehen können.«

Das ist kein Wunschdenken: Fran ist Jahrzehnte jünger als mein Großvater, und er kann sich jede Behandlung leisten, die ihm vom besten medizinischen Team empfohlen wird.

»Ich weiß, dass Sie den Krebs besiegen werden, und zwar für immer.« Ich bemühe mich um meinen feierlichsten Tonfall.

Fran lächelt. »Wenn ich Sie nicht im zweiundsiebzigsten Stock sehe, dann bei mir zu Hause. Ich werde Ihnen meine berühmte Pasta kochen! Wussten Sie, dass das mein Plan für die Rente war? Ein Pasta-Restaurant! Gut genug dafür bin ich.«

»Das klingt wundervoll. Und falls Sie wirklich das Restaurant eröffnen, halten Sie mir einen Platz im Team frei, wenn *ich* in Rente gehe.«

»Oh, die Idee gefällt mir.« Er zwinkert mir zu.

Dann klingelt der Fahrstuhl wieder, und ich steige im 161. Stock aus. Während sich die Türen vor Fran schließen, verstecke ich die Tränen hinter einem strahlenden Lächeln.

Vor den Fahrstühlen gibt es eine Lounge, eine grüne Oase, fast wie ein kleiner Park, die ich durchquere. An Regisseurin Chas Tür angekommen, drücke ich auf die Klingel und warte. Ich höre gedämpfte Stimmen, und es dauert eine Minute, bis Regisseurin Cha öffnet. Ihr zugeknöpfter Mantel verrät mir, dass sie selbst gerade erst nach Hause gekommen ist.

»So früh?«, fragt sie, um ein Lächeln bemüht.

Dann taucht eine Frau hinter ihr auf, die an mir vorbei zum Fahrstuhl eilt. Sie hat das Gesicht von mir abgewendet und drückt ungeduldig ein paarmal auf den Knopf.

Ich wende mich an Regisseurin Cha und frage: »Wer war denn ...«

»Die Haushälterin«, unterbricht sie mich hastig.

Ich schaue zu der Frau hinüber und grüße sie höflich. Sie erwidert den Gruß mit einer ungelenken Verbeugung, wobei ihr Blick mich kurz streift, ehe sie sich wieder zum Fahrstuhl umdreht und auf den Knopf drückt. Warum kommt sie mir bloß so bekannt vor?

»Worauf wartest du?«, fragt Regisseurin Cha angespannt und zieht mich in die Wohnung. »Komm rein!«

Gerade als ich eintrete, kommt der Aufzug. Noch einmal drehe ich mich zurück. Die Frau starrt mich an, und für den Bruchteil einer Sekunde begegnen sich unsere Blicke.

Dann ist sie auch schon verschwunden.

Die Show aller Shows

»So früh hab ich mit dir gar nicht gerechnet!«, sagt Regisseurin Cha erneut, als sie die Tür schließt und auf die Uhr an der Wand sieht. Es ist erst 22:48 Uhr, bestellt hat sie mich für 23 Uhr. »Ich wollte Fran nicht zur Last fallen. Er wirkte erschöpft.« Mein Blick fällt auf einen Einmalhandschuh, der auf dem makellosen Holzfußboden liegt. Als Regisseurin Cha bemerkt, dass ich ihn gesehen habe, schnappt sie ihn sich und schiebt mich zum Esszimmer.

»Lass uns etwas essen«, sagt sie.

Im Esszimmer antworte ich auf ihre Frage, was ich zu trinken wünsche, dass mir Wasser genügt, aber sie beharrt darauf, dass ich mir etwas Aufregenderes aussuche, da sie selbst Rotwein trinken werde. »Was für ein Tag«, seufzt sie.

Ich entscheide mich für ein großes Glas kalten Pflaumentee, der die Verdauung fördern soll. Mir ist ganz unwohl, nachdem ich kurz hintereinander zweimal durch den Spiegel gereist bin. Während ich den Tee trinke, erzähle ich Regisseurin Cha von meinem Besuch bei Fran, dessen stille Kraft und Hingabe mich wieder zu Tränen rühren.

»Man wird nicht umsonst alt in Snowglobe.« Seufzend dreht Regisseurin Cha das Glas in der Hand und beobachtet, wie der Wein hin und her schwappt.

»Wenn die jungen Talente heutzutage doch bloß halb so engagiert wären wie Fran ...«

War das ein Hieb gegen Haeri? Ich setze das Glas an die Lippen und lasse einen Eiswürfel in meinen Mund gleiten, den ich gegen die Innenseite meiner Wange schiebe. Zum ersten Mal fällt mir auf, wie müde Regisseurin Cha wirkt.

Cha wird für das, was sie dir angetan hat, büßen. Das verspreche ich dir.

Bin ich verpflichtet, ihr zu sagen, dass Bonwhe sie beobachtet? Dass Haeris geheimer Freund ihr einen Stein in den Weg legen könnte? Besser gesagt: *uns*. Aber dann sehe ich Bonwhes Gesicht wieder vor mir, die Augen voller Zuneigung für mich, für Haeri, und bringe kein Wort mehr über die Lippen.

Es ist wichtig, dass du die Portale nicht noch mal benutzt.

Hätte sich nicht Bonwhe, sondern jemand anderes am Spiegelausgang aufgehalten, würde ich jetzt in ernsten Schwierigkeiten stecken. Ich werde also mein Versprechen halten und niemandem von diesem geheimen Transportsystem oder von meiner Begegnung mit Bonwhe heute Abend erzählen.

»Haeri.« Regisseurin Chas Stimme holt mich ins Hier und Jetzt zurück. »Genug von Fran. Ich will von dir hören. Hast du über mein Angebot nachgedacht?«

Bonwhes Stimme hallt in mir wider. *Ich will, dass du das Leben hier hinter dir lässt ... wie sie dich all die Jahre misshandelt hat ...*

Was hat das mit mir zu tun? Niemand hat so viel Hingabe und Mühe in Haeris Leben gesteckt wie Regisseurin Cha. Soll sie dafür bestraft werden? Ich weiß, wofür ich mich entschieden habe.

»Ich möchte Haeri werden«, sage ich.
Ein dankbares Lächeln erblüht auf ihrem Gesicht.
»Dann wirst du Haeri sein.« Sie betrachtet mich stolz. »Du wirst ein Leben führen, für das dich alle anderen lieben werden. Dafür werde ich sorgen.« Kurz hält sie inne. »Du musst nur so weitermachen wie bisher. Lächle, lache, sei reizend, sei selbstbewusst. Sei einfach du selbst. Sei das Mädchen, das sich nicht mal von einem vollen Stadion einschüchtern lässt und dessen Antwort sowohl den Biathlon-Champion als auch das ganze Publikum aus den Socken haut. Du weißt, was ich meine, oder?« Sie senkt die Stimme, als würde sie mir ein Geheimnis verraten. »Tu das, und eh du dich's versiehst, sind wir im Palast.«

Palast? Welcher Palast? Verwirrt frage ich, was sie damit meint, worauf sie mit verschlagenem Lächeln entgegnet: »Hat es dir gefallen, Bonwhe zu treffen? Sei ehrlich! Und hast du schon einmal jemanden getroffen, der besser aussieht als er?«

Ich weiß nicht, was ich sagen soll. Worauf will sie hinaus? Allerdings stelle ich mir nun unweigerlich vor, wie Bonwhe und ich Händchen halten, und mein Herz hüpft vor Freude.

Weil du du bist.

»Groß, gutaussehend, klug, reich und mit tadellosen Manieren. Welches Mädchen in deinem Alter würde bei seinem Anblick nicht dahinschmelzen?«

Jetzt mustert sie mich eindringlich. Ich senke den Blick auf das kalte Glas in meiner Hand und streiche mit dem Daumen über das Kondenswasser.

»Wie würde es dir gefallen, wenn er der Mann an deiner Seite wäre?«

Ich hebe den Kopf und schaue sie verständnislos an.

Sie lächelt und redet weiter, ohne den Blick von mir zu nehmen. »Der Erbe der wichtigsten Familie weltweit, dem schon bald all ihre Macht und ihr Geld gehören werden ... Ich denke, er erfüllt sämtliche Qualitäten, um Goh Haeris Partner zu werden. Was meinst du?«

»Ich ... ich dachte, die Yibonns heiraten ausschließlich innerhalb ihrer eigenen Kreise.«

Das stimmt. Es ist undenkbar, dass ein Yibonn-Erbe eine gewöhnliche Schauspielerin wie mich heiratet. Nein, er würde immer die Tochter aus einer besseren Familie wählen, zum Beispiel die einer Regisseurin.

»Für gewöhnlich schon«, sagt Regisseurin Cha, wobei sie das Wort *gewöhnlich* betont. »Aber ich bin mir sicher, dass dir eine Ausnahme einfällt, mit deinem umfassenden Wissen von Snowglobe.«

Es gab eine Ausnahme, ja, und die betrifft keine andere als Bonshim, Bonwhes Mutter und damit die Vizepräsidentin des Yibonn-Konzerns. Sie hat einen Schauspieler geheiratet, Bonwhes Vater. Doch das durfte sie nur, weil nicht sie, sondern Bonil, der älteste Sohn, Erbe des Imperiums war. Erst als dieser mit Mitte zwanzig die Welt damit schockierte, dass er dieses Erbe ausschlug, nahm Bonshim den ersten Platz in der Erbfolge ein. Da hatte sie aber bereits ihren gewöhnlichen Bürger geheiratet und Bonwhe zur Welt gebracht.

Einige Jahre später wurde bekannt, dass Bonil seine langjährige Verlobung gelöst hat. Die verschmähte Frau war übrigens niemand Geringeres als Regisseurin Cha.

»Ich will eine Show, in der eine gewöhnliche Schauspielerin in diese feine Familie einheiratet. In den vergangenen einhundertzwanzig Jahren hat niemand so etwas gewagt. Yibonn-Hochzeiten haben die höchsten Einschaltquoten, die es gibt! Das ist doch eine Schande,

dass niemand Einblick in das Leben dieser geliebten Paare erhält, von ein paar öffentlichen Auftritten abgesehen!« Sie heftet den Blick ihrer Tigeraugen wieder auf mich. »Ich will die Familie in unserer Show haben, und du wirst mir dabei helfen. Du hast ein Händchen für solche Inszenierungen. Noch wichtiger ist aber, dass du Mumm hast. Selbst *ich* kann dich ja kaum einschüchtern!« Sie lacht leise.
Bei ihren Worten regt sich etwas in mir.
Ein Job nur für mich ...
»Was ist mit Vizepräsidentin Bonshim? Sie wurde nicht in den Cast aufgenommen, als sie ihren Mann geheiratet hat.«
Mehr noch: Ihr Mann hat die Show sogar verlassen, ob freiwillig oder gezwungenermaßen, sei dahingestellt.
»Weil sie einen absoluten Niemand geheiratet hat, der noch unter jeder Lakritze rangiert«, erwidert Regisseurin Cha herablassend. »Der ist mit dir doch gar nicht zu vergleichen! Dich kennen die Menschen seit siebzehn Jahren. Du gehörst längst zu ihrer Familie. Sie hängen an dir. Ich werde mit den Fans Druck ausüben, um Kameras auf das Anwesen zu bringen. Gerade eben hast du mich daran erinnert, wie durch die unnachgiebigen Forderungen der Fans aus der VIP-Lounge Frans Garderobe wurde. Stell dir nur vor, was sie für *dich* tun würden! Da will ich nicht bloß eine schwache Episode nach der nächsten raushauen, bis irgendwann die Rente in einem gottverlassenen Dorf voller ehemaliger Stars auf dich wartet. Du und ich – lass uns eine Show auf die Beine stellen, die in die Geschichte eingeht.«

Ist es verrückt, zu glauben, dass sie in mir eine gleichwertige Partnerin sieht? Wenn da bloß nicht Bonwhes Worte wären ...

Ich will, dass du das Leben hier hinter dir lässt ... wie sie dich all die Jahre misshandelt hat ...

Ich verdränge seine Warnung. Ich bin nicht Bonwhes Haeri – ich bin die Haeri, die Regisseurin Chas Traum und Vision teilt.

Cha wird für das, was sie dir angetan hat, büßen. Das verspreche ich dir.

Ohne es zu merken, schüttle ich den Kopf. Ich werde nicht zulassen, dass er das tut.

»Ja, tun wir das, Regisseurin Cha. Was verlangen Sie von mir?«

Mit einem triumphierenden Lächeln lehnt sie sich zurück.

»Nichts.«

Ich blinzle sie an, und sie lacht.

»Wir müssen nicht alles durchplanen. Sobald du mit Shihwang regelmäßig zu den Yibonns gehst, wirst du mehr als genügend Gelegenheiten haben, mit Bonwhe allein zu sein.«

Jetzt erinnere ich mich wieder daran, dass Haeri bei ihrer Tante Shihwang in die Lehre gehen sollte, die in Maeryungs Laden als Schneiderin arbeitet, der wiederum die Yibonns beliefert.

»Dass du Wetterfee geworden bist, hat den Plan um ein Jahr verschoben, aber was soll's?«, sagt Regisseurin Cha. »Am Ende ist das sogar von Vorteil. Und jetzt, nachdem dich der neue Champion auf dem Podium um ein Date gebeten hat ... Eine bessere Werbung können wir uns gar nicht wünschen!«

Moment! Der Plan wurde um ein Jahr verschoben?

»Haeri wusste von dem Plan?«

»Natürlich wusste sie davon. Und stell dir vor: Sie war entsetzt!« Regisseurin Cha lacht ungläubig. »Sie hielt es tatsächlich für verrückt, dass ich bestimme, wen sie heiraten soll.«

Entsetzt? Obwohl der künftige Ehemann Bonwhe sein sollte? Bonwhe, dem sie so viel bedeutet ... Oder ging es genau darum? Dass Regisseurin Cha ihn benutzen wollte, um an die Yibonns zu kommen.

»Ihre Einstellung war bedauerlich.« Regisseurin Cha zieht die Mundwinkel abfällig nach unten. »Dabei wollte ich nur das Beste für sie.«

Ob Haeri Bonwhe vom Plan der Regisseurin erzählt hat? Es würde zumindest seine Feindseligkeit gegenüber Regisseurin Cha erklären ...

Ich werde dafür sorgen, dass sie die Hölle auf Erden erlebt.

Mein Magen zieht sich zusammen.

»Doch genug von ihr.« Regisseurin Cha schiebt Haeri mit einer Handbewegung förmlich beiseite. »Was geht *dir* durch den Kopf? Du siehst aus, als hättest du tausend Ideen.«

Ganz kurz überlege ich, ob ich ihr reinen Wein einschenken und sie fragen soll, was ich gegen Bonwhes Feindseligkeit ihr gegenüber unternehmen soll. Doch dann ist der Moment vorbei. Notfalls werde ich mir schon etwas einfallen lassen. Es ist nur richtig, wenn ich Verantwortung übernehme. Würde Regisseurin Cha alles für mich entscheiden, käme ich mir am Ende vermutlich wie eine Marionette vor, deren Fäden sie in der Hand hat.

Ich konzentriere mich wieder auf ihre Vision.

»Wie können Sie sicher sein, dass sich Bonwhe in mich verliebt?«, frage ich. »Wir können das Herz anderer nicht kontrollieren.«

»Selbstverständlich können wir das«, erwidert sie,

ohne zu zögern. »Das ist leichter, als du denkst. Sobald zwei Menschen ein Geheimnis teilen, besteht ein Band zwischen ihnen. Das ist fast schon ein Naturgesetz. Nimm nur uns beide.« Sie sieht mir in die Augen und lächelt. »Ich garantiere dir, dass der Erbe der Yibonns eine Schwachstelle hat. Wie wir alle, oder? Deshalb musst du nur dafür sorgen, dass er sich dir öffnet.«

»Aber wie?«, bohre ich weiter. »Warum sollte er mir etwas anvertrauen, das er niemandem sonst verrät?«

»Weil du ihm zuerst etwas erzählst, das *du* bisher für dich behalten hast.« Erwartungsvoll strahlt sie mich an.

»Ich soll ihm sagen, wer ich wirklich bin?«

Da verschwindet ihr Grinsen, und sie zieht sich zurück und starrt mich verwirrt an. Ich sinke zusammen und verabscheue mich selbst.

»Hör mir ganz genau zu, meine Liebe«, sagt sie ruhig, während sie ihr Weinglas auf dem Tisch abstellt. »Du hast eine Großmutter, die dich allem Anschein nach abgöttisch liebt, dich aber hinter geschlossenen Türen beschimpft und misshandelt. Und was ist mit deiner minderbemittelten Mutter, die keine Beziehung zu dir haben kann, weil du sie an ihren toten Liebsten erinnerst, der ihre Liebe nie erwidert hat? Niemand ahnt die Wahrheit, nicht mal dein Onkel oder deine Tanten, die im selben Haus wohnen wie du. Was ist das, wenn kein Geheimnis?«

In der Tat. Aber was, wenn Haeri Bonwhe bereits all das anvertraut hat?

»Erzähle ihm von diesen Abgründen in deinem scheinbar perfekten Leben. Danach tust du ihm bestimmt leid. Und wer weiß, vielleicht erkennt er sich sogar in dir wieder? Wenn du den richtigen Zeitpunkt abpasst und ihm im perfekten Moment dein bedauernswertes Ich zeigst ... dann wird er dir verfallen. Wir reden hier schließlich von der hinreißenden Haeri.«

Ihre Augen strahlen, als sie diese Worte mit unerschütterlicher Gewissheit vorträgt. Ich trinke einen großen Schluck von meinem Tee und erröte, als hätte man mich bei etwas Anstößigem erwischt. Eine Weile schweigen wir.

»Sind Sie für Haeris Geheimnis verantwortlich?« Ich zucke zusammen, kaum dass ich die Frage ausgesprochen habe, und wappne mich gegen das Schlimmste. Aber Regisseurin Cha explodiert nicht.

»Nein«, sagt sie tonlos. »Ich würde ihr nie absichtlich wehtun.«

Ich weiß nicht, warum, aber ihre Antwort beruhigt mich mehr, als sie sollte. »Danke, dass Sie mich gefunden haben, Regisseurin Cha«, höre ich mich daraufhin sagen. »Ich werde Sie nicht enttäuschen.«

Ich erkenne meine eigene Stimme nicht.

Da schenkt sie mir das wärmste Lächeln, das ich je in ihrem Gesicht gesehen habe. »Die Vorstellung, dass du ein Ersatz bist, gehört der Vergangenheit an«, sagt sie. »Von jetzt an bist du die einzig wahre Haeri.«

Mir ist ganz schwindlig, als Verlangen und das Gefühl, ein Ziel zu haben, in mir heranwachsen und all die Zweifel ersticken, die mich bisher geplagt haben.

Ich bin Haeri.

Akt 2: Du

Teil 2

Der Überraschungsgast

Produzentin Yi schiebt die Tür einen Spaltbreit auf und steckt den Kopf in die Garderobe. »Hallo«, sagt sie, bevor sie hereinkommt. »Ich bin hier, um mir deinen Garten anzusehen. Soll ja der höchste der Welt sein ...«

Sie dreht sich um die eigene Achse und bewundert die hundert Vasen, die im Raum verteilt sind und in denen jeweils hundert Rosen in allen nur vorstellbaren Pastellfarben stecken.

»Hundert mal hundert sind... zehntausend?« Ihr Blick fällt auf die Karte auf meinem Schminktisch. Hastig greift sie danach und wirft mir einen spitzbübischen Blick zu, bevor sie den Gruß laut vorliest: »Alles Gute zu deinem hundertsten Tag! Mach weiter so. Mein Wetter liegt in deinen Händen! Dein Freund Jehno.«

Mit übertriebenem Kreischen neckt sie mich. »Goh Haeri! Bitte akzeptieren Sie endlich das Herz des Champions!«

»Ach, kommen Sie«, protestiere ich mit einem verlegenen Lächeln. »Sie haben es doch gerade selbst gelesen: *dein Freund!*«

Wie versprochen haben wir uns zum Neujahrsfeuerwerk getroffen. Am Valentinstag folgte ein weiteres Date. Damals hat mich Jehno mit einem hübschen Kleeblattanhänger überrascht, aber ich habe das Geschenk so höflich wie möglich abgelehnt und ihm gesagt, dass es zu teuer ist, um es anzunehmen. Jehno, der kein Dummkopf ist, hat den Wink verstanden und sich strategisch zurückgezogen, bevor er sich selbst zu meinem neuen besten Freund ernannt hat. Eine Woche später rief mich Regisseurin Cha aus dem Schneideraum an, um mich zu dieser Entwicklung zu beglückwünschen.

»Ein Freund?«, schnaubt Produzentin Yi. »Was für ein Freund schenkt einem sein Herz und seine Seele?«

Sie gibt einfach nicht auf.

Verträumt betrachtet sie den Garten und atmet tief durch die Nase ein und durch den Mund wieder aus, ein feierliches Lächeln auf den Lippen.

Am Nachthimmel hinter der Fensterwand erstrahlt ein perfekter Regenbogen, ein meteorologisches Ereignis, das selbst für Snowglobe surreal ist. Ich fühle mich unweigerlich verantwortlich für den wundervollen Anblick, den ich erschaffen habe.

Wenig später gesellt sich das Nachrichtenduo zu uns, um den Garten zu bewundern.

»Wow!«, haucht Sprecher Park.

Nachrichtensprecherin Chung sieht sich erstaunt um. »Was ist denn hier los? Ist das die Apokalypse? Ein Rosenfeld und ein nächtlicher Regenbogen?«

Ich berühre Produzentin Yi am Ellbogen, die von dem Duft in der Luft ganz berauscht wirkt.

»Wollen Sie mir nicht verraten, wer der heutige Gast ist?«, frage ich.

Einmal im Monat wird ein Gast ins Studio eingeladen, um an der Ziehung des Wetters teilzunehmen. Für gewöhnlich treffe ich die Gäste im Backstagebereich, wo wir kurz plaudern und die Ziehung durchgehen, bevor wir vor die Kamera treten, aber die Produzentin will, dass der heutige Gast eine Überraschung ist.

»Keine Sorge, ich weiß, dass Sie das hervorragend meistern werden – selbst wenn der Gast eine Katze wäre«, sagt sie.

»Sagen Sie mir wenigstens eins«, flehe ich. »Es ist nicht Jehno, oder?«

Ich bete, dass er es nicht ist, aber sie lacht nur kokett.

Zehn Minuten später dreht sich die bewegliche Bühne, wodurch das Wetterset ins Bild kommt. Das ist der Beginn meiner liebsten Zeit des Tages, jene zehn Minuten, in denen ich die Wetterkugeln ziehe, die bestimmen, ob sich das Publikum freut oder enttäuscht wird.

Das Studiolicht strahlt greller als die Aprilsonne, während ich fröhlich alle an den Fernsehapparaten begrüße.

»Hallo allerseits. Ich bin Goh Haeri live aus dem Wetterstudio.«

Selbst in meinen eigenen Ohren klinge ich gut. Meine Stimme ist angenehm, selbstbewusst, professionell – so erfahren, wie man nur sein kann nach den ersten hundert Tagen im neuen Job. Das Gefühl verleiht mir Kraft.

»Legenden zufolge erfüllt eine Fee jeden Wunsch, den man unter einem Regenbogen äußert ...« Ich bin sofort in meinem Element.

Während Fran den Wetterbericht mit seiner ganz eigenen Energie und seinem Charme vorgetragen hat, bemühe ich mich darum, die Menschen vor dem Fernseher mit einem Stil zu bezaubern, der sich an meinen Stärken orientiert. Dadurch wirkt der Wetterbericht gelassen, gesellig und sogar therapeutisch, wenn ich das so sagen darf.

»Wenn Sie können, sehen Sie doch zum Fenster raus und wünschen sich etwas vom heutigen Regenbogen. *Mein* Wunsch ist es, dass all *Ihre* Wünsche in Erfüllung gehen.«

Dann schließe ich die Augen und lege die Hände aneinander. Ohne Live-Publikum fällt es mir schwer, mir vorzustellen, dass so viele Menschen den Wetterbericht eingeschaltet haben, obwohl ich früher selbst dazugehört habe. Doch vor hundert Tagen hat die Zusammenfassung der Morgennachrichten sämtliche Zweifel beiseitegewischt.

»Heute gibt es etwas zu feiern«, hieß es da. »Der erste Wetterbericht unserer neuen Wetterfee Goh Haeri hat einen neuen Rekord bei den Einschaltquoten unseres Senders erreicht.«

Und so ging es weiter.

»Wissen Sie, wessen Kleidung ich trage? Genau, Wangs! Also, die von Wang Dohyoung, natürlich. Die Modedesignerin wohnt zwar erst seit einem Jahr in Snowglobe, wird aber, da unsere Wetterfee in einem ihrer Kleider erschienen ist, bereits von Bestellungen geradezu überschwemmt.«

»Die Frisur, die im Frühling bei Frauen in jedem Alter Trend sein wird, ist der kastanienbraune Bob. Schon jetzt macht er in einigen Kreisen die Runde, seit unsere beliebte Wetterfee ihn trägt. Sie hat dem Schnitt, der ja durchaus fade sein kann, wahrhaftig neues Leben eingehaucht.«

Ich drücke den Rücken durch, stehe aufrecht und setze mein perfektes Lächeln auf. »Heute haben wir einen Überraschungsgast im Studio! Ich hab selbst keine Ahnung, wer es sein könnte, also finden wir es gemeinsam heraus. Bitte begrüßen Sie mit mir unseren heutigen Gast!«

Ich drehe mich zum Gang links von mir und zucke zusammen, als ich sehe, wie Bonwhe aufs Set kommt. Meine Augen werden groß, größer sogar noch als vor einem Monat, als meine Gäste, ein verlobtes Pärchen, bei ihrem Auftritt übereinandergestolpert sind.

Bonwhe tritt auf die Bühne, nickt mir zu und schenkt mir ein gelassenes Lächeln, als er meine Reaktion sieht.

»Soll ich in die Kamera hier drüben sehen?«, fragt er.

Ich murmle eine Bestätigung, und kurz darauf ist er selbst ganz in seinem Element. Die übliche Probe vor der Show, in der die Gäste ihre Nervosität abbauen und sich mit dem Ablauf vertraut machen, wäre Zeitverschwendung gewesen. Bonwhe weiß ganz genau, wohin er sehen muss. In meinen ersten Wochen im Job hätte ich mir von ihm eine Scheibe abschneiden können. Er springt sogar elegant ein, als ich in meiner Verwirrung vergesse, ihn vorzustellen.

»Hallo, ich bin Yi Bonwhe und wohne seit fast zwanzig Jahren in Snowglobe.« Er lässt ein Lächeln aufblitzen, das perfekt zum Tonfall der Show passt.

Auf der Bühne wirkt er genauso gelassen und unerschütterlich wie Park und Chung von den *9-Uhr-Nachrichten*, die den Job schon seit zwei Jahren machen.

Ich will die Familie in unserer Show haben, und du wirst mir dabei helfen. Du hast ein Händchen für solche Inszenierungen.

»Schön, dass Sie uns heute im Studio besuchen, Herr Yi«, sage ich. »Wir freuen uns sehr, Sie begrüßen zu dürfen.«

Als ich ihn *Herr Yi* nenne, huscht ein verwirrter Ausdruck über sein Gesicht.

»Danke, Frau Goh Haeri.« Er sucht meinen Blick. »Wir haben uns lange nicht gesehen.«

»Stimmt«, erwidere ich heiter. »Das letzte Mal war bei der Biathlon-Championship.«

Ganz richtig ist das natürlich nicht, aber ich werde unsere geheime Begegnung und die Spiegel nicht erwähnen. Stattdessen gehe ich zur üblichen Frage über. »Für wen ziehen Sie heute Abend das Wetter?«

»Für meinen Neffen. Er ist im Kindergarten.« Sein Lächeln ist ganz das eines liebevollen Onkels. »Er wird morgen zum ersten Mal einen Schulausflug machen, da will ich ihm und seinen Klassenkameraden einen schönen Tag bescheren.«

»Wie wundervoll«, gurre ich, was nicht gelogen ist. Ich bin wirklich ganz hin und weg. »Ich wünsche ihm nur das Beste!«

Dann laufen wir vor den Trommeln entlang, während Bonwhe die leeren Wetterkugeln zieht, die ich anschließend mit den Händen aktiviere.

»Morgen wird es Sonnenschein mit ein paar Wolken geben, die gegen Abend vereinzelt Regenschauer bringen. Insgesamt zweieinhalb Zentimeter. Die Tiefstwerte liegen bei zwölf Grad und die Höchstwerte bei dreiundzwanzig Grad. Die Luftfeuchtigkeit beträgt vierundfünfzig Prozent. Aus dem Südwesten weht eine leichte Brise mit einer Windstärke von vier Kilometern pro Stunde. Die Sichtweite liegt ebenfalls bei vier Kilometern.«

»Cut«, verkündet Produzentin Yis Stimme aus meinem Kopfhörer das Ende der heutigen Livesendung.

Ich nehme gerade den Ohrstöpsel aus dem Ohr und bedanke mich bei der Crew, als die Tür zum Studio aufgerissen wird und etliche Angestellte vom Sender in den Raum stürzen. Sie haben sich auf der anderen Seite zusammengedrängt und nur darauf gewartet, Bonwhe zu treffen. Er gibt ihnen allen die Hand zur Begrüßung, ohne dass sein höfliches Lächeln auch nur einmal ins Wanken gerät. Natürlich steht Assistentin Yu wie sein Schatten hinter ihm und hält alle höflich, aber bestimmt davon ab, eine Kamera in die Hand zu nehmen, um die persönliche Begegnung mit dem legendären Erben zu dokumentieren. Als ihr Blick schließlich auf mich fällt, deute ich zur Garderobe, um sie an den Tee nach der Sendung zu erinnern.

Für gewöhnlich werden Gäste vor der Show auf Kaffee und Kuchen eingeladen, aber für den heutigen besonderen Gast wurde die Routine geändert.

»Ich bin gleich zurück«, verabschiedet sich Assistentin Yu auf dem Gang. »Bitte lassen Sie in der Zwischenzeit die Tür verschlossen. Man weiß nie, wer mit einer Kamera reingestürmt kommt.«

Nach diesen Worten dreht sie sich um, geht zum Fahrstuhl und lässt Bonwhe und mich allein in der Garderobe zurück.

Bonwhe sieht sich schweigend um und lässt den Blick über den Rosengarten schweifen. Gedankenverloren reibt er sich die Stirn. Ich spüre ein seltsames Bedauern. Er muss erraten haben, dass die Blumen von Jehno stammen.

»Alles in Ordnung, junger Herr?« Wegen der versteckten Kameras, die uns umgeben, behalte ich die formelle Anrede bei.

Er dreht das Handgelenk und sieht auf die Uhr.

»Ja, natürlich. Danke«, erwidert er. »Aber Assistentin Yu wird enttäuscht sein, wenn sie vom Blumenladen zurückkommt.«

Deshalb ist sie also gegangen.

»Sie hat steif und fest behauptet, dass es von schlechten Manieren zeugt, ohne Mitbringsel hier aufzutauchen«, erklärt er mir mit einem Blick auf die Rosen. Beim Schminktisch starrt er auf Jehnos Karte. Ich weiß selbst nicht, warum, aber ich schnappe mir die Karte und stecke sie in die Schublade. Doch Bonwhes Miene verrät mir, dass er bereits ahnt, von wem sie stammt. Er sieht wieder auf die Uhr.

»Haben Sie heute noch etwas vor, junger Herr?«, frage ich.

»Keineswegs«, antwortet er leichthin.

Eine Sekunde später flammen Lichtstrahlen auf, und das Klacken der Klappe ertönt.

Bonwhe grinst.

»Darauf hab ich gewartet.« Er sieht mich an. Ich will ihn schon fragen, woher er weiß, wann die Pause anfängt, besinne mich aber im letzten Moment. Haeri hat ihm diese Frage vermutlich bereits gestellt.

Bonwhe lässt sich auf dem Stuhl vor dem Schminktisch nieder und wirft einen gedankenverlorenen Blick auf all die verschiedenen Produkte.

»Wie geht's dir?«, fragt er und schaut mich mit einem sanften Lächeln an.

Die letzten Ereignisse stehen mir wie in einer Filmmontage vor Augen. Wie die meisten in Snowglobe habe auch ich mich rasch an das Leben hier gewöhnt. Dennoch spüre ich den ganzen Tag lang die Angst, Haeri nicht gerecht zu werden, die schließlich die Liebe und Verehrung aller genießt. Der Druck zwingt mich dazu, mir schnellstmöglich sämtliche Angewohnheiten und Macken von Haeri zu eigen zu machen. Der Preis für diese Leistung? Chronische Erschöpfung und Nervosität, die unter der Oberfläche brodeln. In meinen schwachen Momenten hallt Coopers Stimme in mir wider: *Ich behaupte nicht, dass es schmerzfrei ist, aber in Snowglobe gibt es alle möglichen Mittel gegen Schmerzen.* Meine Wange an Maeryungs zu drücken oder Hand in Hand mit Sanghui zu laufen, ist noch immer eine Tortur, aber langsam gewöhne ich mich auch daran. Man kann sich an alles gewöhnen. Und ich belohne mich mit den Mitteln, die es nur in Snowglobe gibt: Jeden Tag jogge ich im morgendlichen Nebel durch den Park und genieße anschließend dekadente Schokoladenparfaits. Letzteres hat mir leider ein paar zusätzliche Pfunde eingebracht, die Maeryung und Sanghui hinter den Kulissen mit spitzen Bemerkungen kommentieren. An Tagen, an denen ihr Spott mich besonders hart trifft, lasse ich das Abendessen ausfallen und wende mich meinem eigenen Schmerzmittel zu – den monatlichen Briefen, die mir meine Familie über Regisseurin Cha zukommen lässt und die ich im toten Winkel der Kamera immer wieder lese. Dank der finanziellen Unterstützung, die Regisseurin Cha veranlasst hat, konnte Mama ihren Job im Kraftwerk kündigen und zu Hause bei Oma bleiben. Sie sitzen gemeinsam vor dem Fernseher, lachen und weinen, gelegentlich gönnen sie sich sogar frisches Obst aus Snowglobe. Mama hat mittlerweile angefangen, zu stricken. *Das Leben ist gut,* schreibt sie, und die Worte in ihrer vertrauten Schrift geben mir stets neue Kraft.

So ist es mir bislang ergangen. Und heute? Jehnos zehntausend Rosen, die die Luft in der Garderobe mit ihrem Duft erfüllen, sollten genügen, um mir durch eine weitere Woche ohne Schokoladenparfaits zu helfen.

»Mir geht's gut, danke«, sage ich, da ich Bonwhe die

Wahrheit nicht anvertrauen kann.«Mir ist«, füge ich dann noch fröhlich hinzu, »als hätte mir der Job neues Leben eingehaucht.«

Das ist nicht gelogen. Die zehn Minuten am Set sind der angenehmste Teil meines Tages. Hier kann ich eine Rolle spielen, ohne mich wie eine Hochstaplerin zu fühlen, denn auch Haeri hätte ihre Rolle als Wetterfee spielen müssen. Nicht einmal die Gäste sind sich zu schade, eine bessere, attraktivere Version von sich selbst abzuliefern, wenn sie zusammen mit mir das Wetter ziehen. Und das sind immerhin Menschen, die sich mit ihrer Schauspielkunst ihren Lebensunterhalt verdienen. Wenn ich daran denke, fühle ich mich nicht mehr wie eine Betrügerin, ein Gedanke, der mich trotz größter Anstrengungen immer wieder einholt.

Ich setze eine zufriedene Miene auf und sehe Bonwhe in die Augen.

»Weißt du, ich hab darüber nachgedacht, was für ein Glück ich doch hab, dass so viele Menschen mich lieb haben. Dass sie jeden Tag meine Show einschalten, ist ein wahrer Segen.« Ich lasse den Blick hinaus zum Fenster wandern. Zum Regenbogen, der allmählich verblasst. »Es lässt mich an meiner Entscheidung, zu gehen, zweifeln.«

»Wirklich?« Bonwhes Reaktion enttäuscht mich, aber was habe ich denn erwartet? Na gut, ein wenig mehr Begeisterung vielleicht, womöglich sogar Freude.

Er schweigt eine Weile, dann lächelt er. »Wirst du jemals das Geschenk abholen, das ich dir dagelassen hab?«

Mein Herz schlägt heftig. Mir ist, als würde er mich durchschauen.

Der Anruf

Zu beschäftigt – das ist die lahmste Ausrede aller Zeiten. Aber was soll ich sonst sagen? *Ich bin letztens gegen eine Wand gerannt und habe jetzt einen Hirnschaden, kannst du mir also bitte sagen, wo ich es finde?* Es ist nicht so, als hätte ich nicht versucht, das Versteck zu finden. Wenn sich die Kameras noch vor Sonnenaufgang zum ersten Mal abschalten, schleppe ich mich jedes Mal aus dem Bett und nutze die zehn wertvollen Minuten, um danach zu suchen. In die Enge getrieben, sage ich daher hastig: »Es ist wegen Jehno.«

»Jehno?«, wiederholt Bonwhe sichtlich beunruhigt.

»Ja, Jehno. Ich konnte ihm doch nichts davon sagen, und es kommt mir seltsam vor, dass wir uns insgeheim schreiben.«

Dass mir die Lüge so schnell eingefallen ist, erschreckt mich. Bislang hat mir Jehno nicht viel bedeutet, und ich habe ihm nie etwas anderes vorgemacht.

Bonwhe betrachtet noch einmal die zehntausend Rosen, die den Raum füllen.

»Hast du es dir deshalb anders überlegt? Wegen Kim Jehno?«

»Möglich.« Das könnte sich später rächen, aber im Moment fällt mir nichts Besseres ein.

»Was ist mit Cha Seol?«

Ich starre auf meine Füße. Was soll ich dazu sagen?

»Vergibst du ihr?«, hakt er nach.

Ein langer Augenblick verstreicht, bis ich erschöpft hochsehe. »Ich weiß es nicht. Ich will mich einfach nur auf die guten Dinge in meinem Leben konzentrieren und darauf, mich um mich selbst zu kümmern.«

Wieder sieht er zu den Rosen, wobei er offenbar über meine Antwort nachdenkt. Schließlich steht er auf. »Ich hätte nie im Leben geglaubt, dass jemand dich dazu bringen könnte, in Snowglobe zu bleiben.«

Oje.

Er steckt eine Hand in die Jacke, zieht eine silberne Brosche aus der Innentasche und hält sie mir hin.

»Nimm sie. Sie gehört schließlich dir.«

Ausdruckslos sehe ich ihn an.

»Es ist ein Pottwal«, sagt er.

Ich will ihn gerade fragen, was das bedeuten soll, als jemand anklopft. Instinktiv schnappe ich mir die Brosche und stecke sie in die Tasche. Kurz darauf kommt Assistentin Yu mit einem Strauß aus hundert Rosen rein – genau ein Hundertstel von Jehnos Geschenk. Ihre Miene wirkt niedergeschlagen, als sie die Rosen erblickt, die meine Garderobe in einen Garten verwandelt haben.

Bonwhe hat bereits wieder seinen offiziellen Gesichtsausdruck aufgesetzt und macht mir ein paar abgedroschene Komplimente über die Sendung, die ich mit ebenso abgedroschenen Dankesbekundungen entgegennehme. Ein paar Minuten später ist die Kaffeepause vorbei, ohne dass ich auch nur einen Schluck Kaffee getrunken hätte. Am Ende bin ich wegen Bonwhe verwirrter denn je.

Es ist schon fast 23 Uhr, als ich es endlich zu Fran ins Krankenhaus schaffe. Er grüßt mich mit einem müden Lächeln.

»Ich wünschte, ich wäre zu Hause, wo ich Ihnen meine Pasta servieren könnte, wie ich es versprochen hab«, sagt er wehmütig.

Sein Privatzimmer könnte genauso gut sein Zuhause sein – es gibt ein großes Bad, ein Gästebett und eine ausladende Ledercouch vor einem riesigen Fernseher und einer Stereoanlage.

Leider sieht Fran nicht kräftiger aus als vor ein paar Monaten, als wir das letzte Mal in seiner Garderobe miteinander gesprochen haben.

»Keine Sorge, Fran, ich werde Ihr Versprechen nicht vergessen«, versichere ich, darum bemüht, fröhlich zu klingen. »Aber die Aussicht von hier ist wirklich spektakulär!«

Das oberste der zweihundertdrei Stockwerke liegt weit über allem, sodass die Stadt unten genauso gut ein Spielzeug in einem Foto sein könnte. Hier im 72. Stock sehen wir, dass die Straßen von Menschen geradezu wimmeln.

»Diese Aussicht wollten Sie doch nicht ganz allein genießen, oder?«, frage ich scherzend. »Bitte laden Sie mich öfter zu sich ein!«

Genau genommen hat Fran mich heute gar nicht eingeladen. Bislang hat er meine Drohungen, ihn zu besuchen, abgewehrt, weil er auf den Tag warten wollte, an dem er in seine Wohnung und sein gewöhnliches Leben zurückkehren kann. Aber die Wochen und Monate verstrichen, bis ich schließlich beschlossen habe, ihn zur Feier meiner hundertsten Sendung zu besuchen – ob es ihm nun gefällt oder nicht.

»Tolle Show heute, meine Liebe«, sagt Fran mit seinem schönsten Lächeln. »Neben diesem ganz besonderen Gast des Monats haben Sie geradezu gestrahlt.«

Er nennt mich schon eine Weile *meine Liebe*, auch wenn ich mir nicht sicher bin, ob ich den Kosenamen verdient habe. Vielleicht liegt es aber bloß daran, dass er sonst nicht viel Besuch kriegt.

Ich bedanke mich bei ihm und gebe das Kompliment zurück, obwohl er ganz und gar nicht gut aussieht.

»Das will ich doch auch hoffen, dass ich gut aussehe, bei dem ganzen Botox!«

Ich lache über seinen Scherz, aber er erwidert todernst: »Kommen Sie, ist Ihnen das etwa nicht aufgefallen? Dann schauen Sie mal hier! Die Falten auf meinem Nasenrücken sind wie weggeblasen!«

Er hebt das Gesicht, damit ich es begutachten kann, und er hat recht. Seine Haut ist glatt wie ein Babypopo. Aber Botoxspritzen, während er gegen den Krebs ankämpft? Ich hätte nie gedacht, dass jemand so etwas tun würde.

»Ich dachte, dass ich mich hin und wieder rausputzen sollte für meine eingefleischten Fans da draußen. Es muss deprimierend sein, jemanden immer so abgeschlagen und kränklich zu sehen.«

Jetzt schäme ich mich dafür, wie sehr ich mich selbst bemitleidet habe, weil es so schwer ist, das beliebteste Mädchen der Welt zu sein. Was bedeutet es schon, wenn ich eine Lüge nach der anderen erzähle, um die Wahrheit zu verschleiern? Das ist nichts verglichen mit dem, was Fran durchmacht.

»Sie sind eine Inspiration, Fran«, beteuere ich aufrichtig.

Sein Lächeln wirkt traurig, aber dann wechselt er das Thema.

»Kommen Sie, ich zeige Ihnen die Terrasse.« Mühsam klettert er aus dem Bett. Die Glastüren öffnen sich von allein, sobald er sich nähert, und ich folge ihm hinaus in die frische Nachtluft. Unter uns funkelt die Stadt, als würde sie aus Edelsteinen bestehen.

»Zugang zur Terrasse haben nur diejenigen mit Privatzimmern, weshalb sie außer mir kaum jemand nutzt«, erklärt Fran. »Was für ein Leben, nicht wahr?« Er lächelt mir verspielt zu.

Durch eine andere Schiebetür treten eine Patientin und eine Ärztin, die sich hinten am Geländer niederlassen und leise miteinander sprechen.

»Hallo, Dr. Cha!«, ruft Fran und hält bereits auf sie zu.

Die Patientin kehrt hastig nach drinnen zurück, aber die Ärztin dreht sich zu uns um. Sie wirkt fast erschrocken. An irgendjemand erinnert sie mich mit ihren großen Augen und dem Haar, das sie zu einem ordentlichen Dutt gebunden trägt.

»Hallo, Fran!«, sagt sie heiser. »Noch so spät hier draußen?«

Habe ich sie nicht schon mal gesehen?

Aber ja! Die Putzfrau von Regisseurin Cha – und nun steht sie hier im VIP-Stock des Krankenhauses mit einem Namensschild am Kittel: Dr. Cha Sohm.

Fran stellt uns einander vor, während die Ärztin unruhig von einem Fuß auf den anderen tritt und sich ein Lächeln abringt.

»Haeri, darf ich vorstellen, Dr. Cha Sohm.« Fran zwinkert mir zu. »Dr. Cha ist Regisseurin Chas kleine Schwester.«

Ich erinnere mich wieder an einen Artikel im *Fernsehprogramm* darüber, dass Regisseurin Cha keine Zeit hat, Freundschaften zu schließen, sich aber auch nicht danach sehnt, da ihre beiden jüngeren Schwestern ihre besten Freundinnen seien. Allerdings wusste ich nicht, dass eine von ihnen Ärztin ist.

»Was für eine ehrenhafte Familie«, schwärmt Fran, und das aufgesetzte Lächeln der Ärztin verwandelt sich in eine Grimasse.

Unbehaglich stehe ich da und weiß nicht, was ich sagen soll, als die Ärztin sich von uns abwendet. »Es war schön, Sie zu sehen, Fran, und es ist mir eine Freude, Sie kennenzulernen, Frau Haeri.« Sie weicht zur Tür zurück. »Ich wünsche Ihnen beiden noch einen schönen Abend.«

Sie schenkt uns ein Lächeln. Als sie sich umdreht, bemerke ich, dass ich mich geirrt habe. Die Patientin ist nicht reingegangen, sondern wartet vor der Tür auf Dr. Cha. Das Einzige, was ich von ihr sehen kann, sind die Augen, der Rest wird von ihrem langen, dunklen Haar und einer blauen OP-Maske verdeckt. Sie scheint meine Neugier zu spüren und wendet sich zu mir um. Ganz kurz kreuzen sich unsere Blicke.

Nein! Das ist unmöglich!

In dem schwachen Licht auf der Terrasse muss ich mir das eingebildet haben. Denn ... denn Haeri ist *tot*. Doch diese Augen? Ich kenne sie besser als meine eigenen.

Sobald ich wieder in meinem Zimmer bin, rufe ich Regisseurin Cha an. Mein Herz klopft wild in der Brust. Beim dritten Klingeln springt nur der Anrufbeantworter an.

»Hallo. Sie haben Cha Seol erreicht. Leider kann ich gerade nicht abnehmen. Bitte hinterlassen Sie nach dem Ton eine Nachricht. Sobald ich Zeit finde, rufe ich Sie zurück. Falls es ein Notfall ist, rufen Sie bitte im Büro an.«

Ihre Büronummer nennt sie jedoch nicht.

Ich lege auf und werfe mich aufs Bett. Die Uhr auf dem Nachttisch zeigt 23:52. Kurz vor Mitternacht. Weshalb will ich Regisseurin Cha unbedingt so spät anrufen? Etwa um ihr zu sagen, dass ich eine junge Frau gesehen habe, deren Augen mich an Haeri erinnert haben?

Mir wird klar, wie albern das ist, also ziehe ich mich für die Nacht um, gehe ins Bett und versuche, einzuschlafen. Doch mir gehen ihre Augen nicht mehr aus dem Sinn.

Klack!

Das Geräusch der Klappe lässt mich hochschrecken. Ich blinzle und sehe auf die Uhr an der Wand. 3 Uhr früh. Das Telefon schrillt, und ich greife instinktiv nach dem Hörer und zische: »Hallo?«

Stille. Ich presse den Hörer ans Ohr und lausche angestrengt. Dann höre ich eine leise, vertraute Stimme.

»Hallo.« Mir bleibt das Herz stehen.

»Wir haben uns auf der Terrasse gesehen«, sagt die Stimme. »Hast du mich erkannt?«

Sofort halte ich mir den Mund zu und unterdrücke ein Wimmern.

»Hallo? Hörst du mich?«

Ich will antworten, aber ich kriege kaum noch Luft. Der Schreck schnürt mir die Kehle zu.

»Ich hab in der Zeitung Fotos vom Empfang gesehen, den du an meiner Stelle besucht hast«, spricht die Stimme weiter, dann lacht sie leise. »Ich konnte es nicht glauben.«

»Haeri?«, frage ich. »Bist du das wirklich?« Das kann nicht sein. Das kann einfach nicht sein!

»Das Kästchen, hast du es noch?«

Das Kästchen? Da fällt mir wieder ein, wie eine nasale Stimme aus dem Telefon mich aufgefordert hat, den Gegenstand an einem sicheren Ort zu verstecken. Jetzt kann ich die heisere Stimme einordnen: Sie gehört Dr. Cha Sohm.

»Kannst du es für mich öffnen?«, bittet mich Haeri, aber ich bin zu erschrocken, um mich zu bewegen oder die Worte zu begreifen. Wie versteinert sitze ich da und umklammere zitternd den Hörer. Doch dann ertönt die Stimme erneut und reißt mich aus der Starre.

»Schnell! Du musst das Kästchen öffnen, solange die Kameras aus sind. Danach musst du es wieder gut verstecken.«

»Haeri.« Meine Stimme ist vor Verwirrung ganz erstickt. »Bist du das wirklich?«

Die Sekunden verstreichen, dann sagt sie: »Öffne das Kästchen, dann verstehst du es.«

Also greife ich in die Schublade im Schreibtisch und ziehe die Schatulle raus, die ich dort halbherzig verstaut habe. Das Zahlenschloss zeigt 0000.

»Wie ist die Kombination?«, krächze ich.

»Neun, eins, eins, zwei.«

Ich drehe an den Rädchen, und mit einem Klicken öffnet sich das Schloss.

Die Wahrheit

In dem Kästchen liegt ein einzelnes Polaroidfoto. Mit dem Bild nach unten.

»Auf dem Foto siehst du, warum du für mich einspringen musstest«, sagt Haeri.

Das Herz schlägt mir bis zum Hals, als ich das Foto umdrehe. Haeris Gesicht starrt mir entgegen, vertraut wie eh und je – von den Verbrennungen dritten Grads abgesehen, die ihre Nase und ihren Mund verunstalten. Keuchend lasse ich das Foto fallen.

»Ich lebe«, sagt sie aus dem Hörer. »Ich war die ganze Zeit am Leben, nur nicht bereit für die Kamera. Danke, dass du meine Rolle übernommen hast. Beim Empfang, bei der Championship, beim Feuerwerk und natürlich beim Wetterbericht.« Sie seufzt reumütig.

»Regisseurin Cha hat darauf bestanden, dass ich mich zurückziehe, bis mein Gesicht wieder vorzeigbar ist.«

»Regisseurin Cha?«, wiederhole ich benommen.

»Ja, natürlich. Sie ist davon überzeugt, dass niemand eine hässliche Haeri sehen will.«

»Das ist doch lächerlich.« Das Foto verschwimmt vor meinen Augen, und mir dreht sich der Magen um. Jetzt glaube ich es. Dass Regisseurin Cha Haeri ausgenutzt und wie eine Marionette manipuliert hat. Und als die Puppe Schaden genommen hat, da hat sie diese einfach gegen eine brandneue ausgetauscht. Eine Träne fällt auf das Foto.

Aber was ist mit mir? Warum hat sie mir angeboten, den Rest meines Lebens als Haeri zu verbringen, wenn sie wusste, dass Haeri noch lebt?

»Es ... es tut mir leid«, bringe ich hervor. Mir ist schlecht. »Das wusste ich nicht.«

»Ist schon gut. Die Wunden sind inzwischen verheilt. Na ja, fast.« Ihre Stimme hebt sich. »Mit ein bisschen Make-up wird es niemand merken.«

»Das ist schön«, sage ich – und meine es auch so.

Es dauert einen Moment, bis sie weiterspricht.

»Wirklich? Was wird denn aus dir, wenn ich zurückkomme?«

Ein flaues Gefühl packt mich, und meine Zunge und Kehle werden ganz trocken. Bisher hatte ich nur Angst, dass mein Schwindel auffliegen könnte – aber nicht, dass Haeri von den Toten wiederauferstehen würde.

Haeri seufzt schwer. »Da du so viel weißt, ist dir bestimmt klar, dass Regisseurin Cha dich nicht einfach nach Hause gehen lässt.«

Coopers Gesicht mit dem vor Entsetzen aufgerissenen Mund steht mir vor Augen.

»Meine Familie!«, kreische ich mit verzerrter Stimme.

»Psst ...« Haeri senkt die Stimme zu einem Flüstern. »Du sagst es. Die Frau ist uns immer einen Schritt voraus.«

Uns. Es dauert einen Moment, bis ich das Wort registriere. Wie beruhigend es klingt, selbst wenn mir wieder die Tränen kommen.

»Deshalb müssen wir uns so schnell wie möglich treffen«, fährt sie fort. »Ich kann dir helfen.«

»Du willst mir helfen?«

»Natürlich.«

Aber warum? Sie müsste doch wütend auf mich sein, auf die Hochstaplerin, die sie für immer ersetzen wollte ...

»Du bist nur in die Sache reingezogen worden, weil ich mich verbrannt hab. Dumm von mir«, sagt sie. »Wenn ich nicht so tollpatschig gewesen wäre, dann wärst du jetzt zu Hause. Es tut mir leid. Ich bin diejenige, die sich entschuldigen sollte.«

Ich möchte es sofort abstreiten – *Nein! Du hast nichts Falsches getan! Du hast mir das nicht angetan!* –, aber die Worte bleiben mir im Hals stecken. Ich habe mir das selbst angetan. Ich habe mein Leben so sehr gehasst, dass ich ihres gestohlen habe.

Meine Brust dehnt sich, und mit einem Mal schluchze ich völlig aufgelöst. Ich muss mich zusammenreißen! Schließlich habe ich meine Stimme so weit unter Kontrolle, dass ich sprechen kann. »Bekommst du keinen Ärger? Was, wenn Regisseurin Cha Aufnahmen von uns sieht?«

Ich sehe wieder zur Uhr. Noch fünf Minuten, bis die Kameras weiterlaufen. Von hier bis zum SnowTower dauert es mit dem Auto eine halbe Stunde. Ich springe auf die Füße und trete vor den Spiegel. Das lange Kabel des Telefons spannt sich hinter mir. Mit angehaltenem Atem hebe ich langsam die Hand, aber als ich mit den Fingern den Spiegel berühre, spüre ich nur seine kalte, harte Oberfläche. Natürlich. Die Yibonns würden in einem gewöhnlichen Haus keinen ihrer kostbaren Spiegel unterbringen. Und selbst wenn. Wie soll ich mich in dem Labyrinth dahinter zurechtfinden?

»Besuch heute Abend Fran«, schlägt Haeri vor. »Dann treffen wir uns auf der Terrasse.«

Ist sie verrückt? »Was ist mit den Kameras? Regisseurin Cha wird uns sehen!«

»Keine Sorge«, beruhigt sie mich. »Dr. Cha ist auf unserer Seite. Ich rufe gerade aus ihrem Büro an.«

Dr. Cha. Hat sie ihrer Schwester die Spritzen und die Creme gegen Frostbeulen gebracht? Noch verwirrter als zuvor hake ich nach: »Warum sollte sie uns und nicht ihrer Schwester helfen?«

»Jemand muss die Regisseurin aufhalten«, antwortet Haeri mit harter Stimme. »Den Leuten ist gar nicht klar, was sie schon alles angerichtet hat.«

Ich muss an Bonwhe denken und daran, wie sehr er sie hasst. Da platzen die Worte aus mir heraus. »Ich kenne noch jemanden, der uns helfen ...«

Aber Haeri unterbricht mich. »Wir haben nicht viel Zeit. Ich muss zurück in mein Zimmer, bevor die Kameras wieder anspringen.«

Okay. Ich werde mit ihr über Bonwhe sprechen, wenn wir uns treffen.

»Wir sehen uns auf der Terrasse«, schärft sie mir ein. »Sorg dafür, dass Fran bei dir ist, damit Regisseurin Cha keinen Verdacht hegt. Dr. Cha wird sich danach um ihn kümmern.«

Der bloße Gedanke daran, dass die Kameras Haeri und mich Seite an Seite aufnehmen könnten, jagt mir Angst ein. Regisseurin Cha würde außer sich vor Wut sein. Ahnt Haeri, welcher Gefahr sie uns aussetzt? Und was ist mit meiner Familie?

»Wir werden ganz bestimmt erwischt«, erwidere ich.

Meine Stimme klingt selbst in meinen Ohren wie ein armseliges Quieken.

»Werden wir nicht«, sagt Haeri ruhig. »Im zweiundsiebzigsten Stock gibt es einen toten Winkel. Wir sehen uns heute Abend.«

Benommen starre ich meine dunkle Silhouette im

Spiegel an, während Haeri mir noch hastig den toten Winkel beschreibt, bevor sie auflegt. Ich eile zurück ins Bett und schließe die Augen. Wenig später schlägt die Klappe, und die Kameras springen wieder an.
Ich will ihr danken. Ihr sagen, wie leid es mir tut. Die Kraft heraufbeschwören, ihr zu gestehen, dass ich kein Opfer bin, sondern ihr Leben nur zu gern übernommen habe. Aber die Wahrheit ist, dass ich das nicht kann.

Den ganzen Tag lang rede ich mir ein, es sei alles in Ordnung. Ich führe Haeris Leben, als wäre nichts geschehen. Bei Anbruch der Dunkelheit kehre ich in den 72. Stock zurück, begrüße Fran mit einer Umarmung und reiche ihm den Grünkohlsmoothie, den ich mitgebracht habe – eine kleine Überraschung von seiner liebsten Smoothiebar und die perfekte Erklärung für meinen Besuch. Er trinkt einen Schluck und lächelt breit. Bei seiner guten Laune fühle ich mich noch schlechter, weil ich ihn in die heutige Mission reinziehe. Aber habe ich eine andere Wahl?

Nachdem wir uns eine Weile unterhalten haben, schlage ich vor, dass wir nach draußen gehen und die frische Luft genießen. Fröhlich stimmt er zu. Auf der Terrasse sitzt die Ärztin bereits auf einer Bank. Fran geht zu ihr, um sie herzlich zu begrüßen. »Hallo, Dr. Cha!«

Sie hebt den Kopf und erwidert die Begrüßung.

»Ist das nicht Ihre Patientin da drüben?«, fragt Fran.

Er spricht von Haeri, die am hinteren Ende der Terrasse in einem Rollstuhl sitzt. Eine Säule verbirgt sie weitgehend. Bestimmt hat sie sich absichtlich dort vor den Kameras versteckt.

»Ja«, erwidert Dr. Cha seufzend. »Tagsüber muss sie

drinnen bleiben, weil sie wegen Verbrennungen im Gesicht behandelt wird. Aber zum Glück sind sie fast verheilt.« In einem verschwörerischen Tonfall fügt sie hinzu: »Im Moment hat sie mit Depressionen zu kämpfen.« Fran nickt verständnisvoll. Die Ärztin sieht aus, als wollte sie zu ihrer Patientin zurückkehren, aber dann dreht sie sich zu Fran. »Wir haben Ihre Werte heute noch gar nicht überprüft, oder? Wie wäre es, wenn ich das noch rasch erledige, bevor ich Feierabend mache?«

Fran sieht zu mir, und ich nicke aufmunternd. Wenig später verschwinden die beiden im Gebäude. Wie aufs Stichwort fallen mir die ersten Tropfen auf Kopf und Schultern. Es ist der Regen, den Bonwhe und ich gestern gezogen haben.

Ich höre ein Surren und hebe den Kopf. Über mir fährt, automatisch ausgelöst durch den Niederschlag, die Markise heraus. Bis sie die ganze Terrasse abdeckt, haben sich die Tropfen zu einem beständigen Prasseln verdichtet.

»Regen wurde vorhergesagt«, sage ich für die Kameras. Dann hebe ich die Arme über den Kopf, um mich zu strecken, und werfe einen besorgten Blick zur depressiven Patientin mit den Verbrennungen – auch dies für die Kameras –, bevor ich zum toten Winkel am gegenüberliegenden Ende der Terrasse laufe, als wollte ich Rücksicht auf die Privatsphäre der Patientin nehmen.

Nach den Regeln architektonischer Symmetrie befindet sich am anderen Ende der Terrasse eine weitere Säule. Der tote Winkel ist winzig, und Menschen, die größer sind als wir, könnten sich dort kaum verstecken.

Ich ziehe den Bauch ein und zwänge mich in den schmalen Spalt hinter der Säule. Vor lauter Angst, der Regen könnte gleich aufhören, woraufhin die Markise zurückfahren und mir den Schutz vor den Kameras nehmen würde, stehen mir die Haare zu Berge. Doch vom anderen Ende her grüßt Haeri mich aus ihrem Rollstuhl mit einem sanften Blick. Ich ahne sogar, wie sie unter der OP-Maske lächelt. Beim Anblick dieser Augen will ich ihr am liebsten mein Herz ausschütten und ihr sagen, wie froh ich bin, dass ihr Selbstmord nur eine grässliche Lüge war – die schlimmste Geschichte, die man sich einfallen lassen könnte.

Ich bringe jedoch bloß eine alberne Grimasse zustande, ehe sie eine Hand hebt, um die Maske herunterzuziehen und ihre makellose Haut zu enthüllen. Ist sie geschminkt? Wo sind die Verbrennungen hin, die ich auf dem Foto gesehen habe? Langsam erhebt sie sich aus dem Rollstuhl und kommt auf mich zu.

Wie gebannt mustern wir einander. Es ist, als stünde ich selbst vor mir ... Ein Regentropfen fällt mir auf die Nase und reißt mich aus meiner Trance.

»Haeri ...«, setze ich an, aber sie legt einen Finger auf die Lippen. Natürlich: Wir sind zwar nicht zu sehen, zu hören aber durchaus. Wenn wir aber nicht miteinander reden können, wie sollen wir uns dann verständigen? In dem Moment springt Haeri vor und packt mich am Arm. Ein scharfer Stich in meinem Hals erinnert mich an das Grippemittel, das Regisseurin Cha mir gespritzt hat. Als Haeri zurücktritt, starrt sie mich aus finsteren Augen an, den Mund zu einer schmalen Linie zusammengepresst und eine seltsame Spritze in der blassen, zitternden Hand. Schlaff sinke ich ihr in die Arme. Meine Lider werden schwer. Ich fühle mich wie ein Bleiklumpen, der auf den Grund des Meeres sinkt.

Akt 3: Wir

Im Exil

Ich reiße die Augen auf und will mich aufsetzen, aber etwas verhindert das. Mir ist schwindlig, als wäre ich betrunken. Ein Blick verrät mir, dass ich in einem fremden Bett liege, ein Krankenhaushemd trage und ein Infusionsschlauch zu meinem linken Handrücken führt. Ist mein rechter Knöchel ans Bett gekettet? Verwirrt versuche ich abermals, mich aufzusetzen, werde aber mit einem metallischen Klacken erneut zurückgerissen. Da entdecke ich die Handschelle, die mich ans Bett fesselt.

Was zum Henker hat das zu bedeuten? Panisch stütze ich mich auf den freien Arm und sehe mich um. Das Bett steht in einer Art Käfig. Durch das Metallgitter mache ich an der Decke eine einzelne nackte Glühbirne aus, die das trostlose Zimmer in gelbes Licht taucht. Wasser rauscht in ein Becken. Ein Badezimmer? Ist das etwa kein Krankenhaus? Wohnt hier jemand?

Grauen steigt in mir auf, und ich versuche mit aller Kraft, mich zu befreien. Der Infusionsschlauch löst sich, aber meine Mühen sind zum Scheitern verurteilt. Trotzdem gebe ich erst auf, als das Bett auf Rollen ins Schlingern gerät. In dem Moment stürmt eine Frau in einem billigen Bademantel herein. Sie kneift ein Auge zusammen, weil ihr das Shampoo aus dem wirren, nassen Haar ins Gesicht tropft. Fassungslos starren wir einander an, dann tapst sie auf mich zu. Bevor mir klar ist, was passiert, stoße ich einen Schrei aus. Einen wilden, ohrenbetäubenden Schrei, der sich meiner Brust entreißt. Das ist das Einzige, was ich tun kann.

Die Frau hält sich die Ohren zu und brüllt: »Hey! Beruhig dich! Hör auf, zu schreien!«

Ich hole Luft und schreie erneut, immer wieder. Schließlich nimmt sie die Hände von den Ohren, hält sie hoch und nähert sich mir langsam. »Hey! Psst... Hey, hey«, als würde sie versuchen, ein großes, wütendes Tier zu besänftigen. »Ist schon gut. Psst... Beruhige dich. Sei ein gutes Mädchen.«

Und ich?

Ich schreie mir weiter die Lunge aus dem Leib.

»Hey!«, übertönt sie mein Gezeter. »Du kannst schreien, so viel du willst, es hört dich eh niemand. Das ist das einzige Haus in einem Umkreis von drei Kilometern.«

Ich antworte ihr mit einem erneuten Schrei, worauf sie sich die Fernbedienung von der schäbigen Couch schnappt und den Fernseher einschaltet. Nach wenigen Klicks übertönt der Apparat meine Schreie, aber ich höre trotzdem nicht auf. Ich schreie, bis mein Hals wund ist, und da schaltet sie den Fernseher stumm. Ich kann sie nur mit einem hasserfüllten Blick von mir fernhalten.

»Du bist ziemlich robust für eine Frau, die drei Tage lang ausgeknockt war.«

Drei Tage? Und die ganze Zeit war ich an das Bett gefesselt?

»Sieh fern und entspann dich«, verlangt sie. »Ich wasch mir die Haare, dann bring ich dir was zu essen.«

Bevor ich ihr eine Frage stellen kann, dreht sie die Lautstärke wieder auf und watschelt zurück ins Bad.

Die Tür lässt sie auf, damit sie mich im Auge behalten kann. Was soll ich bitte tun – ans Bett gefesselt und in einen Käfig eingeschlossen?

Da mir jeder Fluchtweg versperrt ist, studiere ich meine Umgebung. Da ist das Sofa, dann der Fernsehsessel, ein Couchtisch, der Fernseher und mein Käfig, der den viel zu kleinen Raum noch kleiner erscheinen lässt. Gibt es hier auch ein Telefon?

Erst jetzt fällt mir Haeri wieder ein, die mit einer Spritze und einem finsteren Ausdruck im Gesicht vor mir stand.

»Nun schalten wir um zu unserer liebsten Wetterfee, die das morgige Wetter für uns zieht.«

Das ist Nachrichtensprecherin Chung! Ich reiße den Kopf zum Fernseher rum. Die Kamera schwenkt auf Haeri am Wetterset. Sie trägt einen zitronengelben Hosenanzug, den ich nicht kenne, blickt in die Kamera und schenkt allen ihr entwaffnendes Lächeln.

»Kennen Sie die perfekte Temperatur zum Leben?«, trällert sie.

Die Pottwalbrosche von Bonwhe steckt an ihrer Brusttasche.

»Laut wissenschaftlichen Studien liegt diese Temperatur bei einundzwanzig Grad Celsius.«

Sie lächelt noch strahlender. Lieb, reizend und selbstsicher. Diese Haeri ist definitiv nicht die wehrlose, niedergeschlagene, angespannte Person, der ich auf der Dachterrasse begegnet bin. Warum sollte sie auch, jetzt, da sie ihren rechtmäßigen Platz in der Welt wieder eingenommen hat?

Nur ... stimmt da irgendwas nicht. Es ist, als würde ich eine dritte Person sehen, bei der es sich weder um Jeon Chobahm noch um Goh Haeri handelt. Es gibt da einen vagen Unterschied, den ich jedoch nicht benennen könnte, und das beunruhigt mich.

»Die Höchsttemperatur lag heute bei genau einundzwanzig Grad, obendrein bescherte uns der Tag einen wolkenlosen blauen Himmel«, fährt sie fort. »Ich hoffe, dass ich Ihnen für den morgigen Samstag erneut perfektes Wetter ziehe!«

Strahlend steckt sie die Hand in die erste Trommel.

Wie kann sie nur so lächeln? Als wüsste sie nicht genau, dass ich in einem fremden Haus gefangen gehalten werde. Oder weiß sie tatsächlich nichts davon? Gibt es hier Kameras? Weiß Regisseurin Cha, dass ich seit drei Tagen verschwunden bin?

Mit einem Mal wird mir klar, wie kalt mir ist. Die Luft beißt mir in die Nase, die einzige Wärme spendet eine lauwarme elektrische Matte über der Matratze. Was geht hier vor sich? Das dunkle, schäbige Haus, der alte Fernseher, die abgenutzten Möbel, die kalte Luft ... Es trifft mich wie der Schlag: Wir sind nicht in Snowglobe.

Mir wird übel, als meine Wärterin mit einem Handtuch um den Kopf aus dem Bad angeschlurft kommt.

»Die Wetterfee?«, ätzt sie. »Wer sieht sich denn diesen Blödsinn an?« Sie langt nach der Fernbedienung, schaltet den Fernseher aus und dreht sich zu mir um. »Hast du Hunger? Ich mach dir Reisschleim.«

Reisschleim? Soll das ein Scherz sein?

»Wer sind Sie?«, knurre ich. »Und wo bin ich?«

»Wo?« In der Kochnische öffnet sie einen Behälter und schüttet Reis in einen Topf. »Hast du schon mal vom Rentendorf gehört? Der Ort, wo du den Rest deines Lebens verbringst, wenn du es in Snowglobe vermasselt hast, bis du irgendwann vor Langeweile tot umfällst?«

»Das Rentendorf?«, wiederhole ich benommen. Die seltsame Frau stellt den Topf unter den Wasserhahn und dreht diesen auf. Anschließend nimmt sie sich vom Tresen eine Flasche hochprozentigen Soju, aus deren schmalen Hals ein gebogener Strohhalm ragt. Sie zieht lange daran und trinkt den Branntwein, als wäre es prickelnde Brause. Mir dreht sich der Magen um.

Das Rentendorf. Da von dem Ort nur bekannt ist, dass er außerhalb von Snowglobe liegt, gehört er im Grunde ins Reich der Legenden.

»Warum bin *ich* hier?«, zische ich.

Sie ignoriert meine Frage, kommt vorsichtig mit einer Schüssel auf meinen Käfig zu und schiebt mir diese durch die Gitterstäbe. »Iss das. Morgen kriegst du Porridge.«

Wut kocht in mir hoch.

»Warum bin ich hier?«, schreie ich. »Und wer sind Sie überhaupt?«

»Wer ich bin?« Einen Moment lang starrt die Frau in die Ferne, als müsste sie über die Frage nachdenken. »Nenn mich einfach große Schwester«, sagt sie schließlich lachend. »Wir sind ja unter uns, da brauchen wir nicht so formell sein.«

So werde ich diese Frau niemals anreden, nicht einmal, wenn sie der letzte Mensch auf der Welt wäre.

»Was ist? Bin ich dir zu alt für eine große Schwester?«, fragt sie. »Ich bin erst knapp über dreißig, weißt du?« Sie hofft auf eine Antwort, aber ich schweige.

»Wie wär's dann mit Cousine?«

Ich starre sie bloß an und blecke die Zähne.

»Auch egal.« Sie zuckt die Achseln. »Nenn mich halt, wie du willst, von mir aus auch *Ajumma*.« Das ist die Bezeichnung für eine ältere Frau, vor der man kaum

Respekt hat. Dann brummt sie wieder: »Die Jugend von heute ... für die sind alle über zwanzig schon halb tot.«

»Sagen Sie mir, wer Sie sind«, verlange ich, wobei meine Stimme vor Angst zittert. »Ich will Ihren Namen wissen und warum Sie mir das hier antun!«

Sie schnaubt. »Meinen Namen? Kein Problem: Cha Hyang. Beruf: Kraftwerksmitarbeiterin.«

»Cha Hyang?« Der Name hallt in meinen Ohren wider. Ich bemühe mich, mit klarer Stimme zu sprechen. »Sind Sie mit Regisseurin Cha verwandt?«

»Ja«, erwidert sie verbittert. »Durch Blut, das dreckiger ist als alles sonst.«

Die Schwester von Regisseurin Cha wohnt im Rentendorf? Das ist mir neu.

»Hat ... hat Regisseurin Cha mich hierhergeschickt?«, frage ich zögernd.

Cha Hyang bestätigt es gelassen und deutet dann auf den Schleim.

»Iss, solange es heiß ist. Du bist Linkshänderin, oder?«

Sie grinst, als würde sie erwarten, dass ich mich dafür bedanke, mit der rechten Hand ans Bett gefesselt worden zu sein, nicht mit der linken. Ich starre sie jedoch bloß an, bis sie seufzt und zur durchgesessenen Couch geht, die vor dem Käfig steht.

»Iss«, wiederholt sie. »Danach kannst du mich weiter hassen. Ach, und der Schlauch für die künstliche Ernährung, den du dir rausgerissen hast, war der letzte, den ich hatte. Dir bleibt also nichts anderes übrig, als dir das Zeug in den Rachen zu schieben.«

Sie nimmt das Handtuch vom Kopf, wirft es in eine Ecke und lässt sich aufs Sofa plumpsen. Ihr langes, dunkles Haar liegt über der Rückenlehne wie Seegras, das an den Strand gespült wurde. So, wie sie sich die Haare trocknet, ist Strom vermutlich Luxusware im Rentendorf.

Zornig starre ich sie an. Ich bin so wütend, dass ich heulen könnte.

»Was ist los?« Sie sieht mich wieder an. »Erst kriegst du den Mund nicht zu, jetzt kriegst du ihn nicht mal mehr auf, um was zu essen?« Sie seufzt erneut, greift schließlich unter die Couch und tastet dort nach etwas. »Ich wär auch angepisst, wenn mir eine Regisseurin ein Leben im Luxus verspricht, dann ihre Meinung ändert und mich abserviert.«

Bei ihren Worten wird mir wieder ganz kalt ums Herz. Meint sie wirklich, dass mir Regisseurin Cha so etwas antun würde?

Doch da stößt Hyang einen Triumphschrei aus und zieht eine Flasche Soju unter dem Sofa hervor, die sie wie eine Trophäe hochhält. Ihre Augen funkeln vor Freude, als sie den Deckel abschraubt, einen Strohhalm vom Couchtisch nimmt und ihn in die Flasche steckt, bevor sie den Inhalt schlürft, als wäre es Eiskaffee. Sie dreht sich zu mir und fragt ohne jede Ironie: »Willst du einen Schluck?«

Diese Frau hat sie doch nicht mehr alle. »Was meinen Sie damit, dass Regisseurin Cha ihre Meinung geändert und mich abserviert hat?«

»Was meinst du denn damit, was ich damit meine?« Sie blinzelt mich an. »Seol dachte, die andere – wie heißt sie doch gleich, Chobahm? Bambi? – würde besser in die Rolle passen. Unglaublich, oder? Ein Double, das für ein paar Monate einspringen soll, stellt sich als unschlagbar raus. Und du wurdest gefeuert.«

»*Was?*«, entfährt es mir.

Sie wendet den Blick kurz ab, linst dann aber wieder zu mir rüber. »Das ist kein Grund, das Essen zu verweigern. Wer weiß, vielleicht ist Bambi ja auch eine Niete, und Seol ruft dich zurück. Bis dahin spiele ich halt deine Babysitterin oder auch deine Wächterin, ob's dir nun passt oder nicht. Übrigens platzt dir gleich eine Ader, wenn du mich weiter so anstarrst, entspann dich also.«

Diese Frau ... Diese Betrunkene ... Ihre Worte ergeben keinen Sinn.

»Aber *ich* bin Jeon Chobahm!«, knalle ich ihr wütend an den Kopf.

Sie verschluckt sich, und der Soju schießt ihr aus der Nase.

»Bitte?!«

»Ich sagte, dass ich Jeon Chobahm bin.«

»Bist du nicht«, bringt sie keuchend zwischen zwei Hustenanfällen hervor. »Seol hat Serin hergeschickt. Bae Serin.«

Der nächste Hustenanfall dauert lange, und ganz kurz empfinde ich mehr Mitleid als Wut mit dieser Närrin. Als sie sich wieder beruhigt, verzieht sie das Gesicht und hält die Flasche hoch, um sie zu mustern.

»Hab ich zu viel getrunken?« Dann fragt sie mich, wie viele Finger sie hochhält. Wortlos koche ich vor mich hin, bis sie mich auffordert, von zwanzig rückwärts zu zählen.

»Hören Sie auf mit diesem Unsinn, und lassen Sie mich raus!«, brülle ich. »Sofort!«

»Weißt du, was? Du bist echt gut. Ich meine, du tobst, als wärst du wirklich Opfer einer Verwechslung geworden. Ha! Ich wär sogar drauf reingefallen, wenn ich es nicht besser wüsste ...« Kurz lacht sie nervös. »Echt jetzt? Du bist Jeon Chobahm, nicht Bae Serin?«

»Wie oft soll ich das denn noch sagen?«, zische ich. Mit der freien Hand umklammere ich eine Käfigstange und rüttle daran. »Lassen Sie mich raus!«

Sie murmelt etwas davon, was für eine gute Idee es doch war, mich festzubinden. Plötzlich sieht sie mich mit einem völlig nüchternen Ausdruck an, der sie ganz anders wirken lässt. »Du bist also Chobahm? Der Ersatz, den Seol für die Weihnachtsfeier nach Snowglobe geschmuggelt hat? Du bist Bambi?«

Ihrem Gesicht ist abzulesen, wie ihr alles klar wird. Mir wird schwer ums Herz. Ich fühle mich absolut hilflos und will nach der Schüssel mit dem wässrigen Schleim greifen, um das Loch in mir mit irgendwas zu füllen. Aber ich weiß, dass ich nichts essen sollte, was diese heruntergekommene Frau angefasst hat.

Schlüüürrrf...

Mit dem Strohhalm saugt Hyang die letzten Tropfen Soju aus ihrer dritten Flasche. Ich klaube meine verbliebenen Kräfte zusammen und gehe wieder auf sie los.

»Jetzt, da Sie damit fertig sind, sich zu besaufen, lassen Sie mich endlich raus!«

Sie seufzt schwer, und ihr Atem stinkt nach Alkohol.

»Warte hier auf mich.«

Als hätte ich eine Wahl.

Torkelnd steht sie auf, angelt einen Schlüssel aus der Tasche und tappt zu einer verschlossenen Tür, die sie übertrieben vorsichtig öffnet, bevor sie ins Zimmer schlüpft. Sofort zieht sie die Tür hinter sich zu.

Ich höre, wie sie Schubläden öffnet und schließt, leise flucht, Sachen auf den Boden wirft und mit Papier raschelt. Als sie endlich zurückkommt, hat sie eine Videokassette und ein paar Briefumschläge in der Hand.

»Es geht schneller, wenn du es mit eigenen Augen siehst«, sagt sie und schiebt die Kassette in den Videorekorder neben dem Fernseher.

Der Bildschirm schaltet sich ein und zeigt eine volle Aula. Die Kamera ist auf eine Tafel über dem Podest gerichtet, und ein Banner mit weißen Buchstaben erscheint. 115. jährliches Vorsprechen für Filmrollen an den Schulen steht darauf, und darunter wurden mit gelber Kreide Buchstaben gekritzelt: AH-D-3.

115.? Da bin ich noch zur Schule gegangen.

Ein Mädchen mit zwei Zöpfen erscheint auf dem Bildschirm. Um mich herum dreht sich alles.

»Hi«, sagt sie. Sie sieht aus wie Haeri oder wie ich, und sie klingt auch wie wir.

Doch von ihrer Nase bis hinunter zum Kinn ist ihre Haut gerötet wie eine verheilte Brandnarbe. Die gleiche Narbe wie bei der Haeri auf dem Polaroidfoto.

»Mein Name ist Bae Serin«, sagt sie. »Ich bin in der ersten Klasse.«

Diese Stimme ... Mein Blick wandert zur Nummer, die auf die Brusttasche ihrer Uniform gestickt wurde: 9112, und da fällt mir der Anruf wieder ein.

Wie ist die Kombination?

Neun, eins, eins, zwei.

Das Mädchen starrt in die Kamera und zeigt sein schönstes Lächeln. Von der Narbe, der schmuddeligen Umgebung und dem Eindruck zahlreicher Entbehrungen abgesehen ist die Ähnlichkeit zwischen ihr und Haeri frappierend.

Yujins Stimme hallt in meinem Kopf wider.

Von uns allen soll es übrigens drei Klone geben, uns selbst eingeschlossen.

Ersatz für den Ersatz

Hyang stoppt die Aufnahme, und das Mädchen namens Serin starrt mich mit offenem Mund an wie ein Küken, das nach Nahrung verlangt.

»Das ist Serin«, erklärt Hyang. »Die Haeri, die du in Snowglobe getroffen hast.«

»Aber warum?«, hauche ich. Mein Puls rast. »Warum ist sie in Snowglobe und tut so, als wäre sie Haeri?«

»Einige Monate vor Haeris Tod hat Seol sie nach Snowglobe geschmuggelt, damit sie im Gesicht operiert werden kann.«

Ich betrachte die Narbe in Serins Gesicht.

»Sie wollte eine neue Haeri«, fährt Hyang fort. »Eine Haeri, deren Ambitionen genauso hoch sind wie ihre, eine Haeri, die genauso hart ist wie sie.«

Du hast das Zeug dazu, Haeri zu werden. Neu und verbessert.

Jahrelang habe ich über Yujins haarsträubende Theorie, dass alle Menschen zwei Kopien haben, die Nase gerümpft – aber was, wenn es stimmt? In dem Fall hätte Cha Seol alle drei Exemplare gefunden. Goh Haeri, Bae Serin und mich, Jeon Chobahm. So schwer dürfte das vermutlich gar nicht gewesen sein, da die Teilnahme am jährlichen Vorsprechen an allen Schulen Pflicht ist und Regisseurin Cha als Mitglied des Komitees, das neue Talente sucht, Zugriff auf sämtliche Aufnahmen hat.

»Laut Seol«, fährt Hyang fort, »hat Serin perfekt gepasst. Sie war davon besessen, eines Tages wie Haeri zu leben.«

Um dieses Verlangen in Serin zu erkennen, muss man keine Regisseurin sein. So, wie diese ihrem Idol nacheifert, muss sie ein großer Fan sein: Ihre Zöpfe, ihr Lächeln, ihre Sprechweise und die Pausen beim Sprechen – all das ist Haeri.

Hyang lässt den Film weiterlaufen. »Was ich als Erstes tun will, wenn ich in Snowglobe bin?«, trällert Serin. »Ich möchte mich natürlich mit Haeri anfreunden! Meine Mama hat gesagt, dass ich als Kind immer zum Fernseher gelaufen bin und den Bildschirm geküsst hab, wenn Haeri erschien. Ich hab mit dem Fernseher geredet, als könnte sie mich hören. Nennen Sie mich verrückt, aber ich glaube, dass sie mich auch lieb haben würde. Ich könnte ihre verschollene Zwillingsschwester sein!«

Serin lacht glockenhell, zügelt sich dann aber mit einem reizenden Lächeln. Haeris Lächeln, bei dem ihre Augen schmal werden und zwei sanft geschwungene Bögen formen. Selbst wenn sie niemand mit Haeri verwechseln würde, schlägt das Funkeln ihrer Augen alle in ihren Bann.

»Es gab ein kleines Problem«, erklärt Hyang. Nervös dreht sie einen der Umschläge. »Seit Serins drittem Lebensjahr verunstaltet diese Narbe ihr Gesicht, also hat Seol die Hilfe von Sohm in Anspruch genommen. Sie ist eine talentierte Schönheitschirurgin, und da sie große Stücke auf unsere ältere Schwester hält, setzte sie alles daran, Serins Gesicht kameratauglich zu machen. Alles lief nach Plan, bis Haeri sich umgebracht hat.« Ein dunkler Schatten legt sich über Hyangs Gesicht. »Ich hatte befürchtet, dass Serin zu nett ist und zu sanft, um ihr Leben als Haeri weiterzuführen...« Ihre Stimme verliert sich.

Das tragische Ende der echten Haeri bricht mir erneut das Herz. Sie hat all das ertragen – die lieblose, auf ihren Erfolg eifersüchtige Mutter, die grausame, narzisstische Großmutter und eine Regisseurin, die sie gnadenlos ausgenutzt hat. Wer hätte gedacht, dass hinter jenem Lächeln, das den großen Traum von Snowglobe in der Öffentlichkeit genährt hat, ein derart trauriger Kampf stattfand?

»Ich wollte Haeri bei mir aufnehmen.« Hyangs Stimme klingt belegt. »Als Seol mir von ihrem Plan mit Serin erzählt hat, da hab ich ihr geschrieben, dass sie Haeri schicken soll. Wahrscheinlich hab ich damals schon befürchtet, dass Seol sie endgültig loswerden wollte.«

»Endgültig?«, murmle ich ungläubig.

Hyang senkt den Blick, geht aber nicht auf meine Frage ein.

»Haeris plötzlicher Abgang hat eine Lücke verursacht, die Seol füllen musste, aber Serins Gesicht brauchte noch ein paar Monate. Da kamst du ins Spiel ... als Ersatz für den Ersatz.«

Ich bin nicht den ganzen Weg hierhergekommen, um Ihnen etwas Gutes zu tun, falls es das ist, was Sie denken.

Also bin ich nicht nur nicht das Original, ich bin nicht mal ihr eigentlicher Ersatz. Ich bin der Ersatz vom Ersatz – ich hab Bae Serin den Platz warm gehalten und konnte jederzeit mühelos entsorgt werden.

»Die Monate vergingen, und Serins Behandlung gelangte zu einem Ende. Seols eigentlicher Plan war«, Hyang zögert kurz, »dich hierherzuschicken. Aber dann hast du all die Qualitäten bewiesen, die sie sich von

Haeri gewünscht hat. Weil sie aber schon eine Menge in Serin investiert hatte, geriet sie ins Schwanken. Also schrieb sie mir, um mich zu bitten, Serin aufzunehmen, da Haeri verschwunden war. Notfalls wollte sie ein Double in der Hinterhand haben.« Sie wirft mir einen gequälten Blick zu. »Warum bist du hier? Warum nicht Serin?«

Also erzähle ich ihr die Geschichte bis zu dem Moment, in dem Serin mir eine Nadel in den Hals gerammt hat. Ich schätze, sie hat im toten Winkel rasch unsere Kleidung getauscht. Danach ist sie zur anderen Seite zurückgeschlichen – und aus Bae Serin ist Goh Haeri geworden.

Hyang schweigt einen Moment lang, dann schiebt sie die Briefe durch die Metallstangen des Käfigs. Die Seiten sind in Cha Seols Schrift dicht beschrieben.

Ich hab mir die Aufnahmen vom Vorsprechen immer wieder angesehen. Serin wäre die perfekte Haeri, wenn sie nicht diese hässliche Narbe hätte. Sohm sollte das allerdings für mich hinkriegen.

Ideen. So viele Ideen. Ich wünschte, wir könnten bei einem Drink über alles reden, auch wenn ich mir deine Einwände ausmalen kann. Nur gut, dass ich meinen Schwestern alles erzählen kann. Das stimmt doch, oder? Ich hätte niemals zulassen dürfen, dass du uns und Snowglobe verlässt. Nichts bedaure ich mehr.

Ich hab lange nichts von mir hören lassen! Ich hatte viel zu tun, kaum zu glauben, was? Lange Rede, kurzer Sinn: Ich hab Serin nach Snowglobe gebracht. Als ich ihr von Haeris unheilbarer Krankheit erzählt hab, da hab ich ein

Funkeln in ihren Augen gesehen, das mir signalisiert: Hier brauchst du nicht um den heißen Brei herumzureden. Nicht bei ihr. Seitdem ist sie zu hundert Prozent dabei. Die größte Herausforderung war noch, die Kameras im Krankenhauszimmer loszuwerden, aber das hat Sohm für mich erledigt.

Wut kocht in mir hoch, und ich zerknülle den Brief in der Hand.
»Warum zeigen Sie mir diese Briefe?«, blaffe ich. »Sind Sie etwa nicht auf *ihrer* Seite?«
»Ich hatte gehofft, dass die Briefe mal nützlich sein könnten. Ich wollte Haeri alles erklären, sobald sie hier ist, aber sie hat sich umgebracht, bevor ich die Gelegenheit dazu hatte. Sie ist gestorben, ohne die Wahrheit zu kennen. Nein ... sie ist gestorben, *weil* sie die Wahrheit nicht kannte. Ich will nicht, dass du in dieselbe Falle tapst.«
»Und jetzt sagen Sie mir das, was Sie Haeri nicht haben sagen können? Warum? Halten Sie das hier für einen Beichtstuhl? Warum konnten Sie Ihre Schwester nicht zur Vernunft bringen und Haeri retten, bevor es zu spät war?«
Hyang lässt den Kopf hängen, aber ich bin so wütend, dass ich nicht aufhören kann, auf sie loszugehen, ob sie es nun verdient oder nicht.
»Es gibt nur eine Haeri, egal, wie viele Leute so aussehen wie sie. Wie können Sie und Ihre Schwester nur denken, Sie könnten sie ersetzen, wenn sie noch lebt?«
Ich würde ihr nie absichtlich wehtun.
Meine Brust zieht sich zusammen, als ich an den finsteren Ausdruck in Cha Seols Augen denke, während sie das gesagt hat.

Doch dann fällt mir wieder ein, welche Rolle ich selbst in alldem gespielt habe, wie bereitwillig ich mich auf ihren Plan eingelassen habe. Wie leicht es mir gefallen ist, Haeris Leben zu übernehmen. Welches Recht habe ich also, die Taten anderer zu verurteilen? Tränen strömen mir über die Wangen, Schuldgefühle und Scham erfüllen mich. Am liebsten würde ich in ein Loch kriechen und für immer da drinnen bleiben.

»Komm schon«, sagt Hyang. »Du hast noch genug Zeit, zu weinen. Iss was, bevor du zusammenklappst.«

Ich wische mir die Tränen vom Kinn. »Ich hätte ihr sagen sollen, dass ich das nicht machen werde. Ich hätte mich weigern sollen. Damals in der Limousine ...«

»Du hattest keine andere Wahl, als Seol dir den Vorschlag unterbreitet hat«, widerspricht Hyang mir nüchtern. »Die Weihnachtsfeier war ein Notfall. Auf die eine oder andere Art hätte sie dich dazu gezwungen, mitzuspielen. Seol führt Regie, ist also genauso verrückt wie alle ihresgleichen.« Ein strenger Ausdruck legt sich auf Hyangs Gesicht. »In unserer Familie ist sie aber nicht die Einzige. Auch unser Großvater Cha Guibahng ist ein Soziopath.«

Hyangs Gesicht verschwindet hinter den Tränen, die mir den Blick verschleiern. Cha Guibahng? Ihr Großvater, der die National Medal of Arts für seine Show erhalten hat?

»Es steckt einfach in uns drin«, fährt Hyang fort. »Ich nehme mich nicht davon aus, denn ich hab mich auf dem Namen Cha ausgeruht.«

Sie greift wieder unter die Couch und zieht diesmal eine Flasche Wein hervor. Nachdem sie diese geöffnet hat, holt sie einen extra langen Strohhalm hervor, den sie aus zwei gewöhnlichen Strohhalmen gebastelt hat, und schiebt ihn in die Flasche. Während die rote Flüssigkeit in ihren Mund hochsteigt, merke ich, wie durstig ich selbst bin. Ich nehme die Schüssel mit dem Reisschleim und verschlinge ihn, als wäre er kaltes Wasser.

»Ich will rausgehen«, sage ich.

Seit ich in dem seltsamen Zimmer aufgewacht bin, sind Tage vergangen. Hyang lümmelt auf dem Sessel, die Beine über der Armlehne und einen Fantasyroman aus der Kriegsära auf dem Bauch.

»Was?« Sie sieht von den Seiten auf.

»Ich sagte, ich will rausgehen.« Ich setze mich aufrecht hin. Es ist mir endlich gelungen, Hyang zu überreden, mich aus meinem Käfig zu lassen. Allerdings hat sie mein rechtes Handgelenk an die Rückenlehne vom Sofa gefesselt und meinen Füße an zehn Kilogramm schwere Kugeln gekettet. Sie ist davon überzeugt, dass ich, wenn ich nicht gefesselt wäre, zur Küche rennen und mir mit einem Messer die Halsschlagader aufschneiden oder mich mit einem Böller in die Luft jagen würde. Als ich mal eine Schere unter der Couch entdeckt habe, hat sie aufgeschrien, als wäre es eine Schlange, hektisch nach dem Ding gegrapscht und es zum Fenster rausgeworfen.

Seitdem muss sich die Frau mit ihren eigenen Schneidezähnen behelfen, wenn sie mal eine Schere braucht. Ich bin keine Psychologin, aber ihre Reaktion muss von irgendeinem Trauma herrühren, das mit Haeris Selbstmord zusammenhängt.

»Eher würde ich Sie umbringen als mich«, habe ich ihr versichert, aber das hat sie nicht dazu veranlasst, mir mehr Bewegungsfreiheit zu geben.

»Ich mach mich auf den Weg«, rufe ich über die Schulter, bevor ich die Kugeln an meinen Füßen hochhebe, während Hyang gerade in der Küche hantiert. Es hat zwei Wochen gedauert, bis sie davon überzeugt war, dass ich mit den schweren Kugeln nicht einfach davonrennen kann und auch gar kein Interesse daran habe, den Leuten im Ort zu verraten, dass ich ein Double für Haeri gewesen bin.

Doch am Ende haben sie nicht meine Worte überzeugt, sondern die 227 Runden Omok, die 101 Pokerrunden und 359 Godori-Spiele. Der Preis der Freiheit.

Das Leben der Frau scheint nur daraus zu bestehen, mich zu bewachen. Selbst wenn sie behauptet, eine Freundin im Ort zu haben – genau *eine* –, hat besagte Freundin sie weder besucht, noch ist Hyang zu ihr gegangen.

»Und als Sie noch in Snowglobe waren?«, habe ich sie mal gefragt, als die Verachtung wieder in mir hochgekrochen ist. »Waren Sie da mit irgendwem befreundet, oder wollte da auch niemand was mit Ihnen zu tun haben?«

»Ich hab doch gesagt, dass ich eine Freundin hab!«, hat sie bloß gekontert. »In Snowglobe hatte ich auch eine. Sie musste zurück, nachdem ihre Show abgesetzt worden ist.«

Von dieser Freundin redet Hyang oft, weshalb ich denke, dass sie wirklich existiert. Bei einem heißen Kakao ist sie einmal ganz sentimental geworden, weil sie sich daran erinnert hat, dass sie damals, als die beiden unzertrennlich waren, dank ihrer Freundin ganz versessen auf heißen Kakao gewesen ist. Wenig später hat sie mir erzählt, sie habe Snowglobe aus freien Stücken den

Rücken gekehrt, weil sie gesehen hat, wie es ihre Freundin zerstört hat.

Diese Enthüllung traf mich unvorbereitet. Seither sehe ich sie mit anderen Augen. Ich frage mich, ob sie die einzige Regisseurin ist, die Snowglobe je freiwillig verlassen hat. Macht sie das zu einer Befehlsverweigerin? Oder lediglich zu einer, die aufgegeben hat?

Auf einer gefrorenen Schlammpfütze vor der Tür bleibe ich stehen und werfe einen Blick auf das Thermometer. Angenehme Minus acht Grad, genau wie angekündigt. Ich atme tief ein und pumpe die frische Luft in meine Lunge. Mein ganzer Körper erwacht. Dann nehme ich die Kugeln und werfe sie vor mich, damit ich ihnen hinterherschlurfen kann.

Hinter der Glaskuppel erstrahlt der Himmel in einem vertrauten Grau. Das Rentendorf ist genau wie Snowglobe von einer Kuppel umgeben, aber ohne den Bildschirm auf der Innenseite haben die Einwohner einen freien Blick auf die gefrorene Welt jenseits der Scheibe. Auf den postapokalyptischen Himmel und die flache Ebene, die sich bis zu den Bergen am fernen Horizont erstreckt. Dank dem Wärmedurchgangskoeffizienten des Kuppelglases beträgt die Durchschnittstemperatur tagsüber etwa minus zehn Grad, während sie in der Nacht regelmäßig auf minus zwanzig Grad absinkt.

»Scheiße, ist das kalt!«, schimpft Hyang, als sie zu mir aufschließt. Dabei sind es gerade mal minus acht Grad, nach meinen Maßstäben alles andere als unangenehm. Sie hat sich trotzdem in vier Schichten Kleidung gewickelt, der Preis, den sie dafür zahlt, dass sie fast drei Jahrzehnte lang gemütlich in Snowglobe gelebt hat, wo die Temperatur nie unter den Gefrierpunkt sinkt.

Ich hebe die Kugeln wieder hoch und gehe ein paar

Trippelschritte weiter. Auf diese Art bewege ich mich dieser Tage vorwärts. Als wir die dicke, gläserne Grenze des Ortes erreichen, bin ich ziemlich verschwitzt.

»Hey, Bambi, es schneit.« Hyangs Atem steigt in weißen Wolken auf.

Vor der Kuppel fallen große Schneeflocken zu Boden.

»Ich hab Ihnen doch gesagt, Ajumma, dass ich Chobahm heiße.« Der Name *Bambi* macht mich wütend. »Übersetzt bedeutet das Nacht zum Sommeranfang. *Chɔ* steht für Sommeranfang und *Bahm* für Nacht. Wie schaffen Sie es nur, mich ständig in Godori zu schlagen, wenn Sie sich nicht mal zwei Silben merken können?«

»Entspann dich. *Bambi* ist mein absoluter Lieblingsfilm.«

Ich verdrehe die Augen.

»Gibt es da draußen überhaupt einen Sommeranfang?«, wechselt sie das Thema. »Wie ist der?« Sie klingt aufrichtig interessiert.

»Nein«, sage ich knapp, setze mich auf eine der Kugeln und betrachte den fallenden Schnee.

Die zweite Kugel biete ich Hyang gar nicht erst an. Sie hätte sie ohnehin nicht akzeptiert, denn sie zieht es vor, Abstand zu mir zu wahren, laut ihrer eigenen Aussage, weil sie kein Verlangen danach hat, mit einer Kette erwürgt zu werden. Tatsächlich bleiben wir beide in Gegenwart der anderen auf der Hut.

»Warum haben dich deine Eltern dann so genannt?«, fragt sie.

Ich seufze. »In dem Jahr, in dem sie geheiratet haben, haben die Yibonns ihr Hundertjähriges gefeiert. Sie gehörten zu den glücklichen Pärchen, die für die Zeremonie nach Snowglobe eingeladen wurden.«

Dann erzähle ich ihr die Geschichte, die Mama uns so

oft erzählt hat. Bei der Erinnerung haben ihre Augen immer geleuchtet. Es war Mai in Snowglobe. Die Luft war warm und duftete nach Frühling. Sie und Papa konnten ohne Handschuhe Händchen halten und mussten keine Angst haben, ihre Finger in der Kälte einzubüßen, während sie gemütlich die Promenade mit den Straßenlaternen entlangspaziert sind.

»Die Erinnerung hat meinen Namen inspiriert«, erkläre ich Hyang, die mir stumm zuhört. »Ich hab einen Zwillingsbruder namens Ongi. Den Namen hatte mein Papa bereits ausgesucht, bevor er wusste, dass Mama Zwillinge bekommt. Ich war eine Überraschung.«

Sie reißt die Augen auf, sagt aber nichts. Danach schweigen wir eine Weile.

»Hier«, sagt Hyang schließlich. Sie zieht etwas aus der Innentasche ihres Mantels, das in ein Taschentuch gewickelt ist, und wirft es mir zu. Ich öffne den Knoten und wickle eine gedämpfte Teigtasche aus, die noch immer warm ist. Deshalb war sie also so lange in der Küche.

Ich beiße hinein und kaue.

»Gut, nicht wahr? Ich hab schwer dafür geschuftet«, scherzt sie.

»Wenn Sie mich von den Kugeln befreien, würde ich sogar behaupten, dass es köstlich ist.«

»Verwöhntes Kind«, murmelt sie, bevor sie eine Flasche Soju aus der Manteltasche holt und einen Strohhalm in den Flaschenhals schiebt. »Weißt du, wie teuer das ist?«

»Was kümmert Sie das? Vermutlich hat sowieso Seol dafür bezahlt.«

Sie wirft mir einen warnenden Blick zu.

»Weiß sie eigentlich, dass sie mit ihrem Geld Ihre

Trinkgewohnheiten bezahlt?«, setze ich noch einen drauf. Ich kann nicht anders.

»Sie bezahlt meine Lebenshaltungskosten, ja und?«, faucht Hyang sichtlich beleidigt. »Eigentlich würde ich die Frau nie um Hilfe bitten, nicht mal, um mir Soju zu kaufen. Aber wie soll ich mir jetzt meinen Lebensunterhalt verdienen, wenn ich mich um dich kümmern muss? Ich kann schließlich nicht ins Kraftwerk, da müsste ich dich ja den ganzen Tag allein lassen. Wenn ich gewusst hätte, dass ich ihr Geld brauchen würde, wäre ich nicht hergekommen.«

Das verstehe ich, aber ich lasse nicht locker. »Wenn Sie ihre Schwester derart hassen, warum helfen Sie ihr dann?«

»Helfen?«, haucht sie ungläubig. »Wovon redest du?«

»Sie halten mich hier fest. Wie würden Sie das dann nennen?«

»Da irrst du dich. Ich helfe ihr nicht, ich rette dein Leben!« Sie sieht mich voller Mitleid an. »Du darfst gar nicht existieren. Nicht in Snowglobe, nicht in deinem Heimatort, nirgends.«

»Dann sitzen Sie nicht einfach rum und tun so, als wären Sie hilflos. Nehmen Sie mir die Fesseln ab!«

»Das kann ich nicht«, sagt sie tonlos. »Wenn du durch den Ort rennst, fangen die Leute an zu reden. Und das würde kein gutes Ende nehmen.«

»Wer sagt, dass ich durch den Ort rennen würde?«

Aber sie antwortet mir nicht. Stattdessen sitzt sie nur da und beobachtet stumm, wie der Wind draußen immer stärker weht und den Schnee aufwirbelt.

»Ich muss zurück nach Snowglobe«, sage ich. »Aber ich brauche Ihre Hilfe, Ajumma.«

Sie schnaubt und sieht mich an, als hätte ich gerade einen schlechten Witz gerissen. Als ich nicht reagiere, seufzt sie und richtet den Blick wieder in die Ferne.
»Du willst als Haeri leben?«, fragt sie angewidert.
»Nein.« Ich stehe auf und sehe ihr in die Augen. »Ich will Haeri *auslöschen*. Ich will ihre Existenz beenden, damit Cha Seol nie mehr eine Haeri hat, die sie ausnutzen kann.«

Sprung ins Ungewisse

Als wir ins Haus zurückkehren, ist Hyang außer sich vor Wut.

»Ich hab mir das nicht erst vor fünf Minuten ausgedacht«, sage ich. »In den letzten drei Wochen hab ich ständig darüber nachgegrübelt.«

»Wann bitte hattest du die Zeit, über irgendetwas nachzudenken? Ich hab mir den Arsch aufgerissen, um Karten zu mischen und Go-Steine auszugeben, damit du beschäftigt bist und nicht auf dumme Gedanken kommst. Ist das die Anerkennung für meine Mühe?«

Sie lässt die Faust auf den Couchtisch krachen. Die halb leere Soju-Flasche wackelt, kippt und landet auf dem Fußboden. Für gewöhnlich hätte sie sich wie ein wildes Tier mitten in der Wüste auf die Flasche gestürzt, heute jedoch würdigt sie diese nicht einmal eines Blickes. In ihren Augen, die genauso bernsteinfarben sind wie die ihrer älteren Schwester, liegen Angst und Frust.

»Was denken Sie denn, warum ich dauernd verloren hab?«, frage ich möglichst unbeschwert. »Ich war mit den Gedanken woanders.«

Aber Hyang ist davon gar nicht amüsiert.

»Du willst Haeri ausschalten? Wie denn? Ich bezweifle, dass du Serin töten willst. Also! Was genau meinst du? Wie willst du das erreichen ... hier in Snowglobe?!« Sie schreit immer lauter. »Glaubst du allen Ernstes, Seol entgeht, wenn du auch nur einen Fuß auf ihr Territorium setzt? *Sie* würde dich, ohne mit der Wimper zu zucken, ausschalten, denn das Leben anderer bedeutet ihr rein gar nichts.«

Ich ordne meine Gedanken, so gut ich kann. »Bitte, Ajumma, hören Sie mir wenigstens zu. Natürlich könnte ich meine Tage einfach damit zubringen, mit Ihnen Karten oder Schach zu spielen. Irgendwann würden die Handschellen, die Kugeln und die Ketten verschwinden, frei wäre ich aber nicht. Da ich nicht legal hier bin, könnte ich nicht mal wie alle anderen im Kraftwerk schuften. Und sollte Cha Seol mich zurückholen, weil Serin versagt hat, würde ich in Snowglobe nur wieder das Leben einer anderen führen. Aber das will ich nicht!«

Hyang starrt mich sprachlos an.

»Und wenn Serin ihre Sache gut macht«, bohre ich weiter, »sitze ich bis ans Ende meiner Tage hier fest. Meine Familie würde ich nie wieder sehen, nicht mal ihre Stimmen würde ich je wieder hören. Was für ein Leben wäre das ... in Gefangenschaft und ganz allein? Das ist doch kein Leben! Wenn ich nach Snowglobe zurückgehe, um Haeri zu töten und mir Chobahms Leben zurückzuholen, dann ist das kein Mord, sondern ein Ja zum Leben. Kampflos gebe ich nicht auf, da komm ich nach meinem Vater.«

Eine Zeit lang schweigt Hyang, dann seufzt sie. »Es ist meine Schuld. Um dich zu beschützen, war ich zu streng. Der Schuss ist offenbar nach hinten losgegangen. Deine Gefühle ...«

»Nein, Ajumma«, unterbreche ich sie kopfschüttelnd. »Bei mir zu Hause gibt es eine Schauspielerin, die zurückgekehrt ist, nachdem ihre Karriere in Snowglobe vorbei war. Ihr Name ist Jo Miryu. Haben Sie vielleicht von ihr gehört?«

Hyang entgleisen die Gesichtszüge. Sie kennt den Namen, natürlich kennt sie ihn. Miryu war der Star der Serie, mit der Hyangs Großvater seinen Preis gewonnen hat.

»Die Leute behandeln sie wie einen Geist und meiden sie wie die Pest«, fahre ich fort. »Und wer sie nicht ignoriert, verfolgt sie, sobald sie ihr Haus verlässt. Alles nur wegen dem, was sie in Snowglobe getan hat.« Ich seufze. »Ich frage mich, wie es ihr nach dem Unfall geht ...«

»Nein!«, kreischt Hyang plötzlich. »Was soll das heißen ... ein Unfall? Ist sie verletzt?« Ihre Augen funkeln wild, ihre Stimme ist belegt. Nachdem sie sich die ganze Zeit bewusst von mir ferngehalten hat, stürzt sie sich jetzt auf mich und packt mich verzweifelt an den Armen.

»Moment mal!« Mir dämmert etwas. »War Jo Miryu ihre Freundin in Snowglobe?«

»Ich hab dich gefragt, ob sie verletzt ist!«, schreit Hyang aufgebracht. »Geht es ihr gut?«

»Vermutlich. Sie ist in der Klinik behandelt worden.«

Als sich Hyangs Gesicht vor Trauer und Wut verzerrt, erzähle ich ihr von dem Abend, an dem Cha Seol mich geholt hat. Von Miryu an der Bushaltestelle, von der grauenvollen Tour zur Klinik, von Coopers Besuch und von Regisseurin Chas Angebot, schließlich von meinem zweiten Besuch in der Klinik. Als Hyang irgendwann vom Sofa aufspringt, stößt sie mit den Knien fast den Couchtisch um, bevor ich ihr davon erzählen kann, wie Miryu vor Angst fast erstickt wäre, als ich die schwarze Limousine erwähnt habe.

»Dieses Miststück!«, brüllt Hyang zitternd vor Wut. »Überfährt sie einfach! Diese mörderische, soziopathische Psychopathin! *Ich hasse sie! Ich hasse sie! Ich hasse sie!*«

Ich versuche, sie zu beruhigen, ohne ihre Vorwürfe zu bestätigen oder zu leugnen. Hyang ist jedoch so aufgebracht, dass sie zwanzig Minuten lang mit den Füßen stampft, gegen die Sofakissen schlägt und Seol und alle anderen verflucht: Behandeln wie einen Geist? Meiden wie die Pest? Wie können die Leute so mit Jo Miryu umgehen?!

Schließlich wirft sie sich in den Fernsehsessel und schluchzt heftig.

Da ich gefesselt bin, kann ich sie nicht umarmen oder ihr eine Flasche Soju bringen, die sie garantiert sofort beruhigen würde. Deshalb hangle ich mit der freien Hand nur nach einer Packung Taschentücher auf dem Couchtisch.

»Hier«, sage ich und werfe ihr die Packung zu, als sie erneut vor Wut explodiert.

»Cha Guibahng. Dieser dreckige ...«

Die Taschentücher treffen sie an der Schläfe. Wir erstarren beide.

»Ich ... Das tut mir leid, Ajumma«, stammle ich. »Ich wollte Ihnen bloß Taschentücher geben. Ich schwöre, ich hab Ihnen zugehört. Bitte, reden Sie weiter.«

Sie dreht mir das tränenüberströmte Gesicht zu.

»Moment«, sagt sie. »Wieso nennst du sie Miryu und mich Ajumma? Ich bin bloß zwei Jahre älter als sie! Ist dir das eigentlich klar?«

Dann verzieht sie wieder das Gesicht und schluchzt.

»Vielleicht«, bringe ich hervor, auch wenn ich mir lächerlich vorkomme, »weil ich dachte, wir sollten angesichts unserer Situation nicht zu freundlich zueinander sein.«
Nachdem ihre Tränen endlich versiegt sind, wirft sie den Kopf in den Nacken, schließt die Augen und atmet ein paarmal tief durch, bevor sie mir fest in die Augen sieht. »Danke, Chobahm, dass du meine Freundin gerettet hast.«
Ich lächle sie an – lächle zum ersten Mal, seit ich in diesem Haus, in diesem Albtraum, aufgewacht bin.
Können Sie bitte bei der Post fragen, ob dort etwas für mich liegt? Mein Name ist Jo Miryu.
Hyang erwidert das Lächeln. Ihr geschwollenes Gesicht ist ganz rot von all den Tränen, die sie wegen ihrer besten Freundin vergossen hat.

Auch nach achtundvierzig Stunden ohne Handschellen ist die Freude darüber, dass ich mich frei bewegen kann, nicht kleiner geworden. Während ich mit Seifenschaum im Gesicht am Waschbecken stehe, wird mir etwas klar.
»Warum haben Sie ihr keine Weihnachtskarte geschickt?«, frage ich.
Hyang lehnt am Türrahmen und saugt am Strohhalm, der in der Soju-Flasche steckt.
»Hier gibt es keine Post. Auch kein Telefon. Wir sind komplett isoliert.«
Sie erklärt mir, dass ihre einzige Verbindung zur Außenwelt ein Truck ist, der alle paar Wochen die lebensnotwendigen Sachen von Snowglobe bringt. Und manchmal auch Dinge, die nicht ganz so lebensnotwendig sind, schließlich bin ich von Seol in einer großen Kiste hierher geschmuggelt worden.

Dass sie komplett isoliert sind, ist jedoch Unsinn. Hyang und Seol kommunizieren problemlos zwei- oder dreimal im Monat miteinander. Seol hält Hyang über meinen Auftritt als Haeri auf dem Laufenden, und Hyang behauptet Seol gegenüber, dass sie sich hier um Serin kümmert. Als ich sie darauf hinweise, sagt sie: »Ich kenne Leute, die Leute kennen. Ich hab meine Kontakte, und Seol hat ihre.«

»Was für Kontakte?«

Sie wirft mir ein Handtuch hin und lässt sich auf die Couch fallen.

»Eben Kontakte«, erwidert sie grinsend. »Genaueres wirst du früh genug erfahren.«

Ich nutze die Gelegenheit, um das Thema anzusprechen, das sie neulich abgewürgt hat.

»Können diese Kontakte mich auch *nach* Snowglobe schmuggeln? Die Kiste steht ja noch hinterm Haus.«

Ihr Grinsen verschwindet, und sie sieht mich verärgert an. »Was willst du denn an einem Ort voller Kameras ausrichten?«

»Die Kameras dienen nicht der Überwachung.«

Sie verdreht die Augen. »Seol hat Zugriff auf alle Aufnahmen von deinem Gesicht.«

»Aber sie muss eine Woche warten«, entgegne ich.

Das ist nicht gelogen, und Hyang, die selbst Regie geführt hat, weiß das.

»Leihen Sie mir einfach ein anständiges Outfit aus Ihrer Zeit in Snowglobe, damit ich mich als Haeri in den Nachrichtensender schleichen kann.«

»Wo willst du dich reinschleichen?« Ihr fallen die Augen aus dem Kopf.

»In den Nachrichtensender«, wiederhole ich. »Und während des Wetterberichts betrete ich die Bühne und stelle mich neben Serin. Stellen Sie sich das nur mal vor! Gäbe es einen besseren Beweis, dass mehr als eine Haeri existiert? Und dass keine von uns beiden echt ist, während die echte Haeri tot ist?«

»Das ist die dämlichste Idee, die ich je gehört hab.« Sie stellt ihre Soju-Flasche auf den Couchtisch. »Glaubst du allen Ernstes, Serin schaut tatenlos zu? Sie wird dich als Lügnerin und Hochstaplerin hinstellen. Und wem werden die Leute deiner Meinung nach wohl glauben? Du wirst dich nur Seol verraten, und sie wird dich einfach töten lassen.«

»Was, wenn Sie mir helfen, Ajumma? Wenn Sie meine Version bestätigen? Sie haben doch die ganzen Briefe aufgehoben und ...«

»Wenn die Leute die Wahl zwischen einer gescheiterten Regisseurin, die aus Snowglobe verstoßen wurde, und der allmächtigen Regisseurin Cha Seol haben – was meinst du, wem sie da glauben? Ich sehe die Schlagzeilen schon vor mir: *Regisseurin Chas eifersüchtige Schwester greift zu miesen Tricks!*«

Mir war zwar klar, wie schwierig es sein würde, Hyang für meinen Plan zu gewinnen, dennoch bin ich enttäuscht, dass sie ihn kurzerhand ablehnt. Aber ich bin wie mein Vater: hartnäckig.

»Sie erwarten also, dass ich mich den Rest meines Lebens hier verstecke und Seol aus sicherer Entfernung hasse. Was soll das bringen?«

Sie verzieht das Gesicht. »War das gegen mich gerichtet?«

»Nein!«, brülle ich. »Aber es würde passen!«

Sie lacht. »Wenn du fertig bist, kann ich dir dann sagen, worüber ich nachgedacht hab?«

»Nur zu.« Ich starre aus dem Fenster und richte den

Blick hoch zum grauen, schweren Himmel jenseits der Glaskuppel.
Hyang steht leise auf und verschwindet in dem verschlossenen Zimmer. Als sie zurückkommt, hat sie einen Wanderrucksack auf dem Rücken und hält einen zweiten in den Armen.
Ich schnaube. »Werfen Sie mich raus?«
»Noch nie hat es eine Schauspielerin gewagt, die Misshandlungen einer Regisseurin vor laufender Kamera zu entlarven. Jemanden zu beschuldigen, der die Aufnahmen manipulieren kann, ist völlig aussichtslos. Außerdem führen die Stars vor den Live-Kameras – das Nachrichtenduo und die Wetterfee – ein besonders fürstliches Leben, weshalb sie auf keinen Fall Staub aufwirbeln wollen.«
»Kommen Sie bitte zum Punkt.«
Hyang wirft mir den Rucksack zu, und ich schwanke beim Auffangen unter seinem Gewicht.
»Der Punkt ist, dass du es besser richtig machst, wenn du ihr Ärger bereiten willst.«
Ungläubig starre ich sie an. Bietet sie mir gerade ihre Hilfe an?
»Was ist?«, knurrt sie. »Hast du Einwände?«
»Ajumma ... Bringen Sie mich nach Snowglobe?«
»Jawohl«, sagt sie, bevor sie in das Zimmer zurückgeht. »Aber als Erstes müssen wir noch woanders hin.«
Es dauert eine Weile, bis ich meine Stimme wiedergefunden habe. »Danke!«, rufe ich.
Und dann lache ich.
»Ja, lach nur, lach, solange du noch kannst.«
Sie schließt die Tür hinter sich.
Ich stehe da und bin mir nicht sicher, was ich mit mir anfangen soll. Nach ein paar Minuten öffnet sich die

Tür wieder, und ein schwerer Parka landet vor meinen Füßen. Ein muffiger Geruch steigt von ihm auf.

»Wohin wollen wir denn?«, frage ich.

Hyang zieht ein kleines Notizbuch aus ihrer Westentasche und blättert die Seiten durch.

»Als Erstes fahren wir nach ...« Sie studiert eine der Seiten. »... Ja-B-6.«

Ja-B-6?

»Wir wollen in die offene Welt?«, frage ich verständnislos.

Sie ignoriert mich und verschwindet wieder in dem Zimmer, öffnet und schließt Schubläden und raschelt mit Tüten. Dann ruft sie: »Nur damit du Bescheid weißt: Ich werde zum ersten Mal die offene Welt betreten. Wenn du also irgendwelche Überlebenstipps für ein Klima unter dem Gefrierpunkt hast, dann raus mit der Sprache.«

»Ich dachte, wir fahren nach Snowglobe. Warum wollen wir in die offene Welt?«

Hyang erscheint wieder in der Tür und wirft noch mehr Winterausrüstung auf den Boden: Pelzmützen, dicke Handschuhe und Stiefel.

»Warum?«, wiederholt sie. »Weil wir Verstärkung brauchen.«

Die Überlebende

Vor Sonnenaufgang ist das Rentendorf wie ausgestorben. Leere Straßen ziehen sich durch die Ruinen von alten Hochhäusern, die ihre Schatten auf die gedrungenen Blockhütten werfen, in denen die Menschen wohnen. »Was hat es mit den ganzen Hochhäusern auf sich?«, frage ich Hyang.

»Die standen schon hier, bevor alles anfing«, erwidert sie atemlos. »Seit der Kriegsära.«

Unter dem Gewicht ihres Rucksacks watschelt die Frau wie ein Pinguin. Ohne die beiden großen Flaschen Soju, die sie nicht zurücklassen wollte, wäre ihr Gepäck leichter. Ich biete ihr an, eine der Flaschen für sie zu tragen, aber das lehnt sie mit ernstem Kopfschütteln ab.

»Lass uns weitergehen.« Ächzend beschleunigt sie ihre Schritte. »Grundgütiger, ist das kalt!«

Besorgt mustere ich sie. In der offenen Welt ist es nicht wärmer.

Ein paar Stunden später erreichen wir die Grenze.

»Endlich! Ich bin völlig erledigt«, verkündet Hyang und lässt sich mit ihrem Gepäck auf den Boden fallen.

Ich suche nach dem Ausgang, aber die Gegend unterscheidet sich nicht von der unmittelbar hinter Hyangs Haus. Wie kommen wir weiter? Ich gebe die Suche nicht auf, doch nach einer Weile wird aus meinem Frust Wut, bis sich Linien aus den Schatten vor uns schälen.

Zuerst sieht es aus wie eine weitere Blockhütte, aber dann erkenne ich Räder und wenig später auch einen riesigen Truck. Der größte, den ich je gesehen habe, größer als der Doppeldeckerbus mit dem Schneepflug vorne, der uns zu Hause zum Kraftwerk bringt. Aus der Fahrerkabine in einer Höhe von fast zwei Metern ragt ein Kopf heraus.

»Da seid ihr ja!«, höre ich eine fröhliche Stimme.

Als Nächstes öffnet sich die Tür, und die Besitzerin der Stimme springt raus. Mit katzengleicher Eleganz landet sie auf der gefrorenen Erde.

Als sie auf uns zukommt, senke ich hastig den Kopf, um mein Gesicht zu verstecken. Mein Herz zieht sich zusammen. Hyang, die noch immer auf dem Boden liegt, stupst mich kraftlos gegen die Wade.

»Sag Hallo zu meiner Freundin alias mein Kontakt.«

Hyangs Freundin streckt mir die Hand entgegen.

»Freut mich. Ich bin Hwang Sannah.« Sie zieht den Schal unters Kinn. Ihre rechte Wange durchzieht eine Narbe.

Mir klappt die Kinnlade runter. *Hwang Sannah.* Die einzige zum Tode Verurteilte, die je die Biathlon-Championship überlebt hat. Unbeholfen schüttle ich ihre Hand.

»H... hallo«, stammle ich.

Sie drückt meine Hand fest und mustert mich.

»Ich hab mich schon gefragt, warum Seol Hyang diese Unmenge an Äpfeln geschickt hat«, sagt sie bedrückt. »Ich hab allerdings vermutet, dass sie einfach nicht weiß, was ihre Schwester mag. Offenbar hab ich unterschätzt, wie verdorben sie ist.«

Sie stößt ein kehliges Lachen aus, und ich starre fasziniert die Narbe an, die sich dabei wie ein langes Grübchen in ihre Wange gräbt.

»Die Narbe an Ihrer Wange«, platzt es aus mir raus, »ist die von der Championship?«

»Ja«, bestätigt sie zufrieden, dass ich sie erkannt habe. »Hast du sie gesehen?«

Ich kann nur nicken, ganz überwältigt, dieser berüchtigten Frau gegenüberzustehen.

Bei der Championship vor drei Jahren wurde Sannah fünfmal angeschossen. Gleich die erste Kugel hat ihre Wange getroffen, aber selbst nachdem die Zeit abgelaufen war und sich deshalb alle Biathletinnen disqualifiziert hatten, atmete sie noch. In jenem Jahr gab es zum ersten Mal keine Siegerin bei den Frauen.

»Wie sind Sie denn hier im Dorf gelandet?«, frage ich sie. »Sie haben doch nie Regie geführt.«

»Lange Geschichte.« Sie zieht Hyang auf die Füße. »Steig ein, ich erzähl sie dir unterwegs.«

Wir klettern in die Fahrerkabine, wobei Hyang mir den Vortritt lässt, sodass ich zwischen ihr und Sannah sitze. Ich linse durch die Windschutzscheibe zur dicken Glaskuppel, die über uns aufragt. Sannah packt das Lenkrad und tritt aufs Pedal. Der Motor heult auf, und Scheinwerferlicht erhellt die Dunkelheit.

»Biometrisch. Das Baby reagiert nur auf meine Fingerabdrücke«, erklärt sie stolz. Dann lässt sie das Steuer wieder los, und der Motor und die Lichter schalten sich ab. Mit dem Kopf bedeutet sie mir, die Hände auf das Lenkrad zu legen. Kaum berühre ich es, schrillt ein Alarm durch die Kabine.

»Ziemlich cool, oder?« Sie legt die Hände wieder ans Steuer, und der Alarm verstummt, als der Truck wieder zum Leben erwacht und das grelle Scheinwerferlicht auf das Glas vor uns trifft. In ihm wirkt das Glas versilbert wie ein Spiegel.

»Cool!«, ruft Hyang, die sich zu Sannah umdreht und aufgeregt wie ein Kind in die Hände klatscht. »Davon hast du also gesprochen!«
Sannah hantiert mit dem Schaltknüppel wie mit einem Zauberstab, und der Truck setzt sich in Bewegung. Ich habe nicht einmal Zeit, in Panik zu geraten, als er auf das Glas trifft. Im nächsten Moment durchdringen wir die Barriere – genau wie ich es mit den Spiegeln in Snowglobe erlebt habe. Hyang und ich starren einander mit großen Augen und offenen Mündern an, als wir in die offene Welt fahren.

Während Sannahs Truck über die gefrorene Ebene rast, zieht Hyang mich zu sich und zeigt zum Außenspiegel an ihrem Fenster. Die verspiegelte Kuppel des Dorfs verschwindet in der Ferne. Sie strahlt im Licht der aufgehenden Sonne.

»Snowglobe liegt am Ende des Gebirges«, informiert Sannah uns. »Wir werden also die nächsten vierhundert Kilometer daran entlangfahren.«

Erst da erkenne ich, dass die Gebirgskette mit den schneebedeckten Gipfeln durch die Kuppel führt, die wir gerade verlassen haben.

Im Außenspiegel bemerke ich, wie Hyangs Blick in die Ferne gerückt ist. »Wusstest du, dass unter der Kuppel ursprünglich Snowglobe lag?«

Ich mache ein überraschtes Geräusch und versuche, mich an das zu erinnern, was ich im Geschichtsunterricht gelernt habe.

Eines Tages wurde Snowglobe neu gegründet. Kurz darauf hielt die Yibonn Media Group das erste Vorsprechen für Filmrollen ab, und ein Jahr später wurden die ersten Shows ausgestrahlt.

»Die ursprüngliche Kuppel – das heutige Rentendorf – bestand aus Einwegspiegeln, durch die man hinaus-, aber nicht hineinsehen kann, denn damals war Verteidigung das Wichtigste, weshalb das Glas als eine Art Tarnung fungierte.« Hyang spult einen kurzen Abriss über die Weltgeschichte runter.

Als vor etwa zweihundert Jahren die Eiszeit einsetzte, brachen bereits die ersten Regierungen und Wirtschaftssysteme in sich zusammen wie ein Kartenhaus. Am Anfang des Wandels – sowohl des Klimas als auch der Weltordnung – gab es in bestimmten Regionen der Welt noch gemäßigte Temperaturen, doch diese Gebiete verschwanden, als der Klimawandel immer schlimmer wurde. Da persönliche Fahrzeuge damals weit verbreitet waren, waren die Menschen mobil, und die meisten führten auf der Suche nach bewohnbaren Gebieten ein nomadisches Leben. Nur wenige akzeptierten die Klimakatastrophe als ihre neue Lebensrealität, die meisten Menschen haben sich daher geweigert, sich an einem Ort einzuigeln, während die Kälte sie immer stärker in die Zange nahm. Die bewohnbaren Regionen waren dagegen begrenzt und schrumpften immer weiter. Es dauerte also nicht lange, bis diese hermetisch abgeriegelt wurden und die Menschen zu den Waffen griffen, um sich gegen den Ansturm derer zu wehren, die vor dem Klimawandel flohen.

Eine junge Frau namens Yi Bonn lebte an einem Ort mit einer verspiegelten Kuppel über dem gesamten Territorium. Sie stammte aus einer mächtigen Familie, der in der Kriegsära ein Medienimperium gehört hat. Ihre Familie war es denn auch gewesen, die besagte Kuppel finanziert hatte, die Schutz vor den heranstürmenden Massen bieten sollte.

»Militärmacht allein kann keinen Frieden sichern, und die geothermische Energie, die noch verbleibt, ist begrenzt. Wir müssen hier und jetzt eine neue Gesellschaftsordnung aufbauen. Ohne Waffen! Ohne Tränen! Ohne Blutvergießen! Wir werden Frieden, Stabilität und Fortschritt erreichen, ganz nach Art von Snowglobe!«, zitiert Hyang die berühmte Snowglobe-Ansprache von Yi Bonn, der namensgebenden Gründerin der Yibonn Media Group.

»Ha! Das hätte ich in der Schule lernen sollen!«, ruft Sannah, deren Blick zum Navi am Armaturenbrett wandert. »Aber jetzt wird es mir klar! Die neue Kuppel wurde aus durchsichtigem Glas errichtet, weil es gar nicht mehr darauf ankam, eine Invasion zu verhindern.«

Die Freude darüber, so spät in ihrem Leben noch etwas zu lernen, ließ ihre Augen leuchten. »Aber hätten sie nicht einfach die Paneele austauschen und dort bleiben können, wo sie waren? Warum mussten sie den Ort neu gründen?«

»Ganz einfach: Die ursprüngliche Kuppel wurde errichtet, um die Heimat der Gründungsfamilie zu schützen, nicht weil es dort eine geothermische Quelle gab. Die findest du nur in Snowglobe. Das Rentendorf ist dagegen ein regelrechter Iglu. Hast du ja selbst gemerkt«, antwortet ihr Hyang.

Dann schmatzt sie mit den Lippen, als hätte sie nach der langen Rede die Lust auf ihr Lieblingsgetränk gepackt. Sie dreht sich auf ihrem Sitz und greift nach ihrem Rucksack. In dem Moment ertönt in der Kabine ein Piepsen. Hyang wirbelt herum und starrt Sannah an.

»Jetzt schon?«, fragt sie mit vor Schreck weit aufgerissenen Augen.

»Ja«, erwidert Sannah wenig begeistert. Verwirrt sehe ich von einer zur anderen. »Was ist los?«

Sannah grinst nur, und Hyang starrt mit besorgter Miene in die Ferne, ohne ein Wort zu sagen.

»Du hast mich gefragt, wie ich im Rentendorf gelandet bin«, holt Sannah aus. »Dann will ich dir mal erzählen, warum eine Schauspielerin, die aus Snowglobe verbannt wurde, den Liefertruck fährt.«

»Ganz einfach«, sagt Hyang, die wieder zu sich gekommen zu sein scheint. »Sie ist Geheimwaffe für alle, die Regie führen, selbst wenn sie den Job längst an den Nagel gehängt haben. Die wagen sich einfach nicht in ihre Nähe!«

Sannah lacht herzhaft. »Es gibt im Rentendorf überraschend viele Leute, die ihr Geld leichtfertig ausgegeben haben und somit völlig pleite dort ankommen. Sie müssen im Kraftwerk malochen wie alle Normalsterblichen. Weil sie aber ihren alten Lebensstil nicht aufgeben wollen, klauen sie. Essen, Zigaretten, Alkohol – was auch immer der Truck transportiert. Die Türen von diesem Baby hier reagieren aber nur auf meinen Fingerabdruck. Also hecken sie Pläne aus. ›Wenn wir diese Fahrerin überwältigen, dann ...‹«

Sie sieht zu Hyang, die weiterredet. »›Aber wie sollen wir das Miststück überwältigen, das nicht mal Kugeln töten konnten? Mit Küchenmessern und Stöcken?‹«

Sannah wurde zum Tode verurteilt und bei der Championship als menschliche Zielscheibe aufgestellt, weil sie ihre Regisseurin umgebracht hat. Mit einem Küchenmesser. Es war ein brutaler, kaltblütiger Mord, von dem die Nachrichten damals rund um die Uhr berichtet haben.

»Als sie Sannah zum Ziel bestimmt haben«, fährt Hyang fort, »hat das ganze Dorf gejubelt. In ihren Augen hat sie es verdient, durchsiebt zu werden. Die Kneipen barsten, weil alle die Championship sehen wollten.« Grinsend erzählt Hyang von dem Ende, das wir alle kennen. »Und dann, heiliger Strohsack! Fünf Schüsse später lebt die Alte immer noch! Obwohl sie kaum noch atmen kann, reckt sie die Faust in die Luft, als wäre sie die Siegerin. Was für eine Frau! Was für ein Monster! Haltet euch bloß fern von dieser Bestie! Dann taucht diese Frau eines Tages als Fahrerin des Trucks auf. Schockiert und außer sich vor Wut – und völlig verängstigt – wollen sie alle aus dem Weg räumen, aber niemand wagt es. Und zwar nicht nur, weil sie nicht noch mal gegen den Friedensvertrag verstoßen wollen.«

»Wer Snowglobe verlässt und ins Dorf kommt, muss einen Friedensvertrag unterschreiben. Der Truckfahrer vor mir war eigentlich einer von ihnen, hat früher also selbst Regie geführt«, erklärt Sannah mir. »Aber dem half kein Friedensvertrag mehr. Ein betrunkener Mob hat ihn eines Nachts erschlagen, um den Truck zu kidnappen. Zur Strafe hat Snowglobe sechs Monate lang nichts ins Dorf geliefert. Und wir alle haben unsere Lehren aus dem Vorfall gezogen.« Sie hebt den Saum ihrer Jacke und enthüllt zwei Handfeuerwaffen in einem Holster an ihrer Taille. »Du hast es sicher schon erraten: Diese Babys sind die einzigen Schusswaffen im Ort, und sie funktionieren ebenfalls biometrisch.«

Während Sannahs Rede ist das Piepsen immer lauter und hektischer geworden, und mir wird allmählich mulmig.

»Was piepst da?« Mein Blick wandert zwischen meinen beiden Gefährtinnen hin und her.

Hyangs Lächeln verschwindet, und Sannah sagt: »Das? Das ist eine Bombe.«

Verständnislos sehe ich sie an. Ist das ein Scherz?

»Der Truck wird vom Radarsystem in Snowglobe überwacht. Wenn er von der vorherbestimmten Route abweicht, schlägt es Alarm, und der Alarm wird lauter, je länger und je weiter ich vom Kurs abweiche. Wenn er durchgängig ertönt, dann war's das. *Kabumm!*«, erklärt sie in einem heiteren Tonfall, als würde sie beschreiben, wie ein Luftballon platzt.

»Das ist nicht Ihr Ernst! Eine Bombe?!«, frage ich panisch.

»Entspann dich«, sagt sie lachend. »Ich werde euch absetzen und meine Route fortsetzen, bevor irgendwas passiert.«

Ich weiß, dass Sannah uns an einem Bahnhof absetzen will, der zwischen dem Rentendorf und Snowglobe liegt, aber ich muss dennoch fragen: »Haben wir genug Zeit dafür, bevor der Alarm durchgängig schrillt?«

Ich hätte gern eine verbindliche Zusage, die mich beruhigt.

»Ich hoffe es«, erwidert sie gelassen. »Ich weiche zum ersten Mal von der Route ab. Wir werden es also bald rausfinden.«

Hörbar schlucke ich meine Angst runter.

Die Forscherinnen

Nach vier Stunden ertönt das Piepsen fast durchgängig, weshalb wir beschließen, dass Hyang und ich zur allgemeinen Sicherheit den Rest des Weges zum Bahnhof auf Skiern zurücklegen.

Wir aktivieren noch im Truck unsere Taschenwärmer, schieben sie unter die vielen Schichten Kleidung und setzen die Skibrillen auf. Als wir fertig sind, stoppt Sannah den Truck. Selbst sie kann ihre Sorge nicht verbergen, die in erster Linie Hyang gilt, immerhin war diese noch nie in der offenen Welt.

»Hyang«, sagt sie zu ihr, »bitte versprich mir, dass du da draußen zurechtkommst.« Dann dreht sie sich zu mir um und lächelt – das Narbengrübchen macht sie irgendwie attraktiver. »Viel Glück.«

Ich danke ihr, aber in dem Moment schwillt das Piepsen furchterregend an, sodass Hyang und ich aus dem Truck stürzen. Aus der Fahrerkabine ihrer brüllenden Metallbestie winkt uns Sannah zu, dann schnallen wir unsere Skier fest. In der Ferne schimmert das Licht des Bahnhofs.

Hyang und ich gleiten Seite an Seite auf unseren Skiern dem Licht entgegen.

»Scheißwind!«, flucht Hyang zum gefühlt hundertsten Mal.

Ich hebe meine behandschuhte Hand und tippe mir gegen die Skibrille. In der schneidenden Kälte ist mein Atem daran festgefroren, und die Innenseite meiner Nase fühlt sich wund und eng an, wenn ich Luft hole. Trotzdem beruhigt mich das irgendwie. Es ist, als wäre ich zu Hause.

»So eine verdammte Scheiße!«, kreischt Hyang wieder. »Warum ist es hier so saukalt?«

Sie hat mir erzählt, dass sie in Snowglobe gern mit Skiern trainiert hat, und tatsächlich ist sie genauso schnell wie ich. Unweigerlich frage ich mich, ob ich noch die Frau vor mir habe, die leidenschaftlich gern mit der Soju-Flasche auf der Couch lag. Wir kommen zwar zügig voran, aber der Bahnhof ist noch immer ein gutes Stück entfernt.

»Diese Bombe!«, rufe ich durch Wind und Schnee. »Wissen Sie, wo im Truck die versteckt ist?«

Ein heftiger Windstoß bläst mir Schneekörner ins Gesicht. Als Hyang etwas ruft, verstehe ich sie nur zum Teil. Sie erzählt irgendwas vom sechsten Lendenwirbel.

»Was?«, brülle ich, doch da schaut Hyang bloß hoch zum Himmel und stößt eine Reihe Schimpfwörter aus.

»Die Bombe!«, antwortet sie mir dann. »Sie steckt in ihrem Körper!«

Während ich ihre Worte verdaue, ruft sie weiter: »Es ist keine Bombe, wie du sie dir vorstellst. Sie explodiert nicht.« Kurz hält sie inne und brüllt und flucht dann erneut: »Die Bombe ist so groß wie dein Daumennagel und bringt Sannahs Herz zum Stillstand.« Sie lacht bitter. »Denkst du, sie würden den Truck in die Luft jagen? Mit allem, was er geladen hat?«

Die Einzige, die in dem Truck ihr Leben riskiert hat, war also Sannah?

Als könnte sie meine Gedanken lesen, sagt Hyang: »Hab ich nicht coole Kontakte?«

Unter der Skimaske und der Skibrille strahlt sie vor Stolz.

»Aber warum?«, frage ich, weil ich es unbedingt wissen will. »Warum hat sie ihr Leben riskiert, um uns zu helfen? Um *mir* zu helfen?«

»Keine Sorge, du schuldest ihr deswegen nichts. Sannah hasst Snowglobe aus ganz persönlichen Gründen.«

Jetzt will ich erst recht mehr darüber erfahren, warum Sannah einen Mord begangen hat, der als der grausigste aller Zeiten gilt, aber in der Ferne höre ich schon das Pfeifen des Zugs.

»Mist! Wir verpassen ihn noch!« Hyang beschleunigt ihre Schritte und flucht erneut heftig. »Komm schon, Bambi! Vorwärts! Wirf dich vor den Zug, wenn es sein muss!«

Ich ziehe das Tempo an und brülle ihr zu: »Dafür wären Sie viel besser geeignet als ich, Ajumma!«

Die Verstärkung, nach der wir suchen, ist in der Siedlung Ja-B-6, das bedeutet, dass wir den Zug auf der Ja-Linie erwischen müssen, der nach Ja-P-22 fährt, in meinen Heimatort. Während ich mit aller Kraft zum Bahnhof haste, bete ich inständig, dass Jo Woong den Zug fährt, der wenig redet und sich kaum für seine Mitmenschen interessiert.

Endlich sitzen wir sicher im Zug und tauen wieder auf. Ich lehne mich zurück. Wir haben den Zug, nur wenige Minuten bevor die Türen geschlossen wurden, erreicht. Jetzt macht der Zugführer seine Runde vor der Abfahrt.

»Was ist der Zweck Ihres Besuchs?«, fragt er, und

durch die verspiegelte Skibrille sehe ich, wie Hyang ein Lächeln aufsetzt.

»Wir sind Wissenschaftlerinnen und wollen geothermische Messungen vornehmen«, antwortet sie. Die Antwort scheint ihn zufriedenzustellen, denn nach ein paar Routinefragen geht er weiter.

Hyang setzt die Fuchsfellmütze ab und zieht sich den Mantel aus, froh über die Wärme im Abteil. Auch ich befreie mich von den diversen Schichten Kleidung. Dabei fällt mir auf, dass wir in den schwarzen Anzügen und mit den Krawatten wie Sicherheitsleute aussehen, nicht wie Wissenschaftlerinnen. Als ich Hyang darauf aufmerksam mache, versichert sie mir, es sei nur wichtig, dass unsere Kleidung uns als Snowgloberinnen ausweist.

Mir kommt es vor, als wären erst ein paar Minuten vergangen, als der Zugführer wieder auftaucht, diesmal mit heißem Tee auf einem Tablett. Hyang greift nach einer Tasse, wobei sie den Arm weit ausstreckt, damit die mit Diamanten besetzte Armbanduhr unter der Manschette hervorlugt. Der extravagante Schmuck schreit förmlich *Snowglobe* und erinnert mich an Cooper. Als er in der Klinik aufgetaucht ist, um nach mir zu suchen, hat ein Blick auf seine polierten Lederschuhe genügt, um mir zu verraten, dass er aus Snowglobe stammt.

Hyang setzt sich aufrechter hin und drückt stolz das Kreuz durch. Sie trinkt einen vornehmen Schluck von ihrem roten Tee, dann erklärt sie dem Zugführer: »Neuesten Studien zufolge könnte es geothermische Ressourcen außerhalb von Snowglobe geben. Der Yibonn-Konzern ist voller Pioniere, und unsere Forschungen haben ihr

Interesse geweckt. Deshalb sollen wir entlang der Zuglinien Proben nehmen.«

Der provinzielle Zugführer beäugt uns voller Staunen und Bewunderung.

»Wow!«, haucht er. »Wie bedeutend Ihre Arbeit ist!« Ich verstecke mich noch immer hinter meiner Skibrille und werfe einen verstohlenen Blick auf sein aufrichtiges Lächeln. »Kann ich etwas tun, damit Sie sich hier wohler fühlen?«, fragt er.

Sein Blick bleibt an meiner Brille hängen. Er fragt sich sicherlich, warum ich sie im Zug trage. Wieder lasse ich Hyang für mich reden.

»Oh, meine Forschungspartnerin hat gerade eine Augen-OP hinter sich, die ihr Sehvermögen erhöhen soll. Dadurch ist sie extrem lichtempfindlich und muss die nächsten Tage eine Brille tragen – zu ihrem Schutz.«

Ich nicke und presse die Teetasse an meine Lippen. Der Dampf löst die Eiskruste vom Brillenrand. Er darf meine Stimme nicht hören. Nicht *dieser* Zugführer.

Denn dieser engagierte Zugführer mit den strahlenden Augen ist niemand anderes als mein Zwillingsbruder Ongi. Offenbar hat sich seine Beharrlichkeit im Kraftwerk ausgezahlt.

Aber was ist mit seiner Feigheit und seinem Hang zur Geselligkeit?

»Eine OP, um das Sehvermögen zu erhöhen!«, ruft er bewundernd. »Wow!«

Er sieht gut aus – besser als gut, fast, als wäre er für diesen Posten geboren. Unweigerlich muss ich lächeln. Insgeheim, versteht sich.

Jemand klopft an die Metallwand des Zugs, dann ertönt eine Stimme. »Wir sind so weit. Ihr könnt los.« Es ist die Aufseherin des Kraftwerks in Ja-A-1, die uns wissen lässt, dass sie die Waren entladen haben.

»Alles klar, danke!«, ruft Ongi. Dann dreht er sich mit seinem offenen Lächeln zu uns und wünscht uns eine angenehme Reise, bevor er durch die schmale Tür in seine Kabine geht. Danach höre ich seine gedämpfte Stimme, als er mit der Verkehrsleitung spricht. Wenig später ertönt ein lautes Zischen von den Gleisen, und mit einem Ruck fährt der Zug endlich los.

Hyang und ich sind die einzigen Fahrgäste. Als sich der Zug in Bewegung setzt, atme ich erleichtert auf. Genau wie in den Frachtabteilen gibt es auch hier keine Fenster, aber ich stelle mir vor, wie wir durch die weiße Landschaft der Welt da draußen pflügen, und sehe mir den Ort genauer an, den mein Bruder jetzt sein Zuhause nennt.

Das Abteil scheint nur dem Namen nach für Fahrgäste gedacht zu sein, denn es sieht mehr oder weniger aus, als wäre es Ongis Wohnung. Von einer Handvoll Sitze abgesehen, gibt es einen Tisch, der an der Wand befestigt ist, und zwei Stühle, die ebenfalls an der Wand verschraubt sind. Gegenüber befinden sich eine an der Wand festgemachte Liege und ein Bad wie in einem Campingwagen.

Es dauert nicht lange, bis das rhythmische Tuckern des Zugs mein Herz beruhigt, das wild rast, seit ich gesehen habe, wie Ongi aus seiner Kabine gekommen ist.

»Setz lieber die hier auf«, schlägt Hyang leise vor, als sie mir eine dunkle Sonnenbrille reicht. »Du siehst ziemlich albern aus.«

Aber ich lehne sie ab. Ongi ist vielleicht zu naiv, um Verdacht zu hegen, aber ich darf unsere Vergangenheit nicht unterschätzen. Da wir Zwillinge sind, kennen wir uns von Geburt an.

Daher stehe ich auf und gehe ins Bad. Sobald die Tür geschlossen und abgeriegelt ist, inspiziere ich mein Gesicht im handflächengroßen Spiegel an der Wand. Die Skibrille versteckt die obere Hälfte meines Gesichts, und die Gläser spiegeln das Licht in Regenbogenfarben wider, was an sich bereits eine gute Ablenkung bedeutet. Dafür, dass meine Tarnung aus nur einem einzigen Kleidungsstück besteht, funktioniert sie ziemlich gut. Sanft legt sich der Zug bald auf die eine, bald auf die andere Seite. Mein Spiegelbild folgt der Bewegung. Ich versuche, zu lächeln, um die finsteren Gedanken zu vertreiben, die in mir hochsteigen, wenn ich mir vorstelle, was vor mir liegt: In einem albernen schwarzen Anzug soll ich mich als Klimawissenschaftlerin ausgeben und mit einer Säuferin an der Seite eine geheimnisvolle Verstärkung treffen.

Sechs Stunden später teilt uns Ongi beim Betreten des Abteils mit, dass es nur noch zwei Stunden bis Ja-B-6 sind.

»Haben Sie Hunger? Ich bin am Verhungern«, fügt er hinzu.

Er sollte auch hungrig sein. Bei jedem Halt springt er aus dem Zug und plaudert mit den Leuten von den Kraftwerken, als würde er sie alle schon sein Leben lang kennen. Gelegentlich sind auch wir ausgestiegen und haben so getan, als würden wir geothermische Daten zusammentragen. Und jedes Mal hat Ongi die Neugierigen an der Station über unser Vorhaben informiert und stolz über das ganze Gesicht gestrahlt, als wäre er selbst irgendwie dafür verantwortlich.

Ongi holt sein Essen und setzt sich an den Tisch. Als ich sehe, wie er sich über die einzelne Reihe Gemüse-Gimbap beugt, habe ich ein schlechtes Gewissen, weil ich das dicke Schinkensandwich schon verspeist habe, das Hyang für uns eingepackt hat. Ongi hat den Zug während des Essens auf Autopilot gestellt, aber er kann nicht aufhören, immer wieder zu den Gleisen vor uns zu sehen oder zum Armaturenbrett in der Fahrerkabine.

»Sie sind noch sechs Tage unterwegs?«, fragt Hyang ihn.

»Genau«, erwidert Ongi heiter. Er schweigt kurz, um runterzuschlucken. »Noch sechs Tage, bis ich zu Hause bin, am Ende der Linie.«

»Ist es nicht einsam hier draußen?«, hakt Hyang nach. »Belastet es Sie nicht, wochenlang so weit weg von zu Hause zu sein?«

»Ich halte es nicht für eine *ideale* Berufswahl«, antwortet er aufrichtig.

»Was hält Ihre Familie davon, dass Sie so einen gefährlichen Beruf ergriffen haben?«, stellt Hyang in meinem Auftrag die nächste Frage.

»Sie machen sich Sorgen«, sagt Ongi ernst. »Ich hab mir mehr Sorgen darüber gemacht, sie so lange allein zu lassen. Meiner Großmutter geht es nicht gut. Ehrlich gesagt, könnte ich ohne meine Zwillingsschwester gar nicht hier arbeiten.« Jetzt kehrt sein verlegenes Lächeln zurück. »Sie wurde an der Filmhochschule angenommen, wodurch wir finanzielle Unterstützung erhalten haben. Mama konnte ihren Job im Kraftwerk kündigen, um zu Hause zu bleiben und sich um Oma zu kümmern.«

Etwas Heißes steigt in mir hoch, und Tränen brennen mir in den Augen. Der Anblick, wie Ongi sein mageres

Abendessen verschlingt, während er über die verbesserten Lebensumstände zu Hause spricht, schmerzt, nach all dem Luxus, den ich in Snowglobe genossen habe.

»Das klingt wundervoll«, sagt Hyang. »Dass Sie endlich die Möglichkeit haben, Ihren Traum zu verfolgen.«

Darüber muss Ongi kurz nachdenken. »Ich weiß nicht. An dem Traum hat wohl eher meine Schwester schuld«, sagt er lachend. »Seit sie reden kann, hat sie den Leuten erzählt, dass sie eines Tages Regisseurin wird, und das hieß, dass ich auch einen Traum brauchte, mit dem ich prahlen konnte. Ich hatte kein Interesse daran, Regisseur zu werden – oder Schauspieler –, und niemand träumt davon, im Kraftwerk zu arbeiten. Aber dann fiel es mir ein: Was, wenn ich Zugführer werde? Alle Kinder träumen doch davon, mit dem Zug zu fahren, oder?«

Er greift nach dem Wasserkessel und schenkt uns roten Tee nach.

Hyang wirft mir einen verstohlenen Blick zu und beugt sich vor. »Ach«, sagt sie mit zuckersüßer Stimme, »eine Zwillingsschwester. Sie beide müssen sich sehr nahestehen.«

Ohne dass sie es bemerkt, funkle ich sie hinter der Brille finster an.

»Total«, stimmt Ongi zu. »Ich hab sie vor fast einem halben Jahr zuletzt gesehen, aber ihr Schuljahr ist im Juni zu Ende. Leider kann sie im Sommer nicht nach Hause kommen. Dafür darf sie uns einladen. Sie wird durchdrehen, wenn sie hört, was ich jetzt mache. Bisher hab ich es geheim gehalten, damit ich sie überraschen kann.«

Er schenkt uns ein weiteres bescheidenes Lächeln, und mein Herz zieht sich zusammen, als ich mich an die

Tage zurückerinnere, an denen wir gemeinsam durch den kniehohen Schnee gestapft sind, uns mit Schneebällen beworfen haben oder einfach vor dem Fernseher gelümmelt und unsere Lieblingsserien gesehen haben.

Mir kommen die Tränen, aber da sammelt Ongi endlich seine Sachen zusammen und kehrt in die Fahrerkabine zurück. Ich warte auf das laute Rattern der Gleise, bevor ich die Nase schluchzend hochziehe.

Dann drehe ich mich zu Hyang. »Wären Sie enttäuscht, wenn ich jetzt einfach mit Ongi bis nach Hause fahre?«

Die Doppelgängerin

Hyang sieht mich überrascht an. Ihre Hand mit der Teetasse ist in der Bewegung erstarrt.

»Im Ernst?« Sie beugt sich vor und versucht, mir durch die Skibrille in die Augen zu sehen.

»Warum nicht?«, frage ich leise. »Dieser Zug fährt nach Hause. Ihre Schwester muss es nicht erfahren, wenn Sie das nicht wollen.«

Sie seufzt schwer. »Erinnerst du dich an das Geschenk, das sie deiner Familie gemacht hat? Die goldene Kamera.«

Ich nicke, und sie fährt fort: »Das ist eine echte Videokamera. Mit der eingebauten, winzigen Batterie läuft sie jahrelang, und Cha Seol hat direkten Zugriff auf die Aufnahmen.«

Mein Magen zieht sich zusammen, und in meinen Ohren rauscht es. Das ist doch ein Scherz! Ich weigere mich, das zu glauben, auch als Hyang weiterredet.

»Die Videoqualität ist nicht die beste, aber das kleine Mikrofon nimmt noch das leiseste Flüstern auf.«

Wenn das stimmt, wäre Seol sofort alarmiert, sollte ich die Kamera ausschalten und hinten im Schrank verstecken.

»Was soll das heißen?«, fahre ich sie an. Meine Ungläubigkeit verwandelt sich in Zorn. »Hat sie etwa die ganze Zeit meine Familie ausspioniert?«

Gibt es irgendetwas, das diese boshafte Frau nicht tun würde? Die Tür zur Fahrerkabine öffnet sich, und Ongi steckt mit besorgter Miene den Kopf hindurch. Lächelnd spricht er ein paar beruhigende Worte, dann kehrt er in die Kabine zurück. Ich fühle mich schlecht wegen ihm. Wegen meiner Familie.

»Ich hab selber schon darüber nachgedacht, dich in einer anderen Siedlung unterzubringen«, sagt Hyang. »Aber das scheint mir jetzt, da ich weiß, wie es Miryu in deiner ergangen ist, sinnlos. Wenn ich dich irgendwo einschmuggele, damit du Seols Radar entgehst, würdest auch du wie ein Geist leben müssen ...«

Ein Ausdruck tiefer Trauer legt sich auf ihr Gesicht. »Dabei ist Seol diejenige, die dafür bezahlen sollte, nicht du.«

Dann schweigt sie, und ich nicke ernst. Ich sehe zur dunklen Fahrerkabine, in der Ongi ganz allein am Steuerpult steht.

»Danke, dass Sie uns sicher zu unserer letzten Haltestelle gebracht haben.« Hyang senkt den Kopf zu einer knappen Verbeugung. Ich folge ihrem Beispiel und neige den Kopf ebenfalls vor Ongi, auch wenn ich mich dabei innerlich winde.

Ongi erwidert die Geste. »Sind Sie sicher, dass Sie bei der Rückreise einen anderen Zug nehmen?«

»Ja. Die Ma-Linie fährt hier durch, was für uns günstiger ist.«

Ongi lehnt sich an das Fenster der Fahrerkabine, ein sanftes Lächeln im Gesicht, und ich brenne mir das Bild ins Gedächtnis, da ich nicht sicher bin, wann ich ihn das nächste Mal sehe.

»Ich frage mich, ob wir uns begegnen werden, wenn ich meine Schwester im Juni besuche«, sagt er mit einem ernsten Lachen. »Egal, ich hoffe, dass sich unsere Wege irgendwann wieder kreuzen.«

»Genau!« Hyang ringt sich ein Lächeln ab. »Das hoffen wir auch.«

»Dann bis zum nächsten Mal, Dr. Kim Seolwon und Dr. Yi Woon«, sagt Ongi mit einem weiteren Nicken, als wir uns verabschieden.

Ich folge Hyang, noch immer das Bild von meinem Bruder vor Augen. Zitternd stapfen wir wieder durch den Schnee. Als wir uns dem Kraftwerk nähern, kommt eine Frau mittleren Alters zur hinteren Tür raus und ruft: »Hier drüben, bitte!«

Sie ist die Aufseherin des Kraftwerks in Ja-B-6, und Hyang stellt uns als Mitglieder der Kommission für Sicherheit und Gesundheit vor, die von Snowglobe hergeschickt wurden. Die Frau wirkt genauso überrascht wie ich, lächelt aber. Hyang lässt ihren ganzen Charme spielen und bittet darum, in den Pausenraum des Kraftwerks geführt zu werden.

Drinnen ist es relativ warm, sodass ich langsam wieder auftaue. Der Pausenraum ist ein winziges Zimmer mit drei leeren Pritschen. Hyang und ich setzen uns auf eines der Betten und warten, bis die Aufseherin zurückkehrt. Wie von Hyang verlangt, bringt sie eine Arbeiterin namens Myung Somyung mit.

Die Aufseherin war von der Bitte zunächst wenig begeistert und hat uns gefragt, warum wir mit einer Arbeiterin sprechen wollen, wenn sie unsere Fragen selbst beantworten könnte.

»Falls es dabei noch immer um diese alte Geschichte geht«, hat sie nervös gesagt, »kann ich Ihnen versichern, dass wir seither alles unternommen haben, um die fragliche Stelle zu stabilisieren. Ich verspreche Ihnen, dass das Kraftwerk noch in hundert Jahren hier stehen wird.«

Nach dem, was ich ihrem nervösen Gestotter entnehmen konnte, ist vor ein paar Jahren die Decke im Raum mit dem Hauptmotor eingestürzt. Dabei sind ein Dutzend Menschen zu Tode gekommen oder haben schwere Verletzungen davongetragen. Der tragische Vorfall hat die Stromproduktion des Kraftwerks eine Weile beeinträchtigt, worunter die gesamte Siedlung gelitten hat, und auch die Yibonns waren nicht allzu glücklich darüber.

Hyang hat der besorgten Frau in einem professionellen und doch mitfühlenden Tonfall versichert, dass ihr Besuch nur dazu dient, die Sicherheit am Arbeitsplatz zu verbessern und die Arbeitsmoral zu stärken, nicht, um irgendwen zu bestrafen. Nach einer Weile entspannte sich die Aufseherin und holte Myung Somyung.

Kaum hat die Aufseherin uns verlassen, legt Hyang die Maske gelassener Autorität ab. Ihre Nervosität tritt wieder zutage, während sie wie ein Nagetier an ihren Nägeln kaut.

»Woher kennen Sie diese *Verstärkung?*«, frage ich sie, um sie abzulenken.

»Ich kenne sie nicht«, sagt sie tonlos, dann spuckt sie einen Teil ihres Nagels aus. »Noch nicht.«

Verwirrt sehe ich sie an, doch da knarzt schon die Tür, und eine junge Frau tritt ein. Im Gegenlicht aus dem Gang ist nur ein Schattenriss zu sehen. Als sie sich umdreht, um die Tür zu schließen, habe ich den Eindruck, sie tue das nur, damit sie uns die Schusswaffe an ihrer Hüfte präsentieren kann. Als sie dann auf uns zutritt, kommt der Anblick ihres Gesichts einem Schlag in die Magengrube gleich.

»Sie wollten mich sprechen?«, fragt sie.

Hinter der Skibrille starre ich sie mit stockendem Atem an. Das Haar trägt sie kurz geschoren, weil das praktischer ist. Bevor ich nach Snowglobe gegangen bin, habe ich es genauso gehandhabt. Das schmutzige, verschwitzte Gesicht darunter ist ... meins. Oder Haeris. Oder Serins. Das Blut rauscht mir so laut in den Ohren, dass ich Hyangs Stimme kaum höre.

»Ja. Aber eins nach dem anderen. Hat Ihre Aufseherin Ihnen gesagt, dass Sie nach unserem Gespräch nach Hause gehen können?«

»Hat sie«, antwortet Somyung in der vertrauten Tonlage. »Sie hat auch damit gedroht, mein Gehalt diese Woche zu kürzen, wenn ich was Dummes sage.«

Darauf springt Hyang sofort an. »Wie wäre es dann, wenn wir uns bei Ihnen zu Hause unterhalten würden, damit sie uns nicht belauschen kann?«

Somyung schnaubt höhnisch und fährt sich durch das verschwitzte Haar.

»Dieses Gespräch«, sagt sie angewidert, »das ist doch eine Finte. Lassen Sie also den Scheiß, und kommen Sie zum Punkt.«

Ich blinzle sprachlos und sehe zu Hyang, die offensichtlich auch nicht auf diese Reaktion vorbereitet war. Bevor sie etwas sagen kann, spricht Somyung weiter: »Cha Seol hat Sie geschickt, nicht wahr?«

Verächtlich mustert sie uns. »Vor vier Jahren ist die Irre hergekommen und hat mir von ihrer durchgeknallten Idee erzählt.«

Danach fahren wir zu dritt in einem Schulbus, der die Kinder nach dem Unterricht nach Hause bringt. Die Kinder mit ihren zarten, von der Kälte geröteten Wangen und den Eiskristallen in den Wimpern starren Hyang und mich an, weil Somyung uns als Wissenschaftlerinnen aus Snowglobe vorgestellt hat. Die Sonnenbrille und die Skibrille ziehen vermutlich eine Aufmerksamkeit auf sich, die wir ohne diese Accessoires nie erhalten hätten. Ein etwa zehnjähriges Mädchen dreht sich auf dem Sitz um, wedelt nur wenige Zentimeter von meiner Brille entfernt mit der Hand und grinst neugierig.

»Können Sie durch die echt was sehen?«, fragt sie.

»Ja.« Ich senke meine Stimme, damit sie autoritärer klingt.

Diese Kinder haben noch nie Menschen aus Snowglobe getroffen. Die ganze Fahrt über bombardieren sie uns mit Fragen. *Warum haben wir Sie noch nie im Fernsehen gesehen? Muss man ein Genie sein, um in Snowglobe Wissenschaftlerin zu werden? Kann ich mal die Skibrille aufsetzen? Müssen Wissenschaftlerinnen ihre Augen ständig schützen?*

Zum Glück ist Somyungs Haltestelle nicht weit vom Kraftwerk entfernt, und wir steigen aus, bevor die Kinder uns mit ihren Fragen zu sehr auf die Pelle rücken.

In ihrer winzigen Küche füllt Somyung zwei Gläser mit Leitungswasser.

»Wissenschaftlerinnen sind Sie nicht, so viel ist klar.« Sie stellt die Gläser auf den dreibeinigen Tisch. »Was wollen Sie?«

Aus zusammengekniffenen Augen starrt sie meine Skibrille an. Ich schlucke und wende den Blick zum großen Schrank, in dem eine beeindruckende Sammlung an Schusswaffen liegt, angefangen von einer winzigen Handfeuerwaffe bis hin zum größten Gewehr, das ich jemals gesehen habe. Angst kriecht in mir hoch, nicht zum ersten Mal, seit wir hier angekommen sind. Die Sammlung an Schädeln vor dem Haus war auch nicht gerade einladend. Ob die alle nur von Tieren stammen?

Hyang nimmt ihre Sonnenbrille ab, greift nach dem Wasserglas und leert es in wenigen Zügen.

»Ziemlich eindrucksvoll.« Sie deutet mit dem leeren Glas zum Schrank.

»Familienerbstücke«, sagt Somyung stolz, dann setzt sie sich hin. »Wir waren im Waffengeschäft, bevor die Welt eingefroren ist.«

Hyang zwingt sich zu einem Lächeln. »Was gehört an die leere Stelle?«

Somyung verschränkt die Arme vor der Brust und lehnt sich zurück. Sie grinst wie Haeri, wenn sie etwas im Schilde führt. »Die Pistole an meiner Hüfte. Sie ist geladen.«

Hyangs Lächeln verschwindet. »Können Sie uns mehr über Cha Seols Besuch vor vier Jahren erzählen?«, wechselt sie das Thema.

»Sie hat mir gesagt, dass Haeri an einer tödlichen Krankheit leidet, sie aber nicht wollte, dass sie stirbt ... Besser gesagt: Sie wollte nicht, dass die *Show* stirbt.« Somyung verdreht die Augen. »Angeblich ist es Haeris letzter Wunsch gewesen, einen Ersatz für sie zu finden. Ein Double.«

Als mir klar wird, was sie da sagt, balle ich die Hände zu Fäusten. Das heißt, dass Regisseurin Cha schon vor vier Jahren versucht hat, Haeri auszutauschen. Erneut steigt Hass in mir auf.

»Irgendwie wusste sie, dass meine Eltern im Kraftwerk gestorben sind, als damals die Decke eingestürzt ist«, fährt Somyung fort. »Sie hat versucht, mich zu überreden, mit ihr nach Snowglobe zu gehen, um ein neues Leben als Haeri zu beginnen.«
Hyang zögert und wirft mir einen kurzen Blick zu.
»Warum sind Sie nicht mitgegangen?«
Somyung sieht sie ausdruckslos an, als würde sie abschätzen, ob sie die Frage ernst meint. Dann lacht sie laut auf.
»Warum sollte ich als Haeri leben wollen, wenn ich als Somyung geboren wurde?«
Die Selbstsicherheit ihrer Antwort erstaunt mich.
»Und dann stirbt das Mädchen nicht mal, sondern führt sein fabelhaftes Leben einfach weiter!«, fährt Somyung fort. »Von wegen schreckliche Krankheit. Sie sieht besser aus als je zuvor. Jedes Mal, wenn ich sie im Fernsehen sehe, ist sie quicklebendig, fast als würde sie gleich aus dem Bildschirm hüpfen und es sich in meinem Wohnzimmer bequem machen. Und da wir schon davon reden: Was hat sich Haeri nur dabei gedacht? Ein *Ersatz?* Hält sie das Leben anderer für so bedeutungslos, dass es gar nicht erst zu Ende geführt werden muss? Diese aufgeblasenen Stars haben sie doch nicht mehr alle. Die sind doch total weltfremd!« Sie schnaubt. »Seitdem will ich am liebsten jedes Mal kotzen, wenn ich sie sehe.«

Sie untermalt ihren Ekel mit einem verächtlichen Kopfschütteln. Hyang greift nach ihrem Rucksack und zieht den Reißverschluss auf. Sie atmet tief durch die Nase ein, hebt den Kopf und mustert mich eine Weile. Schließlich schlägt sie vor, dass ich die Brille abnehme. Ich zögere kurz, dann präsentiere ich Somyung mein nacktes Gesicht.

Diese starrt mich mit schreckgeweiteten Augen an.
»Goh Haeri?«, haucht sie. Vielleicht bereut sie all die abfälligen Worte über die Schauspielerin, die nun vor ihr zu sitzen scheint. Noch ehe ich ihr alles erklären kann, holt Hyang einen Aktenordner aus ihrem Rucksack und knallt ihn auf den Tisch.

»Also gut«, seufzt sie. »Ich tue das, auch wenn es mich umbringt.« Sie atmet erneut tief ein und sieht zu Somyung. »Bitte erschießen Sie uns nicht. Oder warten Sie wenigstens, bis ich fertig bin.«

»Sie müssen nicht so dramatisch sein«, scherze ich nervös.

Was hat sie vor?

»Ich hab lange darüber nachgedacht, aber es gibt keine nette Art, das zu sagen. Also ...«

Mein Herz schlägt heftig. Worauf will sie hinaus? Auch Somyung betrachtet sie argwöhnisch, zieht die Pistole aus dem Holster und legt sie mit einem dumpfen Geräusch auf die Tischplatte.

»Wenn es darum geht«, knurrt sie, »dass ich sie ersetzen soll, erschieße ich Sie.«

Hyang nimmt zwei Dokumente aus dem Ordner und hält jeder von uns eine Seite hin. Ich nehme das Papier und überfliege es. Es ist mein Einschulungszeugnis mit meinem ersten Personalausweisfoto. *Name: Jeon Chobahm. Geboren am: 25.12., Größe: 95 cm, Gewicht: 22 kg, Siedlung: Ja-P-22, Schuljahr: 1, Familie: Großmutter Jeon Wol, Mutter Jeon Heewoo, Vater Yim Hahnyung (verstorben), Bruder Jeon Ongi.* Und so weiter.

»Was soll das?«, frage ich leise, als mein Blick auf die Schriftzeichen unter meinem Foto fällt.

Goh Sanghui (gespendete Eizelle), Yi Ohyun (Samenspender).

»Gespendete Eizelle von Goh Sanghui?«, höre ich Somyung murmeln. »Samenspender?«
»Das steht bei mir auch!«
Mein Blick wandert von Somyung zu Hyang. Hyang beißt sich auf die Lippe und presst die Hände so fest zusammen, dass die Knöchel weiß hervortreten. Ihre Augen sind gerötet. »Seol musste nicht nach Doppelgängerinnen für Haeri suchen. Ihr alle wurdet *gezeugt*, damit ihr eines Tages Goh Haeri sein könnt.« Somyung und ich drehen uns einander zu. Ihre Augen spiegeln das Chaos wider, das in mir herrscht.

Die Show geht weiter

Meine Eltern haben sich im selben Jahr das Jawort gegeben, in dem die Yibonn Media Group ihr Hundertjähriges Bestehen begangen hat. Dutzende Menschen aus der offenen Welt wurden nach Snowglobe eingeladen, um an der Feier teilzunehmen.

Cha Seol hatte gerade ihren Abschluss an der Filmhochschule gemacht und für Maeryungs Familienshow die Regieassistenz bei ihrem berühmten Großvater Cha Guibahng übernommen. Obwohl die Sendung ein Dauerbrenner war, hatte Cha Guibahng keine große Freude an Maeryungs Erstgeborener Goh Sanghui, da sie seiner Ansicht nach ihre Rolle nicht gut ausfüllte. Eines Tages kam Goh Sanghui jedoch mit ihrem Schwarm Yi Ohyun zusammen, wodurch die bereits hohen Einschaltquoten noch mal deutlich in die Höhe schossen. Endlich tat die Schmarotzerin etwas für ihr Geld.

Ein paar Monate später trennte sich Ohyun jedoch von Sanghui, auch wenn die beiden befreundet blieben. Wenig später rief Guibahng dann Maeryung zu sich und drohte ihr damit, ihre Tochter, diese stumpfsinnige, unsympathische junge Frau ohne das geringste Talent, aus der Show zu werfen. Maeryung wollte das um jeden Preis verhindern. Schließlich kam ihr eine Idee: Sanghui sollte mit Ohyuns Kind schwanger sein. Und so wurde der Star Goh Haeri geboren.

Guibahng stellte sofort ein Team der weltbesten Genetiker zusammen und ließ das Baby von ihnen designen, damit es die richtigen körperlichen Merkmale des ansehnlichen Vaters Ohyun erbte. Anschließend übertrug Guibahng seiner ehrgeizigen Enkelin die Führung für die Familienserie, weil er mit Miryu in der Hauptrolle eine Krimiserie entwickelte.

»Und da hatte Seol eine Idee, die nie hätte in die Tat umgesetzt werden dürfen.« Hyang seufzt elend.

Cha Seol und Cha Guibahng gingen die Profile der Pärchen aus der offenen Welt durch, die zur Feier eingeladen waren, um nach Männern zu suchen, die etwa so alt waren wie Ohyun und ihm ähnlich sahen. Unter diesen Ausgewählten befanden sich auch die künftigen Eltern von Jeon Chobahm, Myung Somyung und Bae Serin.

Guibahng lud die Paare auf eine Privatveranstaltung ein, zu der auch eine Wellnessbehandlung und Ganzkörpermassage für die Frauen gehörten, die alle ausnahmslos dabei eingeschlafen sind. Kurz nach ihrer Rückkehr haben die Frauen erfahren, dass sie schwanger sind. Meine Mama war bereits mit Ongi schwanger, aber sie wusste nicht, dass ich auf ihrer Reise nach Snowglobe dazugekommen bin.

Die Mädchen – genetisch identische Klone – kamen wie geplant zur Welt, einschließlich Sanghuis Snowglobe-Baby Haeri.

»Es gab noch mehr.« Hyangs angespannte Stimme war kaum lauter als ein Flüstern. »Ich hab gehört, dass einige der Babys Geburtsfehler hatten und die ersten Tage nicht überlebt haben.«

Ich denke an die alte Frau, die an der Seite ihrer Enkelin wachte, weil die Kleine mit einem Herzfehler zur Welt kam. Das soll nicht meine echte Großmutter sein? Und die einzige Mutter, die ich je gekannt habe ... Ich soll nicht ihre Tochter sein? Was ist mit Ongi? Sind wir keine Zwillinge?

»Guibahng und Seol wollten eine Figur erschaffen, die alle unwiderstehlich finden«, fährt Hyang fort. »Angefangen mit dem Aussehen. Jeder Zentimeter eures Körpers ist das Ergebnis akribischer Planung. Von euren Augen, Nasen und Mündern bis hin zur Länge euer Finger wurde alles designt, um ästhetischen Ansprüchen zu genügen. Ihr wurdet entworfen wie die Karosserie eines Designerautos.«

Der Rest entspricht dem, was Cha Seol mir bereits erzählt hat. Ich sollte Bonwhe umgarnen und mir Zutritt zum Anwesen der Yibonns verschaffen, denn Seol wollte eine Show, die alle anderen Shows in den Schatten stellt.

»Warum brauchten sie so viele Haeris?«, fragt Somyung schließlich.

Hyang mahlte mit den Kiefern. »Um das Risiko zu verringern«, erklärt sie. »Mit mehr als einem Double war sie besser gegen unvorhersehbare Wendungen gewappnet.«

»Wie meinen Sie das?« Somyungs Augen funkeln finster.

»Genmanipulation bringt diverse Gesundheitsrisiken mit sich. Bei Haeri bestand das Risiko, unmittelbar nach der Geburt aufgrund eines Herzfehlers zu sterben. Sie hat überlebt – aber das Leben selbst steckt voller böser Überraschungen, die alles über den Haufen werfen könnten – Autounfall, Ersticken, Ertrinken, Jugendkriminalität ... Und eure Eltern waren nicht bloß Ersatzeltern. Guibahng und Seol haben die Veranlagungen geliefert, eure Eltern mussten aber die Erziehung übernehmen. Die beiden haben dann seelenruhig verfolgt, welche Haeri das richtige Temperament für ihre Vision von der Show entwickelt. Niemand ist davon ausgegangen, dass Sanghuis Baby für immer Haeri bleibt, nur weil sie von der berühmten Mutter zur Welt gebracht wurde.«

»Bitte?!«, rufe ich. Mit einem Mal halte ich Somyungs Pistole in der Hand und richte sie zitternd auf Hyang. Ich sehe sie wie durch einen Tunnel und spüre meinen Puls in meinem Zeigefinger.

»Was soll das heißen?«, frage ich mit wutverzerrter Stimme. »Genmanipulierte Klone? Und Cha Seol wählt die Siegerin?«, brülle ich. »Was stimmt nicht mit euch?«

Die Mündung von Somyungs Waffe zuckt wild vor Hyangs Gesicht, ohne dass diese aber Angst zeigt.

»Darauf hab ich keine Antwort«, sagt sie niedergeschlagen. »Ich wünschte nur, ich würde nicht zu dieser verkommenen Familie gehören.«

»Familie?«, fragt Somyung finster, die jetzt von mir zu Hyang sieht. »Wer zum Henker sind Sie?«

»Ich bin Cha Seols Schwester. Cha Guibahngs Enkelin«, antwortet Hyang kleinlaut. »Vor ein paar Jahren hab ich von ihrem Tun erfahren, danach hab ich Snowglobe für immer verlassen. Meine Schwester wollte meine Entscheidung jedoch nicht akzeptieren. Sie hat behauptet, sie braucht mich als Regieassistentin und auch als beste Freundin. Unser Großvater liegt im Krankenhaus, seit er einen Schlaganfall hatte. Irgendwann hab ich jedoch alle Details rausgefunden.«

Tränen steigen ihr in die Augen, und sie gesteht ihre Mitschuld, weil sie sich bloß von ihrer Familie distanziert, uns aber nicht geholfen hat.

»Sie machen mich krank!«, knallt Somyung ihr an den Kopf. »Meine Mama wäre fast *gestorben*, als sie das Kind einer anderen zur Welt gebracht hat. Scheiße!« Sie presst die Handflächen gegen die geröteten Augen.

»Manche von uns trifft aber auch alles.«

Mit einem Mal dreht sie sich grinsend zu mir. »Du mit der Pistole in der Hand! Weißt du überhaupt, wie man die benutzt?« Sie lacht. »Also, was hast du mit all dem zu tun?«

Wortlos lasse ich die Hand mit der Waffe sinken, als mich mit einem Mal alle Kraft verlässt. Sofort nimmt Somyung mir die Pistole ab, während Hyang ihr in aller Kürze meine Geschichte erzählt. Hin und wieder muss sie innehalten, um sich zu sammeln.

»Ich glaub's nicht.« Somyung inspiziert die Waffe. »Du hast nicht mal die Sicherung gelöst.«

Dann wendet sie sich an Hyang, die sich mit den Handrücken die Augen trocknet. »Kann ich Sie auch Ajumma nennen?«

Hyang nickt.

»Also, Ajumma, Sie haben nichts unternommen, obwohl Sie genug über das Goh-Haeri-Projekt wussten. Wegen dieser armseligen Schwäche verurteile ich Sie aber nicht. Im Grunde kann ich sogar verstehen, wie schwer es für Sie gewesen sein muss, sich gegen Ihre Schwester und Ihren Großvater zu stellen.« Sie schweigt kurz, bevor sie fortfährt: »Was ich wissen will, ist: Warum jetzt? Warum wirbeln Sie jetzt Staub auf und machen sich die Mühe, mich aufzuspüren?«

Hyangs Augen sind gerötet und geschwollen, und sie

befeuchtet sich die Lippen. »Gut, ich will auch das sagen, selbst wenn es mir unangenehm ist. Meine Freundin Miryu hat ihre Rolle als Serienmörderin gehasst. Die Sache war ihr aufgeschwatzt worden, weil der Show die Ideen für neue Morde ausgegangen sind ... Dieser Mord an der Seele meiner Freundin war der erste, dessen Zeugin ich geworden bin«, berichtet Hyang.

Sie stockt kurz.

»Als Kind einer Regisseurfamilie hab ich die Augen verschlossen vor den Dingen, die sie im Namen der Einschaltquoten getan haben. Ich hab geglaubt, alle hätten den redaktionellen Entscheidungen zugestimmt, egal, wie unverständlich sie auch waren, damit sie in Snowglobe bleiben können. Erst nachdem ich gesehen hab, was mit Miryu geschehen ist, hab ich verstanden, was hinter den Kulissen vor sich geht. Bis dahin hatte ich mich noch nie für einen Menschen oder eine Sache eingesetzt. Deshalb ist mir nichts Besseres eingefallen, als wegzulaufen. Danach wollte Seol mich in das Projekt zurückholen. Sie hat mich mit meiner schwesterlichen Loyalität unter Druck gesetzt. Jeder Tag war die Hölle. Ich hab nie Ja gesagt, aber ich konnte auch nicht Nein sagen. Sie ist meine große Schwester ... und war meine Heldin.«

Hyang atmet scharf ein.

»Also hab ich angefangen zu trinken. Nur so konnte ich den Schmerz lindern. Kaum nüchtern, hab ich meinen Verstand wieder mit Alkohol betäubt. Irgendwann ist mir die Flucht ins Rentendorf geglückt, aber die Leute dort hab ich nicht ertragen, schließlich haben sie alle früher Regie geführt. Hoffnungslosigkeit packte mich, und ich verschloss mich vor der Welt, bis Seol mir in einem Brief von Haeris Selbstmord berichtet hat. Ich war am Boden zerstört und außer mir vor Wut, und so fing ich an, die Dokumente durchzugehen, die ich aus Snowglobe geschmuggelt hab. Ich war endlich so weit, sie als Beweise zu nutzen, um meine Familie für das, was sie getan hat, in den Ruin zu treiben, aber ich wusste nicht, wo ich anfangen sollte.«

Kurz hält Hyang inne und sieht zu mir.

»Und dann wurde Jeon Chobahm in einer übergroßen Apfelkiste zu mir geschickt. Sie hat mir von Miryus schrecklichem Leben erzählt. In Chobahm hab ich eine junge Frau erkannt, die lieber bis zum Tod kämpfen würde, als diese Ungerechtigkeiten zu akzeptieren. Sie, die von ganz unten kommt, hat Haltung bewiesen, und das hat mich zum Nachdenken gebracht. Über meine eigene Haltung. Ich wusste, dass ich mein feiges Verhalten nicht ändern kann, aber ich wollte nicht länger mit dieser Scham leben.«

Stille breitet sich im Raum aus. Durch meine Tränen erkenne ich die Frau endlich als das, was sie ist: ein weiteres Opfer mit einer Seele voller Narben.

Somyung nickt ernst. »Also, wie ist der Plan?«

Hyang schweigt eine Weile, dann sieht sie zu mir. »Mein Plan basiert auf einer Idee von Chobahm. Wir sammeln alle Haeris ein und marschieren während der Livesendung ins Studio. Wer euch alle zusammen sieht, glaubt uns, dass es dieses Goh-Haeri-Projekt tatsächlich gibt.«

»Moment«, unterbreche ich. »Wie viele von uns gibt es denn?«

»Ich wünschte, ich wüsste es.« Hyang seufzt. »Seol bewahrt die Akten an verschiedenen Orten auf. Ich hab nur einen Teil an mich bringen können.«

»Haben Sie auch ...« Ich suche nach dem richtigen Wort. »... *ihre* Akte?«

Ich bringe es nicht über mich, sie Haeri zu nennen. Nicht mehr. Unsere Eltern haben uns schließlich einen eigenen Namen gegeben.

Hyang versteht, wen ich meine. »Nein«, sagt sie mit erstickter Stimme. »Ich hab Yeosus Akte nicht. Ihr Name war Jo Yeosu.«

Jo Yeosu. Das ist der Name, den Bonwhe mir im Wald genannt hat.

»Yeosu hat natürlich nie etwas von alldem geahnt«, fügt Hyang hinzu. »Wie auch? Sie muss überzeugt gewesen sein, dass all das endet, wenn sie sich umbringt.«

»Hätte sie keinen anderen Weg wählen können?«, fragt Somyung. Sie klingt wütend und frustriert.

Hyang schüttelt den Kopf. »Yeosu wollte sich *rächen*. Kurz nachdem sie nach Snowglobe gezogen ist, sind ihre Eltern verschwunden. Dahinter steckte natürlich Seol. Sie wollte sichergehen, dass Yeosu niemanden hat, zu dem sie fliehen kann.«

Bonwhes Stimme hallt in meinem Kopf wider: *Dein letzter Brief klang wie ein Abschied, da hab ich mir schon Sorgen gemacht.*

Mein Herz zieht sich zusammen, als ich an Yeosus Qualen denke. An die abgrundtiefe Einsamkeit und Verzweiflung, die sie erfüllt haben muss, als sie den Brief an Bonwhe schrieb.

Da trifft es mich wie ein Blitz aus heiterem Himmel.

»Dann war Yeosu gar nicht Sanghuis Tochter? Wo ist diese denn jetzt?«

Der Schmerz auf Hyangs Gesicht tritt noch schärfer hervor.

»Tot vermutlich.« Sie bringt die Worte kaum über die Lippen. »Ich hab Seol mit derselben Frage konfrontiert, und sie hat mir gesagt, dass sie sich bereits um alles gekümmert hat.«

Mein Magen verkrampft sich. Als wäre das, was wir erfahren haben, nicht schon schrecklich genug. Das Mädchen, das wir alle geliebt haben, war eine Illusion. Yeosu hat sich umgebracht, um diese Illusion zu zerstören, aber das ist ihr nicht gelungen. Die Wut, die ich ihretwegen, meinetwegen, unseretwegen empfinde, lässt mich zittern.

»Ich packe.« Somyungs Stimme holt mich zurück. »Ein oder zwei Schusswaffen wären vermutlich nicht verkehrt?«

Sie tritt vor den Schrank.

Noch eine Kopie

Der Pausenraum im Kraftwerk von Ra-H-11 ist überraschend groß. Ich zähle zehn Liegen und etwa zwei Dutzend Schlafsäcke auf dem Boden. Zum Glück sind wir am Nachmittag eingetroffen, sonst würde der Raum überquellen von erschöpften Menschen.

»Wie schön«, bemerke ich trocken, »dass es hier draußen ein Kraftwerk gibt, in dem der Pausenraum von allen genutzt wird.«

Somyung nickt. »Die Aufseherin hier muss einen Funken Anstand besitzen.«

Bevor wir in Ja-B-6 in den Zug auf der Ra-Linie gestiegen sind, hat Hyang die Aufseherin von Somyung darüber informiert, dass sie für eine eingehende Studie mit uns nach Snowglobe fahren würde. Zu unserer Überraschung nahm die Frau die Information mit unverhohlener Freude auf und behauptete, Somyung wäre eine gute Kandidatin für die Rolle einer Jägerin oder Grenzwächterin. Mit gesenkter Stimme teilte sie uns dann noch mit, dass sie Somyungs extreme Wachsamkeit zwar zu schätzen wissen würde, ihr Verhalten und das Tragen einer Waffe würde die Leute im Kraftwerk, sie selbst eingeschlossen, jedoch verunsichern. Hyang hat nur ungeduldig geschnaubt, während ich die Aufseherin hinter meiner Skibrille finster angestarrt habe.

Shin Shinae ist der Name des Klons, der in der Siedlung Ra-H-11 lebt. Sie hat sich dagegen gesperrt, mit uns bei sich zu Hause zu sprechen, da das der ungeeignetste Ort der Welt dafür sei. Dort wohnten ihre Großeltern mütterlicher- und väterlicherseits und der Rest der Familie mit zahlreichen Kindern, die noch nicht zur Schule gehen. In der offenen Welt ist das nicht allzu ungewöhnlich, aber Hyang konnte ihr Erstaunen darüber, dass ein Dutzend Menschen in einer Wohnung mit nur drei Schlafzimmern wohnen, nicht verbergen. Shinae gesteht uns, dass sie sich vor allem Sorgen um ihre Mama mache, die vor Kurzem als Busfahrerin gefeuert worden sei, weil sie angeblich betrunken hinterm Steuer ihres Busses saß. Jetzt hockt sie rund um die Uhr zu Hause. Deshalb sprechen wir im Pausenraum mit ihr, während Somyung an der Tür Wache hält.

Shinae versucht gerade, zu verstehen, was das Dokument zu bedeuten hat, das Hyang ihr gereicht hat. Ich setze endlich die Skibrille ab, während Hyang Shinae die Wahrheit über unseren Besuch verrät. Diesmal ist ihre Erklärung klarer als die letzten beiden Male.

»Das ist alles«, schließt sie. Die Verwirrung auf Shinaes Gesicht ist während der Erklärung verschwunden, und sie wirkt auf seltsame Weise im Reinen mit sich. Ein unerklärliches Lächeln legt sich auf ihre Lippen. Hat sie überhaupt zugehört?

Hyang wirft mir einen Blick zu, sichtlich verwirrt von der Reaktion. »Ich verstehe, dass das alles erschütternd ist ...«, versucht sie es noch einmal.

»Da haben Sie verdammt recht«, unterbricht Shinae sie. Doch sie scheint nicht nur erschüttert zu sein, sondern auch *begeistert*.

»Was heißt das für uns?«, fragt sie. In ihren Augen

funkelt es aufgeregt. »Demnach sind wir Opfer, nicht wahr? Können wir mit einer Entschädigung rechnen?« Vermutlich haben wir das unserem Mangel an Fantasie zu verdanken, aber weder Hyang noch ich haben diese Reaktion vorhergesehen.

»Ich hab schon immer davon geträumt, meiner Familie zu entkommen«, fährt Shinae fort und lacht triumphierend, als wäre sie erleichtert, endlich die Wahrheit auszusprechen. »Die hängen mir alle zum Hals raus. Alle, bis auf Mama.«

Hyang und ich blinzeln einander an, während Shinae immer aufgeregter weiterspricht. »Mein Papa hat immer geglaubt, dass sie fremdgegangen ist. Sie standen sich nicht mehr sonderlich nahe, als sie mit mir schwanger war, wenn ihr versteht, was ich meine. Er und der Rest der Familie haben sie als Schlampe und mich als Bastard beschimpft.« Sie sieht auf den abgegriffenen grauen Haarreif, den sie in den Händen hält, und lächelt bitter. »Dieses dumme Ding. Er war mal rot – mein Vater hat ihn meiner Mutter an ihrem Hochzeitstag geschenkt. Ich musste ihn von meiner Cousine zurückstehlen, weil meine Großmutter ihn der kleinen Scheißerin gegeben hat ... Beim Einschlafen hab ich mir immer vorgestellt, wie meine richtigen Eltern durch die Tür kommen und mich zurückholen«, fügt sie mit trauriger Stimme hinzu. »Die waren so reich, dass sie mir Haarreifen in allen Farben des Regenbogens kaufen konnten.«

Schweigen breitet sich aus, und ich muss an Guibahng und Seol denken. Ihr grausamer Ehrgeiz hat in den letzten siebzehn Jahren so viele Leben ruiniert.

»Meine Mutter sollte für ihr Leid ebenfalls entschädigt werden.« Jetzt klingt Shinae wieder fröhlich.

»Wenn ihr mich fragt, hat die Sache sie so verrückt gemacht, dass sie meinen Vater überfahren wollte.«

Hyang und ich wechseln einen beredten Blick.

»Hat ...«, setzt Hyang vorsichtig an, »hat sie deshalb ihren Job als Busfahrerin verloren?«

Shinae nickt. »Sie war nicht betrunken«, sagt sie grinsend. »Sie war stocknüchtern, und ich werfe es ihr nicht vor. Sie hatte genug.«

Hyang und ich schweigen erneut, um den Schock zu verdauen.

»Keine Angst.« Shinae verdreht die Augen. »Dem Trottel geht's gut. Sie ist im letzten Moment auf die Bremse gestiegen. Die arme Frau würde es nie übers Herz bringen, jemanden zu töten, auch wenn ihr diese Güte am Ende wenig geholfen hat.« Sie mustert wieder den Haarreif. »Aber ich bin nicht die Tochter meiner Mutter.« Sie hebt den Kopf und sagt heiter: »Danke, dass ihr zu meiner Rettung gekommen seid. Ginge es nach mir, wäre ich gar nicht erst geboren worden, aber dafür ist es jetzt wohl zu spät.«

Hyang öffnet den Mund, um etwas zu sagen, verstummt aber, als Shinae um den Tisch herumläuft und mein Gesicht genauer betrachtet.

»Unfassbar«, haucht sie verwundert. »Als würde ich in einen Spiegel gucken.« Dann kichert sie kindlich.

Ich sehe zu Hyang. »Die Entschädigung ... Du meinst Geld, oder?«, frage ich. »Das können wir nicht garantieren. Ich meine, so weit haben wir nicht gedacht, zumindest noch nicht ...«

»Das ist nicht dein Ernst«, ruft Shinae verärgert aus.

Ich nicke bloß verlegen. Wir haben uns nur darauf konzentriert, Cha Seol und Cha Guibahng zur Rechen-

schaft zu ziehen – um einen Präzedenzfall zu schaffen. Geld ist mir gar nicht in den Sinn gekommen.
»Ihr habt die Sache echt noch nicht durchgerechnet?«, will Shinae wissen. »Was habt ihr vor, wenn das alles aufgeflogen ist? Was wollt ihr tun, sobald sich die Wogen geglättet haben?«

Wieder sehe ich zu Hyang, doch auch sie weiß keine Antwort. Seufzend deutet Shinae mit dem Daumen zu Somyung hinüber. »Was ist mit ihr? Hat sie einen Plan? Hat ... *irgendeine* von euch einen Plan?«

»Einen Plan?«, wiederhole ich schließlich, um überhaupt was zu sagen.

Shinae kneift kurz die Augen zu. »Wolltest du wirklich einfach so nach Hause zurückkehren? Ohne jede Entschädigung dafür, ausgenutzt und zur Schau gestellt worden zu sein? Und denk auch an deine Familie! In ihren Augen gehörst du vielleicht gar nicht mehr zu ihnen.«

Ich öffne den Mund, um ihr zu widersprechen, aber mir kommt kein Wort über die Lippen. Werde ich meine Familie verlieren, wenn ich die Wahrheit ans Licht bringe? Mein Hirn ist wie leer gefegt.

»Geld *beschützt* dich«, fährt Shinae fort. »Es öffnet dir Türen, die sonst verschlossen sind.«

Endlich hat Hyang ihre Stimme wieder und lacht nervös. »Du bist mir schon eine«, sagt sie.

»Bin ich«, erwidert Shinae. »Es ist anstrengend, die Einzige zu sein, die ihren Verstand benutzt.« Dann springt sie auf. »Wann kommt der Zug? Ich will weg von hier. Je früher, desto besser.«

»Du bist also dabei?«, frage ich unsicher, aber hoffnungsvoll.

»Und ob!«

»Auch wenn wir dir keine Entschädigung garantieren können?«
»Die werd ich wohl selbst jemandem aus den Rippen leiern müssen. Aber das krieg ich hin.«
»Musst du noch nach Hause und packen?«, frage ich.
Sie betrachtet den Haarreif und hebt nach einer Weile den Kopf.
»Nee. Das ist alles, was mir gehört.«
Ich stoße den Atem aus, den ich vor Angst angehalten habe. Die letzte Haeri, die wir aufspüren konnten, hat sich uns angeschlossen.
»Wir müssen Erfolg haben und die ganze Sache enttarnen«, sagt Hyang, als wir zu Somyung laufen. »Sonst sieht es nur so aus, als hätten wir gewaltsam versucht, den Fernsehsender zu übernehmen, und wir werden als Verbrecherinnen abgestempelt.«
Sie sieht jede von uns an.
Ich nicke ernst, denn mir ist klar, was geschieht, sollten wir scheitern.
»Seol ist fest davon überzeugt, das Richtige zu tun«, sagt Hyang mit gesenktem Blick. »Und ich möchte nicht noch eine verblendete Erwachsene sein, die euch an der Nase herumführt.«
Dass Hyang uns nicht in ein Verbrechen ziehen will, stärkt mein Vertrauen in sie. Als sie dann auch noch versichert, dass alle, die Bedenken haben, abspringen könnten, unterbricht Somyung sie.
»Hören Sie doch auf.« Sie hat die Nase gestrichen voll. Mit dem Kinn deutet sie auf Shinae. »Denken Sie, ich bin hier, um an ihrem räudigen Haarreif zu schnuppern?«
Shinae mustert Somyung von oben bis unten. Als ihr

Blick auf deren Waffe fällt, grinst sie breit. »Die Revolverheldin ist auf unserer Seite?«

Hyang beißt sich auf die Lippe, um ein Lächeln zu unterdrücken. »Ich schätze, das heißt, dass alle dabei sind. Um Harmonie und Zusammenhalt kümmern wir uns später. Jetzt essen wir erst mal was.«

In der Kantine ziehen wir mit den Skibrillen und den dunklen Sonnenbrillen neugierige Blicke auf uns. Wir tun aber so, als wäre unser Auftreten völlig normal. Als würden in Snowglobe alle beim Essen Skibrillen tragen. Hyang stiert mürrisch auf ihr Tablett mit dem Nachtisch: ein einzelnes Mandarinenstück. Leise fragt sie Shinae, ob sie mehr kaufen kann, woraufhin Somyung ihr einen Vortrag darüber hält, dass Leute aus Snowglobe niemals ausgehungert hier ankämen und sich dann wegen einer Mandarine aufregen würden. Shinae stellt sich unterdessen schon vor, demnächst eine Kiste Mandarinen ganz für sich allein zu haben und mit ihr vorm Fernseher zu hocken. Ich höre ihnen zu und lächle zum ersten Mal seit Langem. Ganz kurz lache ich sogar.

Während wir in aller Eile essen, kommt Unruhe in der Kantine auf. Jemand dreht die Lautstärke vom Fernseher auf.

»Heute Abend erreicht uns eine Eilmeldung über Präsidentin Yi Bonyung«, sagt Nachrichtensprecherin Chung ernst.

»Laut Hong Hwa, dem Sprecher der Media Group, wurde die Präsidentin in die Notaufnahme gebracht, nachdem sie heute Morgen in ihrem Büro zusammengebrochen ist.«

Auf dem Bildschirm erscheint der VIP-Flügel des Krankenhauses im SnowTower.

»Die Präsidentin hat das Bewusstsein noch nicht wiedererlangt. Es heißt, ihr Enkel Herr Yi Bonwhe ist an ihrem Bett.«

Instinktiv sehe ich zur aktuellen Ausgabe des *Fernsehprogramms*, die auf einer Bank neben uns liegt. Unter dem Text über die künftigen Shows steht fett und groß die Schlagzeile: Versteckt sich die VP mit ihrem neuen Beau?

»Vor zwei Jahren musste Präsidentin Yi am Herzen notoperiert werden, nachdem sie zusammengebrochen war. Während der Vorstandssitzung heute Morgen wurde ein vorübergehender Ersatz ...«

Ich sehe zu Hyang. Sie hat den Blick auf den Bildschirm geheftet und scheint die Folgen dieser unerwarteten Wendung für uns abzuschätzen.

Die lieben Mädchen von nebenan

In der provisorischen Eingangshalle am Hintereingang des Kraftwerks warten wir auf den Zug der Ma-Linie. Hyang kramt in ihrem Rucksack und holt ein winziges Glasdöschen hervor, das sie Shinae reicht.
»Probier die.«
In dem Behältnis liegen blaue Kontaktlinsen, die Shinae neugierig betrachtet, während Hyang den Rest von uns mustert. Bis zur Siedlung Ja-A-1, die Snowglobe am nächsten liegt, sind wir eine Woche unterwegs. Wir werden im Personenabteil reisen, das zugleich eine spartanisch eingerichtete Wohnung ist. Genau wie bei Ongi. Es lässt sich nicht leugnen, dass es eine Tortur wäre, die ganze Zeit Skibrillen und Sonnenbrillen zu tragen und schweigen zu müssen. Wir brauchen Verkleidungen.

Hyang schiebt Somyungs Kopf nach hinten und untersucht ihren Kiefer, während diese die Zähne zusammenbeißt und wieder öffnet. Konzentriert runzelt Hyang die Stirn. »Wir müssen sichergehen, dass die falschen Zähne korrekt sitzen, sonst lösen sie sich, wenn du was isst.«
Somyung richtet die Zähne und schließt die grellroten Lippen über dem Überbiss. Die Augen verbirgt sie

hinter dem dichten Pony ihrer pinken Perücke. Niemand würde sie mit Haeri verwechseln.

»Ich kann das nicht«, beschwert sich Shinae. Finster starrt sie die blaue Kontaktlinse auf ihrer Fingerspitze an. Mit dem schwarzen Lidschatten sieht sie aus wie ein Panda.

»Ich helf dir«, sage ich, überprüfe aber erst, ob meine falsche Nase nicht verrutscht ist. Durch die gebogene Nase, die mir im Gesicht klebt, bekomme ich kaum Luft, aber sie ist um Welten besser als die riesige Skibrille. Mit angehaltenem Atem führe ich Shinaes Finger behutsam an ihr Auge.

Uns gegenüber steht Somyung, die gerade wieder zum Lippenstift greift. Mit jedem neuen Strich werden ihre Lippen größer. Zum Glück hält sie das Kreischen des einfahrenden Zugs davon ab, sich endgültig wie ein Clown zu schminken.

Wir treten in die kalte Luft hinaus, minus fünfundvierzig Grad empfangen uns, doch im Tageslicht vergessen wir die Kälte und brechen in Gelächter aus, als wir erkennen, wie albern wir alle aussehen.

»Die Skimaske betont deine schwarz umrandeten Augen, Shinae«, bemerkt Somyung trocken, und wir alle brüllen vor Lachen. Ich habe den Eindruck, dass unsere Reise nach Snowglobe doch nicht allzu ernst sein wird.

»Wer hätte gedacht, dass mal Leute aus Snowglobe in meinem Zug fahren würden!«, ruft die Zugführerin auf der Ma-Linie aufgeregt, während sie mir warmen Pu-Erh-Tee in meinen Pappbecher gießt.

Seit wir vor drei Stunden ihren Zug bestiegen und uns als Forschungsteam für Arbeitskultur und -sicherheit ausgegeben haben, das nach Snowglobe zurückkehrt, platzt sie vor Freude. Bei jeder nur denkbaren Gelegenheit steckt sie den Kopf in unser Abteil und fragt, wie es uns geht, ob wir noch Tee wollen oder etwas anderes brauchen. Sie sucht nach der kleinsten Ausrede, um sich mit uns zu unterhalten. Jedes Mal, wenn sie die Tür öffnet, dringt das leise Rauschen ihres Fernsehers an unsere Ohren. In ihrer einsamen Kabine leistet ihr *Goh Around* Gesellschaft. Jetzt beklagt sich die Zugführerin, dass sie nie mit Leuten aus Snowglobe zu tun hat, obwohl sie bis zur Lagerhalle an der Grenze der Stadt fährt. Mit einem verlegenen Lächeln verrät sie uns, dass sie beim Vorsprechen noch nie gefehlt hat, nicht ein einziges Mal.

»Wissen Sie, was das Beste an meinem Job ist?« Ohne auf eine Antwort zu warten, redet sie weiter. »Ich hab Zeit, mir alle möglichen Szenarien auszudenken, und auch die Ruhe, sie aufzuführen. Im Zug kann ich nach Herzenslust proben!« Sie lacht kurz. »Haben Sie gesehen, wie Kim Jehno bei der Championship an Weihnachten Haeri um ein Date gebeten hat? Ich hab mich in ihre Lage versetzt, und ich weiß nicht, ob ich vor all den Menschen auch nur einen verständlichen Satz rausgebracht hätte. Sie ist echt beeindruckend!«

Shinae linst mich verstohlen mit ihren Pandaaugen an. Ihr Gesicht leuchtet schon knallrot, während sie ihr Lachen unterdrückt. Auch Somyung starrt mich an.

Ich werfe ihnen einen warnenden Blick zu, aber die Zugführerin plappert weiter. »Familie, Geld, Freunde, Aussehen ... Selbst in Sackleinen würde Haeri umwerfend aussehen. Wenn ich es mir aussuchen könnte, wäre ich am liebsten wie sie. An ihr stimmt einfach alles.« Sie seufzt verträumt. »Fast zu schön, um wahr zu sein.«

Bei dem letzten Satz winden wir uns auf unseren Sitzen.

Ich hätte ihr zu gern gesagt, dass sie ins Schwarze getroffen hat.

Auf der ganzen Fahrt nach Snowglobe schwärmt die Zugführerin von Haeri, ohne zu ahnen, dass sie die Mörderinnen ihres Idols im Abteil hat.

Sannah öffnet die Tür zum Laderaum ihres Trucks und ruft Hyang vorn in der Kabine zu: »Panda und Nashorn sind an Bord!« Damit meint sie Shinae und mich.

Da wir gleich vom Kraftwerk aus losgefahren waren, hatte Shinae keine Skier. Doch ihr wäre es ohnehin nie in den Sinn gekommen, eines der beiden Paare zu nehmen, die sich ihre zwölfköpfige Familie teilen musste. Als beste Skifahrerin unter uns hatte ich daher angeboten, sie auf einem Schlitten vom Bahnhof zu Sannahs Truck zu ziehen.

Völlig außer Atem klettern Shinae und ich zu Somyung in den Frachtraum.

»Gut gemacht, Bambi«, sagt Somyung.

Kurz darauf späht Hyang zu uns hinein, der ich diesen Spitznamen ja zu verdanken habe. Fast zwei Wochen sind vergangen, seit wir das Rentendorf verlassen haben, aber sie hat sich noch immer nicht an die Kälte der offenen Welt gewöhnt. Mit klappernden Zähnen entschuldigt sie sich. »Ich hätte nicht voreilen und euch zurücklassen sollen.«

Sannah lacht leise. »Wir sind alle froh, wenn du uns nicht aufhältst.« Anschließend zeigt sie auf eine große Kiste in der hinteren Ecke. »Das sind eure Vorräte«, sagt sie. »Wenn ihr noch was braucht, tretet ein paarmal gegen die Wand, okay?«

Ich öffne die Kiste und inspiziere den Inhalt. Ein tragbarer Kocher, Decken, Handwärmer, Thermosflaschen und ... Kakaopäckchen. »Ich denke, wir haben alles.« Ich halte eines der Päckchen hoch, und Somyung und Shinae jubeln vor Freude.

Wir danken Sannah noch einmal, und sie lächelt.

»Nächster Halt: Snowglobe.«

»Jawohl!«, rufen wir einstimmig.

»W... wir haben keine Sek... Sekunde zu verlieren, wenn wir dort s-sind«, sagt Hyang. Ihre Zähne klappern laut. »Fü... fünf Minuten vor unserer Ankunft geben wir euch ein Si... Signal. Spitzt also die Ohren.«

Wir nicken ernst. Sie schließt die Tür, und es wird stockdunkel im Frachtraum. Wenig später hören wir den Motor aufheulen, und schließlich fahren wir über die gefrorene Ebene, die sich nicht von Tausenden anderen gefrorenen Ebenen unterscheidet, was uns hinten im Truck aber eh einerlei sein kann. In vier Stunden werden wir den Flughafen von Snowglobe erreichen, wo wir den Zoll und das Einreisebüro hinter uns bringen müssen – irgendwie.

Ich entzünde den Spirituskocher, und in der Wärme und dem schwachen Licht entfernen wir unser Make-up und den Rest unserer Verkleidungen. Danach hole ich eine große Taschenlampe aus meinem Rucksack und stelle sie hochkant auf den Boden. Das Licht wirft unheimliche Schatten auf unsere identischen Gesichter, und wir müssen wieder lachen.

»Ich hab eine Idee«, sage ich. »Lasst uns eines Tages eine eigene Show machen, in der wir Leute auf der Straße fragen, wer von uns wer ist.«

Der Scherz soll die Stimmung heben, erinnert uns

aber an die eine Frage, die wir bislang ignoriert haben: Was wird aus uns, wenn das hier hinter uns liegt?

»Sagt mir, dass wir das Richtige tun«, bittet Shinae. »Wie konntet ihr im Zug bloß schlafen?! Ich hab kein Auge zugekriegt und mich ständig gefragt, ob die Geldgier mein Leben ruinieren wird.« Sie lacht über sich selbst. »Seid ehrlich, habt ihr keine Angst? Wir könnten im Gefängnis landen. Weil wir gegen das Medien- und Sendegesetz verstoßen. Das ist eine ernste Sache ...«

»Hör auf«, unterbricht Somyung sie. »Warum sollten wir im Gefängnis landen? *Wir* sind die Opfer. Schon vergessen?«

Doch der Ausdruck auf ihrem Gesicht verrät auch ihre Unsicherheit.

»Was, wenn wir festgenommen werden, bevor wir das Studio überhaupt erreichen?«, will Shinae unerbittlich wissen. »Sich nach Snowglobe zu schleichen, ist eine Straftat.«

»Willst du wieder nach Hause?«, fragt Somyung streng.

Shinae schüttelt den Kopf. »Nein, das will ich nicht.«

Eine Weile schweigen wir und hängen unseren Gedanken nach.

»Bisher bin ich immer das liebe Mädchen von nebenan gewesen«, sagt Shinae schließlich. »Als illegale Einwanderin oder Terroristin habe ich keine Erfahrung. Da ist es doch total natürlich, dass ich Angst habe und mich Zweifel packen ... oder nicht?« Sie sieht uns an, aber als wir nichts sagen, murmelt sie: »Ihr seid doch Psychopathinnen.«

Ein paar Sekunden verstreichen, und dann hören wir, wie eine von uns leise prustet. Damit endet das Schweigen. Wir alle lachen, bis mir die Tränen kommen und der Bauch wehtut. Ich könnte nicht mal sagen, was so lustig ist.

Nach diesem gemeinsamen Lachanfall entscheide ich, dass es Zeit für einen heißen Kakao ist, kurz darauf halten wir uns an den Tassen fest und plaudern, wie wir es im Zug nicht konnten.

»Hast du schon mal jemanden erschossen?«, fragt Shinae Somyung.

Sie nickt.

»Heilige Scheiße! Ich könnte glatt neidisch werden«, ruft Shinae. »Hätte ich eine Waffe gehabt, hätte ich mir Papas Gejammere nicht anhören müssen. Nein, nicht das von *Papa*, sondern das von dem Trottel, den ich für meinen Vater gehalten hab.«

Ob es ihr nun ernst ist oder nicht – ihre Worte lassen alle Dämme brechen. Aufrichtig tragen wir die Liste aller zusammen, die wir hassen, anschließend gehen wir zu jenen über, die wir lieben.

»Bambi, empfindest du wirklich nichts für Jehno?«, fragt Shinae.

»Wir sind befreundet. Aber das ist bald vorbei.«

»Befreundet?«, stichelt Somyung. »Sei ehrlich!«

Wir necken und scherzen und plappern fröhlich, bis die Stimmung wieder ernst wird, als Somyung vom tödlichen Unfall ihrer Eltern erzählt und ich davon, wie sich mein Papa geopfert hat.

Schon jetzt fehlen mir diese Frauen. Wenn das alles hier vorbei ist, bleiben uns nur gelegentliche Briefe, die wir uns durch das gefrorene Ödland zuschicken. Falls wir das dann noch dürfen ...

Klopf, klopf ... Klopf, klopf, klopf.

Hyangs Signal lässt uns verstummen.

»Fünf Minuten!«, hören wir ihre gedämpfte Stimme durch die Wand.

Wir alle wissen, was zu tun ist. Mit einem Blick und einem Nicken tauschen wir die arktische Schutzkleidung gegen Sachen aus Hyangs Kleiderschrank. Ich lösche die Flamme im Kocher und schalte die Taschenlampe aus. In der dunklen Stille des Laderaums warten wir auf das nächste Signal, während wir einander an den Händen festhalten. Nur wenig später hält Sannahs Truck.

Wir sind da.

Freitagnacht in Snowglobe

Die Luke öffnet sich mit einem metallischen Kreischen, und Tageslicht flutet den Laderaum. Im grellen Licht ist der Beamte nur als Silhouette zu erkennen. »Was zum ...?«, murmelt er verwirrt. *Peng!* Der Betäubungspfeil aus Somyungs Pistole trifft ihn im Hals. Er verdreht die Augen und sackt zu Boden wie eine Marionette, deren Fäden gekappt wurden. Somyung springt aus dem Truck und hockt sich neben ihn.

»Nur ein kleines Nickerchen, Kumpel«, sagt sie, ein zufriedenes Lächeln im Gesicht.

Ich folge ihr und hole den Autoschlüssel aus der Hosentasche des Beamten. Er spielt eine kleine Nebenrolle in einer Show mit niedrigen Einschaltquoten, die sich schon seit drei Staffeln einzig dank des Regisseurs hält: Cha Joonhyuk, Cha Seols Vater.

Ich hab meine Kontakte, und Seol hat ihre.

Ist dieser Mann einer dieser Kontakte? Oder ist er bloß noch in Snowglobe, weil er tut, was Seol von ihm verlangt?

»Moment mal, ist das nicht Liam Solulu?«, fragt Shinae, als sie den schlafenden Beamten erkennt. Sie schnalzt mit der Zunge. »Pech für ihn, er wird die ganze Action verpassen.«

Somyung schnaubt leise, und ein stahlharter Ausdruck tritt in ihre Augen. Dann verstecken wir drei uns hinter dem Truck und sehen zu, wie Hyang Sannah zum glänzenden Zollamt schiebt und ihr eine Pistole an den Kopf hält. Sannahs Hände sind auf ihrem Rücken gefesselt, und sie jammert verängstigt: »Bitte, nicht schießen!«

Der Beamte sieht hinter dem Fenster von seinen Fingernägeln auf. Sobald sein Blick die beiden Frauen erfasst, springt er hastig vom Stuhl hoch und rennt mit gezückter Pistole aus seinem Metallkasten.

»Stopp!«, brüllt er und zielt mit der Waffe auf die beiden. »Runter mit der Waffe!«

Die Plüschpantoffeln an seinen Füßen untergraben seine Autorität. Trotz der angespannten Situation kommt mir ein Satz aus dem Fernsehen in den Sinn: *Kleider machen Leute.*

»Nein!«, schreit Sannah. »Schießen Sie nicht! Dann knallt sie mich ab!«

Verunsichert zögert der Mann. Somyung schleicht sich unterdessen vorne am Truck vorbei und feuert ihre Pistole ein zweites Mal ab.

Zisch!

Im nächsten Moment sackt der Beamte in sich zusammen. Wir drei rennen auf Sannah zu, die sich heftig zur Wehr setzt. Sie tritt, spuckt und kreischt, lässt sich aber von uns an dem Beamten festbinden, der jetzt im wahrsten Sinne des Wortes bei der Arbeit schläft. Unter Sannahs anhaltendem Gefluche und Gezeter eilen wir zu Liams Auto.

»Ihr denkt, ihr könnt es mit einer Regisseurin aufnehmen?«, schreit sie, als wir ins Auto steigen. »Ha! Glaubt mir: Das schafft ihr nie!«

Somyung und Shinae klettern auf die Rückbank, ich springe auf den Sitz neben Hyang, die hinter dem

Steuer sitzt. Nachdem wir unsere Sonnenbrillen aufgesetzt haben, verlassen wir das Grundstück. Uns alle überkommt das Bedürfnis, Sannahs preisverdächtige Darbietung zu kommentieren, aber das muss warten. Jetzt sind wir in Snowglobe, umgeben von Kameras, selbst in diesem Auto, das uns an unser Ziel bringt. Also spielen wir unsere Rollen, fluchen und machen uns über Sannah lustig, ignorieren dabei aber ihre letzte Warnung: *Das schafft ihr nie!*

Sicher, wir selbst haben ihr den Satz ins Drehbuch geschrieben. Trotzdem rast mein Herz.

»Dieser verfluchte Verkehr!« Hyang schlägt mit der Hand aufs Lenkrad. Die Uhr am Armaturenbrett zeigt 21:37 Uhr. Noch dreizehn Minuten bis zur Wettervorhersage und damit nur noch dreiundzwanzig Live-Minuten für die *9-Uhr-Nachrichten*. Innerhalb dieser Zeit müssen wir den Kontrollraum übernehmen, sonst war's das.

Denn nur in dieser Zeit hat der Kontrollraum in Kanal 9 das Sagen, nicht die Zentrale. Ob unser Auftritt die Menschen vor dem Fernseher erreicht, hängt also davon ab, ob die Livesendung gestoppt wird oder nicht. Um Punkt 22 Uhr, wenn die Wettervorhersage endet, wird Produzentin Yi Dahm den roten Knopf für die Livesendung drücken und die Befehlsgewalt zurück an den Hauptkontrollraum geben.

Deshalb müssen wir als Allererstes den Kontrollraum stürmen. Niemand darf diesen Knopf drücken. Schaffen wir das, behalten wir die Kontrolle, selbst wenn die Nachrichten vorbei sind. Nur dann haben wir Zeit genug, der Welt die Wahrheit über Haeri zu erzählen.

»Himmel, Arsch und Zwirn!« Hyang trommelt mit

den Fingern auf das Lenkrad. Der Rest von uns kaut an den Fingernägeln, betet oder wippt auf dem Sitz vor und zurück.

Es ist Freitag, für die meisten in Snowglobe der schönste Abend der Woche. Auf den Bürgersteigen links und rechts der Hauptstraße drängen sich Menschen, die heute feiern wollen. Ich schalte das Radio ein, und die Nachrichten schallen aus den Lautsprechern.

»Im hundertzehnten Stock von SnowTower ist das Biathlon-Bankett in vollem Gange«, berichtet Nachrichtensprecher Park. »Lassen wir den diesjährigen Sieger Kim Jehno und die Siegerin vom letzten Jahr Priya Maravan zu Wort kommen.«

Shinaes dumpfes Gebet verstummt, als sie Jehnos Namen hört. »Bambi, das ist dein Freund!«, ruft sie mit einem Mal heiter. »Dreh mal lauter!«

Meine eigene Stimmung verfinstert sich prompt.

»Hi, ich bin Kim Jehno«, ertönt seine fröhliche Stimme. Er ahnt nicht, dass die Frau, in die er vernarrt ist, kurz davor steht, ausgelöscht zu werden. »Übrigens hab ich das Logo der Championship auf mein Gewehr geklebt. Als Glücksbringer! Hoffentlich hält es mir die Treue.«

Die aufgeregten Stimmen von Sprecher Park und den Champions rücken in den Hintergrund, und wir konzentrieren uns wieder auf unseren Atem und beten zu wem-auch-immer.

»Was ist mit dem Hauptkontrollraum?«, fragt Shinae, als ich das Radio ausschalte. »Warum stürmen wir nicht einfach den? Habt ihr nicht gesagt, dass er die Kontrolle über das gesamte System hat? Warum übernehmen wir nicht alle Sender, damit uns noch mehr Leute sehen?«

»Schön wär's«, erwidert Hyang säuerlich. »Das Problem ist, dass niemand weiß, wo der Raum ist.« Wie der Name schon andeutet, wird vom Hauptkontrollraum aus das gesamte Rundfunksystem Snowglobes gesteuert und überwacht. Laut Hyang kann man durchaus dreißig Jahre hinter der Kamera stehen, ohne zu erfahren, wo der Raum liegt. Wenn er einmal am Tag die Kontrolle an die *9-Uhr-Nachrichten* abtritt, dann nur, um das duale Prinzip von Pressefreiheit und Unabhängigkeit der Medien zu unterstreichen, das vom Snowglobe-Gesetz garantiert wird.

»Kurz gesagt, wenn wir den Kontrollraum nicht in den nächsten dreiundzwanzig Minuten übernehmen, löst sich unser ganzer Plan in Rauch auf«, fasst Somyung es noch einmal für Shinae zusammen. »Wenn das passiert, werden wir morgen um diese Zeit in Polizeigewahrsam sein.«

»Warum sitzen wir dann hier rum? Ist das dort drüben nicht SnowTower?« Shinae deutet zum Turm in der Ferne.

Ich bestätige es mit einem Kopfnicken.

»Sollten wir laufen?«

Somyung hat die Hand schon an den Türgriff gelegt.

»Nein!«, rufe ich, bevor sie etwas Unüberlegtes tun kann. »Der wirkt nur so nahe, weil er so groß ist, und ...«

Doch ich bin zu langsam. Somyung stößt die Tür auf, und sie und Shinae springen aus dem Auto.

»Nein!«, brüllt Hyang. »Kommt sofort zurück!«

Es nützt nichts. Die beiden halten nicht an. Hyang dreht sich mit wildem Blick zu mir um, aber ich zucke nur mit den Achseln. Fluchend schnallt sie sich ab und schiebt ihre Tür auf. »Mach dich auf was gefasst. Gleich tobt ganz Snowglobe vor Wut.«

Dann steigen auch wir aus und rennen los. Die Hupen dröhnen, und wütende Stimmen ertönen aus allen Richtungen, während wir uns zu Fuß durch den Stau kämpfen und auf den SnowTower zuhalten.

Die Nacht ist endlich über der Stadt hereingebrochen und lässt die funkelnden Reklamelichter der Läden und Restaurants entlang der Bürgersteige mit ihrem geschäftigen Treiben erstrahlen. Wir hasten durch die Menschenmenge, deren Stimmen und Lachen um uns herum anschwellen. Trotz der Sonnenbrillen, die um diese Tageszeit auffallen, wirft man uns kaum mehr als einen neugierigen Blick zu.

Wir sind in Snowglobe.

Im Schaufenster eines Elektronikgeschäfts laufen in einem riesigen Flatscreen-Fernseher die *9-Uhr-Nachrichten*. In der unteren rechten Ecke sind in der üblichen weißen Bildunterschrift die aktuelle Temperatur von 21°C, gefolgt von einem Sichelmond-Symbol zu sehen, das einen klaren Himmel verspricht.

Ich konzentriere mich wieder auf Somyung und Shinae vor uns. Ihre Rucksäcke schwingen wild hin und her.

Mit einem Mal dreht sich Somyung um. »Ich fasse es nicht!«, ruft sie Hyang und mir zu. Ihr Gesicht ist gerötet und verschwitzt.

»Was?«, frage ich.

»Mir ist heiß und ich schwitze!« Ein erstaunter Ausdruck legt sich auf ihr Gesicht. »Draußen!«

»Was?«

»Ich bin total durchgeschwitzt. Wie können die Leute nur hier leben?« Sie grinst breit.

Ich lache, und im nächsten Moment brechen wir alle in Gekicher aus.

»Hört auf! Mir wird schon ganz schwindlig«, beklagt sich Shinae, die selbst nicht aufhören kann, zu lachen.

»Aber im Ernst, die Temperatur ist der Wahnsinn!« Einundzwanzig Grad. Wir eilen durch die angenehme Luft zum Turm und können uns selbst nicht erklären, warum wir so schrill lachen.

Schweißgebadet und keuchend stürmen wir endlich in die Lobby von SnowTower. Der Sicherheitswachmann brummt überrascht, als er so kurz vor der Wettervorhersage mein zerzaustes Haar und das verschwitzte, gerötete Gesicht sieht. Rasch erkläre ich ihm, dass die Überraschungsgäste und ich sofort hoch zum Studio müssen. Ohne ein weiteres Wort bringt er uns nach oben. Dabei umgehen wir sogar die Besucheranmeldung und die ganzen restlichen Sicherheitsprotokolle.

Schließlich sind wir im Fahrstuhl und rasen zum 203. Stock hoch. Genau neunundzwanzig Sekunden später ertönt ein Piepsen, und die Fahrstuhltür öffnet sich. Schnurstracks halten wir aufs Studio zu, Somyung vorneweg. Sie trägt als Einzige zwei Pistolen.

Die Übernahme

Sobald wir im Studio sind, schließe ich die schalldichte Tür. Reinzukommen war leicht, da die Sicherheitsmaßnahmen während der *9-Uhr-Nachrichten* gelockert sind, weil ständig Leute hin und her laufen.

»Laut Sprecher Hong wird Vizepräsidentin Yi Bonshim am Jubiläumsevent teilnehmen, das in einer Woche stattfinden soll ...«

Das Nachrichtenduo Chung und Park steht links und rechts vom riesigen Touchscreen und gibt eine Zusammenfassung der aktuellen Nachrichten des Tages. Alle Augen sind auf diese beiden gerichtet.

Shinae bewacht die Tür, und Somyung und ich folgen Hyang die Treppe hoch zum Kontrollraum. Produzentin Yi Dahm und ihr Team stehen vor der blinkenden Konsole, die das Nachrichtenset unter ihnen überwacht, und konzentrieren sich ganz darauf, die Livesendung zu verfolgen. Die Monitore zeigen die Bilder und Bildunterschriften der Sendung, in der Mitte der Wand leuchtet rot der Knopf für die Liveübertragung.

»Mach dich bereit, Haeri«, sagt Produzentin Yi ins Mikrofon ihres Headsets. »Noch sechzig Sekunden.«

Das ist auch mein Stichwort, und ich drücke den Abzug.

Zisch!

Der gefiederte Pfeil streift Produzentin Yis Oberarm

und prallt gegen die Konsole, bevor er harmlos zu Boden fällt. Sie wirbelt herum, die Mundwinkel nach unten gezogen.

Mist! Wie in Zeitlupe verstreicht die nächste halbe Sekunde, in der sie jede von uns mustert. Ihr finsteres Gesicht erschlafft, und schließlich sieht sie uns völlig verwirrt an. Als ihr Blick auf den Waffen in Somyungs Händen landet, klappt ihr die Kinnlade runter, und ein Ausdruck des Schreckens legt sich auf ihre Gesichtszüge.

Das Blut rauscht mir in den Ohren. Mit dem Finger am Abzug bin ich kurz davor, erneut abzudrücken, als Produzentin Yi einen ohrenbetäubenden Schrei ausstößt. Ihre Crew dreht sich erschrocken von der Konsole weg, um uns herum bricht Chaos aus.

Und was mache ich?

Ich erstarre zur Salzsäule und betrachte völlig betäubt, wie sich vor uns eine albtraumhafte Szene abspielt. Hyang reißt mir das Betäubungsgewehr aus der Hand und schießt Produzentin Yi in die Stirn. Mit einem grellen Aufschrei stürzt sie zu Boden. Als Nächstes trifft es die Tonmeisterin, die mit einem gefiederten Pfeil im Hals zusammensackt, das Notfalltelefon schon in der Hand.

»Evakuiert den Raum, dann wird niemand verletzt.« Somyungs Stimme dringt so dumpf an mein Ohr, als würde ich in einem tiefen Brunnen stecken. Ich drehe den Kopf und sehe, wie sie den Rest der Crew mit ihren Pistolen in Schach hält – bis sich der technische Leiter plötzlich auf sie stürzt.

»Rennt!«, brüllt er den anderen zu.

Er packt ihre Arme und stößt sie gegen die Wand, während er mit aller Kraft versucht, ihr die Waffen aus den Händen zu reißen.

»Was soll das, Mann? Wollen Sie *sterben*?«, ruft Somyung, die sich gegen ihn wehrt. Offenbar will sie ihm keine unnötigen Schmerzen zufügen. »Verdammt noch mal, Bambi! Wer hat das Betäubungsgewehr?«

Langsam schüttle ich die Benommenheit ab und sehe mich nach Hyang und dem Betäubungsgewehr um. Sie scheint in einem irren Walzer mit zwei verbliebenen Crewmitgliedern durch den Raum zu wirbeln und stößt dabei, als wären die drei miteinander verwachsen, immer wieder gegen eine Wand.

Mir zieht sich der Magen zusammen, und mein Herz hämmert gegen die Rippen. Ich muss etwas unternehmen, aber was? Im nächsten Moment springe ich dem technischen Leiter auf den Rücken und schlinge ihm die Arme um den Hals. Ein gequältes, gurgelndes Geräusch entringt sich seiner Kehle, und er lässt Somyung los. Doch dann packt er meine Handgelenke fest und versucht, mich abzuschütteln.

»Scheiße!«, schreie ich schmerzerfüllt.

Somyung sieht erst zu mir, dann zu Hyang, als wäre sie nicht sicher, wem sie zuerst helfen soll. »He, Hyang! Wie sieht's aus? Das zählt doch als äußerster Notfall, oder?«

Wir mussten Hyang versprechen, dass wir nur dann von den Schusswaffen Gebrauch machen, wenn uns nichts anderes übrig bleibt.

»Nein, tut es nicht ...«, presst Hyang hervor, bevor einer ihrer Gegner sie beim Schopf packt und ihren Kopf zurückreißt. Dadurch habe ich einen freien Blick auf den Monitor hinter ihr, der das Gesicht von Nachrichtensprecherin Chung zeigt. Sie starrt ungläubig zu uns hoch. Wenig später ertönt ihre drängende Stimme aus den Lautsprechern.

»Eine wichtige Eilmeldung! Wie ... wie es scheint, ist das Studio unter Beschuss.«

Sie löst den Blick von der Kamera und sieht wieder zum Kontrollraum hoch. Unsere Blicke begegnen sich, als ich den kräftigen Hals des technischen Leiters noch fester umklammere. Es dauert einen Moment, bis sie begreift, was sie da sieht.

»Haeri?«, haucht sie. Doch sie ist ein Profi und erholt sich schnell von dem Schock, bevor sie detailliert berichtet, was vor sich geht.

»Die Wetterfee Goh Haeri scheint im Kontrollraum zu sein ...«

Links von mir explodiert etwas, und einen Augenblick lang bin ich geblendet. Durch das Rauschen in den Ohren höre ich gedämpfte Stimmen, die nach mir rufen.

»Nein! Bambi!«

»Chobahm! Chobahm!«

Etwas fließt mir warm und feucht über das Gesicht und verschleiert mir die Sicht. Ich blinzle, um besser sehen zu können, aber die Augen verweigern mir den Dienst. Jemand ruft: »Worauf wartest du? Erschieß ihn! Erschieß den Mistkerl!«

Ein Schuss zerschneidet die Luft, und der technische Leiter ruckt unter mir zur Seite. Brüllend vor Schmerzen windet er sich am Boden. Die beiden, die Hyang in die Mangel genommen haben, springen auf und fliehen aus dem Kontrollraum. Einen Moment später ertönt ein Schrei, gefolgt von einem Geräusch, als würde jemand die Treppe runterfallen, danach folgt ein weiterer Schrei.

»Haeri und ihre Truppe haben gerade im Kontrollraum eine Waffe abgefeuert!«, dröhnt Nachrichtensprecherin Chungs Stimme wieder aus den Lautsprechern.

Aber das soll heute Abend ihre letzte Aussage sein, denn sie wird zusammen mit dem Rest ihrer verängstigten Crew von Shinae aus dem Studio geführt.

Danach ruft Shinae vom unteren Treppenabsatz: »Alle sind raus! Wo ist Bae Serin?«

Wir alle im Kontrollraum sind völlig benommen. Da niemand ihr antwortet, ruft Shinae erneut, diesmal mit angsterfüllter Stimme.

»He, hallo! Alles in Ordnung bei euch?«

Ich stoße ein Wimmern aus.

Die linke Seite meines Gesichts pocht schmerzhaft. Glasscherben liegen auf dem Boden, inmitten von ihnen der technische Leiter, der sein blutgetränktes Hosenbein umklammert und gequält stöhnt. Hyang drückt ihm das Betäubungsgewehr an die linke Wange.

»Sie sind doch irre – was, wenn sie jetzt blind ist?« Wut tränkt ihre Stimme.

Dann schreit der technische Leiter auf, bevor er in sich zusammensackt. Die Pfauenfeder des Pfeils ragt aus seiner Wange.

Hyang wankt zu Produzentin Yi, nimmt der Schlafenden das Headset ab und wirft es mir zu. »Keine Zeit zu verlieren. Geh!«

Ich sehe zu den Monitoren, die weiterhin pflichtbewusst aus allen Winkeln das leere Studio zeigen. Der Knopf für die Liveübertragung leuchtet noch immer.

Somyung und ich hinken die Treppe runter zum Studio und gesellen uns zu Shinae, die hinter uns die Tür schließt. Sie entzündet die Lötlampe und führt die Flamme zum Türrahmen, dessen weißes, silikonähnliches Material unter der Hitze verhärtet und die Tür versiegelt. Danach kann sie nur noch mit Dynamit aufgesprengt werden. Hat Hyang jedenfalls behauptet.

»Fertig, los!«, sagt Shinae, als Sirenen in der Ferne aufheulen.
Zu dritt rennen wir zur Nachrichtenredaktion. Uns bleibt nicht viel Zeit.
»Was tut ihr da?«
Die Stimme lässt uns herumfahren. Haeri – nein, Bae Serin – tritt benommen ins grelle Studiolicht. Sie trägt einen weißen, kurzärmligen Pullover und einen passenden, knielangen Rock. Der Schreck auf ihrem Gesicht ist fast schon schmerzhaft anzusehen.
»Verstehe«, sagt Shinae als Erste. »Sie hat sich wohl da drüben versteckt.«
Mit dem Kinn deutet sie zum Set.
Serin, die auf der anderen Seite der drehenden Plattform auf ihr Stichwort gewartet hat, als wäre das hier eine Nacht wie jede andere, ist perfekt für die Kamera hergerichtet. Sie sieht aus wie die Haeri, die wir alle kennen.
»Ich will wissen, was ihr da tut«, wiederholt sie schrill. Ihre Stimme bebt, ihr Blick springt zwischen uns dreien hin und her.
»Du hast mir ohne Erklärung eine Spritze in den Hals gerammt.« Ich trete einen Schritt vor. »Und jetzt haben wir keine Zeit, *dir* irgendwas zu erklären.«
Ihre Verwirrung weicht der Angst, und das Leuchten in ihren Augen erlischt.
Durch die winzigen Lautsprecher in meinem Headset spornt Hyang uns zur Eile an. »Uns läuft die Zeit davon! Los, macht schon!«
Die Seite meines Gesichts pocht wieder. Ich sehe mich zwar nicht, aber als ich die Stelle berühre, erahne ich, wie schlimm es sein muss. Mein linkes Auge schwillt zu, und von meiner Augenbraue zieht sich eine suppende Schramme bis zur Schläfe.

»Du musst dich gedulden«, sage ich zu Serin. Ich wische mir die Hand am Hemd ab. »Und komm uns ja nicht in die Quere! Spitz die Ohren, dann verstehst du schon, was Sache ist.«

Zu dritt wollen wir unseren Weg vor die Kamera fortsetzen.

»Nein, das könnt ihr nicht tun! Das werde ich nicht zulassen!«, kreischt Serin, die uns mit ausgestreckten Armen am Weitergehen hindern will. Im grellen Licht der Scheinwerfer blitzen ihre Augen. Allmählich dämmert ihr, was wir vorhaben – und was das für sie bedeutet.

»Ich bin Goh Haeri!«, ruft sie zähnefletschend. »Und ich frage euch zum dritten Mal, was ihr hier macht!«

Wir drei sehen uns an. Serin ist zwar eine von uns, aber sie hat unserem Plan nicht zugestimmt. Ihr Protest hemmt uns stärker als eine Waffe, das erkenne ich zweifelsfrei an dem Ausdruck auf Somyungs Gesicht, der Einzigen von uns, die jetzt noch bewaffnet ist.

»Was soll das?«, faucht Hyang durch das Headset. »Worauf wartet ihr noch?!«

»Lasst uns gehen.«

Ich will an Serin vorbei, die sich mir jedoch entgegenwirft.

»Nein!«, kreischt sie. Sie gräbt die Fingernägel in meinen Arm. »Nicht! Das dürft ihr nicht!«

Ich nehme das Headset ab und werfe es Somyung zu.

»Fangt ihr zwei schon mal an«, schlage ich vor, während Serin auf mich einschlägt und mit den Füßen stampft, als wäre sie ein Kind, das gerade einen Wutanfall hat.

»Ich bin Goh Haeri!«, brüllt sie. Vor Angst, Wut und

Verzweiflung bricht ihr die Stimme. »Versteht ihr das nicht? Ich *bin* Haeri!«

Somyung und Shinae stehen noch immer wie angewurzelt da.

»Geht weiter! Na los!«, rufe ich, während Serin mich zu Boden zerrt. Wir ringen miteinander. Mein Gesicht brennt vor Schmerz. Serin ist jedoch nicht besonders kräftig. Im Nu bin ich über ihr und halte sie fest.

»Geht schon!«, flehe ich Somyung und Shinae an, die noch keinen Schritt getan haben.

Da endlich presst Somyung die Kiefer zusammen und schiebt Shinae weiter. Nach ein paar Schritten schaut Shinae noch einmal zu mir zurück und zieht verwirrt die Augenbrauen zusammen.

»Was ist das da auf deiner Stirn?«, fragt sie.

Auf *meiner* Stirn? Was ist das in *ihrem* Gesicht? Ein winziger roter Punkt ist zwischen ihren Augenbrauen erschienen. Moment! Da ist noch einer. Dann ein dritter, ein vierter und ein fünfter. Als sich Somyung umdreht, sehe ich eine ganze Galaxie an roten Punkten auf ihrem Gesicht.

Im nächsten Moment ertönt eine weitere Stimme. »Waffen fallen lassen und Hände auf den Kopf. Sie sind umzingelt!«

Serin hebt den Kopf. Im selben Augenblick erscheinen auch auf ihrem Gesicht rote Punkte. Als ich hoch zur Nachrichtenabteilung sehe, sickert mir Blut in mein geschwollenes Auge und verschleiert meine Sicht. Trotzdem erkenne ich die dunklen Gestalten hinter der Glasscheibe. Da oben hat sich ein ganzes SEK-Team aufgebaut, das mit Gewehren auf uns zielt.

Ein altes Versprechen

SnowTower ist das Zuhause der Reichen und Berühmten und die wichtigste Einrichtung in Snowglobe, weshalb das Hochhaus schwer bewacht wird. Auch wenn ich nicht so naiv bin, zu glauben, dass alle Sicherheitsleute so sanft und freundlich sind wie die in der Lobby, habe ich mir nicht vorstellen können, dass sie als paramilitärische Truppe auftreten. Außerdem stehen ihnen alle, die am Bankett zu Ehren der Biathlon-Championship teilgenommen haben, zur Seite.

Ich halte nach Jehnos Gesicht Ausschau. Als sich unsere Blicke begegnen, zieht er sich vom Sucher zurück und starrt mich ausdruckslos an. Wegen der Abendveranstaltung trägt er einen edlen Seidenanzug. Chun Sahyun, die nur wenige Schritte links von ihm mit ihrem Gewehr dahockt, trägt ein Cocktailkleid. Ich wende den Kopf wieder zu Jehno. Der Schock, in meinem blutverkrusteten Gesicht Haeri wiederzuerkennen, verschleiert seinen Blick.

In den Schatten hinter den Scharfschützen wartet nervös etwa ein Dutzend Sicherheitsleute von SnowTower. Ganz gleich, wie einschüchternd ihre schwarzen Uniformen, die kugelsicheren Westen und Waffen auch wirken mögen, sie scheinen der Krise nicht gewachsen zu sein. Wer kann es ihnen verdenken? Das ist vermutlich der erste echte Ernstfall, auf den sie reagieren müssen – und zwar nicht nur der erste in ihrer Karriere, sondern in der ganzen Existenz von Snowglobe.

Die Stimme dröhnt erneut. »Waffen fallen lassen. Ich wiederhole: Lassen Sie die Waffen fallen, heben Sie die Hände auf den Kopf, und legen Sie sich auf den Boden.«

Ich frage mich, ob ihnen klar ist, wie stark die schalldichten Fensterscheiben die Lautstärke und Autorität der Stimme aus dem Megafon dämpfen.

»Ergeben Sie sich, sonst schießen wir«, donnert die Stimme oder zumindest versucht sie es.

Wir drei sehen einander an und laufen trotzig weiter. Wenn wir nebeneinander vor der Kamera stehen – und sei es auch nur eine Sekunde –, dann ist der erste Teil unserer Mission geglückt.

Eine Explosion und das Geräusch von berstendem Glas folgen uns. Sie haben Warnschüsse abgegeben. Zitternd werfen wir uns hinter die Studioausstattung. Serin rollt sich auf dem Boden zusammen, presst die Hände auf die Ohren und schreit angstgepeinigt.

»Lassen Sie die Waffen fallen, und rühren Sie sich nicht von der Stelle«, ruft die Stimme wieder. »Wir werden nicht zögern, noch einmal zu schießen.«

Hyang wird im Kontrollraum langsam hysterisch. »Bleibt, wo ihr seid! Bewegt euch nicht!«, schreit sie aus vollem Hals.

Nach dem Beschuss zeigen sich Risse im gehärteten Glas der Scheibe, aber keine Löcher. Noch nicht. Mit der nächsten Salve dürfte sich das ändern. Obendrein wird sie wahrscheinlich auch tödlich für uns sein.

»Widerstand ist zwecklos. Ergeben Sie sich«, fordert uns die Stimme wieder auf.

Serin, deren Haar ganz zerzaust ist, liegt noch immer am Fußboden und schreit: »Ich gehöre nicht zu denen!

Sie kennen mich! Ich bin Haeri! Goh Haeri!« Ihr schneeweißes Outfit ist zerknittert und mit meinem Blut beschmiert.

»Dieser Angriff auf den Sender ist ein Terrorakt«, erschallt die Stimme wieder. »Achten Sie jetzt ganz genau auf Ihre Worte und Ihr Verhalten.«

Immer wieder sehe ich vor mir, wie Sprecherin Chung fassungslos aus der Nachrichtenredaktion zu mir hochstarrt.

Die Wetterfee Goh Haeri scheint im Kontrollraum zu sein ...

Mit einem Mal stößt Serin ein hysterisches Lachen aus. »Nein!«, ruft sie. »Nachrichtensprecherin Chung hat sich geirrt! Sehen Sie mich an! Sehen Sie genau hin. Sehen Sie, wie stark diese Betrügerinnen mir ähneln? Sprecherin Chung hat mich mit einer von ihnen verwechselt!«

Ich weiß nicht, wie viel davon durch das schalldichte Glas nach oben dringt. Selbst mit dem Megafon klingen die Durchsagen von dort alles andere als megalaut. Wie auch immer, sie ignorieren Serin jedenfalls.

»Lassen Sie die Waffen fallen, und ergeben Sie sich«, wiederholt die blecherne Stimme.

»Was sollen wir nur tun?«, wendet sich Somyung an mich.

Ohne den Blick von ihr zu nehmen, hebe ich die Arme über den Kopf und stehe auf. Jetzt sehe ich auch, dass der Mann hinter dem Megafon Tyrr Schwarkel ist. Ein ehemaliger Polizist, der dank einer Krimiserie zu Ruhm gelangt ist, bis er wegen Machtmissbrauchs seinen Job verlor.

Er trägt ebenfalls eine schwarze SEK-Uniform und führt die Operation offenbar an. Die Designersonnenbrille auf seiner Nase bringt mich allerdings zum Lachen. Diese Eitelkeit! Wieder muss ich an den Satz *Kleider machen Leute* denken, und da klickt es bei mir. Selbst jetzt sind Dutzende Kameras auf uns gerichtet. Wir alle sind Teil einer Show, und die heutigen Aufnahmen bieten genug Drama und Zündstoff für mehr als eine Serie.

Für Schwarkel könnte das hier die Gelegenheit sein, seine Blamage vergessen zu lassen und sich wie Phönix aus der Asche zu erheben. Das würde auch die verspiegelte Sonnenbrille, die fromme Miene und das übertriebene Gehabe erklären.

»Wir werden nicht mit Terroristinnen verhandeln, die Snowglobes Frieden und Sicherheit bedrohen«, schwafelt er weiter. »Zum Schutz der Öffentlichkeit werden wir ...«

Was für eine lächerliche Ansprache! Uns haben Dutzende von Gewehren im Visier, während wir über gerade mal zwei winzige Pistolen verfügen. Es würde mich nicht überraschen, wenn dieser Selbstdarsteller persönlich dazu gedrängt hat, die ganzen Biathleten in die Sache reinzuziehen.

»Scheiße«, flucht Shinae. Sie sieht aus, als würde sie gleich vor Wut platzen. »Dann verraten Sie mir doch mal«, tobt sie unter Zornestränen, »wie wir Cha Seol stoppen sollen! Die Frau gehört hinter Gitter, nicht wir! Das müssen Sie doch kapieren!«

»Klappe, du Terroristin!«, bricht Serin kreischend ihr Schweigen. Sie will deutlich machen, auf wessen Seite sie steht.

»Ich wiederhole«, fährt Schwarkel ungerührt fort, »Waffen runter!«

Bebend starrt Shinae zu dem dröhnenden Mann

hoch – bis ihr mit einem Mal die Augen aus dem Kopf fallen. Ich folge ihrem Blick. Eine Gestalt tritt neben Schwarkel an die Glasscheibe.

Bonwhe. Er entreißt Schwarkel das Megafon und wendet sich an die Mitglieder des Senders. Hin und wieder dringt eines seiner Wörter zu uns runter: *sofort, Telefon* ...

»Junger Herr Bonwhe!«, ruft Serin. Die schwarze Wimperntusche rinnt ihr über das Gesicht, aber sie sieht mit irrem Blick hoch zu Bonwhe, als wäre er ihr persönlicher Retter. »Ich bin's, junger Herr! Haeri!«

Sie begreift nicht, dass sie sich mit der Anrede schon verraten hat. Wie ein Kind, das hochgenommen werden will, streckt sie ihm die Arme entgegen. Somyung starrt sie angewidert an.

Die große Digitaluhr an der Studiowand zeigt 22:06 Uhr. Anders als sonst leuchtet der rote Knopf für die Liveübertragung noch immer, die Befehlsgewalt liegt nach wie vor beim Kontrollraum, wo Hyang die Stellung hält.

Ich sehe wieder hoch zu Bonwhe. Sein Blick wandert von mir zu Serin und zurück zu mir. Sein Gesicht ist reglos wie eine Maske. Schwarkel, der kurz verschwunden war, kehrt mit einem Telefon zurück. Bonwhe richtet den Blick auf mich, nimmt den Hörer ab und drückt einen Knopf. Im nächsten Moment blinkt das Licht in der gläsernen Telefonzelle in der Ecke weiß auf.

Mit einer ungeduldigen Kopfbewegung bedeutet Bonwhe mir, dranzugehen.

Doch Serin ist schneller.

»Ja! Hallo!«, schreit sie in den Hörer.

Die Tür zur Zelle steht weit offen, und wir hören, wie sie hysterisch mit ihm redet.

»Junger Herr! Hier spricht Haeri! Das alles ist ein schreckliches Missverständnis! Ich schwöre, ich hab nichts damit zu tun. Bitte ... Ich hab Angst.« Mit hasserfülltem Blick dreht sie mir den Kopf zu. »Die wollen mich loszuwerden. Die wollen mich umbringen.« Sie schluchzt erstickt. »Bitte, junger Herr, bitte helfen Sie ...«

Ich habe Mitleid mit dieser jungen Frau, die sich verzweifelt an Haeris Leben klammert und selbst jetzt vor den laufenden Kameras eine Show abzieht. Das hier könnte der wichtigste Auftritt ihres Lebens sein. Jetzt, da ich darüber nachdenke, frage ich mich, ob sie sich bewusst zurückgehalten hat, als wir uns vor einigen Minuten auf dem Boden gewälzt haben. Haeri würde nie um sich schlagen, sie würde nie jemanden treten oder würgen. Die Person, die mir eine Spritze in den Hals gerammt hat, muss verborgen bleiben.

»Ja, natürlich. Aber ...«, protestiert sie. Ihre Stimme verliert sich in einem erbärmlichen Wimmern. »Ja, okay.«

Sie legt auf, senkt den Blick und beißt sich zitternd auf die Lippe. Schließlich verlässt sie die Telefonzelle, atmet stockend ein und hebt den Kopf. Ihr Blick durchbohrt mich.

»Geh dran, wenn es klingelt«, sagt sie so wütend, dass sie kaum sprechen kann.

Ich sehe zu Bonwhe hoch und greife langsam nach dem Headset, das ich Somyung gegeben habe. Nach einer Weile nickt Bonwhe. Schwarkel erhebt Einspruch, aber Bonwhe ignoriert ihn. Ohne den Blick von ihm zu wenden, setze ich das Headset auf und stelle eine Verbindung zu Hyang im Kontrollraum her.

»Die Stromversorgung der Station«, sage ich leise.

»Sind Sie sicher, dass sie nur vom Hauptkraftwerk Strom bezieht?«

»Ja, bin ich. Warum?« Ein hoffnungsvoller Unterton schleicht sich in ihre Stimme. »Was hat das hiermit zu tun?«

»Sie haben gesagt, dass die Station ausfällt, wenn das Hauptkraftwerk stillsteht, und dass es keinen Notstromgenerator gibt.«

»Richtig.«

»Gut. Mehr muss ich nicht wissen.«

»Was hast du ...«

Hyangs Stimme schallt aus den winzigen Lautsprechern, aber ich setze das Headset ab und deponiere es auf dem Boden. Dann gehe ich in die Telefonzelle und schließe die Tür, bevor ich den Hörer abnehme.

Ich lege meine ganze Willenskraft in meine Stimme. Welche Wahl bleibt mir auch, als für Yeosu zu sprechen, die nicht persönlich hier sein kann? Mit Blick auf Bonwhe sage ich: »Du hast versprochen, dass sie dafür bezahlen wird.« Etwas scheint sich hinter seiner versteinerten Miene zu regen. »Du musst nichts tun. Halte mich nur nicht auf. Bitte.«

Mein Herz zieht sich zusammen, als ich an Yeosu denke, die darauf vertraut hat, dass er sie von Cha Seols grausamem Spiel befreien würde. Bonwhe schweigt. Doch dann sehe ich, wie er die Schultern sinken lässt.

»Es tut mir leid«, sagt er schließlich leise. Die Worte, die darauf folgen, könnten enttäuschender kaum sein. »Die Yibonn Media Group ist aktuell nicht in der Lage, Ihre Forderung zu erfüllen.«

Aufgeflogen

Die Standardabsage vom Boss. Darum bemüht, seine Gefühle zu unterdrücken, senkt Bonwhe die Stimme noch weiter. »Dank unserer Gerechtigkeit und Gleichberechtigung ist Snowglobe über Jahre ein friedlicher, blühender Ort gewesen. Doch wer unserem System unter welchem Vorwand auch immer mit Gewalt droht und uns einschüchtern will, wird die Konsequenzen zu spüren bekommen.«

»Gerechtigkeit und *Gleichberechtigung?*«, spotte ich. Ich sehe, wie Somyung und Shinae vor der Kamera hocken und auf ein Zeichen der Hoffnung von mir lauern. Oder der Verzweiflung. Dabei wandern ihre Blicke so nervös zu der roten Lampe an der Kamera, als würde ihr Leben davon abhängen. Was es letzten Endes ja auch tut.

»Wovon redest du?« Wut über seinen Verrat kocht in mir hoch. »Du weißt, was hinter den Kulissen vor sich geht! Du weißt, dass Cha Seol reiner Abschaum ist! Ihr muss endlich das Handwerk gelegt werden, damit sie nicht noch weiter ...«

»Ich spreche als Repräsentant des Konzerns«, unterbricht er mich gereizt.

Ja und? Soll das etwa eine Entschuldigung sein – für die Unannehmlichkeiten, die er uns bereiten wird? Will er mich damit um Verständnis für seine schwierige Lage bitten? Ist gerade die Maske verrutscht, die er sich aufgesetzt hat?

Warum machst du dir Sorgen, wie es mir geht?

Weil du du bist. Yeosus Bonwhe, der Einzige in Snowglobe, der ihre Seele kennt, wurde von Bonwhe abgelöst, dem stellvertretenden CEO der Yibonn Media Group. Ihn werde ich stürzen müssen.

»Also gut. Dann beweis mir, dass Gerechtigkeit und Frieden für dich nicht nur leere Worte sind. Halt uns auf, ohne Gewalt anzuwenden.« Ich werfe ihm einen finsteren Blick zu. »Schalte das Hauptkraftwerk ab.«

Ich sehe, wie er erschrocken einen Schritt zurückweicht.

»Ich kann nicht das ganze Stromnetz abschalten, nur um euch aufzuhalten«, erwidert er nach einer Weile.

»Warum nicht? Wäre das nicht friedlicher, als uns mit Kugeln aufzuhalten?«

Er schweigt, also rede ich weiter: »Hab ich's mir doch gedacht. Der ununterbrochene Betrieb steht über allem, nicht wahr? Natürlich würdet ihr das Hauptkraftwerk nie abschalten. Oder ein *anderes* Kraftwerk.« Jetzt neigt er den Kopf und beäugt mich. »Denn Snowglobe würde sofort einfrieren, wenn es ein Problem mit der Stromversorgung gäbe.«

Der Spiegel, durch den ich auf der Weihnachtsfeier gelaufen bin, hat mich an einem Ort abgesetzt, den mein Gehirn in seinem Fieberwahn als geheimes Gefängnis eingeordnet hat. Dort habe ich den Mann mit dem rosa Herztattoo unter dem Auge gesehen, der neben Hunderten von anderen Insassen in einem Zahnrad geschuftet hat.

Bei meinem ersten Besuch im Studio wurde behauptet, dass dieser Insasse am dreiundzwanzigsten Dezember hingerichtet worden sei. Wie kann er also am Abend der Feier, an Weihnachten, irgendwo auf dem Anwesen gearbeitet haben? Wer waren diese Leute in den Rädern, und was haben sie dort gemacht? In den endlosen Stunden, die ich mit Hyang unterwegs gewesen bin, hat mich diese Frage nicht losgelassen – bis mir eine Erleuchtung kam.

Snowglobe ist der einzige Ort auf der Welt, der angeblich dank der natürlich vorkommenden geothermischen Energie der grausamen Kälte entgangen ist. Wenn das stimmt – warum wäre ich dann an jenem Abend fast erfroren? Warum war die Luft mitten in Snowglobe so eisig wie in der offenen Welt? Kann es sein, dass Snowglobes geothermischer Jackpot erfunden ist? Dass die Energie, die nötig ist, um die Temperatur zu regulieren, aus dem geheimen Kraftwerk stammt, das von Gefangenen betrieben wird, von denen wir glauben, sie wären hingerichtet worden?

»Du hast mich angelogen«, wirft mir Bonwhe am anderen Ende der Leitung vor.

Sag mir, was du rausgefunden hast. Von dem Moment mit dem Spiegel bis jetzt. Fass dich kurz.

Als er mich im Wald zur Rede gestellt hat, habe ich ihm nicht von dem seltsamen Gefängnis erzählt oder von dem geheimen Kraftwerk. Nicht, dass mir damals klar gewesen wäre, welche zentrale Rolle der Ort für Snowglobe spielt.

»Du hast mich auch angelogen«, gebe ich zurück. Er murmelt verständnislos, also sage ich: »Du hattest nie vor, Yeosu zu helfen. Wie auch? Du bist schließlich ein Yibonn.«

Bei Yeosus Namen spannt sich alles in ihm an. Dass

ich von ihr in der dritten Person rede, bestätigt ihm, was er bislang nur vermutet hat: dass ich nicht sie bin. Ein angsterfüllter Ausdruck legt sich auf sein Gesicht: *Wo ist sie?*

Dann spiele ich meinen letzten Trumpf aus. »Du hast sie mit Hoffnung geködert, obwohl du genau gewusst hast, dass du dein Versprechen nicht halten kannst.«

»Ist sie ...« Er kämpft gegen seine Angst um sie, kann aber nicht weitersprechen.

»Ich möchte glauben, dass dein Herz am rechten Fleck sitzt«, sage ich.

Das stimmt. Als er mich, also Yeosu, an jenem Abend im Wald so gefühlvoll angesehen hat, da hätte ich mich fast selbst in ihn verliebt.

»Das hier ist deine Chance, dein Versprechen zu halten. Hilf uns, Cha Seol zu Fall zu bringen, dann halte ich mein Versprechen, niemandem von den Spiegeln zu erzählen.«

Sein Gesicht liegt wieder hinter der ausdruckslosen Maske.

»Verstehe«, sagt er schließlich.

Dann dreht er sich um und schickt die Einsatztruppe fort, die uns die ganze Zeit im Visier behalten hat. Abermals greift er zum Hörer.

»Ich schätze, ich erfahre es noch früh genug«, sagt er. »Wie heißt du?«

Kurz zögere ich, während ich über den Schorf an meinem Gesicht reibe. »Jeon Chobahm.«

»Jeon Chobahm«, wiederholt er. »Dann waren das deine Schuhe.«

Serin sitzt auf dem Boden, den Kopf im Nacken, und starrt ausdruckslos zur Nachrichtenabteilung hoch. Ich gehe zu ihr und ziehe ihr den Ohrhörer aus dem Ohr und das blutige Mikrofon vom Hemd. Sie wehrt sich nicht, sie reagiert nicht einmal. Den leeren Blick hat sie auf den Raum über uns geheftet, selbst als ich mir den Ohrhörer ins linke Ohr stecke und das Mikrofon an meinem Hemd befestige. Als ich nun ebenfalls hochsehe, landet mein Blick auf Jehno, der verständnislos mal mich, mal Serin mustert und versucht, das Unbegreifliche zu begreifen.

Ich schalte das Mikrofon ein und strecke die Hände nach Somyung und Shinae aus. Zu dritt treten wir nun endlich vor die Live-Kamera, Somyung links, Shinae rechts von mir.

Kurz hebe ich den Blick zu Bonwhe, der noch immer wie eine Statue hinter der Glasscheibe steht und zu uns runtersieht. Schwarkel hat die Arme vor der Brust verschränkt und wartet reglos auf das, was wir zu sagen haben.

»Der Monitor ist so weit. Ihr drei seht gut aus«, ertönt Hyangs Stimme in meinem Ohr. »Ihr könnt loslegen.«

Ich atme tief ein. »Hi, hier ist das Mädchen von nebenan, das ihr so lange mit eurer Liebe unterstützt habt. Aber wusstet ihr, dass es eigentlich nie existiert hat? Ich wurde in diese Welt gesetzt, damit ich eines Tages die Illusion von Goh Haeri aufrechterhalten kann. Das hab ich auch getan. Mein Name ist Jeon Chobahm, doch eine Zeit lang war ich Haeri.«

Somyung und Shinae folgen meinem Beispiel. Und dann halten wir einander an den Händen fest und entlarven das Projekt Goh Haeri als Schwindel. Hyang informiert mich, dass das Video, das sie zusammengeschnitten hatte, bereit ist. Auf dem Monitor über der

Kamera sehen wir die Aufnahmen, die in diesem Moment auf sämtlichen Fernsehern in der offenen Welt ausgestrahlt werden.

Und dann ist das Video auch schon zu Ende. »Wir verlangen, dass alle bestraft werden, die an diesem Verbrechen beteiligt waren, das von Cha Guibahng und Cha Seol begangen wurde.«

Gerade als ich mich entspannen will – wir haben endlich die Wahrheit enthüllt –, erklingt erneut Hyangs Stimme in meinem Ohrhörer. »Das war noch nicht alles.«

Soll ich noch etwas sagen? Das Drehbuch sieht nichts mehr vor ... Mit einem Finger halte ich mir das andere Ohr zu, damit ich mich auf ihre Stimme konzentrieren kann. »Sag ihnen noch Folgendes, Chobahm: Diejenigen, die vor dieser abscheulichen Tat die Augen verschlossen haben, sollen ebenfalls zur Rechenschaft gezogen werden.«

Ich senke den Blick, damit niemand den Schreck in meinen Augen sieht. Ist das ihr Ernst? Das war nicht Teil des Plans.

»Keine Funkstille, bitte«, sagt Hyang.

Sprachlos stehe ich da. Will sie sich selbst ausliefern? Bevor sie weiter Druck auf mich ausübt, ergreift Somyung das Wort.

»Was denken die Leute hinter der Kamera eigentlich, wer sie sind?«, fragt sie. »Wer hat ihnen das Recht gegeben, mit dem Leben anderer zu spielen? Eins will ich wissen«, sie sieht in die Kamera und presst die Lippen zu einer schmalen Linie zusammen. »Denkt ihr, wir sind nur dazu da, um in eurem Leben kleine Nebenrollen zu spielen? Wenn ihr im Namen der Unterhaltung oder Bildung in unser Leben eingreift und alles umschreibt, wo ist da die Grenze?«

Ihre Stimme schwillt an vor Wut. Ihr Groll richtet sich nicht nur gegen diejenigen, die sie direkt anspricht. Mit dreizehn Jahren hat sie ihre Eltern verloren und musste sich der grausamen Welt ganz allein stellen. Cha Seol war vermutlich nur eine von vielen, die sich ihr mit dem falschen Versprechen auf Rettung genähert hat.

Mir hat sie ja auch weisgemacht, ich würde Haeris Leben zum Wohle aller wieder auf den richtigen Kurs bringen. Nur hatte sie mit mir leichtes Spiel. Bereitwillig habe ich das Angebot angenommen, das Somyung kategorisch ausgeschlagen hatte.

Somyungs Hand zittert in meiner. Ich drücke sie und wiederhole den Satz, den Hyang mir vorgesagt hat. »Diejenigen, die vor dieser abscheulichen Tat die Augen verschlossen haben, sollen ebenfalls zur Rechenschaft gezogen werden.« Ich atme tief durch, um mich zu sammeln. »Deshalb übernehme ich die Verantwortung dafür, mich als Haeri ausgegeben zu haben, obwohl ich wusste, dass sie tot ist. Auch ich hab zur Verschleierung dieses Verbrechens beigetragen.«

Serin stöhnt angewidert, und Somyung und Shinae drehen sich mit aufgerissenen Augen zu mir um.

»Wovon redest du da?«, fragt Somyung.

Shinae seufzt. »Komm schon, Chobahm!«

»Das ist Unsinn, und das weißt du!«, brüllt Hyang ins Mikrofon. »Du hattest nie eine Wahl!«

Doch, die hatte ich. Meine Zeugung und Geburt gehen vielleicht auf Cha Seols Konto, aber die eigentliche Entscheidung lag bei mir. Warum habe ich mein Leben so gering geschätzt, dass ich die erstbeste Gelegenheit ergriff, das Leben einer anderen zu führen?

Ich erinnere mich an Somyungs Worte. *Warum sollte*

ich als Haeri leben wollen, wenn ich als Somyung geboren wurde?

Ernst sehe ich in die Kamera und spreche weiter. »Ich kann nicht so tun, als wäre ich ein unschuldiges Opfer. Ich hab zugelassen, dass Cha Seol meine Unzufriedenheit ... und meinen Ehrgeiz ausnutzt.«

Ich wollte unbedingt jemand werden, am liebsten eine erfolgreiche Regisseurin, doch ich konnte den Traum auch verwirklichen, indem ich in die leeren Schuhe der beliebtesten Schauspielerin auf der Welt schlüpfe. Nun bezahle ich dafür mit meinem einzigen wahren Ich.

Shinae stößt ihren Atem aus, dann dreht sie sich zur Kamera. »Dann sollte ich wohl auch besser gestehen ...«

Hyangs missmutiger Aufschrei dringt mir ins Ohr.

»Ich bin nur wegen des Geldes hier«, fährt Shinae fort. »Wegen der Entschädigung, die enorm sein muss, sollte dieses Rechtssystem funktionieren.«

»Also gut, dann erzählt es halt allen«, stöhnt Hyang.

»Ich bin nicht so nobel wie Somyung oder so cool wie Chobahm, ich bin nur ... wütend. Ich hab zusehen müssen, wie mein Papa meine Mama wegen mir schlecht behandelt hat. Und sie konnte sich nie wehren, weil sie mich beschützen musste.« Shinaes Lippen zittern, und sie braucht einen Moment, um sich wieder zu fassen. Sie sieht zu Somyung und mir, und ihre nächsten Worte klingen überlegter. »Wir wissen nicht, wie viele es noch von uns gibt. Einige schauen vielleicht gerade zu und erkennen sich selbst im Fernsehen. Wenn das der Fall ist, sollten wir uns zusammentun. Wir alle. Wir sollten uns zusammentun und unser Leben zurückerobern. Cha Guibahng und Cha Seol schulden uns eine

Entschuldigung. Und eine Entschädigung. Eine Entschuldigung samt Entschädigung.«
Danach wechseln wir drei einen Blick und nicken. Schließlich drehen wir uns wieder zur Kamera und sagen gemeinsam: »Das war's von uns. Danke, dass Sie eingeschaltet haben.«
In meinem Ohr höre ich Hyang. »Drei, zwei, eins, Cut!«
Endlich erlischt die rote Lampe an der Kamera. Stille breitet sich im Studio aus. Keine von uns sagt etwas. Serin sitzt reglos auf dem Boden und starrt teilnahmslos ins Leere. Bonwhe blickt wie eine Marmorstatue zu uns herunter, sein Gesicht ist so verschlossen wie immer.
Danach ertönt Lärm, als die Polizei die Studiotür aufbricht. Ich hebe den Kopf. Bonwhe zieht sich von der Glasscheibe zurück, die Angestellten vom Sender folgen ihm. Wir drei halten einander nach wie vor an den Händen fest, damit keine von uns zu Boden geht.
Das Versprechen auf ein ruhmreiches, brillantes Leben ist zusammen mit dem Goh-Haeri-Projekt auf dem Müll gelandet. Auf mich wartet jetzt nur noch das große Unbekannte. Seltsamerweise fühle ich mich endlich im Reinen mit mir. Ich bin wieder frei und kann meine eigenen Träume träumen und meine eigenen Fehler machen. Vor allem aber kann ich denen, die mir etwas bedeuten, sagen, wie sehr ich sie lieb habe. All das steht mir frei. Das und noch viel mehr. Heute, morgen und an jedem anderen Tag.

Auf Wiedersehen, Kanal 60

Hinter der Glasscheibe mir gegenüber sitzt Cha Seol in ihrer blauen Häftlingskleidung. Ihr feuerrotes Haar ist zu einem Braun abgestumpft, das die ungeheure Intensität ihrer bernsteinfarbenen Augen nur noch stärker betont. Ihr Blick ruht auf mir. Sie lächelt reumütig. Es dauert einen Moment, bis sie endlich den Hörer in die Hand nimmt.

»Sieh mal an, wer mich besucht«, gurrt sie ins Telefon.

»Wissen Sie überhaupt, welche Kopie ich bin?« Mir fällt es schwer, die Fassung zu wahren.

Sie schnaubt.

Langsam wiederhole ich meine Frage, wobei ich jedes hasserfüllte Wort betone. »*Wissen Sie überhaupt, welche Kopie ich bin?*«

Dieses Mal überlegt sie eine Weile oder tut zumindest so. Schließlich lehnt sie sich vor und stützt die Ellbogen auf die Tischplatte. »Serin war gut darin, Haeri zu spielen, aber *dich* kriegte sie nicht hin.« Sie lacht. »Sie war ein grauenhaftes Double.«

»Sie haben meine Familie in Ruhe gelassen. Warum?«

Als würde sie die Frage verwirren, neigt sie den Kopf zur Seite.

»Yeosus Familie«, zische ich. Ich spüre, wie sich meine Oberlippe kräuselt. »Sie haben sie verschwinden lassen, damit Yeosu allein dastand und nichts hatte, wohin sie zurückkehren konnte.«

Eine Weile mustert sie mich. Dann schnaubt sie wieder. »Ich hab ihnen beim Umzug in eine andere Siedlung geholfen und ein besseres Haus für sie besorgt.« Sie schweigt kurz. »Ist das so verwerflich?«

Wie ich diese Frau hasse! Mit einem Mal bin ich auf den Füßen und hämmere gegen das Glas. »Yeosu war am Boden zerstört! Sie dachte, ihre Eltern wären ihretwegen getötet worden!«

So steht es in Yeosus Tagebuch, das nach unserem Auftritt bei der Durchsuchung von Maeryungs Haus gefunden wurde. Die Analyse der Handschrift bewies, dass das Tagebuch als Beweismaterial vor Gericht zugelassen werden konnte. In den Nachrichten wurden bereits Auszüge zitiert.

»Ich hab ihr nie gesagt, ich hätte ihre Familie getötet. Es ist bedauerlich, dass sie einen solchen Schluss gezogen hat«, erwidert Cha Seol so ungerührt, dass ich noch wütender werde.

Ich durchbohre sie mit Blicken und drücke die Titelseite der heutigen Zeitung an die Scheibe, damit sie die fette Überschrift lesen kann: Todesstrafe für das Cha-Duo? Dann wandert ihr Blick über die Seite. In dem Artikel über das Baby, das Sanghui ausgetragen hat, heißt es, das Strafmaß für das Duo hänge davon ab, was aus dem verschwundenen Mädchen geworden ist.

Gelassen lehnt sich Cha Seol auf ihrem Stuhl zurück. »Sie ist eines Tages einfach verschwunden. Ich würde selbst gern erfahren, was ihr widerfahren ist.«

Ich beiße die Zähne zusammen. Lügen. Lügen. Und noch mehr Lügen.

»Sie sind unglaublich«, sage ich leise.

Wenn die Ermittlungen keinen Mord nachweisen können, entgehen die beiden vermutlich der Todesstrafe. Wegen eines obskuren Gesetzes, das Leuten wie mir, die nicht in Snowglobe wohnen oder dort vor der Kamera stehen, verbietet, vor Gericht auszusagen, kam der Mord an Cooper gar nicht erst vor Gericht. Dank desselben nutzlosen Gesetzes wurde auch meine Beteiligung an der ganzen Sache außer Acht gelassen. Da Hyang und ich nicht in Snowglobe wohnen, können wir auch nicht angeklagt oder verurteilt werden. In den Augen der Justiz von Snowglobe existieren wir schlicht und ergreifend nicht. Das Einzige, was uns angelastet werden kann, ist das unbefugte Betreten von Snowglobe.

Cha Seol beharrt auf ihrer Unschuld und gibt ihrem Großvater die Schuld, der sich nicht wehren kann.

Vor Wut platzend, brülle ich: »Sie haben Ihrer Schwester gesagt, sie hätten sich selbst um Haeri gekümmert!«

Aber die Polizei hat noch immer keinen Hinweis auf ihren Tod gefunden. Es gibt keine Überreste, keine Indizien, dass etwas vorgefallen ist. Nichts, das über einen Verdacht hinausgehen würde.

Cha Seol wendet den Blick kurz von mir ab. »Ich hatte nicht den Mut, Opa zu sagen, dass ich sie verloren hab. Hyang hab ich deswegen ebenfalls angelogen.«

»Lügnerin!«, knurre ich. »Sie haben sie aus Snowglobe gebracht und getötet, nicht wahr? Wo ist sie?«

»Wenn das stimmt, dann sollte es Aufnahmen davon geben, oder nicht?«, sagt sie unschuldig. »Zum Beispiel davon, wie ich sie in ein Flugzeug verfrachtet hab?«

Ich schlage mit der Hand gegen das Glas. Am liebsten würde ich sie in Stücke reißen.

»Ich frage Sie, weil die Aufnahmen aus Snowglobe nicht als Beweisstücke verwendet werden dürfen, das wissen Sie doch genau!« Das Goh-Haeri-Projekt war ein unerhörtes Verbrechen mit Konsequenzen, die über Betrug, Diebstahl und Mord weit hinausgingen. Trotzdem reicht das nicht, um eines der Gründungsprinzipien von Snowglobe auszuhebeln: Keine Aufnahme, die zum Zwecke der Unterhaltung entstanden ist, darf verwendet werden, um ein Verbrechen nachzuweisen. Der Yibonn-Konzern ist kein Überwachungsstaat. Diese Ideologie wurde all die Jahre aufrechterhalten, und sie wird auch jetzt nicht gebrochen werden.

Außerdem existiert Haeri nicht mehr in Snowglobe. Wir haben sie live im Fernsehen umgebracht. Damit hat niemand Zugriff auf Aufnahmen von ihr, sie werden nie wieder von irgendjemandem gesichtet werden, sei es nun für Ermittlungszwecke oder aus einem anderen Grund.

»Es ist nicht so, als wäre es mir nie in den Sinn gekommen, ihre nutzlose Existenz auszulöschen«, gesteht Cha Seol mit abgewandtem Gesicht. »Ich konnte es nur nicht in die Tat umsetzen.« Sie seufzt. »Dass sie einfach weggelaufen ist ... Vielleicht hat sie gespürt, worüber ich nachgedacht hab.«

»Sie lügen schon wieder!«, rufe ich voller Wut und Hass aus.

»Es gibt Aufnahmen, wie sie im Wald verschwunden ist«, sagt sie, als sie mich wieder ansieht. »Da hab ich sie zum letzten Mal gesehen.«

»Im Wald? Sie meinen in der Verbotszone?«

Sie nickt, und ich springe wieder auf, wobei ich den Stuhl umstoße. Das muss ich der Polizei sagen. Vielleicht führt das zu Haeri – oder ihren Überresten.

Als ich den Besuchsraum verlasse, drehe ich mich ein letztes Mal zu ihr um.

»Sie sind eine *Mörderin*. Wie können Sie nur mit sich selbst leben, nachdem Sie so viele Leben zerstört haben, als wären sie bedeutungslos?«

Einen Moment lang scheint ihre Fassade zu bröckeln, aber vielleicht bilde ich mir das auch nur ein. »Ich wollte nur die Welt verändern. Mit dir. Mit euch allen.«

Diesmal schnaube ich. »Mit wessen Erlaubnis?«, brülle ich wieder. »Wer hat Sie dazu bestimmt, die Welt zu verändern? Haben Sie überhaupt gefragt, ob wir das wollen?«

Sie sieht mich verdutzt an, dann lacht sie bitter. »Du erträgst es nicht, wenn man dir sagt, was du tun sollst, nicht wahr? Ihr seid euch alle so ähnlich, aber das hätte ich wissen sollen.«

»Wovon reden Sie?«

»Finde es selbst heraus«, sagt sie grinsend. »Ich hoffe, es gelingt dir früh genug.«

»Wovon zum Henker reden Sie?«, wiederhole ich, aber sie antwortet nicht. Sie hat nichts mehr zu sagen. Ich drehe mich um und haste aus dem Besuchsraum. Der Hass brodelt in mir.

Noch im Gefängnis habe ich weitergeleitet, was Cha Seol mir mitgeteilt hat. Sowohl die Polizei als auch der Yibonn-Konzern reagierten zügig. Innerhalb weniger Stunden wurden Drohnen mit Kameras in den Wald geschickt, in den Haeri angeblich geflohen war. Doch alle kehrten mit leeren Händen zurück. Wieder nichts.

Kanal 60, auf dem *Goh Around* lief, wurde komplett vom Netz genommen. Die Leute können den Fernseher einschalten und den Kanal auswählen, sehen aber nur noch einen schwarzen Bildschirm. Sie können auch versuchen, mit der Pfeiltaste auf der Fernbedienung von Kanal 59 hochzuschalten, aber dann springt der Fernseher einfach auf Kanal 61.

Indem der Yibonn-Konzern den Kanal sofort stillgelegt hat, wollte er wohl vertuschen, dass er seine Aufsichtspflicht so eklatant vernachlässigt hat. Vermutlich ist das auch der Grund, warum unsere Live-Aktion es nur in die *9-Uhr-Nachrichten* am nächsten Tag geschafft hat und danach nie wieder erwähnt wurde. Wer an jenem schicksalhaften Tag wie Jehno oder Schwarkel in den Vorfall verstrickt wurde, wäre in jedem anderen Fall für die eigene Show wohl Gold wert gewesen, aber die Aufnahmen wurden sofort ausgesondert – weil wir darin auftauchten. Und da wir offiziell keine Schauspielerinnen sind, ist die Verwendung dieser Bilder schlicht verboten.

Die Produktion von *Goh For It* wurde bis auf Weiteres eingestellt, nachdem die zehnte Staffel zu einem hastigen Ende gebracht wurde. Sollte die Serie je fortgesetzt werden, dann wird es in der neuen Staffel vermutlich darum gehen, wie Maeryung zusammen mit den Chas in die Mühlen der Justiz gerät.

Somyung, Shinae und ich wurden zusammen mit Hyang und Serin in einem der Gästehäuser auf dem Anwesen der Yibonns untergebracht.

Derweil spekuliert die Presse eifrig weiter. Besonders beliebt ist die Ansicht, das Gericht werde die Angeklagten verurteilen und ihre Besitztümer konfiszieren, um die Opfer zu entschädigen.

Den freien Posten als Wetterfee hat vorübergehend Fran übernommen, dessen Krebs endlich besiegt ist.

»Die Höchsttemperatur liegt morgen bei sechsundzwanzig Grad.«

Ich drehe mich dem Fernseher zu. Fran lässt sein Megawattlächeln strahlen. Botox und eine dicke Grundierung verstecken die Spuren vom Krebs.

»Und die Temperaturen fallen auch nicht unter angenehme einundzwanzig Grad.«

»Einundzwanzig Grad!«, ruft Somyung. »Über null?«

In der offenen Welt ist eine solche Temperatur zu abstrakt, als dass wir uns etwas darunter vorstellen könnten, egal, wie oft wir den Wert im Fernsehen hören. Jetzt, da wir sie mit jeder Faser unseres Körpers spüren, wissen wir, was die Vorhersage bedeutet. *Mist, nur achtzehn Grad heute, aber morgen wird es wieder wärmer.*

Shinae beugt sich über die Fanbriefe und Postkarten, die jeden Tag auf unserem Tisch landen. Sie stammen von allen möglichen Leuten aus Snowglobe und der offenen Welt. Die teuren Briefmarken scheinen die Leute nicht davon abzuhalten, uns zu schreiben. Die Zahl der Briefe aus der offenen Welt übersteigt immer wieder die von denen aus Snowglobe.

Shinae, die wie immer nur ans Geld denkt, rechnet die Kosten für die Briefe zusammen, die uns heute erreicht haben.

»So viel Unterstützung«, seufzt sie. »Wie sollen wir ihnen nur je dafür danken?«

Da wir selbst kein Geld haben, leben wir von der Großzügigkeit der Yibonns. Sie bezahlen sogar unser Briefpapier und die Marken, damit wir unseren Familien schreiben können. Sofern wir noch eine haben.

Es ist nicht etwa so, dass wir unbedingt in Snowglobe bleiben wollen. Uns wurde schlicht und ergreifend verboten, die Stadt zu verlassen, bis das Gericht beschlossen hat, wie es mit uns, Opfern und Täterinnen gleichermaßen, verfahren soll. Daraufhin haben die Yibonns uns ihre Unterstützung angeboten, vermutlich als öffentliche Buße für all das, was unter ihren ach so wachsamen Augen geschehen ist.

Shinae greift nach einem Stapel Postkarten und geht eine nach der anderen durch. »Ich hab das Gefühl, die Leute wollen mit jedem Tag mehr über uns erfahren.«

Dank des Yibonn-Konzerns, der sich dafür eingesetzt hat, dass wir das Gerichtsverfahren persönlich mitverfolgen können, dürfen wir jeder Verhandlung zum Goh-Haeri-Projekt beiwohnen. Wie vorherzusehen war, locken wir sämtliche Medien an, weshalb jedes Mal, wenn wir im Gericht sind, zahlreiche Fotos von uns dreien die Titelseiten der Zeitungen schmücken.

An den meisten Tagen sitzt Yujin in der hintersten Reihe und wartet auf mich. Wir wechseln beredte Blicke oder auch ein verstohlenes Lächeln. Ein paarmal habe ich auch Onkel Wooyos Gesicht unter den Anwesenden entdeckt. Vor dem Gerichtsgebäude hat ihm ständig die Presse aufgelauert, die ihn nun wohl vertrieben hat.

Shinae sieht von einer Postkarte hoch. »Hier will jemand wissen, wie wir behandelt werden.«

»Und bei mir«, meldet sich Somyung, die ebenfalls eine Karte in der Hand hält, »ob wir uns gut verstehen.«

Lachend sehe ich zur Treppe hoch: Serin hockt vermutlich brütend im oberen Stock.

»Also, eine von uns ignoriert alle anderen«, scherze ich.

Wir hocken jetzt schon seit einem Monat hier, und Serin hat noch immer kein Wort mit uns gewechselt. Ihren zornerfüllten Blicken nach richtet sich ihr Groll vor allem gegen Hyang und mich. Da Hyang aber bei den Ermittlungen hilft und deshalb nur selten zu Hause ist, kriege vor allem ich Serins stille Wut ab.

Seufzend schiebt Shinae die Briefe zu sauberen Stapeln zusammen.

»Noch immer nichts von Haeri«, sagt sie ernüchtert.

Jeden Tag geht sie die Post in der Hoffnung durch, einen Hinweis von Haeri – sei es von der Haeri, die im Wald verschwunden ist, oder von einer der unbekannten Haeris da draußen – zu entdecken.

»Vielleicht sind keine Neuigkeiten ja gute Neuigkeiten«, sage ich.

Vielleicht sind alle Haeris, die noch da draußen sind, mit ihrem Leben zufrieden und wollen deshalb gar keinen Kontakt zu uns aufnehmen.

Sobald Frans Wettervorhersage zu Ende ist, schaltet Somyung den Fernseher aus. »Wann werden die Yibonns mit uns reden?«, fragt sie. »Wir warten nun schon eine Woche.«

Nachdem wir darum gebeten haben, mit der Yibonn-Familie zu sprechen, haben sie uns über ihre Butlerin lediglich die freundliche Standardantwort gegeben, dass wir uns gedulden müssen. Solange die Präsidentin noch nicht wieder auf dem Damm ist, hat ihre Tochter Bonshim als Vizepräsidentin vermutlich zu viel zu tun, um sich um eine derart triviale Angelegenheit zu kümmern. Wir wollen nämlich vor allem wissen, wie wir auf die Fanpost reagieren sollen.

Aus einer Ecke im Wohnzimmer ertönt ein Räuspern, und wir reißen die Köpfe rum. Ach ja, der Wachmann. An seine stumme, schattenhafte Anwesenheit haben wir uns im letzten Monat auch gewöhnt.
»Der junge Herr Bonwhe ist hier«, verkündet er. Dann drückt er sich einen Finger an den Ohrhörer, lauscht auf weitere Anweisungen und sieht schließlich zu mir. »Der junge Herr möchte mit Ihnen sprechen, Frau Chobahm.«

Wir drei sehen uns an. Es wird Zeit, dass wir uns bei den Fans, die uns so viel gegeben haben, bedanken.

Ein Neuanfang

Auf dem Anwesen der Yibonns liegt der größte Privatpark von Snowglobe. Er ist so groß, dass man gut und gern mit einem motorisierten Vehikel von einem Ende zum anderen fahren kann. An diesem Abend schlendern Bonwhe und ich jedoch zu Fuß durch die Anlage, die in der Abenddämmerung von Hunderten von Lampen beleuchtet wird. Vor einem der Nebengebäude steht Assistentin Yu in relativer Nähe auf Abruf bereit.

»Wie habt ihr euch eingelebt?«, fragt Bonwhe.

»Gut. Ich hab in den Nachrichten gesehen, dass sich die Präsidentin erholt. Das freut mich.« Ich frage mich, ob ich ihn junger Herr nennen soll, jetzt, da ich nicht mehr seine Yeosu bin.

»Danke. Oma geht es schon besser, aber es dauert noch eine Weile, bis sie ihre Aufgaben wieder wahrnehmen und an offiziellen Anlässen und dergleichen teilnehmen kann.«

Die Firmenfeier war dieses Jahr merklich kleiner. Im Fernsehen hat man allerdings darüber spekuliert, ob die schlichtere Feier weniger der angeschlagenen Gesundheit der Präsidentin zuzuschreiben ist als vielmehr dem Versuch, das Image der Familie in der Öffentlichkeit aufzupolieren.

»Und wie geht's dir?«, frage ich. Ich weiß nicht, warum, aber neckend füge ich hinzu: »Junger Herr.«

Bonwhe bleibt stehen und dreht sich mit einem breiten Lächeln zu mir um.

»Junger Herr?«, fragt er. »Wo kommt das jetzt her?« Die Gelegenheit lasse ich mir nicht entgehen. »Weil nur Yeosu ungeschoren davonkommt, wenn sie die Regeln bricht. Oder nicht?«

»Ich denke, darüber sind wir hinaus«, sagt er nach kurzem Schweigen. Mit einem Mal bin ich ganz verlegen. Ich lache leise, um die Erinnerung daran zu verdrängen, wie ich ihn aus der Telefonzelle bedroht habe. Ohne ein weiteres Wort setzt Bonwhe den Weg fort.

Eine Weile laufen wir schweigend nebeneinander her. Vögel zwitschern und Insekten summen in ihren Verstecken. Die farbenprächtigen Blumen und Büsche duften in der Abendluft.

Nach einigem Zögern frage ich: »Ist Yeosus Tagebuch echt?«

Ihr Tagebuch ist in Briefform verfasst worden, und jeder Eintrag richtet sich an eine bestimmte Person, die real sein mag oder nicht.

»Nein«, erwidert er ohne Umschweife. »Ich hab die Briefe zusammengestellt, die sie mir geschrieben hat, und daraus ein Tagebuch gemacht. Danach hab ich es ins Haus geschmuggelt.«

Ich habe meine Überraschung noch nicht ganz verdaut, als er finster hinzufügt: »Ich konnte nicht zulassen, dass mein Versprechen zu einer Lüge wurde.«

Du hast sie mit Hoffnung geködert, obwohl du genau gewusst hast, dass du dein Versprechen nicht halten kannst.«

Bin ich zu streng mit ihm gewesen? Ich möchte weiter über ihr Tagebuch reden, doch Schuldgefühle und Bedauern halten mich zurück.

Wir laufen weiter, wahren aber einen gewissen Abstand zwischen uns. Der Mond leuchtet hell am dunkler werdenden Himmel.

Irgendwann ergreift Bonwhe wieder das Wort. »Wir werden von Briefen überschwemmt, weil die Leute wissen wollen, wie es euch geht und ob es eine Serie mit allen Haeris geben wird.«

»Wir bekommen ebenfalls jeden Tag die gleichen Fragen von den Fans.« Das ist der Moment, das Thema anzusprechen. »Sosehr wir ihre Unterstützung und Aufmerksamkeit auch schätzen, uns ist auch klar, dass sie uns unter Druck setzen.«

»Wie meinst du das?«

Ich sehe ihn an. »Muss ich das wirklich erklären?«

Er schweigt, und ich seufze schwer. »Die Fans wollen alles Mögliche erfahren. Wo wir herkommen und wie wir zueinander stehen. Ob wir uns als Klone oder eineiige Zwillinge, Drillinge, Vierlinge oder was auch immer sehen oder mehr füreinander empfinden. Sie wollen *alles* wissen.«

Er hebt den Kopf zum Himmel und betrachtet die fernen Sterne.

»Weißt du, dass es auch Leute gibt, die glauben, ihr würdet unverdiente Privilegien genießen?« Jetzt sieht er wieder mich an. »Sie sind nicht glücklich darüber, dass ihr in Snowglobe lebt, ohne vor der Kamera zu erscheinen wie alle anderen und noch dazu auf unserem Anwesen. In ihren Augen ist die Unterstützung des Konzerns für euch übertrieben. Ungerecht.«

Er holt einen schmalen Stapel Briefe aus der Jackentasche und hält ihn mir hin. »Das sind nur ein paar.«

Ich ziehe einen Brief aus dem Stapel und überfliege ihn. Die Autorin, die Zugführerin auf der Ma-Linie, schreibt, dass die Terroristinnen, die eine ganze Woche lang in ihrem Zug mitgefahren sind, oberflächliche Frauen seien, die sich nur für Frisuren und Make-up interessieren würden. Oder für Geld. Sie betont, dass keine von ihnen sonderlich traumatisiert gewirkt hat, obwohl sie die Wahrheit über ihre Herkunft angeblich gerade erst erfahren haben. Es hätte auch keine von ihnen über den Verlust geklagt, von dem sie im Fernsehen geschwafelt haben.

Ein bitterer Geschmack legt sich auf meine Zunge, und ich falte den Brief hastig zusammen und gebe ihn Bonwhe zurück.

»Sie könnte diese Gerüchte auf ihren Reisen verbreiten. *Die Mädchen sind nur hinter dem Geld her. Ihre Absichten sind verdächtig. Die Yibonns sollten sie nicht so zuvorkommend behandeln.* Die Beschwerden kommen mittlerweile aus allen Ecken der Welt«, betont Bonwhe zu allem Überfluss auch noch.

Diese Ansichten überraschen mich nicht. Auch wir verfolgen die Nachrichten, lesen Zeitung und schalten das Radio ein. Außerdem gibt es genügend Menschen, die vor dem Gerichtsgebäude protestieren.

»Die Haeris sind eine Bedrohung für Snowglobe!«

»Die Haeris gehören für ihr illegales Eindringen und ihre terroristischen Taten vor Gericht!«

»Verklagt Cha Hyang, die wahre Strippenzieherin!«

Ihre Worte hallen in meinen Ohren wider, und ich muss tief durchatmen. »Gebt uns eine Chance, den Leuten zu antworten. Wir wollen es.«

»Antworten?«, fragt er überrascht.

»Ja. Lasst uns im Fernsehen auftreten, wo wir uns erklären können, damit die Leute sehen, wer wir wirklich sind. Nämlich keinesfalls nur Opfer oder Terroristinnen.«

»Ich dachte, ihr könntet es nicht erwarten, Snowglobe zu verlassen.«

»Konnten wir auch nicht, anfangs.«

Mom hat mir in ihrem Brief erzählt, wie sie und Oma unseren Auftritt im Fernsehen verfolgt haben. Offenbar ist Oma aufgestanden, zum Fernseher geschlurft und hat, ohne zu zögern, mit zitterndem Finger auf mich gezeigt, nicht auf Somyung oder Shinae. Sie war erschrocken und verwirrt bei meinem angeschlagenen Anblick. Beim Lesen ihrer tränenreichen, liebevollen Worte war ich traurig und dankbar zugleich. In jenem Moment gab es nichts, was ich lieber getan hätte, als zu meiner Familie zurückzukehren. Aber da gibt es noch eine Sache, die ich zum Abschluss bringen muss.

»Wenn wir jetzt nach Hause gehen, wird man sich immer an uns als bemitleidenswerte Opfer oder abscheuliche Blutsaugerinnen erinnern. Das passt uns beides nicht.« Ich sehe ihm direkt in die Augen, während ich den Worten freien Lauf lasse. »Bitte, lasst uns rausfinden, wohin unsere Aktion führen kann. Gebt uns eine Serie. Lasst uns Menschen einladen, die uns wirklich kennen.«

Sprachlos starrt er mich an. »Eine Serie? Klingt, als hättest du schon alles geplant. Selbst, wen ihr nach Snowglobe einladen wollt!« Er lacht leise.

»Komm schon, das kann dich nicht überraschen«, beharre ich mit verschränkten Armen auf meinem Standpunkt, wenn auch mit einem Lächeln auf den Lippen. »Es sei denn, der Wachmann und die Butlerin schlafen bei der Arbeit.«

»Eine Serie mit Menschen, die keine Rollen spielen,

sondern sie selbst sind?«, sagt er tonlos. »Das gab es noch nie.«
»Es gibt für alles ein erstes Mal«, entgegne ich. »Die Serie würde sich von allen anderen abheben.« Selbst in meinen Ohren klinge ich wie eine erfahrene Regisseurin, die ihre Idee dem Vorstand vorstellt.
»Inwiefern?«, will er wissen.
»Es wäre die erste Show, die auch in Snowglobe ausgestrahlt wird.« Wir wollen allen Rede und Antwort stehen, nicht nur den Menschen in der offenen Welt, sondern auch denen in Snowglobe, die hier auf den Stufen des Gerichtsgebäudes protestieren.
»Überlasst uns die Entscheidung, wen wir einladen«, fahre ich fort. »Hyang kann Regie führen. Und bevor du fragst: Nein, wir lehnen höflich jede Einmischung des Konzerns ab, die über die Sendezeit und den Kanal hinausgeht.«
Er starrt mich an, und ein Grinsen zupft an seinen Mundwinkeln. Meine Unverfrorenheit scheint ihn zu beeindrucken.
»Um einen Schlussstrich unter diesen Skandal zu ziehen«, betone ich. »Das wird den Menschen helfen, ihr Vertrauen in Snowglobe zurückzugewinnen.«
Mir wird sofort leichter ums Herz, und ich muss lächeln, ob ich will oder nicht. Doch Bonwhes Miene verfinstert sich.
»Sobald ihr das Anwesen verlasst und euch vor die Kameras stellt, habt ihr jeden Schutz verloren.«
»Das wissen wir.«
Er stößt einen langen Atemzug aus und starrt in die Ferne. »Ich lass euch wissen, was der Vorstand davon hält. Wir müssen erst die Vorschriften prüfen.«

Danach kehren wir zum Gästehaus zurück. Meine Stimmung hat sich deutlich aufgehellt. Bonwhe hält stumm mit mir Schritt. Eine Frage gibt es noch, die mir furchtbar unter den Nägeln brennt, aber die bewahre ich für später auf.

So oft ich auch hinter dem Rücken des Wachmanns umhergeschlichen bin, habe ich im Gästehaus noch keinen einzigen magischen Spiegel entdeckt. Ich bin mir nicht sicher, ob sie abgeschaltet wurden oder hier nie vorhanden waren. Ich muss dauernd an die Haeri denken, die vom Erdboden verschluckt worden zu sein scheint. Ist sie vielleicht dort, wo die Untoten noch immer atmen und in den Rädern schuften?

Wir erreichen den Eingang zum Gästehaus.

»Ich halt dich auf dem Laufenden«, verspricht Bonwhe mir.

Kurz darauf taucht Assistentin Yu aus dem Schatten auf und bringt ihn zu seinem nächsten Termin. Ich sehe ihm hinterher und schwöre mir, dass ich so lange in Snowglobe bleiben werde, bis ich Haeri gefunden oder ihr Verschwinden aufgeklärt habe. So werde ich meine Schuld bei ihr begleichen.

Ich bete, dass sie noch lebt.

Epilog

Ich bete, dass sie noch lebt

Zehn Tage später veröffentlicht die Yibonn Media Group die offizielle Programmankündigung unserer neuen Serie, ein strategischer Schritt, um zu demonstrieren, dass sie die Dinge unter Kontrolle haben. Die Neuigkeit gibt auch Serin Hoffnung, sich ein neues Image zu verschaffen. Selbst Somyung und Shinae erwärmen sich nach ihrer anfänglichen Abneigung für die Idee, denn dadurch können wir länger zusammenbleiben. Hyang, unsere unvergleichliche Anführerin in allen illegalen Angelegenheiten, ist sowohl unsere Regisseurin als auch eine der Darstellerinnen.

Jede von uns darf drei Gäste einladen, was jedoch schwieriger ist, als ich mir vorgestellt habe. Somyung, der niemand einfallen wollte, hat das Netzwerk um mehr Zeit gebeten. Serins Eltern haben die Einladung ausgeschlagen. Shinaes Gäste, ihre Mom und jemand aus ihrer Kindheit, sind zum Glück vor zwei Tagen angekommen und gewöhnen sich an ihre neue Umgebung.

Ich selbst habe vorerst nur zwei Leute eingeladen. Ongi bringt mich natürlich schon bei seiner Ankunft in Verlegenheit, als er aus dem Privatjet der Präsidentin steigt. »Hier bin ich, Schwesterchen!«

Ich schlüpfe in meine Rolle und rüge ihn, aber im nächsten Moment hüpfen wir auf und ab und liegen uns in den Armen.

Danach sehe ich meine zweite Zeugin. Ihr Blick wandert über die Gesichter derer, die sich hier zur Begrüßung versammelt haben – und bleibt an Hyang hängen. Mit gemäßigten Schritten kommt sie auf uns zu, ohne den Blick von Hyang zu nehmen. Als sie endlich vor uns steht, presst sie die Lippen zusammen.

»Es ist lange her, Miryu«, sagt Hyang. »Du hast dich ohne mich bestimmt zu Tode gelangweilt.«

Miryus versteinerte Miene weicht einem strahlenden Lächeln, und die beiden fallen einander in die Arme. Sie sind den Tränen nahe. Nachdem sie sich wieder voneinander gelöst haben, dreht Miryu sich mir zu. »Ich danke Ihnen für die Einladung, von ganzem Herzen.«

Ich nehme ihre Hände und drücke sie. Aus ihren Augen strahlt neue Lebenskraft. Und Wärme. Ich kann nicht aufhören, mich für die beiden zu freuen.

Ongi wirkt ihretwegen jedoch noch immer unsicher. Er stößt mir den Ellbogen in die Seite und wirft Miryu einen verstohlenen Blick zu. »Hast du noch jemanden eingeladen?«, flüstert er.

»Ich muss die Einladung noch verschicken. Aber das mache ich bald.«

Diesen Sommer soll es heiß werden in Snowglobe. Ich freue mich schon darauf, ihn hier zu verbringen. In Gesellschaft von Menschen, die zu mir gehören.

Das Erwachen

Ich öffne die Augen. Etwas fühlt sich seltsam an, fremd irgendwie. Mein Körper ist schwer wie nasse Watte, aber mein Verstand kommt mir klarer vor. Auf dem Nachttisch stehen eine Wasserflasche und ein Glas. Ich stütze mich auf einen Ellbogen und will nach der Flasche greifen, als ich eine Videokassette mit einem Notizzettel bemerke. *Mach dich auf das gefasst, was du gleich sehen wirst*, steht darauf.

Ich drehe mich zum Videorekorder, lege die Kassette ein und drücke die Taste der Fernbedienung. Auf dem Bildschirm erscheint eine leere Nachrichtenredaktion. Kurz darauf treten drei junge Frauen Hand in Hand vor die Kamera. Eine ist ganz blutverschmiert und hat ein zugeschwollenes Auge, weshalb ich ihr Gesicht kaum erkennen kann. Die anderen beiden sind nicht so mitgenommen, allerdings lässt ihr zerzaustes Haar vermuten, dass sie entweder ebenfalls einen heftigen Kampf hinter sich haben oder völlig gestört sind.

»Hi«, sagt die Frau mit dem blutverkrusteten Gesicht. »Ich wurde in diese Welt gesetzt, damit ich eines Tages die Illusion von Goh Haeri aufrechterhalten kann. Das hab ich auch getan. Mein Name ist Jeon Chobahm, doch eine Zeit lang war ich Haeri.«

Wie bitte?

Mit einem Schlag klären sich meine Sinne, und ich

konzentriere mich ganz auf die drei Frauen. Ihre identischen Gesichter kommen mir bekannt vor, was ein mulmiges Gefühl in mir aufsteigen lässt, das jedoch sogleich von einem unerklärlichen Schrecken verdrängt wird. Ich hole tief Luft und atme langsam wieder aus, nur um zu sehen, ob ich das kann.

Die Frau mit dem schmutzigen Haarreif sagt: »Wir wissen nicht, wie viele es noch von uns gibt. Einige schauen vielleicht gerade zu und erkennen sich selbst im Fernsehen. Wenn das der Fall ist, sollten wir uns zusammentun. Wir alle. Wir sollten uns zusammentun und unser Leben zurückerobern. Cha Guibahng und Cha Seol schulden uns eine Entschuldigung. Und eine Entschädigung. Eine Entschuldigung samt Entschädigung.«

Ernst und triumphierend starren die drei in die Kamera. Anschließend dankt die Frau mit dem blutigen Gesicht dem Publikum noch, bevor sie sich schließlich verabschieden. Der Bildschirm wird dunkel.

Das Blut rauscht mir in den Ohren. Alles um mich herum, selbst die Luft, ist aufgeladen. Ich weiß vielleicht nicht, welcher Tag heute ist oder wo ich bin, aber eine Sache weiß ich ganz sicher: *Ich bin Haeri.* Das ist mir nicht erst nach der Ansprache der drei Frauen klar geworden, ich habe es mein ganzes Leben lang gewusst. Ohne jeden Zweifel.

Klopf, klopf ...
Jemand ist an der Tür.

Der Wunsch einer Mörderin

Einige Jahre zuvor ...

»Mi... Miryu?«, stammelt Chiyub ungläubig.

Ich versuche, mich nicht an seiner Angst zu stören. Stattdessen drücke ich ihm den Pistolenlauf fester gegen den Hals, und er hebt die Hände, die zittern wie Espenlaub im Wind. Nackter Schrecken liegt in seinem Blick.

»Es tut mir leid?«, krächzt er.

Die Kette, die er mir um den Hals legen wollte, entgleitet seinen Fingern und fällt mit einem metallischen Klirren auf die Tischplatte. Draußen dröhnt aus einem vorbeifahrenden Auto Weihnachtsmusik.

Chiyub versichert krächzend, dass er meinen Wunsch ehren wird, unsere Freundschaft nicht zu riskieren. Ich sehe zum Kerzenhalter, direkt in die Kamera, die dort versteckt ist. »Cha Guibahng erwartet, dass du mir deine unsterbliche Liebe gestehst, weißt du?«

»Was?«

Meine absurde Bemerkung bringt Chiyub aus dem Konzept. Als Schauspielerin darf ich nicht improvisieren oder vor der Kamera andeuten, dass ich Anweisungen von meinem Regisseur erhalten haben. Das ist eine der Grundregeln. Im Theater wie im Film.

Ich stehe auf und ziehe den Pistolenlauf hoch zu Chiyubs Schläfe. Aus reinem Vergnügen.»Meine Aufgabe besteht darin, einen Mann nach dem nächsten zu töten. Jeden, der mir in die Falle gegangen ist. Und deine besteht darin, mich trotzdem zu lieben.«

Chiyub kam vor drei Jahren nach Snowglobe. Er zog in das Haus nebenan und drängte sich Stück für Stück in mein Leben. Als eines Tages die Kameras für ihre zehnminütige Pause stoppten – er hatte mir gerade dabei geholfen, Möbel umzustellen –, habe ich ihn gefragt, ob er mal meine Show gesehen habe, als er noch in der offenen Welt lebte.

Mit einem verschlagenen Lächeln sagte er:»Darauf können Sie wetten. Aber Shows sind Shows.« Das weiß er, weil seine Großtante Schauspielerin war. Doch jetzt, da meine Pistole gegen seinen Kopf drückt, bettelt er um sein Leben. Ein bitterer Geschmack legt sich mir auf die Zunge. Wenn er in mir eine Freundin und kein Monster sehen würde, dann würde er versuchen, mir die Sache auszureden. Stattdessen fleht er um sein Leben wie all die anderen Narren auch, die ich töten musste. Wie sich herausstellt, war auch er nur daran interessiert, die männliche Hauptrolle zu ergattern, und ist blind Cha Guibahngs Anweisungen gefolgt.

»Du bist jedes Mal zusammengezuckt, wenn ich dich mit den Fingerspitzen auch nur berührt hab.«

Ein kluger Schnitt kann vielleicht das Publikum täuschen, aber nicht uns.

»Nein! Du ... du irrst dich!«, jault er.»Ich ... ich hab nur ...«

»Letzte Woche hat Guibahng mir gesagt, dass ich nicht mehr töten muss. Weißt du, wie glücklich mich das gemacht hat?«

Dass Guibahng mich jahrelang ausgenutzt hat, ist

meine eigene Schuld. Jetzt will er der Serie jedoch neues Leben einhauchen, bevor die Fans abschalten, weil das ganze Blutvergießen sie inzwischen langweilt. Er hat sogar angedeutet, dass er das Genre wechseln will. Wie wäre es mit einem Liebesdrama? Eine verrückte Mörderin, die von der Macht der Liebe verändert wird? Bitte. Was für ein Scheiß!
Ich lasse die Waffe zu Chiyubs Schulter wandern.
»Hau ab.« Mit dem Lauf stoße ich ihm gegen den Arm. »Und kein Wort zu Guibahng!«
In einer Woche wird er sich die Aufnahme ansehen. Das ist nicht viel Zeit, aber genug, um einen Schlussstrich unter mein Leben in Snowglobe zu ziehen.
»D... danke!«, stottert Chiyub und hastet davon. Ihm scheint nicht klar zu sein, dass ich noch nie jemanden ohne Guibahngs Anweisung getötet habe.

»Bist du sicher, dass du einfach so zu mir kommen kannst?«, fragt Hyang. Wobei sie jedoch über das ganze Gesicht strahlt.
Ich nehme das Glas Rotwein, das sie mir hinhält, und setze mich auf das Sofa. Sich selbst schenkt Hyang Sekt ein. Auf dem Couchtisch steht ein Tablett mit Horsd'œuvre, Käse und anderen Snacks, die ich so gern esse. Hinter dem Erkerfenster ihrer Wohnung im siebenundachtzigsten Stock flirren Polarlichter am Himmel. Wieder einmal. Da die Aussicht zu schön ist, um sie nicht in Gesellschaft zu genießen, hätte sie mich eingeladen – wäre ich nicht schon auf dem Weg zu ihr gewesen.
Mein Blick wandert zu ihr. »Du willst also weiter so tun, als wüsstest du von nichts?«

Sie sieht von der Schallplattensammlung auf, die sie gerade durchgeht.

»Was? Wovon redest du?«

Sie tut wirklich so, als wüsste sie von nichts.

»Ich weiß, dass du deinen Großvater darum gebeten hast, keine große Sache daraus zu machen, wenn ich mich absetze.«

Aufnahmen von Leuten, die eigentlich Regie führen, werden penibel rausgeschnitten. Und wer sonst vor der Kamera steht, sich aber zusammen mit jemandem von der Regie erwischen lässt, ohne dass dies der Show dient, verstößt gegen das Gesetz. Da hierbei aber Hyang und ihre Wohnung involviert sind, hat ihr Großvater darauf verzichtet, die Aufnahmen gegen mich zu verwenden. Seine Enkelin ist der einzige Grund, warum er noch nichts gegen meinen Verstoß unternommen hat.

»Ach, das?« Hyang grinst.

Wir haben uns auf der Geburtstagsfeier einer gemeinsamen Bekannten getroffen und uns in unserer Langeweile sofort bestens verstanden. Noch bevor die Geburtstagskerzen ausgepustet wurden, haben wir uns von der Feier gestohlen und sind in eine Pizzeria gegangen.

»Warum vergessen wir nicht einfach mal, dass du Schauspielerin bist und ich Regisseurin bin?«, hat Hyang gesagt. »Treffen wir uns wie gewöhnliche Leute. Was meinst du?«

Ich fand die Idee fantastisch. Unsere Pizzafreundschaft hält bis zum heutigen Tag. Bei ihr kann ich ganz ich selbst sein und all das Töten vergessen.

Sie legt eine sorgfältig ausgewählte Schallplatte auf den Plattenspieler und senkt den Tonarm.

»Danke«, sage ich. »Für alles.«

Leise Musik drängt aus den Lautsprechern. Einen Moment lang mustert Hyang mein Gesicht.
»Was ist los?«, fragt sie besorgt.
Ich atme tief durch. Ich bin mir nicht sicher, wo ich anfangen soll, doch dann platzt es aus mir raus: »Ich denke, ich bin fertig.«
Während sie die Worte verarbeitet, sieht sie mich ausdruckslos an. »Deshalb hast du also in den vergangenen Wochen gelebt, als gäbe es kein Morgen?«
Da hat sie recht. Ich habe mich in fünf Tagen fünf Mal mit ihr getroffen. Einmal sind wir sogar gemeinsam durch die Straßen geschlendert. Ein anderes Mal haben wir gemeinsam Abendessen gekocht. Wir haben ferngesehen, gelesen und die Gesellschaft der anderen genossen, alles in der einen Stunde, die ich mir gestattet habe, um mich von den Kameras abzusetzen, ohne Verdacht zu erregen. Es war die beste Woche meines Lebens.
»Ich wäre schon vor langer Zeit gegangen, hätte ich dich nicht getroffen«, gestehe ich ihr.
»Ich will nicht wie eine Regisseurin klingen«, sagt sie mit gespielter Autorität in der Stimme, »aber es ist nicht deine Entscheidung, ob du kommst oder gehst.«
Als ob ich das nicht wüsste! Diese Entscheidung liegt beim Publikum. Solange die Einschaltquoten für mich sprechen, darf ich nicht aufhören. Aber die Serie scheint ihren Höhepunkt erreicht zu haben. Ich brauche keine Kristallkugel, um zu sehen, dass es nur eine Frage der Zeit ist, bis sie abgesetzt wird. Warum aber soll ich dem Ende nicht einen Schritt voraus sein?
»Sag mir, was dich stört. Lass dir von deiner großen Schwester helfen.« Hyang schlägt sich wie ein Gorilla auf die Brust, und ich muss über ihre Allüren lachen.

Aber die Freude hält nicht lange an. Ich stehe vom Sofa auf und trete ans Fenster.

»Miryu.« Hyangs Stimme klingt angespannt. »Wenn du gehst, sehen wir uns vielleicht nie wieder. Macht dir das nichts aus?«

Ihre Worte sind wie ein Messer in meinem Rücken. Ich bringe kein Wort heraus, kann es einfach nicht.

»Bitte.« Mit einem Mal steht sie hinter mir und dreht mich zu sich herum.

»Du weißt, dass du mir alles ...«

Sie erstarrt, als sie die Tränen auf meinem Gesicht sieht.

»Was ist los, Baby?« Ein trauriger Ausdruck verzerrt ihr eigenes Gesicht. »Ist es deine Serie? Ist etwas passiert, mit dem du nicht klarkommst?«

Hyang hat keine Ahnung, was ich in meinem Leben und meiner Serie anrichte. Nur mein Regisseur, ihr Großvater, hat Zugriff auf mein Innenleben, und selbst er würde Hyang gegenüber nicht gegen die Anti-Spoiler-Regel zu verstoßen. Gelegentlich flüstern die Leute hinter unseren Rücken, wenn sie uns sehen, aber sie verstummen, sobald Hyang sich umdreht, um sie zur Rede zu stellen. Und mir ist es lieber, wenn sie nicht weiß, wer ich wirklich bin.

»Ich hab eine Idee.« Hyang umklammert meine Arme, und ein verzweifelter Unterton schleicht sich in ihre Stimme. »Wie wäre es, wenn ich deine Regisseurin werde? Komm in meine Serie. Du kannst einfach nur Lakritze sein, eine unverzichtbare Süßigkeit.«

Schön wäre es. Wie in Zeitlupe schüttle ich den Kopf.

»Das kann ich nicht.« Ich sage ihr nicht, dass ich mir nie gestatten würde, ein solches Leben zu führen: ein Leben voller Freude und Wärme. Zu oft habe ich schon

Leben genommen. Selbst wenn mich bis ans Ende meiner Tage Schuldgefühle und bitteres Bedauern quälen würden, wäre das noch nicht Strafe genug.
»Warum? Warum nicht?«
Ihr Griff an meinen Armen wird fester.
Am Weihnachtsbaum in der Ecke, den wir gemeinsam geschmückt haben, funkeln die Lichter.
»Versprich mir, dass du mir jedes Jahr eine Weihnachtskarte schickst«, sage ich mit belegter Stimme. »Damit ich weiß, dass es dir gut geht.«
Vielleicht kann ich mir einmal im Jahr einen Tag der Freude gönnen. Oder ist das selbstsüchtig?
»Solange du das noch willst.« Ich kämpfe gegen die Tränen an, die wieder in mir hochkommen. »Wenn keine Karte kommt, weiß ich, dass es zwischen uns aus ist.«
»Komm schon.« Sie verbirgt das Gesicht an meiner Schulter und schweigt einen Moment. »Du weißt, dass ich nicht gern schreibe.«
Typisch Hyang. Ich lache, dankbar für ihren Scherz. Doch in dem Moment bricht sie in Tränen aus, und ihr Schluchzen zerrt an meinem Herzen.
»Es tut mir leid. Dass ich dich für immer hierbehalten will. Ich hab keine Ahnung, was du durchmachst, wie sehr du leidest.«
»Ich bin geblieben, weil ich es wollte«, sage ich. Das stimmt. Aber es war von Anfang an hoffnungslos. Eine Schauspielerin und eine Regisseurin können nie zusammen sein. Einmal pro Woche und nie länger als dreißig Minuten ist es uns gestattet, uns abzusetzen, alles darüber hinaus verstößt gegen die Regeln.
Während dieser hoffnungslosen Beziehung habe ich fünf weitere Morde begangen. Wegen zwei Morden bin

ich von der Polizei als dringend Tatverdächtige festgehalten worden, was an sich schon von der Routine abwich. Wenn ich zur Tat schreite, gibt es nie Beweise und schon gar keine Zeugenaussagen. Wer die Serie verfolgt, weiß das. Auch diesmal wurde ich aus Mangel an Beweisen entlassen. Welch Überraschung! Natürlich war das alles nur ein Taschenspielertrick der Regie, um die Spannung zu steigern.

Schweigend halten Hyang und ich uns am Fenster umarmt. Nach einer Weile sage ich: »Wie viele Weihnachtslichter leuchten wohl in diesem Moment?«

Hyang hält den Atem an. Draußen in der offenen Welt schuftet gerade jemand in einem Rad, um unseren Baum mit Strom zu versorgen.

»Diese verfluchte Welt! Zur Hölle damit!«, bricht es mit einem Mal aus ihr heraus. Ich drücke sie fester an mich. »Nicht wahr?« Sie lacht leise. »Zur Hölle mit allem. Snowglobe, die Yibonns und alles andere.«

Wie betäubt sehe ich zum Fenster raus und betrachte die funkelnde Stadt. Könnte jemand bitte diese verkorkste Welt wieder richten? Ich würde auch dabei helfen, sofern eine blutbefleckte Hand akzeptiert wird.